Die Geburt des Phönix

Frank Bergmann

Frank Bergmann

Die Geburt des Phönix

Nach wahren Begebenheiten

Die Deutsche Nationalbibliothek verzeichnet diese Publikation in der Deutschen Nationalbibliografie; detaillierte Daten sind im Internet über http://dnb.dnb.de abrufbar.

© 2024 Frank Bergmann
Alle Rechte vorbehalten.
Vertreten durch: Frank Bergmann, Köln
Covergestaltung: Jaqueline Spieweg
Lektorat/Korrektorat: Iris Bonk
Buchsatz: Frank Bergmann
www.frank-d-bergmann.de
kontakt@frank-d-bergmann.de
Verlag:
BoD · Books on Demand GmbH,
In de Tarpen 42, 22848 Norderstedt,
bod@bod.de
Druck:
Libri Plureos GmbH, Friedensallee 273,
22763 Hamburg
ISBN: 978-3-7583-8320-5
2. Auflage

Immer wieder verlierst du dich,
findest dich wieder,
wachst auf, reibst dir die Augen.

Immer wieder fällst du aus den Wolken,
rätselst an dir und dem Leben,
wagst wieder Mut zu fassen.

Wie lange noch und immer neu
steigst du wie Phönix aus der Asche,
schüttelst den Staub von den Flügeln?

(AutorIn unbekannt)

Vorwort
24. Dezember 2013

Andächtig standen wir um das Lagerfeuer herum. Wir, das waren sechs Patientinnen und ich, der einzige Mann in dieser Gruppe, die in der psychosomatischen Klinik stationär untergebracht waren. Mit unterschiedlichen Themen und Diagnosen, aber alle mit schwierigen Geschichten. Ich war seit Anfang Dezember in der Klinik zur Traumabearbeitung, Aufarbeitung psychischer und körperlicher Gewalt über viele Jahre durch meine Pflegemutter.

Erstmals wurde ich im Jahre 2006 im Alter von sechsundvierzig Jahren von Panikattacken heimgesucht. Bereits damals hatte der Psychotherapeut erkannt, dass es sich um Folgen jahrelanger Gewalt in meiner Kindheit handelte. Ich aber wollte das nicht akzeptieren, denn schließlich lagen diese Ereignisse Jahrzehnte zurück. Ich hatte jeden Zusammenhang mit meiner Vergangenheit kategorisch ausgeschlossen und meine Kindheit allenfalls als schwierig bezeichnet. Stattdessen hatte ich die Ursache der psychischen Probleme in einer hohen Arbeitsbelastung gesehen, die mich in ein Burnout führte. Tatsächlich aber weigerte sich meine Seele, sich mit den Geschehnissen auseinanderzusetzen. So lange, bis ich es nicht mehr verdrängen konnte.

Nach und nach warfen die Mitpatientinnen Zettel ins Feuer, um irgendetwas, was sie beschäftigte und krank gemacht hatte, loszulassen. In der Hand hielt ich fast 400 eng beschriebene DIN A4-Blätter, um sie den Flammen zu übergeben. Etwas über ein Jahr hatte ich an der Autobiografie geschrieben, anfangs mit dem Ziel, diese zu veröffentlichen. Bis dahin hatte ich kaum einem Menschen von meinen Erfahrungen erzählt. Aber nachdem alles geschrieben war, fühlte sich eine Veröffentlichung falsch an.

»Warum wollen Sie das jetzt nicht mehr«, hatten mich die Therapeuten und die Gruppenmitglieder gefragt.

»Es fühlt sich falsch an, weil es eine Anklage ist. Die Autobiografie klagt meine leiblichen Eltern an, weil sie mich in ein Kinderheim gegeben haben. Sie klagt meine Pflegemutter an, und damit fühle ich mich als Opfer. Das aber bin ich nicht. Nicht mehr. Damals konnte ich nicht handeln, aber heute kann ich es. Und es klagt all diejenigen Menschen an, die weggesehen haben. Wenn ich also anklage, kann ich keinen Frieden damit schließen. Und das muss und will ich endlich!«

Blatt für Blatt übergab ich dem Feuer und sah zu, wie die Flammen gierig darüber herfielen. »Ich übergebe meine Geschichte dem Feuer, damit aus ihr etwas Neues entstehen und sich ein neues Leben entwickeln kann.«

Ich dachte an einen Waldbrand, der alles vernichtet, was sich dem Feuer in den Weg stellt. Und doch entwickelt sich aus einem solch gewaltigen Inferno nahrhafter Boden, aus dem mit der Zeit neue Pflanzen sprießen und Tieren Nahrung und ein Zuhause bietet. Ich hatte keine Ahnung, keine Vorstellung, wie in meinem Fall aus brennendem Papier neues Leben entstehen könnte. Es war nur ein Ritual, aber es gab mir Hoffnung, die Vergangenheit, die ich nun mal nicht ändern konnte, loslassen zu können.

Es dauerte eine Weile, bis die Idee gereift war, nicht nur meine Geschichte, sondern auch die meiner leiblichen Eltern zu erzählen. Einerseits half es mir, die Ereignisse angesichts der emotional kalten Zeit in den sechziger Jahren, und damit meine Eltern zu verstehen. Andererseits gab es mir das Gefühl, auch ihnen den Platz in meinem Leben zu geben, den sie verdienen. Beim Schreiben habe ich festgestellt, dass es mir schwerfiel, diese Ereignisse unter meinem Namen, also in Ich-Form zu erzählen. So kam es vor, dass mir schwindelig wurde, sich der Herzschlag beschleunigte oder mir der Schweiß auf der Stirn stand. Nach manchen Abschnitten machte ich ausgedehnte Spaziergänge, nach anderen wiederum fiel es mir schwer, alleine zu sein. Beim Schreiben brauchte ich einen inneren Abstand zu mir selbst. Also gab ich den Protagonisten andere Namen und erschuf mit Michael Kowalczyk, geborener Bachmann den Stellvertreter, der an meiner statt alles noch einmal erleben sollte.

I. Die Zeit der Ächtung (1959 bis 1962)
1959

»Herzlichen Glückwunsch, Frau Bachmann«, sagte der kleine dicke Arzt zu Maria. »Sie sind schwanger.« Er setzte sich nach der Untersuchung hinter seinen schweren, klobigen Holzschreibtisch und strahlte sie an.

Sie war eine schlanke junge Frau von einundzwanzig Jahren. Das schlichte Sommerkleid war etwas zu groß. Ihre langen schwarzen Haare lagen in Wellen auf ihren Schultern und wurden von einem grauen Stirnband davon abgehalten, in ihr Gesicht zu fallen. Sie sah den Arzt, der sie freundlich anlächelte, aus ihren klaren, grünen Augen schweigend an. Ihre Lippen bebten und die Hände in ihrem Schoss zerknüllten unaufhörlich ein Stofftaschentuch.

»In diesen schweren Zeiten brauchen wir stramme Jungs, die uns beim Wiederaufbau helfen«, fuhr der Arzt fort.

Es war Sommer 1959 und der Krieg 14 Jahre vorbei, doch die Spuren waren in Hamburg noch deutlich sichtbar.

»Da wird sich der Gatte sicherlich freuen.« Er musterte die junge Frau, die den Blick gesenkt hatte und tief Luft holte. Langsam verschränkte er die Arme vor der Brust. »Sie sind nicht verheiratet, oder?«

»Nein.« Sie warf ihm einen kurzen Blick zu und sah dann wieder auf ihre Hände.

»Wissen Sie wenigstens, wer der Vater ist?«

Sie riss den Kopf hoch. »Natürlich weiß ich das – wo denken Sie hin? Was halten Sie von mir?«

Der Arzt schlug mit der flachen Hand auf den Tisch. »Ich denke, dass Sie in diesen Zeiten, wo wir unser Land aufbauen und alle Kräfte mobilisieren müssen, nichts anderes im Sinn haben, als einen Bastard in die Welt zu setzen.« Er funkelte sie an. »Sehen Sie zu, dass Sie den Kerl heiraten, damit der Bastard wenigstens ehelich zur Welt kommt.« Obwohl seine Stimme fordernd war, klang eine Spur Mitgefühl mit.

»Ich weiß nicht, ob das geht. Paul ist erst achtzehn.«

Der Arzt lehnte sich in seinen Stuhl zurück und schüttelte den Kopf. »Auch noch ein Minderjähriger. Der ist ja selber noch ein Kind. Wie heißt denn der Kerl?«

»Paul.«

»Das sagten Sie bereits. Und weiter?«

»Paul Kowalczyk.«

»Kowalczyk!« Der Arzt verdrehte die Augen. »Wo kommt der denn her?«

»Er ist aus Ostpreußen vertrieben worden und mit seiner Familie nach Hamburg geflohen«, antwortete sie. »Aber er hat Arbeit«, schob sie hinterher.

Das Gesicht des Arztes wurde etwas weicher. »Sie werden Schwierigkeiten haben, eine Wohnung zu finden, wenn Sie nicht verheiratet sind. Das wissen Sie doch wohl, oder?«

»Ja«, erwiderte sie.

»Sehen Sie zu, dass Sie heiraten. Sonst haben Sie einen sehr schweren Stand, und Ihr Bastard auch. Noch haben Sie etwas Zeit, solange man nicht sieht, dass Sie in Umständen sind.«

Maria betrachtete das zerknüllte Taschentuch in ihren Händen und schluckte. Der Arzt musterte sie nachdenklich.

»Na, nun schauen Sie mal nicht so betrübt. Das wird schon werden.« Er lächelte sie freundlich an und erhob sich hinter seinem Schreibtisch. Maria stand ebenfalls auf und warf ihm einen kurzen Blick zu. »Vielen Dank, Herr Doktor«, flüsterte sie.

Wie in Trance schlenderte sie an roten Backsteinhäusern vorbei, ohne sie zu registrieren. Den warmen Juniwind nahm sie nicht wahr und verlor sich in ihren Gedanken. Sie betrachtete ihre Füße, wie sie einen Schritt vor den anderen setzten. *Ich bin schwanger*, dachte sie. *Ich bekomme ein Kind von einem Mann, den ich kaum kenne.* Einerseits spürte sie das Glück einer werdenden Mutter, aber auf der anderen Seite wusste sie nicht, wie sie in diesen Zeiten ein Kind versorgen sollte. Wie würde Paul reagieren? *Ich muss es ihm sagen. Heute Abend, wenn er mich besuchen kommt, sage ich es ihm.*

Kinderstimmen weckten sie aus ihren Gedanken. Sie blieb stehen und sah sich um. Die Backsteinhäuser waren verschwunden und ihr Blick wanderte über eine verwilderte Wiese. Hier standen keine Häuser, und doch spielten hier Kinder. Die Sonne blendete sie und sie blinzelte in die Richtung, wo die Kinderstimmen herzukommen schienen. Sie fühlte sich magisch von ihnen angezogen. Das hohe Gras kitzelte an ihren Waden und sie musste sich vorsehen, um auf dem unebenen Boden nicht zu stolpern und mit dem Fuß umzuknicken. Sie stapfte an wilden mannshohen Büschen und Brombeersträuchern vorbei, als sie sich den Stimmen näherte. Auf einer kleinen Lichtung angelangt, sah sie vier Kinder, die Fangen spielten. Zwei Jungen und zwei Mädchen. Die Jungen trugen kurze Hosen und karierte Hemden, die Ärmel hochgekrempelt, und die Mädchen Kleidchen und Kniestrümpfe. Maria sah ihnen eine Weile beim Spielen zu. Als die Kinder sie erblickten, hielten sie inne und starrten sie an. Maria legte eine Hand auf ihren Bauch und lächelte. Der größere von den Jungen ging einen Schritt auf sie zu und blieb breitbeinig stehen.

»Was willst du hier?«, rief er und stemmte seine Fäuste in die Hüften.

»Ich … ich … ich weiß nicht«, stammelte sie.

»Hast du Bauchweh?«, fragte eines der Mädchen.

»Nein. Wie kommst du darauf?«

»Weil du dir den Bauch hältst.«

»Ach so … nein.« Sie ließ den Arm sinken.

»Hast du dich verlaufen?«, fragte das andere Mädchen.

»Nein. Ich habe euch gehört und war nur neugierig, was ihr hier tut.«

»Wir wohnen hier.«

»Hier?« Maria sah sich um. »Ihr wohnt hier?«

»Ja, da drüben.« Das Mädchen deutete hinter sich. »Und da hinten wohnen noch mehr.«

Erst jetzt bemerkte Maria zwischen den Sträuchern eine kleine verfallene Hütte. Die Bretter waren notdürftig und schief zusammengenagelt, die Holztür hing in den Angeln. Neben dem Eingang stand eine Regentonne und um die Hütte herum rankten Dornensträucher. Als Maria einen Schritt auf die Hütte zuging, baute sich der größere Junge vor ihr auf.

»Du hast hier nichts verloren«, schrie er. Wütend funkelte er sie an.

Maria zuckte zusammen und wich einen Schritt zurück. »Nein. Natürlich nicht.«

Der Junge presste die Lippen fest aufeinander. Seine Hände hatte er zu Fäusten geballt, seine Arme zitterten.

»Wo sind eure Eltern?«, fragte sie.

»Mutti ist nicht da«, sagte ein Mädchen.

»Und euer Vater?«

»Abgehauen«, rief der Junge. »Und jetzt bin ich hier der Mann im Haus. Und ich sage dir: Verschwinde!«

Maria sah in zwei wütende Augen und legte wieder ihre Hand auf den Bauch. Dann eilte sie den Weg zurück, den sie gekommen war, achtete nicht mehr auf die Unebenheiten und die Dornensträucher. Sie drehte sich kein einziges Mal zu den Kindern um, die ihr schweigend hinterherblickten.

***

Maria wohnte in einer Gartenkolonie an der Alster in Hamburg-Alsterdorf in einer Holzhütte, die aus einem einzigen Raum bestand, mit einem Plumpsklo, das mit Torf aufgefüllt wurde, und einem Ofen, mit dem sie heizen und kochen konnte. Wasser musste sie aus einem Brunnen außerhalb des Gartens holen. Der Wind pfiff durch die Ritzen der dünnen Bretter. Seit ihrer Ausbombung hatte sie bis vor einem Jahr gemeinsam mit ihrer Mutter in der Hütte gelebt. Ihr Vater war aus dem Krieg nicht zurückgekehrt und es hatte ihre Mutter viel Kraft gekostet, Maria und sich durchzubringen. Während des Krieges hatte sie etwas Gemüse und Obst angepflanzt, aber dennoch hungerten sie. Nach dem Krieg wurde sie immer schwermütiger und kraftloser. Meistens saß sie zusammengesunken in einem schäbigen Sessel und starrte die Wände an. »Mama, was ist los mit dir?«, fragte Maria sie immer wieder, doch ihre Mutter reagierte kaum und sah aus ausdruckslosen Augen an ihr vorbei.

Eines Abends flüsterte sie Maria zu: »Ich kann nicht mehr. Ich kann das alles nicht mehr ertragen.«

»Mama, was denn? Was kannst du nicht mehr ertragen?«

»Diese Erinnerungen! Sie kommen immer wieder. Jede Nacht.« Sie sprach so leise, dass Maria sie kaum verstand.

»Welche Erinnerungen meinst du?«

»Aus dem Krieg. Als die Soldaten kamen ...« Doch dann brach sie ab und schwieg, starrte aus leeren Augen auf den

Boden. Ihre Hände zitterten. Einige Tage später war ihre Mutter eingeschlafen und nicht wieder aufgewacht.

Als Maria Anfang des Jahres Paul Kowalczyk kennenlernte, fand sie Trost, eine Schulter, an der sie sich anlehnen konnte und die ihr ein wenig Hoffnung spendete, Hoffnung auf eine Familie. Sie verliebte sich Hals über Kopf in ihn, konnte für eine Weile der Wirklichkeit entfliehen und erfahren, was es bedeutete, glücklich zu sein. Als aber ihre Monatsblutung aussetzte, wurde sie wieder von der Realität eingeholt. *Was, wenn ich schwanger bin? Wie sollen wir ein Kind ernähren?* Und dann war aus ihrer Befürchtung Gewissheit geworden.

Maria wartete ungeduldig vor ihrer Hütte auf Paul. Als sie ihn am Gartentor sah, eilte sie ihm entgegen, umarmte und küsste ihn. »Ich muss dir was sagen! Lass uns einfach spazieren gehen«, sagte sie.

Er sah sie überrascht an, drehte sich aber gehorsam um und sie hakte sich bei ihm ein. Er wartete, was sie ihm so Wichtiges mitzuteilen hatte. Schweigend spazierten sie an Gärten vorbei zur Alster. Dort blieben sie stehen und sahen einer Entenmutter mit einigen Küken zu.

»Eigentlich weiß ich gar nicht viel über dich«, sagte sie nach einer Weile.

»Was willst du denn wissen?«, fragte er. »Du weißt, dass ich achtzehn Jahre alt bin, zwei Brüder habe und bei Blohm&Voss arbeite.«

»Na ja.« Sie warf ihm einen kurzen Blick zu. »Wo genau kommst du her? Wo hast du gelebt und wann seid ihr geflüchtet?«

»Tja.« Er holte tief Luft. »Wir haben in Masuren in Ostpreußen gelebt. Bis zum Krieg gehörte das zu Deutschland, heute zu Polen. Meine Brüder waren zwei und sechs und ich war vier Jahre alt, als meine Mutter mit uns vor den Russen geflüchtet ist.«

»Wann war das?«

»Januar 1945 mussten wir weg. Ich kann mich kaum noch an die Flucht erinnern. Ich weiß nur, dass wir über die zugefrorene Ostsee gelaufen sind.« Er lächelte sie von der Seite an. »Stell dir mal vor. Meine Mutter mit drei kleinen Kindern auf der Flucht. Viele Menschen sind dabei gestorben. Und dann sind wir nach Hamburg gekommen. Das war schlimm. Wir wurden nicht gerade mit offenen Armen empfangen, weißt du? Niemand wollte uns haben.«

»Und wo war dein Vater?«

»Keine Ahnung. Ich erinnere mich nicht an ihn. Er war wohl einmal zum Fronturlaub da. Dabei ist mein kleiner Bruder gezeugt worden. Dann ist er wieder an die Front und wir haben nie wieder etwas von ihm gehört. Keine Briefe. Nichts.«

»Du weißt nicht, ob er noch lebt?«

Paul zuckte mit den Schultern. »Offiziell ist er noch am Leben. Verschollen eben. Er könnte in Gefangenschaft geraten oder geflüchtet sein und irgendwo ein neues Leben angefangen haben. Ich weiß es nicht.« Sein Blick folgte den Entenküken, die sich beeilten, ihrer Mutter ins Wasser zu folgen. »Solange er nicht für tot erklärt worden ist, bekommt meine Mutter keine Rente und wir leben von den paar Mark, die mein kleiner Bruder und ich verdienen.« Das letzte Küken eilte mit hektischen Schwimmbewegungen seinen Geschwistern hinterher. »Mein großer Bruder hat geheiratet und ist nach München gezogen.« Er warf einen flachen Stein, der mit großen Sprüngen über die Wasseroberfläche tanzte. »Wahrscheinlich ist mein Vater gefallen«, flüsterte er. »Er muss tot sein.«

»Mein Vater ist auch gefallen«, sagte Maria, ohne ihn anzusehen. »In der Normandie.«

Schweigend schlenderten sie weiter.

»Liebst du mich?« Sie drückte seine Hand und legte den Kopf auf seine Schulter.

»Ja, natürlich. Das weißt du doch.«

Sie sahen den Enten zu, die sich aufrichteten und mit den Flügeln schlugen, sodass das Wasser spritze.

»Möchtest du mit mir zusammenleben?« Ihre Stimme vibrierte und das Herz hämmerte gegen ihren Brustkorb.

Er blieb stehen und sah sie an. »Ich verstehe nicht, was du meinst.«

»Heiraten«, platzte es aus ihr heraus. »Ich meine ... würdest du mich heiraten?«

Er starrte sie an. *Seit wann machen Frauen Heiratsanträge?* »Ja natürlich, irgendwann.«

»Was heißt denn irgendwann?«

»Maria, Schatz! Ich bin noch keine einundzwanzig. Ich kann nicht einfach heiraten.«

»Warum fragst du nicht deine Mutter?« Maria spürte seine Verunsicherung. Und das ermutigte sie.

»Du weißt doch, dass wir kein Geld haben. Das reicht gerade für uns zum Leben. Ich kann jetzt nicht heiraten.«

Sie senkte den Kopf und dachte nach. Sie wusste, dass er recht hatte. »Wir bekommen ein Baby. Paul, ich bin schwanger.«

Er sah sie mit weit aufgerissenen Augen an, doch dann verwandelten sich seine Gesichtszüge in ein Strahlen. »Aber ... aber ... das ist ja wunderbar«, rief er. »Ich werde Papa.« Er wollte sie in die Arme nehmen, doch sie wich zurück und sah ihn wütend an.

»Du Dummkopf«, rief sie. »Weiß du überhaupt, was das bedeutet?«

»Natürlich«, erwiderte er. »Dass wir eine Familie werden.«

»Ja! Eine unverheiratete Frau mit einem minderjährigen Mann und einem unehelichen Kind.«

Paul ließ die Arme sinken und sah sie ernst an. »Du hast recht. Das habe ich nicht bedacht.«

»Hast du eine Idee?«, fragte sie. »Weißt du, was wir tun können?«

Er schüttelte den Kopf. »Nein. Ich weiß es nicht. Ich weiß nur, dass ich Kinder liebe und immer von einer Familie mit vielen Kindern geträumt habe.« Er nahm sie in die Arme und flüsterte: »Wir schaffen das, Maria. Ich weiß nicht wie, aber wir schaffen das.«

***

Inge Brandt, eine kleine, rundliche Frau von neununddreißig Jahren, stand auf dem Friedhof Hamburg-Ohlsdorf vor einem Grab. Es war kalt an diesem frühen Nachmittag im November und sie trug unter ihrem schwarzen Stoffmantel ein ebenso schwarzes Stoffkostüm. Sie hatte Unkraut gezupft und die Grünpflanzen mit Tannenzweigen abgedeckt, um sie vor der Kälte zu schützen. Sie betrachtete gedankenverloren den grauen Grabstein. *Anton Brandt, geboren 1910 – gestorben 1959. S*echs Monate zuvor war er an Kehlkopfkrebs gestorben.

Sie war das mit Abstand jüngste von insgesamt vier Kindern und war in dem Dorf Crivitz bei Schwerin in Mecklenburg aufgewachsen. Ihre Eltern hatten eine eigene Bäckerei, die von der gesamten Familie betrieben wurden. Inge war achtzehn Jahre alt, als sie sich in Anton, den achtundzwanzigjährigen Zahnarzt, verliebte. Ein Jahr später, kurz vor Kriegsbeginn, heirateten sie. Durch die Bäckerei und einen großen Garten litt die Familie während des Krieges keine Not. Da Inges Eltern Mitglied in der NSDAP und gut situiert waren, wurden ihnen ab und zu Kriegsgefangene, meistens französische Soldaten, zugeteilt, die ihnen bei der Bewirtschaftung der Bäckerei und dem Garten helfen mussten.

Anders als Inges Familie war Anton kein Mitglied in der NSDAP, sondern überzeugter Sozialdemokrat. Hatten sie von dem Einmarsch der Russen 1945 nicht so viel mitbekommen, so war Antons politische Gesinnung in der 1949 gegründeten DDR ein Problem. Das war der Grund, weshalb sie 1952 in einer Nacht-und-Nebel-Aktion über die Grenze nach Westdeutschland flohen. Sie ließen sich in Hamburg nieder und Anton eröffnete eine Zahnarztpraxis. Inge und ihr Ehemann verbrachten zwanzig gute Jahre miteinander, aber ihr größter Wunsch wurde nicht erfüllt. Sie bekam keine Kinder. Fünf Jahre nach der Flucht war Anton an Kehlkopfkrebs erkrankt. Inge hatte ihn bis zu seinem Tod gepflegt. Zwei lange Jahre.

Sie wusste nicht, wie lange sie an dem Grab gestanden hatte, als sie sich umdrehte und auf den Heimweg machte. Der Friedhof Hamburg-Ohlsdorf war eine riesige Parkanlage und sie benötigte fast eine halbe Stunde bis zum Ausgang. Sie spazierte an Gräbern, dem großen Soldatenfriedhof und einer kleinen Kapelle vorbei, ohne auf sie zu achten. Auch die Friedhofsgärtner, die emsig das Laub von der Wiese kehrten, beachtete sie nicht. Sie hatte seit Antons Tod die Wohnung nur verlassen, um kleinere Einkäufe zu tätigen oder ihn am Grab zu besuchen. Es ziemte sich, ein Jahr lang schwarz gekleidet auf die Straße zu gehen, um der

Trauer in der Außenwirkung Rechnung zu tragen. Vor seinem Tod hatte sie sich gerne von ihrer lebenslustigen Seite gezeigt, doch als Witwe eines in der Wohngegend bekannten Zahnarztes war ihr das nicht mehr vergönnt. Sie wurde einsam und glaubte, nie wieder aus ihrer Trauer herauszufinden, wobei sie nicht wusste, ob sie den Tod eines wunderbaren Menschen oder aber ihre eigene schwierige Situation beweinte.

1960 bis 1962

Es war bitterkalt an dem Morgen Ende Januar 1960. Ein
eisiger Ostwind fegte über Deutschland hinweg und schwerer Schneefall verwandelte das Land in eine weiße Landschaft. Es war der zweite Kälteeinbruch in diesem Winter
und schon im Dezember 1959 war die Zahl der Grippekran-
ken stark angestiegen. Als nach der eisigen Kälte die
Temperaturen im Januar wieder wärmer wurden, erhöhte
sich die Zahl weiter. Viele Menschen waren der Grippewelle
zum Opfer gefallen.

Maria wurde ebenfalls krank. Sie saß in der Hütte und
hatte den Ofen angefacht, dennoch fror sie. Paul, der inzwischen seinen zwölfmonatigen Wehrdienst absolvierte, hatte
sie schon einige Wochen nicht gesehen. Sie stand kurz vor
der Geburt, sodass ihr jede Bewegung schwerfiel. Die Hütte
verließ sie nur für Einkäufe oder kleine Spaziergänge und
steckte sich dann den alten Ehering ihrer Mutter an den
Ringfinger, um von anderen Menschen nicht als ledige
schwangere Frau entlarvt zu werden. Zu groß war ihre
Angst vor den tadelnden und abwertenden Blicken.

Sie hatte mit Paul einige Versuche unternommen, eine
Wohnung zu bekommen, aber als unverheiratetes Paar
wurden sie immer wieder abgelehnt. Sie freute sich nicht
auf das Kind. Wie sollte ein jetzt neunzehnjähriger Wehr-
pflichtiger eine Frau und einen Säugling ernähren? Und
konnte ein Baby in dieser kalten Hütte überleben? Was
würde passieren, wenn der nächste Winter wieder so hart
werden sollte? Sie wusste es nicht. Sie hoffte nur, dass sie
mit Paul nach seinem Wehrdienst, wenn er wieder auf der

Werft arbeitete, eine Wohnung finden würde. Aber bis dahin war es eine lange Zeit.

Am zwanzigsten Februar 1960 brachte sie im Krankenhaus Hamburg-Mundsburg einen kleinen Jungen zur Welt, den sie Michael nannte. Paul war nicht bei ihr, und so fühlte sie sich einsam und von der ganzen Welt verlassen.

***

Inge hatte die Weihnachtszeit 1959 allein und zurückgezogen verbracht. Jetzt aber, wo im März die Tage allmählich spürbar länger wurden, die Sonne zeigte, dass sie schon Kraft hatte und sich die ersten Krokusse durch das Erdreich gekämpft hatten, spürte sie wieder Lebensfreude. Sie verfluchte ihre schwarzen Kleider, die sie noch bis zum Ende des Trauerjahres tragen musste, und wünschte sich nichts sehnlicher, dass es endlich Mai wurde. Sie hätte ihre Trauerkleidung am liebsten schon jetzt tief im Kleiderschrank versteckt, aber es kannten sie zu viele Menschen, die genau wussten, wann Anton gestorben und das Jahr vorüber war.

An einem sonnigen Sonntag Ende März schlenderte sie nach einem Spaziergang an der Alster in eine Konditorei, um einen Kaffee zu trinken. Sie hängte ihren Mantel an die Garderobe, während sie ihren Hut, ebenso wie die anderen Frauen ebenfalls, aufbehielt. Sie sah sich um. Alle Tische waren besetzt. Überall saßen Paare oder Familien mit ihren Kindern, die sich angeregt unterhielten. An einem Tisch, an dem ein junger Mann saß, war ein Stuhl frei. Er trug einen dunkelblauen Anzug mit einer schmalen Krawatte. Die schwarzen Haare waren kurz geschnitten und mit Haarwasser streng zurückgekämmt, sein Gesicht glatt rasiert. Am Hals waren leichte Schnitte zu erkennen, die er sich

beim Rasieren zugezogen hatte. Vor ihm stand ein Känn-
chen Kaffee und er rauchte in aller Ruhe eine Zigarette. Die
anderen Gäste schien er überhaupt nicht wahrzunehmen.
Die Ausstrahlung des Mannes beeindruckte sie und sie
überlegte, ob sie sich zu ihm setzen sollte. *Nein, es schickt sich
doch nicht, dass sich eine Frau zu einem fremden Mann setzt. Wie
sieht das denn aus?* Sie legte den Kopf schief. *Auf der anderen
Seite …*

»Kann ich Ihnen helfen?«

Inge drehte sich zu der Stimme um und sah in die freundlichen Augen einer jungen Kellnerin. »Wie bitte?«

»Ja, es ist sehr voll heute. Tut mir leid. Aber vielleicht wird
gleich ein Platz frei.«

»Nein, nein. Ist schon gut. Ich wollte ohnehin gerade
gehen.« Inge nahm ihren Mantel von der Garderobe und
eilte aus der Konditorei. Das Herz schlug ihr bis zum Hals.

*Was war das denn? Du benimmst dich ja wie ein junges Mäd-
chen.*

Es waren einige Wochen vergangen und der April zeigte
sich von seiner launischen Seite. Mal stürmte und regnete
es, vereinzelt verirrten sich Schneeflocken und manchmal
kam die Sonne zum Vorschein. Die ersten Blätter zierten
den einen oder anderen Baum und die Vögel zwitscherten
bereits früh am Morgen. *Nur noch diesen Monat überstehen,
dann bin ich endlich dieses unerträgliche Schwarz los.* So wechselhaft wie das Aprilwetter, so waren Inges Launen. An
manchen Tagen freute sie sich, dass das Trauerjahr bald
überstanden war, und dann wiederum konnte sie ihre Einsamkeit nicht ertragen und hatte das Gefühl, dass dieses
verfluchte Jahr niemals enden würde.

Die Tage wurden länger und wärmer. Als das Trauerjahr
im Mai vorüber war, zog sie an einem sonnigen Sonntag ein

orangenfarbenes Kostüm an. Als sie durch die Haustür trat und sie die ersten Passanten begrüßten, fühlte sie sich argwöhnisch beobachtet und sah verlegen zu Boden. So sehr sie sich darauf gefreut hatte, endlich das triste Schwarz abzulegen, so unbehaglich war ihr in diesem Augenblick. Sie hatte das Gefühl, alle Blicke auf sich zu ziehen. Daher wechselte sie die Straßenseite, wenn sie Leute erkannte, und tat, als würde sie sie nicht sehen. Inge eilte zum Stadtpark, wo viele Familien unterwegs waren, die sie nicht kannten. So glaubte sie, nicht aufzufallen, und fühlte sich wohler und sicherer. Sie sah sich um und betrachtete die leuchtend grünen Blätter an den Bäumen, die weißen und lilafarbenen Fliederblüten in den Vorgärten und sog ihren Duft ein. Endlich fühlte sie sich befreit von dem Schmerz des vergangenen Jahres und lächelte. Nach einem langen Spaziergang kam sie an der Konditorei vorbei. Es standen Holzstühle und kleine Tische auf der Terrasse und es waren Sonnenschirme aufgespannt. Sie setzte sich an einen freien Platz und wartete auf die Bedienung. Die Kellnerin lief geschäftig hin und her und servierte den Damen Kaffee und Kuchen und einigen Herren ein Bier. Inge schloss die Augen und genoss die warmen Sonnenstrahlen auf ihrem Gesicht.

»Entschuldigung, gnädige Frau. Ist an Ihrem Tisch noch ein Platz frei?«

Inge schreckte aus ihren Gedanken und sah in zwei freundliche blaue Augen. Es war der junge Mann, der ihr schon vor einigen Wochen aufgefallen war.

»Ich möchte Sie nicht stören«, fuhr er lächelnd fort, »aber die anderen Tische sind alle besetzt und ich würde gern ein Bier trinken. Darf ich mich zu Ihnen setzen?«

Inge nickte verlegen. Der junge Mann setzte sich ihr gegenüber, zündete sich eine Zigarette an und blies den Rauch in
die Luft.

»Was darf ich Ihnen bringen«, fragte die herbeigeeilte Kellnerin.

»Ein kleines Pils bitte«, erwiderte er.

»Und was darf es für die Gemahlin sein?«

Inge starrte die Bedienung an. »Einen Kaffee«, presste sie
hervor.

Die Kellnerin bedankte sich und eilte davon. Inge sah in
ein grinsendes Gesicht. In diesem Augenblick wirkte er wie
ein großer Junge, der Schabernack im Sinn hatte. »So schnell
sind wir also verheiratet«, sagte er augenzwinkernd.

Inges rechter Mundwinkel zuckte. Das passierte immer,
wenn sie nervös war. »Die Kellnerin ist aber sehr nett«,
meinte sie nach einer für sie unermesslich langen Zeit des
Schweigens.

Er zuckte mit den Schultern, ohne sie anzusehen. »Die hat
keine Ahnung.«

Jetzt hat er fast etwas Überhebliches an sich, dachte sie.
»Woran sehen Sie das?«

»Wie die sich bewegt, die Teller trägt und wie sie redet.
Die hat keine Ahnung.«

Inge hatte sich aufrecht hingesetzt, die linke Hand auf den
Tisch gelegt und rührte mit dem Teelöffel in der Kaffeetasse
herum. »Sie sind auch Kellner?«

»Jetzt ja. Früher war ich Chefstewart auf der Italia.« Erneut
zog er an der Zigarette und blies den Qualm aus den rechten Mundwinkel hinaus.

»Sie sind zur See gefahren?«

»Ja, auf einem Luxusliner bei einer schwedischen Reederei.
Da lernt man, wie man bedient.« Er lehnte sich in den Stuhl

zurück. »Die Italia hieß bis zum Krieg Kungsholm. Das war ein richtiges Prachtstück. Vielleicht sagt Ihnen das etwas.« Er sah die Frau prüfend an, die rasch nickte.

»Den Namen habe ich schon mal gehört.«

»Übrigens, mein Name ist Joachim Müller.« Er stand auf, reichte ihr die Hand und verbeugte sich. »Eigentlich Hans-Joachim Müller, aber die meisten nennen mich nur Joachim. Darf ich Sie zu dem Kaffee einladen?«

»Inge Brand. Danke, sehr gern.« Erstmals seit langer Zeit verspürte sie einen Anflug von Glück in ihrem Herzen.

***

Während der kalten Wintertage brachte Paul Maria Holz zum Heizen. Er besuchte sie, wann immer es ihm möglich war, dennoch fühlte sie sich allein und hilflos. »Wenn der Wehrdienst vorbei ist, werde ich wieder arbeiten und Geld verdienen«, sagte er. »Sobald mein Vater für tot erklärt worden ist, bekommt meine Mutter eine Rente und dann können wir heiraten und uns eine Wohnung suchen.«

»Und was ist, wenn wir keine Wohnung finden? Glaubst du wirklich, dass Michael in dieser Hütte so einen Winter wie den letzten übersteht?«

»Wir werden eine Wohnung finden.«

»Du bist so naiv«, fauchte sie ihn an. »Hast du dich mal umgesehen? Es gibt immer noch viel zu wenige Wohnungen. Michael braucht ein Dach über dem Kopf. Er braucht regelmäßige Mahlzeiten. Wir können ihm das nicht geben.«

Sie hatte recht. Es herrschte noch immer Wohnungsnot in Hamburg. Zu viele Häuser waren im Krieg zerstört worden und Vertriebene aus den Ostgebieten, Sudetendeutsche und

Menschen, die es wegen der Arbeit vom Land in die Städte trieb, stellten die Stadt vor eine schwierige Aufgabe.

Die Tage wurden allmählich wärmer und Marias Optimismus wuchs. »Vielleicht wird der nächste Winter ja gar nicht so schlimm und vielleicht finden wir bis dahin doch eine Wohnung«, flüsterte sie Michael zu, als sie ihn in ihren Armen hielt und stillte. Er sah sie mit seinen großen Augen an und saugte gierig die Muttermilch in sich hinein. Sie fühlte in diesen Momenten alles Glück der Erde, dass das Baby ihr schenkte. Nachts aber schlief sie unruhig und wurde von Albträumen geplagt. Immer wieder erschien ihr der Junge, der seine Fäuste in die Hüften gestemmt hatte und sie anschrie: »Jetzt bin ich hier der Mann im Haus.« Sie wachte schweißgebadet auf und stellte sich vor, dass sie mit Michael in einer der verwahrlosten Baracken leben und ihr kleiner Junge *Der Mann im Haus* sein musste. Sofern er den nächsten Winter überhaupt überlebte. In den seltenen Momenten, in denen Paul bei ihr war, hatte sie das Gefühl von Schutz und Geborgenheit einer Familie, aber wenn er wieder weg war, fühlte sie sich allein und schutzlos.

Es gab im Sommer 1960 nur wenige warme Tage und Marias Angst vor einem strengen Winter wuchs und wuchs. Der August war so verregnet und kühl, dass Maria die Hütte mit Michael kaum verlassen konnte. Tagelang prasselte der Regen auf das Holzdach und sie musste häufig heizen, weil es für den Säugling zu kalt wurde. Schon jetzt wurde das Holz knapp und ihre Sorge wuchs, dass sie für den Winter nicht genügend davon zum Heizen haben würde. Um Brennholz zu sparen, wickelte sie das Baby in Decken, setzte sich in ihren Sessel und hielt ihn in den Armen.

Eines Abends zog ein schweres Gewitter auf. Der Donner hallte über die Gartenkolonie und Hagel prasselte auf das Holzdach. Sie saß in dem Sessel und wiegte den weinenden Säugling in den Armen. »Ich bin bei dir«, flüsterte sie. »Dir wird nichts passieren.« Sie zuckte zusammen, wenn ein Donner dem anderen folgte. Sie drückte das schreiende Baby an ihre Brust, damit ihr Herzschlag ihn beruhigte. Aber er beruhigte sich nicht. Erneut ertönte ein langer Donner, der sich mit Urgewalt über die Hütte entlud, und Michael schrie aus Leibeskräften. »Paul, wo bist du?«, rief sie. »Ich kann nicht mehr.« Sie beugte sich über das kleine, schreiende Bündel und weinte mit ihm. Allmählich zog das Gewitter vorüber und verabschiedete sich mit einem langen und dumpfen Grollen. Der Hagel ging in Regen über und prasselte auf das Dach. Wie aus der Ferne hörte sie das Rauschen des Regens. Ihr war kalt und sie zitterte. Noch immer hatte sie das Kind fest an sich gedrückt und weinte. Michael hingegen war eingeschlafen. Nach einer Weile sah sie den schlafenden Säugling an und strich ihm über das Gesicht. Er schmatzte zufrieden, als ihre Finger seine Wangen sanft berührten, und schlief friedlich weiter. Ein Gedanke, der sie in den letzten Wochen beschäftigt hatte, kam in diesem Moment wieder hoch. »Du kannst hier nicht bleiben«, flüsterte sie. »Du wirst hier nicht überleben.« Tränen liefen über ihr Gesicht und tropften auf das kleine Bündel. »Du brauchst eine Familie, die für dich sorgt. Du brauchst jemanden, der dich beschützt.« Sie sah das friedlich schlafende Kind durch ihren Tränenschleier an und schüttelte den Kopf. »Ich kann das nicht. Verstehst du? Ich kann dir das alles nicht geben.«

In dieser Nacht schlief Maria nicht. Sie hatte Angst einzuschlafen und zu träumen. Sie wollte nicht träumen. Sie saß mit dem Baby in ihren Armen im Sessel und starrte in die Dunkelheit. Als der Tag erwachte und die Sonne durch das Fenster in die Hütte schien, ging sie mit ihm auf dem Arm vor die Tür. Sie atmete die frische, feuchte Luft ein und sah sich um. Der Hagel und der Regen hatten den Garten in eine Seenlandschaft verwandelt. Jetzt zeigte sich der Himmel in einem strahlenden Blau und in den Pfützen spiegelte sich die Sonne. Wasser tropfte von den Bäumen. Durch die Feuchtigkeit wirkten die Farben intensiver und satter.

Michael war aufgewacht und strampelte vergnügt in ihren Armen. Er strahlte seine Mutter an, doch ihr versteinerter Blick ging ins Leere. Nein, dieser schöne Morgen, der sie glauben lassen wollte, dass sich alles zum Guten wenden würde, konnte sie nicht mehr belügen. Ihr Entschluss war gefasst. In dieser langen Nacht des Wachens hatte sie sich innerlich von ihrem Kind verabschiedet.

***

Hannelore Schmidt war Leiterin des städtischen Kinderheims. Die Frau im grauen Kostüm mit den hochgesteckten Haaren öffnete die Tür zu ihrem dunklen Büro und setzte sich an den Schreibtisch. Ihr mürrischer Blick fiel auf einen großen Aktenstapel. In letzter Zeit wurden zahlreiche Kinder in ihre Obhut gegeben, teils aus der Not heraus, manchmal ohne erkennbare Gründe.

Sie setzte ihre halbrunde Lesebrille auf die Nase und schlug die erste Akte auf. In diesem Fall hatte eine Mutter ihr Kind zu ihnen gebracht, weil ihr neuer Mann, es von ihr verlangt hatte. *Heutzutage ist es so einfach, sein Kind loszuwerden,* dachte sie kopfschüttelnd.

»Herein«, rief sie, als es an der Tür klopfte. Langsam wurde die Bürotür geöffnet und eine junge Frau mit einem in Decken gehüllten Baby auf dem Arm trat über die Türschwelle. »Kommen Sie rein und machen Sie die Tür zu. Es zieht«, sagte Hannelore Schmidt, ohne aufzusehen. »Wer sind Sie und was wollen Sie?«

»Maria Bachmann ist mein Name. Ich habe ein kleines Kind.«

Die Heimleiterin musterte die Frau über ihre Lesebrille. »Und?«

»Ich wollte fragen, ob ich ihn hierlassen kann.«

»Warum?«

»Ich kann ihn nicht ernähren. Ich bekomme keine Unterstützung für ihn.« Sie drückte das Baby an sich, als wolle sie es nicht hergeben.

»Keine Unterstützung? Warum nicht? Was ist mit Ihrem Mann?«

»Ich … ich habe keinen Mann.«

»Keinen Mann? Was soll das heißen?«

»Ich bin nicht verheiratet.«

»Das Kind ist ein Bastard?« Hannelore Schmidt hob die Augenbrauen und sah die Frau streng an. »Gibt es noch mehr davon?«

»Was? Nein!« Maria schüttelte energisch den Kopf.

»Tun Sie nicht so entrüstet. Bei Ihresgleichen weiß man das doch nie.«

»Ich ...«

»Junge oder Mädchen?«

»Ein Junge«, flüsterte sie. »Er heißt Michael.«

»Wissen Sie, wer der Vater ist?«

»Paul Kowalczyk.«

»Kowalczyk?« Hannelore Schmidt lehnte sich in ihrem Stuhl zurück.

»Paul ist als Kind mit seiner Familie aus Ostpreußen vertrieben worden.«

Die Heimleiterin schüttelte den Kopf. »Und dann auch noch ein Polacke«, flüsterte sie, jedoch laut genug, sodass Maria es hörte.

»Kann ich das Kind hierlassen?«, fragte sie erneut und hielt ihr den Säugling entgegen. *Bitte helfen Sie mir,* flehten ihre Augen. *Bei mir wird er nicht überleben.*

Hannelore Schmidt musterte die junge Frau. »Warum sollte man Ihnen helfen? Erst setzen Sie ein uneheliches Kind in die Welt und dann wollen Sie auch noch Hilfe. Wo soll das noch hinführen?« Sie holte einige Formulare aus dem Schubfach des Schreibtisches. »Füllen Sie das aus und dann gehen Sie.« Dann verließ sie das Büro.

Maria setzte sich an einen kleinen Tisch, legte Michael auf ihren Schoß und füllte mit zittriger Hand die Formulare aus. Als Hannelore Schmidt nach einer Weile mit einer Mitarbeiterin zurückkehrte, sah Maria auf und legte den Stift auf die Papiere. Sie nahm ihren Sohn in die Arme und drückte ihn fest an ihre Brust. Auf einen Wink von der Heimleiterin nahm die Frau Maria das Kind aus den Armen und verließ schnellen Schrittes das Büro.

»Kann ich ihn besuchen kommen?«, fragte Maria.

»Wozu? Sie wollten das Balg doch loswerden.«

»Ich ... ich weiß nicht. Ich dachte nur, vielleicht ...«

»Ihresgleichen sind hier nicht willkommen.« Sie setzte sich an den Schreibtisch, rückte die Lesebrille zurecht und schlug eine Akte auf. »Das Schicksal des Kindes geht Sie nichts mehr an«, sagte sie, ohne aufzusehen. »Und jetzt gehen Sie.«

Maria sprang auf und lief aus dem Büro. Die Tränen in ihren Augen konnte Hannelore Schmidt nicht sehen, die stummen Schreie nicht hören, den Schmerz nicht spüren.

***

»Du hast was?« Paul sah Maria wütend an. »Wie konntest du das tun? In ein paar Wochen bin ich wieder in Arbeit und verdiene Geld. Warum hast du mich nicht gefragt? Ich bin der Vater!«

»Herrgott, du bist immer noch minderjährig, noch zwei Jahre lang.« Ihre Augenlider flackerten. »Du kannst keine eigenen Entscheidungen treffen, keinen Mietvertrag unterschreiben. Nichts! Und hier in dieser Hütte kann er nicht bleiben. Er würde im Winter erfrieren und verhungern. Hast du das immer noch nicht begriffen? Hast du eine Ahnung, wie viele Menschen, wie viele Kinder im letzten Winter gestorben sind? Du weißt doch gar nicht, wie das ist, als unverheiratete Frau mit einem unehelichen Kind wie eine Außenseiterin behandelt zu werden!«

»Es ist genug jetzt! Hör auf damit«, rief er. »Ich bin auch ein Fremder hier! Ich bin auch ein Außenseiter! Wir haben alles verloren und werden als Polacken beschimpft und wie Aussätzige behandelt. Niemand will uns hier haben.«

Sie wich einen Schritt zurück und starrte ihn mit aufgerissenen Augen an. Erst jetzt bemerkte er den Strom der Tränen, der über ihr Gesicht floß. Er sah sie einen Moment schweigend an und nahm sie schließlich in seine Arme.

»Ich werde immer für dich da sein«, flüsterte er und strich ihr über die Haare. »Und ich werde für das Kind geradestehen. Wir werden eine Lösung finden. Das schwöre ich dir.« Sie hielten sich eng umschlungen. »Wollen wir uns die

Babyfotos noch einmal ansehen?«, fragte er nach einer Weile.

Maria schluchzte auf und vergrub ihren Kopf auf seine Schulter. »Ich habe sie verbrannt. Ich konnte es nicht ertragen, sie anzusehen.«

Nach der Entlassung aus der Bundeswehr Ende Oktober 1960 arbeitete Paul wieder bei Blohm&Voss und zog zu Maria in die Hütte. Nachdem er das einundzwanzigste Lebensjahr vollendet hatte, heirateten sie. Im selben Jahr bekamen sie eine kleine Wohnung in Hamburg-Altona. Michael, der in dem städtischen Kinderheim in Groß-Borstel lebte, nahm durch die Heirat den Namen von Paul an. Er hieß jetzt nicht mehr Michael Bachmann, sondern Kowalczyk. Aber von alledem bekam er nichts mit.

»Wie mag es ihm gehen?«, fragte Paul immer wieder. »Wollen wir ihn nicht mal besuchen?«

»Ich will nicht über ihn reden, und ihn besuchen schon gar nicht. Es wird ihm schon gutgehen.«

Maria versuchte, den unerträglichen Schmerz zu ignorieren, ihren Sohn zu vergessen, und mit der Zeit verleugnete sie seine Existenz. Wenn Paul sie auf ihn ansprach, schwieg sie. Er hatte Sehnsucht nach seinem Sohn, aber er traute sich nicht, hinter Marias Rücken Kontakt zu ihm aufzunehmen. Also schwieg auch er.

***

Zu Anton Brandts Lebzeiten hatte Inge dessen sozialen Status als Zahnarzt genossen und sich voller Stolz mit *Frau Doktor* anreden lassen. Doch seine Stellung als Freiberufler hatte eine Schattenseite, denn sie konnte keine Witwenrente beanspruchen. In der Rentenreform 1957 wurden die

Gesetze zur Neuregelung der Rentenversicherung der Arbeiter und Angestellten verabschiedet, das Recht einer freiwilligen Selbstversicherung der Freiberufler und Selbstständigen jedoch ersatzlos gestrichen. Diese Lücke wurde erst mit der Satzung des Versorgungswerks der Zahnärztekammer Hamburgs 1964 geschlossen, also fünf Jahre nach Antons Tod. Deshalb brauchte sie früher oder später einen Versorger. Es interessierte sie nicht, dass Joachim dreizehn Jahre jünger war als sie. Entscheidend war, dass er Arbeit hatte und Geld verdiente. Nach einigen Treffen fragte sie ihn, ob er sie seinen Eltern vorstellt.

Er zuckte mit den Schultern und sagte: »Von mir aus.«

»Wann?«

»Nächsten Sonntag zum Kaffeetrinken?«

»Gut.«

Sie sah ihn prüfend an. »Und dir ist doch auch klar, dass ich irgendwann heiraten und ein Kind haben will?«

»Ja, sicher.«

Joachim wohnte mit seinen Eltern und seiner sechzehnjährigen Schwester Marianne in einer Zweizimmerwohnung in Hamburg-Alsterdorf. Er schlief im Wohnzimmer auf dem Sofa, Marianne bei ihren Eltern im Schlafzimmer.

»Warum hast du eigentlich keine eigene Wohnung?«, hatte Inge ihn gefragt.

»Warum sollte ich? Ich bin die meiste Zeit zur See gefahren.«

Inge stand am Sonntag nervös an der Haustür und läutete. Kurz darauf öffnete Marianne die Tür. Sie war etwas größer als Inge, hatte schulterlange kastanienbraune Haare und strahlend blaue Augen. *Was für eine Schönheit*, dachte Inge.

»Kommen Sie doch herein«, sagte das Mädchen lächelnd.

Joachim kam ebenfalls zur Tür geeilt. Er half ihr aus dem Mantel und hängte ihn im Flur an die Garderobe. »Komm mit«, sagte er. »Ich stell dich meinem Vater vor.«

Sie folgte ihm in die *Gute Stube*, wie das Wohnzimmer genannt wurde. Seine Schwester verschwand in die Küche, um ihrer Mutter zu helfen. Der Kaffeetisch war bereits gedeckt. Joachims Vater saß in einem Ohrensessel und nickte ihr freundlich zu. Er war Mitte fünfzig und hatte kurz geschnittene, glatt zurückgekämmte graue Haare, die er mit viel Haarwasser verklebt hatte, sodass sie einen leichten Grünschimmer hatten. Er reichte ihr zur Begrüßung die Hand.

»Lassen Sie sich von meinen zittrigen Händen nicht abschrecken«, erklärte er mit einem Augenzwinkern. »Ich bin Elektriker und habe wohl zu viele Stromschläge abbekommen. Angenehm, Karl Müller mein Name.«

»Inge Brandt. Auch sehr angenehm«, antwortete sie lächelnd.

»Können Sie bitte an die Seite gehen?«, hörte sie eine Frauenstimme hinter sich. Joachims Mutter huschte mit einem Kuchen an ihr vorbei und stellte ihn auf den Wohnzimmertisch. Dann rieb sie sich die Hände an ihrer Schürze ab.

»Mathilde Müller«, sagte sie kurz und betrachtete sie mit einem prüfenden Blick. Sie war Ende vierzig und eine attraktive Frau mit gelockten braunen Haaren.

»Setzen Sie sich doch«, hörte Inge Marianne sagen, die ebenfalls aus der Küche kam. Sie hielt eine Kaffeekanne in den Händen und strahlte sie an. Inge setzte sich neben Joachim auf die Couch. Marianne goss ihnen Kaffee ein, verteilte den Kuchen und verschwand wieder in die Küche.

»Sie sind also Inge Brandt«, sagte Karl. »Die Frau des Zahnarztes Anton Brandt?«

»Ja, mein Mann ist vor etwas über einem Jahr gestorben. Er starb an Kehlkopfkrebs.«

»Ich hörte davon«, erwiderte er. »Das tut mir leid.«

Dann schwiegen sie.

»Der Kuchen schmeckt sehr gut«, unterbrach Inge die Stille. Tatsächlich schmeckte er ihr nicht. Als Tochter eines Bäckers und Konditors war sie Besseres gewohnt.

»Möchten Sie noch ein Stück?«, fragte Mathilde.

»Nein, danke«, erwiderte sie schnell, bevor ein weiteres Stück auf ihrem Teller landete. Wieder schwiegen sie.

»Sie sind Elektriker?«, fragte sie schließlich.

»Ja, in einem Kaufhaus in der Stadt. Ich kontrolliere die Schaltkästen.«

»Wir wollen heiraten!«, platzte es plötzlich aus Joachim heraus. Alle Augenpaare richteten sich auf ihn.

Der legt aber ein Tempo vor, dachte Inge. *Er hätte mich ja mal fragen können.*

Joachim zündete sich eine Zigarette an und lehnte sich zurück, ohne jemanden anzusehen. Mathilde stand auf, räumte den restlichen Kuchen ab und brachte ihn in die Küche. Inge sah ihr hinterher und dann von Joachim zu seinem Vater.

»Soso«, bemerkte Karl und nickte kurz.

Es folgte eine merkwürdige Stille. Alle hatten die Blicke auf den eigenen Teller oder die Kaffeetasse gerichtet und vermieden es, den anderen in die Augen zu sehen.

»Ich muss jetzt gehen.« Inge erhob sich. »Vielen Dank für den Kuchen.«

Joachim stand ebenfalls auf und half ihr in den Mantel. »Ich bringe dich nach Hause.«

Inge verabschiedete sich von den Gastgebern und eilte die Treppe hinunter, sodass Joachim ihr kaum folgen konnte.

»Sag mal, spinnst du?«, herrschte sie ihn an, als sie das Haus verlassen hatten.

»Wieso?«

»Du hättest mich doch wenigstens mal fragen können. Wie stehe ich denn jetzt da? Hast du gesehen, wie mich deine Mutter angestarrt hat?«

»Ja, und?« Er sah sie unschuldig an, wie ein kleiner Junge. »Du willst doch heiraten, oder?«

»Ja, schon, aber ...«

»Na also.« Er grinste sie schelmisch an. »Dann ist doch alles in Ordnung. Ich weiß gar nicht, was du willst.«

Joachim lud Inge häufiger zu sich ein. Während Karl ihr gegenüber freundlich und höflich war, verhielt sich Mathilde reserviert. Sie mochte die Zahnarztfrau, wie sie sie nannte, vom ersten Tag an nicht.

»Was willst du mit ihr?«, fragte sie Joachim eines Tages. »Sie ist eine alte Frau, keine zehn Jahre jünger als ich. Und was weißt du überhaupt über sie?«

»Ich weiß, dass sie verwitwet und gut für mich ist.«

»Gut für dich? Ich habe schon vor Jahren von ihr gehört. Die Frau des Zahnarztes, die sich betrinkt und auf Feiern auf den Tischen tanzt. Auch als ihr Mann schwerkrank war, ist sie feiern gegangen. Sie ist herrschsüchtig und launisch. Hörst du nicht, was die Leute über sie erzählen? Sie hat dich doch jetzt schon im Griff. Du tust, was sie sagt, und du merkst es noch nicht einmal. Du kannst doch was Besseres finden als sie.«

»Ich will gar nichts Besseres. Sie reicht mir vollkommen. Außerdem ist das alles schon lange her.«

»Na, dass sie nach dem Tod ihres Mannes nicht auch noch feiern gegangen ist, ist ja wohl das Mindeste, was man an Anstand erwarten kann.«

Joachim hatte von den Eskapaden der Zahnarztfrau gehört, aber er redete sich ein, dass es ihm egal war. Tatsächlich aber hatte er Angst vor ihr. Ihre Stimmung wechselte von einer Sekunde auf die andere. Wenn sie ihre Wutausbrüche bekam, schrie und wie von Sinnen tobte, zog er den Kopf ein. Auf ihr Drängen bezogen sie bald eine Zweizimmerwohnung. Im August 1962 heirateten sie.

II. Die Zeit des Vergessens (1963 bis 1965)
1963 bis 1964

Joachim ging arbeiten und Inge führte den Haushalt. Sie kochte, putzte die Wohnung, wusch die Wäsche. Das Restaurant, in dem Joachim in zwei Schichten als Kellner arbeitete, war direkt am Hamburger Hauptbahnhof und hatte morgens ab zehn Uhr bis spät in die Nacht geöffnet. Sie stand mit ihm auf und richtete das Frühstück. Wenn er nach Hause kam, stand das Essen pünktlich auf dem Tisch. Das Wäschewaschen war schwerste körperliche Arbeit. Die Waschküche befand sich im obersten Stockwerk des Wohnhauses. Der große Waschkessel wurde mit Holz befeuert und eimerweise mit Wasser aufgefüllt. Sobald das Wasser warm oder heiß genug war, warf sie die Wäsche hinein und rührte das Waschwasser mit einem großen Holzlöffel um wie in einem überdimensionalen Suppentopf. Bettwäsche und Handtücher wurden anschließend gemangelt. Die Mangel bestand aus zwei eng aneinander liegenden Rollen, durch die die Wäsche mit einer Kurbel hindurchgedreht, sodass das überschüssige Wasser hinausgepresst wurde. Das Hantieren mit der nassen Wäsche und das Mangeln erforderten sehr viel Kraft, sodass sie oft nach der Arbeit erschöpft auf die Couch fiel.

Wenn jedoch kein Waschtag war und es nichts zu Putzen gab, wenn das Essen gekocht und Joachim aus dem Haus war, gab es oftmals nichts für sie zu tun. Anfangs legte sie sich aufs Sofa und döste vor sich hin, aber irgendwann wurde ihr die Zeit zu lang.

Joachim hatte kaum Interesse an gemeinsamen Unternehmungen und gab ihr darüber hinaus nicht das Gefühl, dass er sie als Frau begehrte. Ihr Wunsch nach einem Kind, der ihr schon in ihrer ersten Ehe versagt geblieben war, erfüllte sich somit auch in dieser Ehe nicht. Sie fühlte sich immer weniger als Frau wertgeschätzt.

Sie fuhr regelmäßig zum Friedhof und pflegte Antons Grab. Oft stand sie nur da und sprach mit ihm. Sie wurde schwermütig und es fiel ihr schwer, ihren Aufgaben als gute Hausfrau gerecht zu werden.

Eines Sonntags, sie gingen im Stadtpark spazieren, kam ein junger Hund schwanzwedelnd auf Inge zugelaufen, warf sich vor ihr auf den Rücken, sprang fiepend wieder auf und an ihren Beinen hoch.

»Na, was bist du denn für einer?« Sie streichelte das aufgeregte Tier hinter den Ohren.

»Das will mal ein Schäferhund werden«, antwortete ein älterer Herr lächelnd. »Entschuldigen Sie, dass er Sie belästigt hat, aber er will von jedem gestreichelt werden.«

»Ach, das macht doch nichts«, erwiderte sie. »Wie alt ist er denn?«

»Vier Monate. Er ist noch ein Welpe.«

Schweigend spazierten sie weiter. »Ich will auch einen Hund«, sagte sie nach einer Weile und blieb stehen.

Joachim sah sie fragend an. »Was willst du mit einem Hund?«

»Ich kann mit ihm spazieren gehen, wenn du arbeitest, und ich bin nicht die ganze Zeit alleine.«

Er zögerte einen Moment, zuckte dann aber mit den Achseln. »Gut. Wenn du willst, holen wir uns einen Hund.«

Einige Tage später suchte sie sich in einem Tierheim einen schwarzen Langhaardackel mit Namen Moritz aus, der eingeschläfert werden sollte, weil zu viele Tiere zu versorgen waren. Inge vergötterte das Tier, streichelte ihn bei jeder

Gelegenheit, hob ihn zu sich auf den Schoß, drückte ihn an sich und küsste ihn. Wenn es dem Hund zu viel wurde und er von ihrem Schoß springen wollte, hielt sie ihn fest. Anfangs knurrte er und zeigte ihr die Zähne, doch dann hob sie ihn am Nacken hoch und sah ihn streng an. »Darf Hundi Frauchen anknurren?« Widerwillig ließ er ihre Liebkosungen über sich ergehen, verkroch sich aber sofort unter der Eckbank, sobald sie genug von ihm hatte.

**

Michael war inzwischen seit vier Jahren im Kinderheim. Er erinnerte sich nicht an seine Herkunft und er wusste nicht, dass er Eltern hatte. Er war aggressiv, suchte Streit und ging keiner Schlägerei aus dem Weg. Zumeist genügte es, wenn er sich vor den anderen Kindern aufbaute, selbst wenn sie älter und größer waren als er.

»Schon wieder dieser Bastard«, stöhnte Hannelore Schmidt, wenn ihn eine Betreuerin zu ihr zerrte, weil er einen anderen Jungen verprügelt hatte. »Warum tust du das?«, fragte sie ihn und gab ihm eine schallende Ohrfeige. »Lass dir das eine Lehre sein.« Er sah sie trotzig und wütend an, sagte aber nichts. »Du bist so böse«, schimpfte sie. »Für dich finden wir nie eine Familie.«

Michael verstand nicht, was sie damit meinte, aber es fühlte sich schlecht an, und das machte ihn noch aggressiver.

Es war kurz vor Weihnachten und die Frauen backten mit den Kindern Plätzchen. Michael hatte einen Streit angezettelt und musste zur Strafe draußen bleiben. Die Küche befand sich im Keller des Heims. Vom Hof aus schaute er durch ein Kellerfenster in die Küche und hielt sich an den

Gitterstäben fest. Die Betreuerinnen rollten Teig auf einem Tisch aus und zeigten den Kindern, wie sie Sterne, Tannenbäume oder Halbmonde ausstechen konnten. Manchmal sah eine Frau zu ihm hoch. Krampfhaft umschloss er mit seinen Händchen die Gitterstäbe. Er empfand es nicht als Strafe für das, was er getan hatte. Er fühlte sich ausgeschlossen, einsam. Und zu seiner Wut gesellte sich Traurigkeit.

Einerseits verzweifelte Hannelore Schmidt an dem Jungen, aber andererseits sah sie nicht nur das unzähmbare Kind in ihm. Sie stellte etwas an ihm fest, das sie faszinierte. Er verprügelte die Kinder nicht nur. Er beschützte sie auch. Nie schlug er ein Mädchen oder kleinere und schwächere Kinder. Die Heimleiterin bewunderte diesen vierjährigen Jungen auf ihre Art. Obwohl er in ihren Augen der Sohn einer Hure und nur ein Bastard war, mochte sie ihn. Doch sie zeigte es ihm nie.

Es war ein kalter Dezembertag und die Kinder im Alter von zwei bis vier Jahren wurden auf dem Hof des Heims versammelt. Sie waren in dicke Jacken eingepackt, hatten einen Schal umgebunden und trugen Pudelmützen.

»Stellt euch auf und nehmt euch an die Hand«, rief eine Betreuerin.

Die Kinder stellten sich gehorsam in einer Zweierreihe nebeneinander auf. Michael nahm die Hand von Rebecca, einem dreijährigen Mädchen mit langen Zöpfen. Die Frauen gingen an der Gruppe vorbei und prüften, ob sich alle ordnungsgemäß aufgestellt hatten. Schließlich setzte sich die Gruppe in Bewegung. Schon bald bogen sie in einen Waldweg. Der Boden war mal matschig und mal vereist. Die Betreuerinnen gingen neben der Gruppe her und achteten darauf, dass sich alle Kinder an der Hand hielten. Wenn eines etwas sagte oder lachte, wurde es zurechtgewiesen.

Nach einer Weile gelangten sie über eine Wiese an einen Zaun.

»Stellt euch dort auf«, rief eine Betreuerin. »Dann könnt ihr gucken.«

Michael ließ Rebeccas Hand los und stellte sich an den Zaun. Auf der anderen Seite war zunächst ein Graben vor einer großen Straße, dahinter eine riesige Wiese. Nach einer Weile hörte er erst ein Grummeln, dem ein lauter werdendes Donnern folgte.

»Da kommt es«, rief eine Frau und deutete in die Luft.

Er sah ihrer Hand hinterher. Und dann bemerkte er am Himmel ein stetig tiefer sinkendes Flugzeug. Es landete und raste auf dem Rollfeld hinter der Wiese, wurde langsamer, fuhr eine Kurve und mit ohrenbetäubendem Getöse an den Kindern vorbei, sodass sie sich die Ohren zuhalten mussten. Es wurde leiser, als es sich entfernte und weiter auf seinen Bestimmungsort zurollte, bis die Kinder es nicht mehr sehen konnten. Diese Bilder sollte Michael nie mehr vergessen.

***

Moritz brachte anfangs etwas Abwechslung in Inges Alltag, aber das war nicht von Dauer. Ihre Wutausbrüche häuften sich und kamen für Joachim wie aus heiterem Himmel. Sie beschimpfte ihn, dass er kein Mann sei, der ihr nicht einmal ein Kind zeugen könne und nannte ihn einen Waschlappen. Anton dagegen habe sie begehrt und glücklich gemacht. Joachim ließ die Beschimpfungen und Demütigungen über sich ergehen. Manchmal sagte er fast wie gelangweilt: »Ich nehme dich doch gar nicht für voll«, zündete sich eine Zigarette an und sah an ihr vorbei. Das machte sie noch wütender. Sie schrie und tobte, dass es das ganze Haus hörte. An Antons Grab weinte sie bittere Tränen. »Warum hast du mich verlassen? Warum hast du mir nicht wenigstens ein Kind geschenkt, damit ein Teil von dir weiterleben kann?«

Als Joachim eines Abends von der Arbeit nach Hause kam, stand das Essen, wie er es gewohnt war, auf dem Tisch. Nach jeder Schicht zählte er sein Wechselgeld. Das Trinkgeld durfte er behalten. Wenn es jedoch zu wenig war, musste er es aus eigener Tasche auffüllen. Das war ihm allerdings noch nie passiert.

Inge füllte seinen Teller auf und setzte sich zu ihm. Während er den Blick stur auf seinen Teller gerichtet hatte, musterte sie ihn von der Seite mit zuckendem Mundwinkel.

»Ich hätte gern ein Kind gehabt«, sagte sie schließlich. »Am liebsten einen kleinen Jungen, der aussieht wie Anton.« Er warf ihr einen kurzen Seitenblick zu und konzentrierte sich dann wieder auf seine Mahlzeit. »Ich hatte eine Tochter«, fuhr sie fort. »Zwar keinen Sohn, aber dafür war sie ihm wie aus dem Gesicht geschnitten. Wusstest du das?«

»Nein. Woher denn? Du hast es mir nie gesagt.«

»Warte mal.« Sie eilte in das Wohnzimmer. Nach einer Weile kam sie mit einem Foto zurück und legte es vor ihm auf den Tisch. »Das ist sie. Ursula. Sie starb mit vier.« Sie musterte ihn mit flackernden Augenlidern, während er das Bild betrachtete. Es war ein altes Foto mit gezackten Rändern und zeigte Inge als junge Frau mit einem kleinen Mädchen auf dem Arm. Neben ihr stand eine andere Frau.

»Wer ist das?«, fragte er und deutete auf sie.

»Eine Freundin von mir.«

Er lehnte sich zurück, warf ihr einen kurzen Seitenblick zu und holte tief Luft. »Ich habe auch ein Kind. Einen Sohn.

Andreas. Er müsste jetzt so fünf Jahre alt sein.« Sie starrte ihn mit offenem Mund an, brachte kein Wort heraus. »Er lebt bei seiner Mutter. Ich glaube, in Kaiserslautern. Sie hat es mir angedreht, als ich von der See nach Hause kam. Es war eine einmalige Sache mit ihr und ich habe sie nie wiedergesehen. Nach ein paar Monaten bekam ich Post von ihr, dass sie schwanger ist.« Er zündete sich eine Zigarette an und blies den blauen Rauch in die Luft. »Ich habe jeden Monat fünfzig Mark bezahlt, bis sie geheiratet und ihr Mann den Jungen adoptiert hat.«

»Du hast den Jungen nie gesehen?«, presste sie hervor.

Er schüttelte den Kopf. »Nein, nie. Und es hat mich auch nicht interessiert. Wer weiß, ob der Junge wirklich von mir ist. Ich habe einfach nur bezahlt.«

Inge saß in den folgenden Tagen oft am Küchentisch und dachte an dieses Gespräch. Sie hatte Joachim belogen. Tatsächlich war Ursula nicht ihre Tochter, sondern das Kind ihrer Freundin. Warum sie ihm diese Lüge aufgetischt hatte, wusste sie selbst nicht, aber sie beschloss, es dabei zu belassen. *Joachim hat also einen Sohn und wollte ihn nicht. Und ich, die immer ein Kind wollte, habe nie eines bekommen.* Wieder und wieder gingen ihr diese Gedanken durch den Kopf. *Und dann wird sein Junge auch noch von einem wildfremden Mann adoptiert.* Plötzlich traf sie ein Gedanke wie der Blitz. »Adoption! Wir könnten doch ein Kind adoptieren!« Diese Idee ließ sie in den nächsten Tagen nicht mehr los, bis daraus eine Entscheidung wurde.

»Wir werden ein Kind adoptieren!«, sagte sie abends zu ihrem Ehemann.

»Schön, dass ich auch mal gefragt werde.«

»Nein, wirst du nicht.«

Er wischte sich über das Gesicht und rieb sich die Augen. »Ich habe keine Ahnung, wie das mit einer Adoption funktioniert«, sagte er. »Weißt du das?«

»Nein, weiß ich nicht. Aber ich gehe in den nächsten Tagen zum Jugendamt und erkundige mich.« Sie sah ihn entschlossen an und er wusste, dass er ihr nichts entgegenzusetzen hatte. Ob er es wollte oder nicht. Sie würden ein Kind adoptieren.

***

»Alle Kinder in den Baderaum!«

Michael wusste schon, was kommen würde, und er hatte Angst davor. Es war Badetag. Sie gingen in den Keller, wo in einem großer Raum eine Badewanne stand. Ein Bildchen zeigte jedem Kind, wo sein Platz war und wo es seine Sachen abzulegen hatte. Michaels zeigte eine gelbe Ente. Die Kleineren wurden von den Betreuerinnen ausgezogen. Sie wurden von den Frauen beim Ausziehen hin- und her gedreht und ihnen die Sachen regelrecht vom Körper gerissen. Manchmal fiel ein kleines Kind dabei hin, weinte und wurde von der Betreuerin dafür ausgeschimpft.

Die Jungen und Mädchen stellten sich in einer Reihe auf. Nach und nach wurden sie von den Betreuerinnen in die mit etwas Wasser gefüllte Badewanne gehoben, untergetaucht und wieder auf die Beine gestellt, mit Seife eingerieben und erneut untergetaucht. Wenn die Finger oder Füße vom Spielen schmutzig waren, wurden sie mit einer Bürste abgeschrubbt. Michaels Hände und Füße waren immer dreckig und das Bürsten tat ihm weh. Nach dem Baden wurden sie mit einem rauen Handtuch trockengerubbelt, sodass ihre

Körper knallrot waren. Alle waren froh, wenn sie diese Prozedur hinter sich hatten.

***

Es war Mittagszeit am Heiligabend 1964. Lauter erwachsene Menschen, die anders gekleidet waren als diejenigen, die Michael kannte, kamen in den großen Schlafsaal. Die Frauen hatten ihre Haare hochgesteckt und trugen Röcke bis über die Knie und Blazer. Die Männer trugen meist dunkle Anzüge und Krawatten. Die Kinder waren aufgedreht und sprangen um die Erwachsenen herum. Einige kreischten vor Freude, als sie zu ihnen kamen und sie in die Arme schlossen, sie hochhoben und an sich drückten. Viele Kinder wurden Weihnachten von Verwandten oder Menschen abgeholt, die keine Angehörigen hatten und mit ihnen ihre Einsamkeit überbrückten. Nur wenige verbrachten diese Zeit im Kinderheim.

Der fast fünfjährige Michael bekam nie Besuch und wurde nie abgeholt. An Tagen wie diesen fühlte er sich einsam und hatte das Gefühl, ganz allein auf dieser Welt zu sein. Er saß auf seinem Bett und sah dem Treiben zu. Er hielt Ausschau. Es musste doch irgendeinen erwachsenen Menschen geben, der zu ihm kam und ihn in die Arme schloss. Wenn die eine oder andere Frau in seine Richtung eilte, schlug ihm das Herz bis zum Hals. Aber dann nahm sie doch wieder ein anderes Kind in ihre Arme. Zu ihm kam niemand. Auch an diesem Heiligabend nicht.

So plötzlich wie die Erwachsenen gekommen waren, so schnell waren sie wieder verschwunden. Es herrschte eine gespenstische Stille und Michael fühlte sich leer und ungewollt auf dieser Welt. Er verspürte keine Lust, mit den anderen zu spielen oder mit ihnen zu streiten. Er blieb still auf seinem Bett sitzen und starrte vor sich hin.

»Kommt, Kinder. Jetzt ist Bescherung. Der Weihnachtsmann war da«, rief eine Betreuerin und weckte Michael aus seinen düsteren Gedanken. Er sprang vom Bett und folgte ihr zusammen mit den anderen übriggebliebenen Kindern. Sie führte sie zu ihren Plätzen. Vor dem Schildchen mit der gelben Ente lag eine in buntem Weihnachtspapier eingewickelte Schachtel mit roter Schleife. Michael betrachtete das Geschenk. So ein großes Paket hatte er noch nie gesehen. Das sollte für ihn sein? Er wollte es aufreißen, als er ein lautes »Stopp!« hörte und er zu der Betreuerin aufblickte, die ihn strafend ansah.

»Jetzt nicht«, sagte sie mit erhobenem Zeigefinger. »Es ist noch nicht so weit.«

Verlegen senkte er den Kopf und sah so unauffällig wie möglich zum Paket. Worauf sollte er denn warten?

»Der Weihnachtsmann war heute da und hat jedem Kind, das brav gewesen ist, etwas mitgebracht.« Sie sah Michael mit einem Seitenblick an, als wollte sie sagen: »Sogar dir.«

Er starrte fasziniert auf das Geschenk, das nur für ihn war.

»Jetzt dürft ihr auspacken«, hörte er die Betreuerin sagen und sofort warf er sich auf das Paket und riss aufgeregt das Geschenkpapier ab, öffnete die Schachtel und hielt ein Modellauto in der Hand. Aber nicht irgendeines. Es war ein Lastwagen mit einem Anhänger. Neugierig inspizierte er beides und versuchte zu ergründen, wie der Anhänger an den Lastwagen angehängt wurde. Da war kein Haken zu sehen.

»Pass auf, Michael« Er sah die Frau an, die sich neben ihn hockte, als sie seine Not erkannt hatte. »So geht das.« Sie zog einen kleinen Stift aus der Anhängerkupplung, schob die Deichsel des Anhängers hinein und befestigte den Stift wieder. Jetzt hing der Anhänger am Lastwagen. »Siehst du. Es ist ganz einfach.«

Er nickte und strahlte sie an, nahm den Lastwagen, schob ihn quer durch den Raum und krabbelte auf allen vieren. »Brumm – brumm«, machte er und quietschte vor Vergnügen. Die anderen Kinder interessierten ihn nicht. Er hatte nur noch Augen für das Spielzeugauto, das der Weihnachtsmann ihm gebracht hatte. Sein erstes eigenes Spielzeug.

»Kann ich den auch mal haben?«, fragte Ingo. Ingo war etwas älter als Michael, aber kleiner. Sie stritten oft miteinander. Er stoppte seine Fahrt, drehte sich zu dem Jungen um und schüttelte vehement den Kopf. »Du kannst auch mit meinem Geschenk spielen«, bettelte Ingo.

Erneut schüttelte Michael den Kopf. »Will ich nicht«, sagte er und schob den Lastwagen weiter mit einem lauten »brumm – brumm« durch den Raum.

»Ich will ihn aber auch mal haben«, schrie Ingo und stampfte auf den Boden.

»Das ist meiner«, kreischte Michael zurück. »Und den kriegst du nicht.«

Plötzlich spürte er einen kräftigen Ruck am Arm, als er hochgezogen wurde. Er drehte den Kopf und starrte entgeistert in die funkelnden Augen von Hannelore Schmidt. »Warum lässt du Ingo nicht damit spielen? Du hast ihn lange genug gehabt.«

»Das ist meiner«, schrie er. »Den hat der Weihnachtsmann MIR gebracht.«

»Dir gehört gar nichts, hörst du?«, schimpfte sie. »Diese Spielsachen gehören allen. Und jetzt spielt Ingo damit, hast du verstanden?«

Teilnahmslos sah Michael zu, wie Ingo seinen Lastwagen mit dem Anhänger nahm, sich zu ihm umdrehte und ihn siegessicher angrinste. Nein, Michael hatte nicht verstanden. Woher sollte er auch wissen, dass ihm der Weihnachtsmann nichts gebracht hatte? Wie sollte er verstehen, dass die Geschenke für die Kinder aus Spenden zusammengetragen wurden und für alle Kinder bestimmt waren? In diesem Moment war für ihn seine kleine Welt zusammengebrochen.

1965

Es war ein milder Sonntag Anfang April und die Sonne zeigte, dass sie bereits viel Kraft hatte. Michael verließ das Gebäude und blickte über den Hof des Kinderheims. Eine Treppe führte zum Spielplatz hinab. Die anderen Kinder spielten im Sandkasten, schaukelten oder turnten auf einem Gerüst herum, aber er hatte zu alledem keine Lust. Er sah sich um und entdeckte Rebecca, die am Ende des Hofes an einem Gebüsch stand. Sie hatte ihm und dem Hof den Rücken zugekehrt und schien etwas zu betrachten. Das weckte die Neugier in ihm, er sprang die Treppe hinunter und lief über den Hof zu ihr.

»Was machst du da?«, fragte er.

»Essen«, erklärte sie, zupfte ein Blatt vom Gebüsch und schob es sich in den Mund.

»Du kannst die Blätter doch nicht essen«, sagte Michael und verzog das Gesicht zu einer Grimasse. Doch Rebecca ließ sich nicht beirren und schob sich ein weiteres Blatt in den Mund.

»Siehst du doch. Die schmecken gut. Musst du auch mal probieren.«

Michael versuchte ein Blatt, aber es schmeckte bitter und er spuckte es aus. »Bah«, machte er. »Nee, die mag ich nicht.«

»Wie du willst«, antwortete sie kauend.

Er bemerkte hinter den Sträuchern eine Frau und einen Mann, die ihn beobachteten. Doch nicht sie hatten sein Interesse geweckt. Es war ein schwarzer Hund, der ihn ebenfalls zu beobachten schien. Michael verengte die Augen zu Schlitzen und spähte durch das Gestrüpp. Er schob die Äste beiseite, um besser zu sehen und näherte sich dem Paar mit dem Hund. Er gelangte an einen Zaun, der das Kinderheim eingrenzte. Der Hund ließ sich mit einem Schnaufen auf den Boden sinken und legte die Schnauze auf seine Vorderpfoten. Michael sah zu der rundlichen blonden Frau auf, die ihn freundlich anlächelte. Sie hatte einen roten Rock und Blazer an. Dann sah er den Mann an, der noch rundlicher war und einen dunklen Anzug mit einer Krawatte trug. Die kurzen schwarzen Haare, die er streng nach hinten gekämmt hatte, glänzten in der Sonne. Auch er sah den Jungen aufmerksam an, lächelte aber nicht. Michael musterte die beiden. Als der Hund ihn beschnupperte, sah er zu ihm hinunter und hockte sich hin. Das Tier wich einen Schritt zurück, schleckte sich links und rechts um seine Lefzen. Er setzte sich und ließ seine lange rosafarbene Zunge hechelnd seitlich aus dem Maul hängen.

»Warum macht er das?«, fragte er die Frau und richtete sich wieder auf.

»Weil ihm warm ist«, antwortete sie und strahlte ihn an.

»Wie heißt er denn?«

»Moritz.«

Er ging erneut in die Hocke und musterte das Tier genauer. Er hatte ein langes, schwarzes Fell und seine Ohren hingen schlapp herunter. Sein Schwanz wedelte hin und her. »Was macht er da?«

»Er freut sich«, erwiderte die Frau.

»Hm. Und dann wackelt er mit dem Schwanz?«

»Ja, Hunde zeigen so, dass sie sich freuen.«

Der Hund faszinierte ihn. Er steckte seine Hand durch den Zaun und Moritz schnupperte daran. Seine feuchte Nase kitzelte und Michael lachte laut auf. Das Tier zog erschrocken den Kopf zurück, setzte sich auf sein Hinterteil und kratzte sich mit seiner Hinterpfote hinter dem Ohr, das hin und her geschleudert wurde. Michael lachte vor Vergnügen.

»Michael, komm her«, rief Rebecca am anderen Ende des Gebüsches. Er sah über die Schulter zu dem Mädchen, das sich erneut ein Blatt in den Mund schob. Er warf dem Paar einen Blick zu. Dann drehte er sich um und rannte zu Rebecca. Er bemerkte nicht, dass die Frau und der Mann ihm verzückt hinterherschauten.

»Mein Gott, ist der süß«, flüsterte Inge und hakte sich bei ihrem Ehegatten ein. »Heute ist Sonntag, aber morgen werde ich wiederkommen und mit der Heimleitung sprechen.«

***

Hannelore Schmidt musterte das Ehepaar Müller, die vor ihrem Schreibtisch saßen. Inge hatte die Beine eng zusammengestellt und ihre Hände in den Schoss gelegt. Mit dem Daumen strich sie sich unaufhörlich über den Zeigefinger, der rechte Mundwinkel zuckte. Joachim hatte die Arme vor der Brust verschränkt und starrte an die Wand.

»Also«, begann die Heimleiterin. »Das Jugendamt hat der Übernahme einer Pflegschaft für Michael zugestimmt. Aber seine Eltern haben auf die Adoptionsanfragen bislang nicht reagiert. Sie wissen, was das bedeutet?« Inge schüttelte den Kopf. »Das bedeutet, dass Ihnen der Junge jederzeit abgenommen werden kann, wenn die Mutter Ansprüche anmeldet. Sie haben keinerlei Rechte auf ihn. Das müssen Sie wissen. Sie übernehmen lediglich eine Pflegschaft. Das ist noch lange keine Adoption.« Sie schlug die Akte auf und blätterte einige Seiten durch. »Vormund bleibt das Jugendamt, bis Michael volljährig ist. Sie bekommen einen Betreuer an die Seite gestellt. Das ist ... Moment ... Herr Bertram. Er kann Sie jederzeit zu Hause besuchen und schauen, ob alles rechtens ist. Er kann Sie aber auch zu sich in sein Büro bestellen. Er wird Ihnen zur Verfügung stehen, wenn Sie Fragen haben. Haben Sie das soweit alles verstanden?« Inge und Joachim nickten. »Ach ja, und die leiblichen Eltern werden über Michaels Aufenthalt informiert. Sie haben durchaus das Recht, ihn zu sehen, wenn sie es wollen. Ob das passieren wird, ist allerdings eher unwahrscheinlich.«

»Warum?«, fragte Inge.

»Michael ist unehelich. Seine Mutter war nur einmal hier, als sie ihn gebracht hat, und dann nie wieder. Seinen Vater habe ich hier noch nie gesehen.« Sie hielt inne und sah Inge eine Weile in die Augen. »Sie wissen schon, auf was Sie sich einlassen?«, fragte sie erneut. »Sie haben keinerlei Rechte als Vater und Mutter. In erster Linie haben Sie Pflichten.«

»Ja, das wissen wir«, erwiderte Inge. »Wir werden gut für ihn sorgen.«

»Das bezweifle ich nicht. Aber eines verstehe ich offengestanden nicht. Warum gerade Michael? Er ist bereits fünf Jahre alt. Warum nicht ein jüngeres Kind, für das wir auch eine Adoptionsfreigabe haben?«

»Wir haben ihn sofort ins Herz geschlossen.« Inge legte eine Hand auf ihre Brust und lächelte die Heimleiterin an. »Nicht wahr, Joachim?« Ihr Mann warf ihr einen kurzen Seitenblick zu.

»Sie müssen wissen, dass Michael als schwer erziehbar eingestuft worden ist. Er ist streitsüchtig und aggressiv. Wir haben oft überlegt, ob er nicht in einem Heim für schwer erziehbare Kinder besser aufgehoben gewesen wäre.« Sie senkte den Kopf. »Auf der anderen Seite ist er auch etwas Besonderes. Ich weiß nicht, was es ist, aber ja, er hat etwas

Besonderes. Er schlägt nicht nur um sich. Er ist auch ein Beschützer und Anführer. Ich bin überzeugt, dass er ein guter Junge ist. Er hatte nur die falschen Eltern.« Sie musterte noch einmal das Ehepaar. »Sollen wir ihn holen? Er spielt draußen im Hof.«

Inge antwortete mit einem eifrigen Kopfnicken.

***

Michael spielte mit Ingo im Sandkasten und schaufelte mit Eifer Sand in einen Eimer. Ausnahmsweise stritten sie sich mal nicht. Er war vergnügt und alberte mit Ingo herum, als er eine Stimme hörte.

»Michael, komm mal her!« Er drehte sich um und sah die Betreuerin an der Eingangstür stehen. »Nun komm schon her«, rief sie erneut. Ihre Stimme hörte sich heute nicht nach einer Strafe an. Er warf die Schaufel und den Eimer in den Sand und rannte auf sie zu. Als er sie erreicht hatte, legte sie ihre Hand auf seine Schulter und schob ihn sanft durch die Tür. »Du hast Besuch«, sagte sie lächelnd.

Michael hatte noch nie Besuch bekommen und sein Herz schlug ihm bis zum Hals. Aufgeregt lief er vor der Frau her. Wenn sein Vorsprung zu groß war, drehte er sich um, als wollte er ihr zurufen: »Nun komm schon. Trödel nicht so.« Vor der Bürotür von Hannelore Schmidt blieb er stehen. Hier musste er immer hin, wenn er etwas angestellt hatte. Er zögerte.

Die Betreuerin öffnete die Tür. »Nun geh schon rein. Es ist alles in Ordnung.«

Er ging in das Büro der Heimleiterin und erkannte sofort die blonde, rundliche Frau und den dicken Mann wieder. Hannelore Schmidt saß hinter ihrem Schreibtisch und lächelte. Er war verwirrt, denn sie lächelte nie, wenn er zu ihr in das Büro musste. Das Paar saß vor dem Schreibtisch und beobachtete den Jungen. Der Mann sah ihn mit ernster Miene an, aber die Frau strahlte über das ganze Gesicht. Vorsichtig schritt er auf sie zu. Als er vor ihr stand, breitete sie die Arme aus und hob ihn auf ihren Schoß. Sie drückte ihn fest an sich, als wollte sie ihn nie wieder loslassen.

»Ich bin jetzt deine Mutti«, flüsterte sie und deutete auf den Mann. »Und das ist jetzt dein Vati.« Michael verstand nicht, was sie meinte, und sah sie verwirrt an. »Wir nehmen dich heute mit zu uns nach Hause. Du hast jetzt eine Familie.« Er drehte sich um und sah Joachim an, der eine Tafel Schokolade in der Hand hielt.

»Die ist für dich«, sagte er und reichte sie ihm. Michael warf Hannelore Schmidt einen fragenden Blick zu und nahm sie zögernd in die Hand, nachdem sie es ihm erlaubt hatte.

»Geh noch auf den Hof spielen«, sagte sie. »Wir haben hier noch etwas zu besprechen.«

Er kletterte von Inges Schoß, rannte mit der Tafel Schokolade in der Hand zurück auf den Spielplatz und setzte sich auf den Sandkastenrand. Ingo eilte zu ihm und starrte auf die Schokolade. Michael riss das Papier auf und schob sich gierig ein Stück in den Mund.

»Darf ich auch was haben?«, bettelte Ingo.

»Klar.« Er brach einen Riegel ab und reichte ihn seinem Freund. Und dann krähte Michael zur Betreuerin: »Ingo hat mir meine Schokolade geklaut!«

»Gar nicht. Er hat sie mir gegeben«, rief Ingo.

»Hast du wohl.« Michael warf sich auf ihn und nahm ihn in den Schwitzkasten. Die Betreuerin lief zu den beiden

Streithähnen und riss sie auseinander. Sie hielt Michael am Arm fest und hockte sich vor ihm.

»Warum hast du das getan, hm?«, fragte sie und sah in seine Augen. »Ich habe genau gesehen, dass du ihm die Schokolade gegeben hast.«

Er kannte solchen milden Ton nicht und es verwirrte ihn. Beschämt sah er zu Boden und nahm einen Zeigefinger in den Mund. »Weiß nicht«, sagte er. Dann lachte er die Frau an, riss sich von ihr los und rief: »Ich wollte ihn nur ärgern.« Er lief in den Sandkasten zu Ingo und spielte mit ihm. Beide taten so, als wäre das eben gar nicht passiert. Als er erneut seinen Namen hörte und sich umdrehte, sah er Inge und Joachim auf der Treppe stehen. Sie winkte ihn zu sich. Er rannte die Treppe hinauf und nahm ihre Hand. Sie gingen durch das Gebäude zum Ausgang des Kinderheims, wo Hannelore Schmidt auf sie wartete. Sie verabschiedete sich von dem Paar und beugte sich zu dem Jungen hinunter.

»Das ist jetzt deine Familie. Mach mir keine Schande und sei ein guter Junge. Ich möchte dich hier nicht wiedersehen.«

Michael verließ an der Hand von Inge das Kinderheim, ohne sich umzudrehen. Gerda, Inges Freundin, wartete vor ihrem VW 1500. Sie hatte Inge und Joachim zum Kinderheim gefahren, da sie kein Auto besaßen. Sie schloss die Tür auf und klappte den Beifahrersitz nach vorne. Michael kletterte in das Auto und sah aus dem Fenster. Er war noch nie in einem Auto mitgefahren. Inge setzte sich neben ihn und Joachim nahm auf dem Beifahrersitz Platz. Sie fuhren auf einer breiten Straße in eine für ihn unbekannte Welt, an alten Häusern vorbei, durch Alleen, über asphaltierte Straßen, Kopfsteinpflaster, einer Straßenbahn hinterher. Nach einer Weile parkte Gerda in einer schmalen Straße, die links und rechts von einer vierstöckigen in Gelb gestrichenen Häuserreihe gesäumt war. Vor dem Hauseingang spielten einige Kinder. Die meisten waren älter und größer als Michael. Sie beäugten den fremden Jungen, der sie verschüchtert betrachtete.

»Das ist jetzt dein neues Zuhause«, erklärte Inge und schob ihn in die Wohnung im ersten Obergeschoss des Mehrfamilienhauses. Zögernd trat er in den Flur und sah sich um. Nie zuvor war er in einer Wohnung gewesen.

Links befand sich ein kleiner Raum mit Toilette und einem Handwaschbecken. Dann folgte die Küche. Darin standen ein Kühlschrank und ein Gasherd, am Fenster ein klobiger Küchentisch mit einer bunten Plastiktischdecke sowie eine Eckbank. Er ging weiter durch den Flur und gelangte in die *Gute Stube*. Auf der linken Seite standen ein dunkelgraues Sofa und unter dem Fenster ein Sessel in der gleichen Farbe, davor ein Wohnzimmertisch in dunklem Holz. Gegenüber des Sofas war eine Anrichte, auf der ein großes Radio von Nordmende und ein Fernseher standen.

Michael wurde durch das Wohnzimmer geschoben. Rechts davon ging es ins Schlafzimmer. Direkt hinter der Schlafzimmertür stand ein Bett an der Wand, das sein Kinderbett war. Unmittelbar daneben befand sich das Ehebett. Rechts neben der Tür stand ein Schminktisch mit einem großen Spiegel. Gegenüber vom Ehebett nahm ein Kleiderschrank fast die komplette Wand ein.

Michael war verwirrt von den vielen neuen Eindrücken.

»Komm mal her«, sagte Inge, und er drehte sich fragend zu ihr um. »Sieh mal. Das ist jetzt deins.« Erst jetzt bemerkte er auf einem kleinen Tisch zwei Teddybären. Er riss die Augen auf.

»Sind das wirklich meine Teddys? Und sie werden mir nicht wieder weggenommen?«

Inge schüttelte den Kopf. »Nein, das sind jetzt deine und niemand nimmt sie dir wieder weg.«

Er nahm die beiden Teddys in die Arme und drückte sie fest an sich. Der Junge konnte sein Glück kaum fassen: Endlich eigene Spielsachen.

III. Die Zeit des Schweigens (1965 bis 1969)
1965

Michael lebte sich rasch in seinem neuen Zuhause ein und fand schnell Anschluss zu den Kindern in der Straße. Er freundete sich mit Dieter, dessen Schwester Helma sowie Kai und Evelyn an. Sie befragten ihn, wo er herkomme, und er beantwortete geduldig ihre Fragen. Keines der Kinder kannte ein Kinderheim. Sie alle lebten bei ihren Eltern und konnten sich eine andere Welt, als die ihre nicht vorstellen. Sie behandelten Michael mit Respekt und Bewunderung, und er genoss seinen Status. Aber er konnte sich auch stundenlang mit sich alleine beschäftigen und mit seinen neuen Spielsachen zu Hause spielen.

Seine Großeltern, Mathilde und Karl, freuten sich über den Familienzuwachs. Aber nicht nur die Familie, sondern auch die Nachbarn schlossen ihn in ihr Herz, zumal er sich von seiner besten Seite zeigte. Artig reichte er ihnen zur Begrüßung die Hand und machte einen Diener, so wie Joachim es ihm gezeigt hatte. Häufig beschenkten sie ihn mit Süßigkeiten, aber er begriff schnell, dass er nicht alles annehmen durfte und vorher seine Pflegemutter zu fragen hatte. Sagte sie »Ja«, dann nahm er es freudestrahlend entgegen und wenn sie »Nein« sagte, schüttelte er den Kopf, wenn auch enttäuscht. Joachim war ihm gegenüber weiterhin zurückhaltend und überließ die Erziehung seiner Frau. Er war für das Geldverdienen und die Versorgung der Familie verantwortlich, und mehr interessierte ihn nicht.

Ab und zu kam Herr Bertram vom Jugendamt zu Besuch oder bestellte Inge und Michael zu sich in sein Büro, sprach mit ihr und stellte zufrieden fest, dass der Junge gut versorgt war. Michael saß brav auf seinem Stuhl und überließ das Gespräch den Erwachsenen. Er verstand ohnehin nicht, was sie besprachen, und meistens schaukelte er gelangweilt mit den Beinen.

Inge genoss ihre Mutterrolle, aber nach einiger Zeit spürte sie, dass Michael ihre Sehnsucht nach einem eigenen Kind nicht stillen konnte. Auch wenn ältere Damen bei Spaziergängen zu ihr sagten, »Der Junge ist Ihnen ja wie aus dem Gesicht geschnitten«, erfüllte sie das zwar im ersten Moment mit Stolz. Doch wenn sie ihn betrachtete, erkannte sie, dass der Junge weder mit ihr noch mit Joachim irgendwelche Ähnlichkeiten hatte, die sie als leibliche Eltern ausgewiesen hätten. Dann quälte es sie, dass sie nie ein eigenes Baby in ihren Armen gehalten hatte. *Ich bin die Mutter dieses Jungen,* redete sie sich ein, um dann zu erkennen: *Nein, bin ich nicht.* Dass Michael von Anfang an Vati und Mutti zu ihnen sagte, änderte daran nichts. Immer wieder schossen ihr die quälenden Worte der Heimleiterin durch den Kopf: *Das bedeutet, dass Ihnen der Junge jederzeit abgenommen werden kann, wenn die Mutter Ansprüche anmeldet. Sie haben keinerlei Rechte auf ihn.*

An einem verregneten Oktobertag war sie mit ihm allein zu Hause. Sie saß auf der Couch und der Fünfjährige spielte auf dem Teppich mit seinen Indianerfiguren und Spielzeugautos. Er war in seine Welt abgetaucht und merkte nicht, dass sie ihn wehmütig mit zuckendem Mundwinkel betrachtete. *Er ist ein fremdes Kind und wird es immer bleiben.* Sie fuhr sich mit der Hand durch ihre Locken und über das Gesicht, schloss die Augen und versank in einem Tagtraum. *Er ist mein Sohn. Ich habe ihn gestillt, als er ein Baby war. Er ist mein Fleisch und Blut.* Derweil nutzte Michael die Muster des Teppichs als Straße für seine Autos. *Er will nie wieder weg von mir. Er kann gar nicht mehr weg, denn alle Kinder lieben ihre Mutter und sonst niemanden.* Sie öffnete die Augen, betrachtete lächelnd den spielenden Jungen und rückte sich auf der Couch bequem zurecht.

»Michael, mein Kleiner.« Sie beugte sich nach vorne und reichte ihm die Hand.

»Ja, Mutti?«

»Komm her zu mir. Hast du Hunger?«

Er schüttelte den Kopf.

»Doch, du hast Hunger. Du musst trinken, damit du groß und stark wirst. Komm her zu Mutti.«

Sie winkte ihn zu sich, doch er zögerte, verstand nicht, was sie von ihm wollte.

»Mutti, ich habe keinen Hunger. Und Durst habe ich auch nicht.«

»Komm jetzt her.« Er erschrak über ihren scharfen Ton und strengen Blick. »Nun komm schon«, flüsterte sie und lächelte sanft. Er ging einen vorsichtigen Schritt auf sie zu. Sie hob ihn zu sich hoch und setzte ihn seitlich auf ihren Schoß, legte ihren linken Arm um ihn und drückte ihn nach unten, sodass er in ihrem Arm lag. »Du musst jetzt trinken«, flüsterte sie, legte ihre linke Brust frei und drückte sein Gesicht an sie. Michael bekam kaum Luft und riss angsterfüllt die Augen auf. »Ach, du kennst das ja nicht.« Sie lachte leise auf. »Du musst die Brustwarze in den Mund nehmen und saugen. Dann bekommst du deine Milch.« Der Junge strampelte und versuchte sich losreißen, doch sie hielt ihn fest. »Du bist jetzt brav und trinkst!« Mit aufgerissenen Augen starrte er sie an. »Warte, ich habe eine Idee«, sagte sie nach einer Weile und schob ihn auf die Couch. Er rutschte von ihr und wollte von dem Sofa klettern. »Bleib da und beweg dich nicht.«

Stocksteif blieb er sitzen. Sie eilte in die Küche und kam mit einem Zuckertopf zurück und forderte ihn auf, sich wieder zu ihr in den Arm zu legen. Ängstlich tat er, was sie von ihm verlangte. Er sah sie mit großen Augen an, als sie erneut ihre Brust freilegte und etwas Zucker darauf streute.

»So, jetzt wird es dir schmecken«, flüsterte sie und drückte sein Gesicht erneut an ihre Brust. Er leckte vorsichtig den Zucker ab. »Du musst die Brustwarze schon in den Mund nehmen.« Sie lächelte. »Schmeckt dir meine Milch?«

»Da ist nichts«, nuschelte er.

»Du musst daran saugen. Dann kommt sie auch.« Er saugte an ihrer Brust, doch nichts passierte. »Weißt du, mein Kleiner«, hauchte sie und betrachtete ihn verträumt. »Ich hatte mit Anton eine Tochter. Sie hieß Ursula und war ganz gierig nach meiner Milch.« Sie sah liebevoll in seine aufgerissenen Augen. »Sie starb, als sie so alt war wie du.« Sie lachte auf. »Du musst fester saugen.« Er tat, was sie sagte, doch es floss keine Milch. Verzückt schloss sie die Augen und stöhnte leicht auf, glaubte zu spüren, wie die Milch in ihre Brust schoss und der kleine Säugling gierig trank. Schließlich nahm sie ihn von der Brust und setzte ihn rittlings auf ihren Schoß. »Das muss jetzt reichen«, sagte sie und lächelte verzückt. »Mutti tut die Brust schon ganz weh.« Andächtig rieb sie sich über die Brust. »Hat es dir geschmeckt?« Er sah sie aus seinen großen Augen an und nickte zaghaft. »Und bist du satt geworden?« Erneut nickte er. »Gut, mein kleines Baby. Und jetzt musst du schlafen, ja? Damit du groß und stark wirst.« Sie hob ihn von ihrem Schoß und stellte ihn auf den Boden. Er rührte sich nicht von der Stelle. Erst als sie ihn an die Hand nahm, sah er zu ihr auf und ging neben ihr her. Sie führte ihn in das Schlafzimmer zu seinem Bett, zog ihn aus und legte ihn hinein.

Willenlos ließ er es geschehen. »Du machst jetzt deinen Mittagsschlaf. Und ich will keinen Mucks von dir hören. Hast du verstanden?« Sie deckte ihn zu und küsste ihn sanft auf die Stirn. »Schlaf schön.« Sie verließ das Schlafzimmer und schloss die Tür. Endlich hatte sie ihr so lang ersehntes Baby. Der Junge aber lag in seinem Bett, hatte Angst, sich zu bewegen und noch mehr Angst einzuschlafen.

***

Am nächsten Tag steckte Inge Michael einen Schnuller in den Mund. »Das ist dein Nucki.« Glücklich strahlte sie ihn an.

»Ich will das nicht«, nuschelte er.

»Du bist still und tust, was ich dir sage.« Ihr strenger Blick duldete keine Widerworte. Mit dem Stolz einer Mutter lächelte sie die Nachbarn an, die ihr über den Weg liefen.

»Du bist ja ein süßer Junge«, sagte eine ältere Dame. »Warum hast du denn einen Schnuller?«

Beschämt senkte er den Blick.

»Damit er still ist«, erklärte Inge. »Er redet in einer Tour.«

Die Frau lächelte ihn kopfschüttelnd an. »Tja, mein Kleiner, wer nicht hören will, muss fühlen. Lass dir das eine Lehre sein.«

Inge lenkte ihre Schritte zu dem Gemüseladen an der Ecke und gab Michael die Hundeleine. »Du wartest draußen und passt auf den Hund auf«, forderte sie ihn auf. »Und lass ja den Nucki im Mund.« Sie eilte in das Geschäft. Michael traute sich nicht, sich umzudrehen. Zu groß war seine Angst, dass ihn seine Freunde so sehen könnten. Doch auf dem Heimweg sahen sie ihn, und er spürte ihre Blicke. »Geh spielen«, forderte Inge ihn nach dem Einkaufen auf. »Aber bleib vor der Tür. Ich rufe dich, wenn das Essen fertig ist.«

Doch Michael schüttelte den Kopf. »Keine Lust.«

»Geh nach draußen, habe ich gesagt. Ich habe zu tun und will meine Ruhe haben. Lass den Nucki hier. Den verlierst du nur.«

Er setzte sich vor der Haustür auf die Mauer, hoffend, dass die Nachbarskinder ihn nicht bemerkten.

»Michael ist ein Baby«, hörte er laute Kinderrufe gefolgt von kreischendem Gelächter. Er drehte sich um und sah seine Freunde Evelyn, Dieter, Kai und Helma. »Michael ist ein Baby.«

»Lasst mich in Ruhe«, rief er und drehte ihnen den Rücken zu.

»Michael ist ein Baby.«

Er spürte, wie das Blut durch die Schläfen jagte. Je länger und je lauter sie lachten, umso wütender wurde er.

»Lasst mich in Ruhe«, brüllte er, sprang auf und rannte in ihre Richtung. Breitbeinig und mit geballten Fäusten blieb er vor ihnen stehen. Aber die anderen Kinder liefen und tanzten auf ihn zu, sangen und lachten.

»Michael ist ein Baby.«

Plötzlich rannte er mit weit aufgerissenen Augen und verzerrtem Gesicht auf sie los, begleitet von einem wilden und langen Schrei. Die Kinder stoben kreischend auseinander, aber Michael war schnell. Er lief ihnen hinterher, sprang Kai an und rang ihn zu Boden. Der Junge hielt seine Hände schützend über den Kopf und schrie, doch Michael prügelte wie von Sinnen auf ihn ein. Schließlich ließ er von ihm ab und stellte sich mit geballten Fäusten vor den am Boden liegenden und wimmernden Jungen auf. »Sag noch einmal, dass ich ein Baby bin, und ich schlag dich windelweich.«

Plötzlich spürte er eine schallende Ohrfeige. Er sah die Frau, die ihn geschlagen hatte, mit wutverzerrtem Gesicht und noch immer geballten Fäusten schwer atmend an. Es war Kais Mutter. »Bist du noch zu retten?«, schrie sie. »Du bist ja gemeingefährlich.«

In diesem Augenblick schien er aus einer Trance zu erwachen, sah zu ihr auf und dann zu dem am Boden liegenden und weinenden Kai. Er hatte sich im Kinderheim oft geschlagen, aber nie mit solcher Wut.

Kai hatte sich inzwischen aufgerappelt und hielt sein geschwollenes Auge. »Ich dachte, wir sind Freunde«, sagte er und sah Michael aus verweinten Augen an.

»Freunde machen so etwas nicht, Michael«, herrschte Kais Mutter ihn an, und er sah beschämt zu Boden.

»Was hast du angestellt?«, hörte er Inge hinter seinem Rücken schreien. Sie war aus der Wohnung gerannt, packte seinen Arm und zerrte ihn hinter sich her. »Du verdammter Bengel. Das sag ich dem Jugendamt, und dann kommst du wieder dahin, wo du herkommst.« Sie schubste ihn in die Wohnung und stieß ihn in die Küche. »Das treib ich dir aus, du missratener Bengel«, kreischte sie und schlug ihm ins Gesicht.

Ehe er sich versah, hatte er die nächste Ohrfeige bekommen. Und noch einen Schlag. Und noch einen. Er fiel zu Boden und hielt seine Arme über den Kopf. Sie stellte sich über ihn und schlug immer weiter auf ihn ein. Moritz verkroch sich bellend unter der Eckbank, nachdem sie auch nach ihm schlug.

»Du hast dieses kriminelle Polackenblut in dir«, keifte sie. »Du kommst aus der Gosse und wirst in der Gosse landen. Alle haben mich vor dir gewarnt, aber ich wollte ja nicht hören.«

Er hörte sie nicht mehr, ihre Schreie und Beschimpfungen hallten an ihm vorbei. Er war nur froh, als sie aufgehört hatte, ihn zu schlagen.

***

In den darauffolgenden Tagen steckte er aus Angst vor weiteren Strafen den Schnuller ohne Aufforderung in den Mund, sobald Inge mit ihm auf die Straße ging. Die Kinder lachten ihn nicht mehr aus. Die Erwachsenen wandten den Blick ab.

»Frau Müller, der Junge ist doch viel zu groß für einen Schnuller«, sagte der Gemüsehändler ein paar Tage später.

»Er ist so vorlaut«, erklärte sie, »und so schwer erziehbar. Alle haben mich vor ihn gewarnt.«

»Ach Quatsch«, erwiderte der Mann lachend. »Lassen Sie das Ding doch endlich weg. Sie machen sich ja lächerlich.«

Ich mache mich lächerlich? Wütend sah sie zu dem Jungen mit dem Schnuller im Mund, der mit Moritz vor der Tür des Geschäftes auf sie wartete. *Nur wegen dir lachen alle über mich.*

Nach den Einkäufen bereitete sie das Mittagessen vor. Joachim hatte Frühschicht und das Essen sollte fertig sein, wenn er nach Hause kam. Michael saß auf der Eckbank und malte auf einem Zeichenblock herum.

Sie machen sich ja lächerlich, hallte es in ihr nach. Sie wollte sich nicht lächerlich machen. Sie wollte alles richtig machen, aber wie sollte sie einen Fünfjährigen behandeln? Sie stellte fest, dass sie es nicht wusste. Und dieser Junge war schuld daran. *Ohne ihn hätte ich mich nicht lächerlich gemacht.* Wütend und mit zuckendem Mundwinkel sah sie den malenden Jungen an. *Wer weiß, was ich mir da für einen Ver-*

brecher ins Haus geholt habe, was für kriminelle Gene in diesem Kind stecken? Wer weiß, was seine Polackeneltern schon alles auf dem Kerbholz haben. Sie klopfte das Fleisch mit einem Holzhammer platt und Michael schreckte auf. Sie warf ihm einen Seitenblick zu. Er vergrub sich in seine Zeichnungen und schielte ab und zu ängstlich zu ihr. *Vielleicht sollte ich ihn weggeben, bevor er Weiß-der-Himmel-was anstellt?* Gedankenversunken schälte sie Kartoffeln und schnitt das Gemüse. Dann sah sie wieder zu ihm und bemerkte seinen verstohlenen Blick. »Was willst du?«, fuhr sie ihn an.

»Nichts.« Er vergrub sich wieder in seine Zeichnungen.

»Setz dich vernünftig hin. Du liegst da auf dem Tisch wie ein Bauer.« Gehorsam setzte er sich gerade hin und zeichnete weiter. Sie sah auf die Uhr. Es war Zeit loszugehen und Joachim vom U-Bahnhof abzuholen. »Los, zieh dich an!«, befahl sie. Der Fünfjährige stand auf und zog seine Schuhe an. Die Schnürsenkel konnte er noch nicht zubinden. Also machte sie das für ihn. »Weg mit dem Ding«, rief sie, als er den Schnuller in den Mund steckte. Dann rief sie Moritz herbei und leinte ihn an. Auf dem Weg zum U-Bahnhof ließ sie den Hund von der Leine und nahm Michael an die Hand. Es fiel ihm schwer, mit ihr Schritt zu halten. »Trödel nicht so rum!« Er versuchte ihr Tempo mitzulaufen und stolperte neben ihr her.

Am U-Bahnhof mussten sie nicht lange auf Joachim warten. Er gab ihr einen flüchtigen Kuss und tätschelte den Hund. Michael lächelte er nur an. »Gehen wir noch ein Bier trinken, bevor wir nach Hause gehen?«, fragte er.

Auf dem Heimweg lag eine Kneipe, in der sie häufig auf ein Bier einkehrten, wenn Joachim mittags von der Arbeit kam. Sie setzten sich an einen einzelnen Tisch. Am Tresen saßen einige Männer, erzählten und lachten. Joachim bestellte zwei Bier sowie eine Limo für Michael, zündete sich eine Zigarette an und blies den blauen Rauch in die Luft.

»Wie war dein Tag?«, fragte sie nach einer Weile.

»Wie immer«, antwortete er und zog an der Zigarette.

Michael wurde langweilig und er rutschte auf seinem Stuhl hin und her.

»Sitz still!«, forderte Inge ihn auf. Er bemühte sich, doch nach einer Weile wurde er wieder unruhig. »Hör endlich auf, herumzuhampeln!«, herrschte sie ihn an und zog ihn am Arm. »Tu einmal, was man dir sagt!« Joachim zog erneut an seiner Zigarette und blinzelte sie von der Seite an. »Der Junge ist so schwierig«, klagte sie. Er zog nochmals an der Zigarette, öffnete seinen Mund und sog den Rauch tief in seine Lungen ein, während er den Stummel im Aschenbecher ausdrückte. »Habe ich dir schon erzählt, dass er letzte Woche Kai verprügelt hat?«

Joachim nickte grinsend. »Schon mehrmals. Vielleicht hatte er das ja verdient.«

»Du nimmst ihn immer in Schutz. Nie nimmst du mich in Schutz.« Joachim zuckte mit den Schultern, trank sein Bier aus und zeigte dem Wirt mit hochgehobenem Arm sein leeres Glas. Dieser nickte ihm kurz zu und zapfte ein neues Bier. »Du weißt gar nicht, wie unartig er ist. Alles muss man ihm zweimal sagen. Nie tut er, was man ihm sagt.« Sie musterte ihren Ehemann, der sich gelangweilt in der Kneipe umsah, als Michael wieder auf dem Stuhl zappelte. »Gib endlich Ruhe!«, schimpfte sie, und zu Joachim gewandt: »Siehst du? Was habe ich dir gesagt?« Ihr Ehemann dankte dem Wirt, als dieser das Bier brachte, und nahm einen kräftigen Schluck. »So schlimm wird das schon nicht sein«, antwortete er und wischte sich den Schaum von den

Lippen. »Du hast keine Vorstellung, wie anstrengend das ist, ein so schwererziehbares Kind zu bändigen. Du hast wirklich keine Ahnung.«

Nachdem sie ihre Getränke ausgetrunken hatten, zahlte er und sie verließen die Kneipe. Zu Hause setzte sich Joachim an den Küchentisch und zählte sein Wechselgeld. Michael setzte sich zu ihm und sah ihm zu, während Inge das Essen zubereitete. Joachim stellte zufrieden fest, dass sein Wechselgeld stimmte, zündete sich eine Zigarette an und wartete, bis Inge mit dem Kochen fertig war. Für Michael schnitt sie das Kotelett in kleine mundgerechte Stücke. Der Junge starrte auf sein Essen. Er mochte kein Fleisch. Nicht, weil es ihm nicht schmeckte, sondern weil er es nicht kauen konnte. Das Fleisch im Kinderheim war stets zäh und mit den Milchzähnen der Kinder kaum zu bearbeiten. Er stocherte in den Kartoffeln und dem Gemüse herum, ließ das Fleisch aber liegen. Inge schob sich das Essen hektisch in den Mund. Ihr Teller war bereits leer, während Joachim noch die Hälfte hatte. Erst jetzt bemerkte sie, dass Michael das Fleisch nicht anrührte.

»Iss das Fleisch!«

»Mag nicht.«

»Hier wird gegessen, was auf den Tisch kommt«, schrie sie. »Du undankbares Balg. Andere Kinder wären froh, wenn sie nur die Hälfte hätten.«

»Ich kann das aber nicht kauen«, jammerte er. »Es tut mir an den Zähnen weh.«

»Ich tu dir gleich weh, wenn du nicht isst.« Sie wandte sich wieder ihrem Mann zu. »Was hab ich dir gesagt? Jetzt sag du doch auch mal was.« Er aß schweigend weiter und sah teilnahmslos auf den Tisch. »Joachim, jetzt sag doch auch mal was!«

»Schluss jetzt!«, polterte er und schlug mit der Faust auf den Küchentisch, dass die Teller abhoben. »Ich habe genug von deiner Nörgelei. Ständig meckerst du über den Jungen. Wenn er das Fleisch nicht kauen kann, dann mach ihm gefälligst etwas, das er essen kann. Du hast ja gar keine Ahnung, wie man mit Kindern umgeht.« Sein Gesicht war rot angelaufen, die Unterlippe bebte und die zitternden Hände waren zu Fäusten geballt. »Und was habe ich gehört? Du hast dem Jungen einen Schnuller gegeben? Du hast sie doch nicht mehr alle. Du bist ja nicht ganz dicht! Und du willst eine Mutter sein? Das ich nicht lache.« Abermals schlug er auf den Tisch. »Ich will kein Wort mehr hören, hast du verstanden?«

Inge zog den Kopf ein und senkte den Blick. Nachdem Joachim wütend aus der Küche gestapft und ins Wohnzimmer gegangen war, sah sie Michael böse an. Er wusste, dass sie ihn für Joachims Wutausbruch bestrafen würde. Er wusste nur nicht, wann.

***

Inzwischen war es Anfang November und die Tage wurden immer kälter. Inge weckte Michael frühmorgens und schickte ihn nach dem Frühstück zum Spielen auf die Straße. Er lief durch die Dunkelheit und suchte andere Kinder, aber die meisten waren im Kindergarten oder in der Schule und kamen erst nach dem Mittagessen zum Spielen nach draußen. Und so streunte er allein durch die Gegend oder spielte im Sandkasten auf dem Hinterhof.

»Komm hoch, Mittagessen«, rief Inge aus dem Fenster herunter. Er packte seine Förmchen und die Schaufel in seinen Eimer und ging nach Hause. »Komm in die Küche und setz dich hin«, forderte sie ihn auf, aber er blieb im Flur stehen. Sein Blick fiel auf die Anrichte im Wohnzimmer. Hier saßen normalerweise seine Teddys, die er an seinem ersten Tag geschenkt bekommen hatte. Sie waren weg. »Nun komm schon«, forderte sie ihn nochmals auf. »Wird's bald?«

Er ging in die Küche und sah sie fragend an. »Wo sind meine Teddys?«

»Weg.«

»Wohin?«

»Sie sind weg.«

»Warum?«

»Du warst nicht artig und hast sie nicht verdient. Und jetzt halt den Mund.« Sie stellte ihm einen Teller mit Pfannkuchen und Äpfeln auf den Tisch, sein Lieblingsessen. Aber heute stocherte er mit gesenktem Blick darin herum.

»Was habe ich denn getan?«, fragte er.

»Du warst nicht artig. Du ärgerst mich die ganze Zeit. Und jetzt hör auf zu reden und iss.«

Er fühlte diesen Druck im Herzen, wie damals, als ihm im Kinderheim das Spielzeugauto weggenommen worden war. Nichts gehörte ihm. Aber dann wurden ihm die Teddys geschenkt, und das Versprechen hallte durch den Kopf des Kindes: *Das sind jetzt deine und niemand nimmt sie dir wieder weg.* Inge hatte längst aufgegessen und spülte das Geschirr. Seine Tränen bemerkte sie nicht.

***

Michael kannte Bestrafungen nur zu gut aus dem Kinderheim. Oft war er von gemeinsamen Aktivitäten mit den anderen Kindern ausgeschlossen und zu Hannelore

Schmidt gebracht worden. Aber er hatte immer gewusst, dass er dann etwas auf dem Kerbholz hatte. Jetzt aber war es anders. Wenn Inge ihn bestrafte, geschah es aus heiterem Himmel. Sie beschimpfte ihn als schwierig, kriminell, eiskalt oder Polackenpack, und er verstand nicht, was er falsch gemacht haben sollte. Wenn sie ihn ins Bett brachte, verdunkelte sie das Schlafzimmer, sodass kein Lichtstrahl eindringen konnte. Selbst das Schlüsselloch der Schlafzimmertür hatte sie verstopft. Sie war davon überzeugt, dass Michael nur in vollständiger Dunkelheit schlief. »Ich will keinen Mucks hören«, sagte sie, bevor sie die Schlafzimmertür schloss. Der Junge lauschte durch die Finsternis auf Geräusche, die ihn vor seiner Pflegemutter warnten. Wenn er sicher war, dass sie ihn nicht hören konnte, drehte er sich langsam und behutsam auf die Seite, rutschte mit dem Rücken bis an die Wand und zog die Beine dicht an seinen Körper heran. Die Bettdecke zog er bis fast über den Kopf. Die Wärme schenkte ihm ein wenig Gefühl von Sicherheit und Geborgenheit. Gelegentlich hörte er Inge den Hund rufen, um mit ihm Gassi zu gehen oder Joachim vom U-Bahnhof abzuholen, wenn er Spätschicht hatte. Doch selbst wenn sie nicht zu Hause war, traute er sich nicht, sich zu bewegen, lag still in seinem Bett und wartete auf den Schlaf. Manchmal strich er mit der Hand an der Wand entlang. Er spürte die Noppen der Raufasertapete und tastete sie einzeln ab, fühlte den Stoß der Tapeten. Er grub seine Fingernägel darunter, bis sie sich von der Wand lösten. Er zog leicht daran und löste sie noch ein Stückchen mehr. Schließlich riss er kleine Stücke ab. Er wusste, dass Inge ihn dafür bestrafen würde, wenn sie es bemerkte. Er warf die Tapetenstücke unter sein Bett und hoffte, dass Inge sie nicht finden würde. Natürlich bestrafte und schlug sie ihn dafür, aber dennoch machte er in den folgenden Nächten weiter, getrieben von einem inneren Zwang. Er wusste nicht, weshalb er das tat. Er tat es einfach. Außerdem kaute er an seinen Fingernägeln. Manchmal kaute er sich sogar die Finger blutig. Obwohl es ihm weh tat, kaute er weiter. Irgendwann erkannte Inge, dass sie ihn auch mit Bestrafungen nicht davon abhalten konnte, Tapetenstücke abzureißen und an den Fingernägeln zu kauen. Sie nähte Fäustlinge, die sie ihm nachts anzog und am Handgelenk zuband. Vergeblich versuchte er, sie sich auszuziehen und aufzubeißen. Manchmal stürzte Inge in das Schlafzimmer und überraschte ihn dabei. Wenn er Glück hatte, schimpfte sie, aber meistens schlug sie ihn. Manchmal passierte es, dass sie ihn aufweckte, indem sie die Schlafzimmertür aufriss. Und auch dann bestrafte sie ihn, weil er nicht schlief. Schließlich gab er auf und versuchte nicht mehr, sich der Handschuhe zu entledigen. Stattdessen kaute er sich die Fingernägel tagsüber blutig.

Eines Nachts hörte er Inge den Hund zu sich rufen. »Komm, Gassi gehen. Ja, liebes Hundi. Jetzt gehen wir Vati von der Arbeit abholen.« Der Hund winselte und lief aufgeregt durch die Wohnung. Wie fast jede Nacht riss sie an diesem Abend die Tür auf, um zu schauen, ob Michael schlief. Schnell stellte er sich schlafend, traute sich nicht zu atmen. Sie schloss die Schlafzimmertür und verließ die Wohnung. Er wartete einen Moment und kroch aus dem Bett. Vorsichtig öffnete er die Schlafzimmertür und lugte in das Wohnzimmer. Alles war ruhig. Er schlich zum Wohnzimmerfenster, kletterte auf den Sessel, der direkt vor dem Fenster stand, schob den Vorhang beiseite und sah hinaus. Unten auf der Straße bemerkte er seine Pflegemutter mit Moritz an der Leine. Sie blieb geduldig stehen, während der

Hund an einem Autoreifen schnüffelte und diesen markierte. Michael ließ die Gardine los und sprang vom Sessel, lief durch die dunkle Wohnung und hüpfte auf das Sofa. Als er auf der Couch herumsprang wie auf einem Trampolin, lachte er vor Freude und fühlte sich in diesem Moment unbeschwert und glücklich.

***

Es war eiskalt an diesem Abend, als Inge das Haus verließ. Moritz steuerte auf das nächste Auto zu und beschnupperte den Autoreifen. Sie ließ ihn sein Geschäft verrichten und schickte sich an weiterzugehen, als sie einen Blick zu ihrem Wohnzimmerfenster warf. Sie sah einen Kinderkopf verschwinden und bemerkte die wackelnde Gardine. *Ich wusste es*, fuhr es ihr durch den Kopf. *Na warte. Dir werde ich es zeigen.* Sie zerrte Moritz vom Autoreifen weg, sodass er sich überschlug, und eilte zurück, lief die Treppe hinauf und stürmte in die Wohnung. Sie ließ die Hundeleine los und rannte ins Wohnzimmer, wo Michael auf der Couch stand und sie mit weit aufgerissenen Augen anstarrte.

»Du missratener Bengel«, schrie sie und gab ihm eine schallende Ohrfeige. Er verlor das Gleichgewicht und fiel auf den Boden. Sie schlug immer wieder auf das Kind ein. Schweratmend ließ sie von ihm ab, rannte in den Flur und holte einen Holzbügel, mit dem sie weiter auf ihn eindrosch. Der Junge hielt die Hände über seinen Kopf und machte sich so klein, wie es ihm möglich war. Unaufhörlich prasselten die Prügel auf ihn ein. Inges wütendes Kreischen drang wie aus weiter Ferne in seine Ohren, vermischte sich mit seinen Schreien, dem Bellen des Hundes und den dumpfen Schlägen auf seinen Körper.

»Ich habe dich gewarnt«, stieß sie außer Atem hervor.
»Geh ins Bett und bleib da. Hast du verstanden?« Er eilte ins
Schlafzimmer, kroch in sein Bett und zog die Bettdecke über
den Kopf, traute sich nicht, sich zu bewegen, zu weinen,
nicht einmal zu atmen. Inge ging in den Flur zurück. Erst
jetzt bemerkte sie, dass die Wohnungstür sperrangelweit
offenstand. Eine Nachbarin stand vor der Wohnung und
sah sie fragend an.

»Inge, ist alles in Ordnung?« Sie roch nach Schnaps.

»Hallo Berta. Der Bengel wollte nicht hören.«

»Wer nicht hören muss, muss fühlen«, erwiderte die Frau,
drehte sie sich um und ging wieder in ihre Wohnung.

»Moritz«, rief Inge. »Los, komm her.« Vorsichtig kroch der
Hund unter der Küchenbank hervor, legte sich vor ihre
Füße und warf sich auf den Rücken als Zeichen der Unter-
werfung. »Braves Hundi.«

Michael lag zusammengekauert unter der Bettdecke mit
dem Rücken an die Wand gepresst und starrte, entrückt von
Raum und Zeit, in die Dunkelheit.

***

Es war das erste Weihnachten für Michael außerhalb des
Kinderheims. Inge war viel beschäftigt, weil sich Mathilde
und Karl für Heiligabend angekündigt hatten. Sie hatte
einen Weihnachtsbaum gekauft und schmückte ihn. Michael
hatte noch nie gesehen, wie sich ein normaler Tannenbaum
in einen bunt geschmückten Weihnachtsbaum verwandelte,
und freute sich, dass er dabei mithelfen durfte.

Mathilde und Karl kamen am späten Nachmittag zum
Essen und trugen ein großes Paket mit sich. Karl zwinkerte

Michael zu. »Das hat uns der Weihnachtsmann für dich mitgegeben.«

Der Junge wurde immer aufgeregter, aber er musste sich gedulden, denn zunächst ging die ganze Familie zum Weihnachtsgottesdienst. Als die Christmette zu Ende war, konnte er es kaum erwarten, wieder zu Hause zu sein. Er wollte ins Wohnzimmer laufen, doch Inge hielt ihn zurück. »Erst wird gegessen.«

Nach dem Essen gingen die Erwachsenen ins Wohnzimmer, während Michael voll Ungeduld in der Küche warten musste. Nach einer gefühlten Ewigkeit wurde die Wohnzimmertür geöffnet. Inge nahm ihn an die Hand und strahlte ihn an. »Jetzt war der Weihnachtsmann da.« Er folgte ihr in die *Gute Stube*. Mathilde und Joachim saßen auf der Couch, aber Opa fehlte. In der Mitte des Wohnzimmers war ein Indianerzelt aufgebaut. Michael schritt darauf zu. Plötzlich wurde eine Lanze mit einer Gummispitze mit einem lauten »Aaaaargh« aus dem Eingang gestoßen. Lachend kroch Opa aus dem Zelt. Michael quietschte vor Vergnügen, ließ sich auf alle Vieren fallen und krabbelte in das Zelt, lugte wieder hinaus und strahlte die Erwachsenen mit leuchtenden Augen an.

»Das war noch nicht alles.« Inge deutete auf die Anrichte. »Komm her, mein Junge. Das hat dir der Weihnachtsmann auch noch gebracht.«

Er folgte ihrem Finger. Auf der Anrichte saßen die beiden Teddys, die sie ihm vor einigen Wochen weggenommen hatte. Jetzt waren sie wieder da, aber nun hatten sie Kleider an. Der große braune Teddy trug einen lila Strampler und der kleine hellbraune Teddy eine gelbe Hose. »Die hat Mutti ihnen gestrickt, damit sie nicht mehr so frieren«, erklärte sie.

Michael sah fragend zu ihr auf, nahm den großen braunen Teddy in die Hand und drehte ihn. Er machte dasselbe »Brumm« wie sonst. Ja, es waren seine Teddys, die er so schmerzlich vermisst, mit der Zeit aber völlig vergessen hatte. Er fühlte nichts für diese Plüschtiere, konnte ihnen sein Herz nicht mehr schenken. Nicht, nachdem sie ihm weggenommen worden waren, wie so vieles in seinem Leben. Er setzte den Teddy wieder auf die Anrichte und verschwand im Indianerzelt.

1966

Im Frühjahr lud Herr Bertram Inge zu einem Gespräch ein. Michael saß gelangweilt auf einem Stuhl neben ihr und schaukelte mit den Beinen. Sie redete fast die ganze Zeit und Herr Bertram hörte ihr schweigend zu. Gelegentlich nickte er und warf dem Jungen flüchtige Blicke zu.

»Er ist so frech und gewalttätig«, klagte sie. »Vor einigen Monaten hätte er einen Nachbarsjungen fast totgeschlagen, wenn ich nicht dazwischen gegangen wäre.«

»Na ja«, warf Herr Bertram ein. »Ich hatte Ihnen ja gesagt, dass er nicht ganz einfach ist, aber ...«

»Der hat kriminelle Gene«, ereiferte sie sich. »Irgendwann wird er uns beklauen oder umbringen.«

Der Mann sah sie nachdenklich an. »Sind Sie sicher, dass Sie der Junge nicht überfordert?«

»Dem bringe ich schon bei, wer das Sagen hat.«

Erneut nickte er und musterte den Jungen, der in sich gekehrt seinen schlenkernden Beinen zusah. »Ich glaube nicht, dass er bösartig ist«, erklärte er. »Ich glaube eher, dass Sie viel Geduld mit ihm haben müssen.«

»Noch mehr Geduld als ich? Er ist böse und er ist kalt. Eiskalt. Kein Wunder bei dem Pack, von dem er abstammt.«

»Sie meinen seine Eltern?« Sie nickte eifrig. »Sie sind ehrliche Arbeiter und ...«

»Ja, das glauben Sie«, rief sie dazwischen. »Von denen hat der Bengel ja seine Unschuldsmiene. Er tut so, als ob er kein Wässerchen trüben könnte, aber er hat es faustdick hinter den Ohren.«

»Nun machen Sie mal halblang.« Herr Bertram lehnte sich in den Stuhl zurück und legte seine zusammengefalteten

Hände auf den Schreibtisch. »Die Kowalczyks sind ehrliche Leute. Sein Vater ist Hafenarbeiter und zahlt pünktlich seine Alimente. Er war noch nie mit der Zahlung in Verzug, noch nicht einen einzigen Tag.« Sie sah ihn schweigend mit zuckendem Mundwinkel an. »Er kommt gelegentlich zu mir und erkundigt sich nach ihm«, fuhr er fort. »Gut, die Mutter habe ich noch nie gesehen, aber Herr Kowalczyk war schon öfter hier. Ich glaube, er ist ein guter Mann.«

Inge senkte den Blick und sie schwiegen eine Weile. *Werden sie mir den Jungen doch noch wegnehmen wollen?* »Der Junge hat es gut bei mir«, erklärte sie. »Und ich werde dafür sorgen, dass er es zu etwas bringt.«

»Sicher. Davon bin ich überzeugt.« Er richtete sich wieder auf und blätterte einen kurzen Augenblick in der Akte. »Michael ist jetzt sechs Jahre alt geworden. Eigentlich müsste er diesen Sommer eingeschult werden. Aber ich glaube, das kommt für ihn zu früh. Er sollte nach den Sommerferien zunächst ein Jahr in die Vorschule gehen. Dann ist er zwar der Älteste, aber die Schule würde er jetzt noch nicht schaffen. Vorher sollte er verschickt werden.«

»Verschickt?«

»Ja, für sechs Wochen in ein Kinderkrankenhaus. Er wird dort auf die Vorschule vorbereitet. Die meisten Kinder werden älter sein als er. Wenn er aggressiv wird, werden die ihn schon in die Schranken weisen.«

»Ja, das dürfte das Beste sein«, pflichtete Inge ihm bei.

***

Nach einigen Wochen brachte sie Michael in das Kinderkrankenhaus. Da die meisten Kinder bereits eingeschult waren, fand Unterricht für alle Kinder statt. Michael war einer der wenigen, die noch nicht in der Schule waren. Dennoch wurde er in den Unterricht mit eingebunden. Er war mit viel Eifer dabei, lernte ein wenig lesen und ein bisschen rechnen. In den Kellerräumen des Krankenhauses gab es ein kleines Badebecken. Hier tobten und tollten die Kinder herum und er lernte von den anderen Kindern tauchen und sich zügig unter Wasser fortzubewegen. Das Wasser lernte er als sein Element lieben, obwohl er noch nicht schwimmen konnte. Michael genoss die Gemeinschaft mit den anderen Kindern. Allmählich vergaß er seine Angst vor Inge, wurde ruhiger und hatte Spaß und Interesse an allem, was sich ihm bot.

Nach einigen Wochen kam Inge in das Kinderkrankenhaus, um ihn wieder abzuholen. Während des gesamten Aufenthaltes hatte sie ihn nicht besuchen dürfen und sie freute sich auf ihn. Michael sprang ihr in seiner ausgelassenen Stimmung freudig entgegen. Nach der Begrüßung ging der diensthabende Arzt mit ihr auf das Außengelände des Krankenhauses. Michael hüpfte vor ihnen her und sie wunderte sich über diesen lebhaften und fröhlichen Jungen.

»Frau Müller, Michael ist nicht krank«, erklärte der Arzt. »Er hat nur eine sehr schwere Vergangenheit im Kinderheim hinter sich und Sie brauchen Geduld mit ihm. Er ist ein aufgeweckter, intelligenter und sehr interessierter Junge. Die Schwestern lieben ihn.«

»Und wie soll es mit ihm weitergehen?«, fragte sie. »Alle haben mir gesagt, dass er schwer erziehbar ist.«

Der Arzt lachte auf und winkte ab. »Das ist Blödsinn. Das sagen sie über alle lebhaften Kindern. Er ist nicht schwerer zu erziehen als jedes andere Kind auch. Er ist anpassungsfähig und kommt sehr gut mit den anderen Kindern zurecht.«

Sie sah ihn verblüfft an. »Aber er ist streitsüchtig und prügelt sich andauernd.«

»Ach, mein Gott, Frau Müller.« Der Mann schüttelte den Kopf. »Gelegentliche Hahnenkämpfe sind doch völlig normal. Er bringt sehr viel Potenzial mit. Inzwischen kann er schon ein wenig lesen und rechnen. Das müssen Sie unbedingt fördern. Allerdings sollte er nicht schon in diesem Sommer, sondern erst im nächsten Jahr eingeschult werden. Ein Jahr Vorschule wäre sehr gut.«

»Ja, das sagte Herr Bertram vom Jugendamt auch schon. Aber was ist mit seiner Aggressivität? Einmal hat er einen anderen Jungen fast totgeschlagen.«

»Na na«, machte der Arzt. »Das glaube ich nun doch nicht. Vielleicht wurde er ja auch provoziert. Was weiß ich. Klar, er ist ein Junge, der sich zu wehren weiß. Und das soll er auch. Jungs müssen sich auch mal balgen. Das gehört einfach dazu. Wir haben das doch alle gemacht.« Als sie den Mann zweifelnd ansah, fügte er hinzu: »Hier ist nichts vorgefallen. Er hat sich mit den anderen Kindern gut vertragen. Es gab keinen Streit. Einfach nichts.«

»Er macht bei anderen gerne Liebkind«, beharrte sie.

»Liebe Frau Müller.« Der Arzt blieb stehen und sah sie ernst an. »Glauben Sie wirklich, dass uns ein Sechsjähriger wochenlang für dumm verkaufen kann? Er ist noch labil und wechselhaft. Sicher. Er wird schnell unruhig und zappelig. Auch das. Aber bösartig ist er beileibe nicht.«

Sie sprachen noch ein wenig miteinander, während Michael auf einem Gerüst herumturnte. Nachdem sich der Mann von ihr verabschiedet hatte, sah sie dem Jungen eine Weile lächelnd beim Spielen zu. Doch dann verfinsterte sich ihre Miene. *Mal sehen, wie lange das anhält. Mich führst du nicht hinters Licht, mein Freund.*

Nach dem Klinikaufenthalt war Michael ein fröhlicher und ausgelassener Junge. Er suchte den Kontakt zu Joachim, der sich weiterhin von sich aus nicht um ihn kümmerte, aber Michael störte das nicht. Mit der Selbstsicherheit, der Unbeschwertheit, der Leichtigkeit und dem Urvertrauen eines Kindes ging er immer wieder zu ihm, kletterte auf seinen Schoß, suchte bei Spaziergängen seine Hand, kroch zu ihm ins Bett und kuschelte sich an ihn. Joachim konnte mit dem sechsjährigen Jungen zwar nichts anfangen, ließ es jedoch zu.

Auch er war die meiste Zeit von seiner Mutter erzogen worden. Karl hatte sich nicht um ihn gekümmert, sondern von dem damals Zehnjährigen die Tugenden eines Mannes gefordert. Es war Krieg und für die Familie ums Überleben gegangen.

Joachim konnte mit der Aufdringlichkeit des Jungen nicht umgehen, aber als Inge ihm erzählte, dass Michael im Krankenhaus das Alphabet gelernt hatte und einzelne Worte lesen konnte, hatte er eine Idee. Er kaufte Comichefte, legte sich mit dem Jungen ins Bett und las ihm daraus vor. Michael betrachtete zwar nur die Bilder, hörte aber aufmerksam zu. »Jetzt lese ich dir mal vor«, sagte er, als es ihm zu langweilig wurde, und nahm Joachim das Heft aus der Hand. Michael betrachtete die Comics und erzählte aus den Bildern eine Geschichte, die nichts mit dem zu tun hatte, was in den Sprechblasen stand. Joachim hörte ihm geduldig zu, lachte manchmal laut auf, wenn der Junge irgendeinen Blödsinn erzählte. Er brachte Michael bei, einzelne Wörter zu lesen und als er merkte, dass der Junge schnell und eifrig lernte, forderte er ihn immer mehr. Er erwies sich als geduldiger Lehrer und nach und nach konnte Michael einzelne Sätze lesen. Joachim hatte das Gefühl, dass er endlich etwas mit ihm anfangen konnte, und Michael, einen Vater zu haben.

***

Michael saß am Küchentisch und aß seine Cornflakes, die Inge ihm mit Zucker und Milch in eine kleine Schüssel gefüllt hatte. »Mutti, gehst du heute mit mir baden?«, fragte er.

»Du kannst doch gar nicht schwimmen«, erklärte sie. »Außerdem ist es viel zu kalt und es wird sicher bald regnen.«

»Ich kann tauchen«, erklärte er altklug. »Damit komme ich immer wieder zurück. Ich kann gar nicht ertrinken.«

Inge lachte über die Naivität des Jungen. »Wie lange kannst du denn tauchen?«

»Weiß nicht. Lange.«

»Na also. Lern erst mal schwimmen und dann können wir auch baden gehen.«

»Kannst du denn schwimmen?«

»Natürlich.«

»Dann kannst du es mir doch beibringen.«

Wann gibt der Bengel endlich Ruhe? Allmählich geht er mir gehörig auf die Nerven.

»Bitte, bitte.«

»Mein Gott, Inge, dann geh doch mit ihm ins Schwimmbad«, mischte sich Joachim ein, der aus dem Schlafzimmer schlich, herzhaft gähnte und sich an seiner Flanke kratzte.

»Geh du doch mit ihm«, herrschte sie ihn an. »Oder komm wenigstens mit.«

Michael bekam glänzende Augen. Vielleicht gingen sie ja alle gemeinsam ins Schwimmbad. Sie hatten schon lange nichts mehr zusammen unternommen.

»Du weißt doch, dass ich nicht ins Schwimmbad gehe«, erwiderte Joachim und setzte sich an den Küchentisch. »Ist Kaffee fertig?«

Sie hatte bereits Wasser gekocht und schüttete es in den Kaffeefilter. Michael liebte den Duft von frisch gebrühtem Kaffee, auch wenn er ihn nicht trinken durfte.

»Vati, gehst du mit mir baden?«, bettelte er.

Joachim schüttelte den Kopf. »Nee, ist mir zu kalt.«

Der Junge senkte enttäuscht den Kopf.

»Aber ich soll mit ihm gehen, ja?«, schimpfte Inge und goss nochmals Wasser in den Kaffeefilter. »Für mich ist es nicht zu kalt, wie?«

»Stell dich nicht so an.« Erneut gähnte er herzhaft. »Du hast doch Zeit genug.«

»Das war ja wieder klar«, schrie sie, sodass Michael zusammenzuckte und sich klein machte. »Der ganze Haushalt ist ja keine Arbeit. Wäsche waschen, bügeln, kochen, putzen, den Jungen erziehen. Und der hohe Herr hält sich aus allem raus.«

»Nun hör aber auf«, polterte er zurück. »Wer bringt denn das Geld nach Hause, hä?«

Michael wollte nicht, dass sie sich stritten, und hatte das Gefühl, dass es wegen ihm geschah. Sie schnitt Brot und stellte Butter sowie Wurst auf den Tisch. Als alles zubereitet war, setzte sie sich zu ihnen. Schweigend aßen sie. Nach dem Frühstück räumte sie ab und verschwand aus der Küche. Nach einer Weile kam sie mit einer vollgepackten Tasche zurück und stellte sie auf den Boden.

»Komm jetzt«, forderte sie. Moritz kroch schwanzwedelnd unter der Eckbank hervor und sprang an ihren Beinen hoch. »Nicht du, mein Schatz.« Liebevoll kraulte sie dem Tier hinter den Ohren. »Hundi bleibt bei Vati zu Hause.« Moritz setzte sich auf sein Hinterteil und legte den Kopf schief. »Komm her, Michael.« Er sah sie fragend an. »Zieh deine Jacke und deine Schuhe an.«

»Wo gehen wir denn hin?«

»Du wolltest doch ins Schwimmbad. Also komm jetzt.«

Michael rutschte strahlend von der Küchenbank und lief in den Flur.

»Wird Zeit, dass du endlich lernst, dir die Schuhe selber zuzubinden«, bemerkte Inge, als sie die Schnürsenkel seiner Schuhe zuband.

»Dann bring es ihm doch bei«, vernahm sie Joachims mürrische Stimme.

Auf dem Weg zum Schwimmbad sprang Michael vergnügt neben ihr her und plapperte in einer Tour. Sie war gereizt von dem Streit mit Joachim und ging schweigend weiter, doch der Kleine ließ sich davon nicht beeindrucken.

»Ich freue mich, dass wir schwimmen gehen«, sagte er und sah strahlend zu ihr auf.

Es war ein ungemütlicher und kühler Sommermorgen, aber wenigstens regnete es nicht. Nach einer halben Stunde Fußweg erreichten sie das Schwimmbad. Das große Freibad verfügte über ein Fünfzigmeterbecken mit einem Sprungturm und einer steinernen Tribüne, ein ebenso großes Nichtschwimmerbecken sowie ein Kinderplanschbecken für die Kleinen. Als sie das Schwimmbad betraten, blickten sie über eine riesige Liegewiese. Michael konnte den gewaltigen Sprungturm sehen. So ein Schwimmbad hatte er noch nie gesehen. Inge ging über die Wiese und steuerte auf das

Schwimmerbecken zu. Er ging schweigend neben ihr her, beeindruckt von dem großen Gelände. Weit und breit war kein einziger Badegast zu sehen. Sie waren die Einzigen. Kurz vor dem Schwimmerbecken setzte Inge die Tasche ab und zog sich um. »Zieh dich aus und die Badehose an.« Als sie die Badesachen angezogen hatten, gingen sie auf das Schwimmerbecken zu. Michael betrachtete die glatte Wasserfläche, in der sich die Wolken spiegelten. Ihm wurde mulmig. So viel Wasser hatte er noch nie gesehen. Inge stieg in das Wasser hinein. Als ihr Fuß das Wasser berührte, bildeten sich kleine Kreise, die sich auf der Oberfläche verteilten. Sie ließ sich in das Wasser gleiten und schwamm ein paar Züge. Dann drehte sie sich um und sah ihn an. Er stand noch immer in sicherem Abstand zum Beckenrand und starrte zu ihr.

»Nun komm schon ins Wasser«, rief sie. »Du wolltest doch schwimmen gehen.«

Er ließ seinen Blick über das Wasser gleiten. Dann sah er wieder zu ihr und schüttelte den Kopf.

»Herrgott, was ist denn? Nun komm schon rein.« Doch er rührte sich nicht. »Hast du etwa Angst? Ich denke, du bist so ein guter Schwimmer. Was hast du nicht alles erzählt.« Sie schwamm mit kräftigen Zügen zum Beckenrand zurück und stieg aus dem Wasser. »Du gehst mir vielleicht auf die Nerven«, fuhr sie ihn an. »Dann komm mit.« Sie nahm ihn unsanft an die Hand und zog ihn mit sich zum Nichtschwimmerbecken. Sie gingen am Beckenrand entlang, wo das Wasser zunächst flach war und dann immer tiefer wurde. Auch das Nichtschwimmerbecken war groß. Sie ging im flachen Bereich ins Wasser und zerrte ihn hinter sich her. Er starrte ängstlich über die schier endlos wirkende Wasserfläche und versuchte, sich loszureißen. Doch sie hielt ihn fest. Das Wasser hatte noch nicht ihre Knie erreicht, als er bereits bis zur Hüfte im Wasser stand. Immer schneller ging sein Atem und sein kleiner Brustkorb wölbte sich mit jedem Atemzug. Endlich gelang es ihm, sich von ihr loszureißen und er lief, so schnell es ihm möglich war, in den flachen Teil des Beckens zurück. Dabei ruderte er panisch mit den Händen, um schneller voranzukommen. Er hechelte und japste, drehte sich immer wieder mit angsterfülltem Blick zu ihr um. Je flacher das Wasser wurde, umso schneller kam er voran. Als er das Becken verlassen hatte, drehte er sich zu Inge um. Schwerfällig stapfte sie aus dem Wasser. »Komm her, du blöder Bengel«, schrie sie. »Wegen dir sind wir doch hier.« Michael schnappte nach Luft. Sein Herz schlug ihm bis zum Hals. Er legte seine Arme über Kreuz und seine Hände auf seine Schultern, zitterte am ganzen Körper. »Komm sofort ins Wasser!«, hörte er sie erneut schreien. Er sah ihre wutverzerrte Fratze, wollte weglaufen, doch er stand wie zur Salzsäule erstarrt, unfähig sich zu bewegen. »Warte, dir werde ich es zeigen«, kreischte sie. »Dir werde ich zeigen, was du für ein toller Schwimmer bist.« Als sie ihn fast erreicht hatte, drehte er sich um und lief schreiend davon. »Warte gefälligst«, rief sie. »Ich krieg dich ja doch.« Er drehte sich um und sah die wie von Sinnen tobende Frau auf sich zustampfen. Verzweifelt guckte er sich um. Weit und breit kein Mensch. Sie beide waren ganz allein auf dem Gelände. Als sie ihn fast erreicht hatte, drehte er sich zur Seite weg, sodass sie ihn nicht packen konnte, und lief über die Wiese. Plötzlich stolperte er und kam zu Fall, spürte eine feste Hand seinen Arm ergreifen. »Du kannst also schwimmen«, kreischte sie, zog den Jungen hinter sich her und stieß ihn in das Becken. Michael fuhr herum und sah in die wutverzerrte Grimasse seiner Pflegemutter. Bevor er sich aufrappeln konnte, packte sie ihn an den Schultern, setzte sich rittlings auf ihn und drückte ihn unter Wasser. Er hatte keine Zeit, Luft zu holen, schluckte Wasser. Als sie ihn aus dem Wasser zog, schnappte er nach Luft, bevor sie ihn wieder untertauchte. Er wollte sich wehren, aber er konnte sich nicht bewegen, wollte schreien, bekam jedoch keinen Ton heraus. Als sie ihn hochzog, schnappte er kurz nach Luft, hörte wie aus weiter Ferne ihre wütenden Schreie. Das Wasser schlug erneut über seinem Kopf zusammen, als sie ihn nochmals untertauchte. Er sah ihre Fratze, die sich durch die Wellen immer wieder anders verzerrte. Die Momente, in denen sein Kopf aus dem Wasser gezogen wurde und er Luft holte, nahm er kaum noch wahr. Wieder war er unter Wasser und sah die sich durch die Wellen verschwimmende Grimasse seiner Pflegemutter, ihren irren Blick. In diesem Augenblick spürte er sich nicht mehr, erlebte das Geschehen wie in einem Film, in dem er nicht die Hauptfigur war. Wenn sie seinen Kopf aus dem Wasser zog und erneut untertauchte, wartete er, bis sich das aufgewühlte Wasser beruhigte und sah zu, wie sich ihre Konturen durch das Wasser nach und nach veränderten. Er spürte keine Angst mehr. Er hatte aufgehört, sich zu wehren.

Plötzlich stieg ein Mann ins Wasser und legte seine Hand auf ihre Schulter. Sie drehte sich zu ihm um, stieg von dem Jungen und ließ ihn los. Michael hob seinen Kopf aus dem Wasser und sah, dass der Mann mit ihr sprach. Er konnte nichts hören, da seine Ohren voll Wasser und wie taub waren. Rückwärts kroch er aus dem Becken, setzte sich auf den Rand und schlang seine Arme um die angewinkelten Knie. Er beobachtete Inge und bemerkte, dass ihr rechter

Mundwinkel zuckte, während der Mann mit ihr sprach. Schließlich nickte er ihr zu, drehte sich um und ging.

»Komm«, hörte er ihre dumpfe Stimme. Er stand auf und folgte ihr zu ihren Sachen. Sie nahm ein Handtuch und rubbelte ihn trocken. Er spürte nicht, dass seine Haut vom Rubbeln brannte. Er fühlte in diesem Moment gar nichts.

Michael dachte nicht mehr an den Vorfall im Schwimmbad, aber er veränderte sich. Seine Unbeschwertheit und Leichtigkeit waren verschwunden. Er wurde unruhig und zappelig. Sobald Inge gereizt war oder mit ihm schimpfte, was häufig der Fall war, zuckte er zusammen. Abends, wenn sie ihn ins Bett steckte und das Schlafzimmer abgedunkelt hatte, drehte er sich auf die Seite, rollte sich zusammen und machte sich klein. Er träumte wild, meistens vom Teufel und der Hölle, von Feuerstürmen und Kriegen. In seinen Träumen lief er nackt durch die Straßen, fiel Treppen hinunter und kam nie unten an. Er wurde verfolgt und versuchte wegzulaufen, kam aber nicht vorwärts. Oftmals wachte er schweißgebadet auf, biss sich die Handschuhe auf, die Inge ihm noch immer nachts anzog, und kaute die Fingernägel, bis seine Finger bluteten.

1967

»Der liebe Gott ist böse und springt vor Wut von seinem
Sessel, weil du wieder unartig warst«, pflegte Inge zu sagen,
wenn ein Gewitter über Hamburg zog und es donnerte, und
»Er wirft Blitze vor Wut auf die Erde«, wenn es blitzte.
Michael überlegte mit der Zeit nicht mehr, was er angestellt
hatte. Er nahm es zur Kenntnis, dass er von Grund auf böse
war, und fühlte sich schuldig. Manchmal schickte sie ihn in
den Keller, um Kartoffeln oder Obst zu holen. Der Keller
war finster und er hatte große Angst vor der Dunkelheit. Er
schlich vorsichtig die Kellertreppe hinunter und drückte
sich an die Wand, drehte sich immer wieder um, ob jemand
oder etwas hinter ihm war.

Im Juli kam Michael in die Vorschule. Gegenüber anderen
Kindern war er wieder aggressiv und streitsüchtig. Anders
als im Kinderheim machte er jetzt auch vor schwächeren
Kindern und Mädchen keinen Halt mehr. Er drangsalierte
und schubste sie, nahm ihnen ihre Spielsachen weg und
ärgerte sie bei jeder Gelegenheit. Er wurde der am meisten
gefürchtete Junge unter den Kindern, vor dem man sich in
acht nehmen musste. Immer wieder musste er sich zur
Strafe in die Ecke stellen oder wurde hinausgeschickt. Inge
wurde regelmäßig vorgeladen und zu Hause wurde er
dafür verprügelt. Er steckte die Schläge mit dem Gefühl ein,
dass er von Grund auf böse war und sie verdient hatte, aber
am nächsten Tag war es das gleiche Bild. Wieder bedrängte
und drangsalierte er die anderen Kinder, bis eines Tages –
kurz vor der Einschulung …

Es war Sommer und Inge hatte Michael früh zum Spielen auf den Hof geschickt. Wie jeden Morgen war um diese frühe Uhrzeit kein Kind auf der Straße. Er spielte im Sandkasten Kuchenbacken und schaufelte den vom Morgentau feuchten und klumpigen Sand in Förmchen. Es dauerte nicht lange, bis es ihm langweilig wurde. Und so ließ er den Eimer und die Sandförmchen liegen, schlenderte über den Hof und blickte zu den Fenstern, wo die anderen Kinder wohnten. Keines sah hinaus und winkte ihm zu. Nichts regte sich. Nach einer Weile ging er zurück und setzte sich in den Kasten. Er sah sich um, nahm ein Hand voll Sand, um ihn durch seine Hände rieseln lassen, doch es fielen nur Klumpen hinunter. Er stand auf, stapfte durch den Sand und ließ eine Spur hinter sich zurück, ging einen Kreis, drehte Kurven und betrachtete die Spuren, die er hinterlassen hatte. Dann backte er wieder Kuchen, machte ihn kaputt, schlenderte erneut über den Hof und sah zu den Fenstern. Allmählich wurde die Sonne wärmer und der Sand trocknete. Er klebte nicht mehr so gut zusammen und schließlich rieselte der Kuchen, den er backte, in sich zusammen. Michael hatte kein Zeitgefühl. Er hatte nur das Gefühl, dass sie überhaupt nicht verging. Er sah zum Schlafzimmerfenster im ersten Stock, wo Inge einen Staublappen ausschlug, ohne ihn zu beachten. Dann war sie wieder verschwunden. Er setzte sich erneut in den Sand und sah sich gelangweilt um. Schließlich bemerkte er ein kleines Mädchen auf den Sandkasten zusteuern. Auch sie hatte einen Plastikeimer mit Schaufel und Förmchen bei sich. Sie war deutlich kleiner als er, hatte mittellange blonde Haare, trug eine weiße Bluse und ein rotes Röckchen mit großen weißen Punkten. Er freute sich. Endlich eine Spielkameradin. Aber sie beachtete ihn nicht, ging in den Sandkasten und begann,

Sand in ihren Eimer zu schöpfen. Er betrachtete sie und sah ihr zu, wie sie eifrig schaufelte und einen Sandberg aufhäufte. Auch er häufte Sand auf und schielte immer wieder zu ihr hinüber. Vielleicht bemerkte sie ja, dass sein Sandhaufen viel größer und schöner war als ihrer. Aber sie war so beschäftigt, dass sie ihn gar nicht wahrnahm.

»Wie heißt du?«, fragte er.

»Anne«, antwortete sie, ohne ihn anzusehen. Dann war wieder Stille und sie schaufelten beide vor sich hin. Nach einer Weile hatte er keine Lust mehr und sah ihr zu.

»Wollen wir zusammen spielen?«

»Nö!«

Ihre Ignoranz ärgerte ihn. Er spielte schon seit Stunden alleine. Jetzt war endlich jemand da und beachtete ihn nicht. Er grub seine Hände in den Sand. Einen Versuch wollte er noch unternehmen.

»Wie alt bist du?«

»Sechs.«

»Ich bin sieben.«

»Na und? Ich bin sechs.«

»Und ich bin sieben.«

»Und ich bin sechs.«

Wütend grub er seine Hände fester in den Sand. »Und ich bin sieben!«

»Ist mir egal.«

Es machte ihn rasend, dass sie ihn nicht einmal eines Blickes gewürdigt hatte. Er sprang auf und warf eine Hand voll Sand mit aller Kraft auf das Mädchen. »ICH BIN SIEBEN!!!« In diesem Moment sah sie zu ihm auf und der Sand flog ihr mit voller Wucht ins Gesicht. Sie riss den Mund auf und schrie wie am Spieß. Sand rieselte aus Haaren und Mund. Sie warf ihre Förmchen und die Schaufel in den Eimer und rannte schreiend davon. Michael erstarrte. Vorsichtig sah er sich um. Hatte irgendjemand etwas gesehen? Nein. Zitternd packte er seine Sachen zusammen und lief nach Hause.

»Was willst du denn schon hier?«, fragte Inge, als er an der Tür geläutet und sie ihm geöffnet hatte.

»Hab keine Lust mehr draußen zu spielen.« Er huschte in die Wohnung, ohne seine Pflegemutter anzusehen. Sie sah ihm verwirrt hinterher, sagte aber nichts.

Michael ging das Bild nicht mehr aus dem Kopf, wie der Sand aus Annes Mund gerieselt war und sie laut und schrill aufgeschrien hatte. In der Nacht träumte er davon. Er hatte ein schlechtes Gewissen, aber er hatte auch Angst vor Bestrafung, wenn Inge davon erführe. Sie würde ihn windelweich schlagen. Und diesmal hatte er wirklich etwas Schlimmes angestellt. *Und wenn Annes Mutter es Mutti erzählt?*, fuhr ihm durch den Kopf und die Angst schnürte ihm die Kehle zu. Nein, dann sollte ihn lieber Annes Mutter bestrafen. Er kannte sie vom Sehen. So schlimm würde das schon nicht werden. Jedenfalls nicht so schlimm, als wenn Inge ihn verhauen würde. Und so fasste er den Entschluss, zu Annes Mutter zu gehen, um sich von ihr bestrafen zu lassen.

Anne wohnte im Erdgeschoss direkt neben dem Gemüseladen an der Ecke. Ihm schlug das Herz bis zum Hals, als er vor der Wohnungstür stand und läutete. Er hörte feste Schritte aus der Wohnung und sah zu der Frau auf, die ihm die Tür geöffnet hatte. Sie war deutlich größer als Inge, schlank und hatte mittellange braune Haare. Ihre Miene verfinsterte sich, als sie den verschüchtert dreinblickenden Jungen vor sich sah.

»Was willst du denn hier?«

»Ist Anne da?« Er traute sich nicht, der Frau in die Augen zu sehen, und senkte den Blick.

»Was willst du von ihr?«

»Mit ihr spielen.«

»Wie kommst du darauf, dass sie mit dir spielen will?«

Michael sah weiter zu Boden und trat von einem Fuß auf den anderen und zuckte mit den Schultern. »Weiß nicht.«

»Hast du nicht schon genug angerichtet?«

»Ich … ich … wollte das nicht«, stammelte er mit weinerlicher Stimme.

Sie hockte sich vor ihm, legte den Kopf schief und betrachtete ihn. Auf eine ihr unerklärliche Art rührte sie der kleine Junge und besänftigte sie. »Du wolltest das also nicht, hm?« Sie schob ihre Hand unter sein Kinn und hob seinen Kopf, sodass er ihr in die Augen sehen musste. »Warum hast du das dann getan?« Er sah sie an und spürte, dass sie ihm gar nicht mehr so böse war. Aber er konnte nichts sagen. »Willst du dich bei ihr entschuldigen?« Noch immer hielt sie ihre Hand unter seinem Kinn.

»Ich will das nie wieder tun«, murmelte er.

»Nie wieder?«

Er schüttelte den Kopf. Sie betrachtete ihn lange und ausgiebig. Dieser Siebenjährige wusste, was er getan hatte, und sie spürte, dass er ihrer Tochter nie wieder etwas antun würde, und das zauberte ihr ein Lächeln ins Gesicht.

»Ich glaube dir«, flüsterte sie. »Aber ich weiß nicht, ob Anne deine Entschuldigung annehmen wird. Das muss sie selbst entscheiden. Verstehst du das?« Ja, das verstand er. Sie richtete sich wieder zu ihrer vollen Größe auf und sah zu ihm hinunter. »Anne, hier ist jemand für dich«, rief sie.

Das Mädchen kam aus dem Kinderzimmer herausgestürmt. Als sie Michael bemerkte, blieb sie wie angewurzelt stehen, schlang ihre Arme um das Bein ihrer Mutter und sah ihn ängstlich an.

»Nun sag ihr, was du mir gesagt hast«, sagte die Frau.

Er sah erst zu ihr auf, dann zu dem Mädchen. »Wollen wir zusammen spielen?«

»Nein, nein. Sag ihr, was du mir gesagt hast.«

»Entschuldige, ich wollte das nicht«, flüsterte er und sah beschämt zu Boden. Das Mädchen umklammerte weiter das Bein ihrer Mutter. »Wollen wir zusammen spielen?«, fragte er erneut und sah sie flehend an, als wollte er sagen „Bitte sei wieder gut mit mir." Ein Moment der Stille.

»Ja«, rief sie, ließ das Bein ihrer Mutter los und lief in ihr Zimmer. Michael sah ihr verdutzt hinterher.

»Nun komm schon rein«, sagte ihre Mutter. »Geh zu ihr spielen.« Er strahlte sie an und lief Anne hinterher. Nachdenklich schloss die Frau die Wohnungstür und lächelte. *Dieser Junge wird ihr nie wieder etwas tun.*

***

Die Einschulung rückte näher und Michael freute sich auf seinen großen Tag. Inge ging mit ihm eine Schultüte kaufen. Er beobachtete jedes einzelne Utensil, das sie dafür vorgesehen hatte. Er wusste von seinen Freunden, dass viele Süßigkeiten in der Schultüte landeten, aber sie machte keinerlei Anstalten, auch nur irgendwelche Naschsachen zu kaufen. Stattdessen kaufte sie Hefte, Bleistifte und Radiergummi. Aber Gott sei Dank gab es noch Inges Schwester, Tante Ellie, die in der DDR lebte und ihm jede Menge Süßigkeiten für die Schultüte geschickt hatte. Er strahlte über das ganze Gesicht, als Inge das Paket von Tante Ellie auspackte. Ein hellbrauner Tornister und eine dazugehörige kleine

Umhängetasche für die Pausenbrote kamen zum Vorschein. Außerdem schickte sie ein Etui mit einem Füllfederhalter, der Michael allerdings hoffnungslos überforderte, weil die Tinte nicht mit einer Patrone geladen wurde, sondern durch Drehen aus einem kleinen Tintenfass. Die Tinte tropfte unkontrolliert auf das Papier und Inge beschimpfte ihn als zu blöd, um mit einem so edlen Schreibutensil vernünftig umzugehen.

Am Tag der Einschulung, einem bedeckten Morgen Anfang August, zog Inge ihm eine kurze Lederhose und einen Blazer an. Auf dem Weg zur Schule trug Michael seine jetzt doch prall gefüllte Schultüte zur Schau. Sie begegneten unterwegs anderen Kindern mit ihren Eltern. Sie liefen ausgelassen vor den Erwachsenen her, während die sich unterhielten. Vor der Schule wurden Fotos von den Kindern gemacht. Michael stellte sich breit grinsend in Position. Als er bemerkte, dass auch Kai und Anne in seiner Klasse waren, strahlte er noch mehr. Die Kinder suchten sich ihre Plätze aus. Michael und Kai wählten einen Platz in den hinteren Reihen nebeneinander, während Anne sich ihren Platz direkt vor dem Klassenlehrer, Herrn Wagner, ausgesuchte hatte.

Herr Wagner war ein kleiner, drahtiger Mann mit lichtem, kurz geschorenem Haar. Er machte auf Inge einen strengen Eindruck, was sie mit einem zufriedenen Lächeln registrierte. Er stellte sich vor das Lehrerpult, nahm das Klassenbuch in die Hand und rief die Namen der Schülerinnen und Schüler auf. Das Kind, das aufgerufen wurde, zeigte auf und Herr Wagner machte sein Häkchen hinter dem Namen.

»Michael Kowalczyk«, rief er und sah sich in der Runde um. Michael hob seine Hand. Herr Wagner musterte ihn eine Weile und zog eine Augenbraue hoch, bevor er das nächste Kind aufrief.

Inges Miene verfinsterte sich, als sie seinen Namen hörte. *Michael KOWALCZYK! Nicht Michael MÜLLER?*, schrie sie innerlich. Sie glaubte, die bohrenden Blicke der anderen Eltern auf sich zu spüren. *Nicht mein Kind*, fuhr es ihr durch den Kopf und der Mundwinkel zuckte. *Spätestens jetzt wissen sie es alle.*

Nachdem der Lehrer alle Kinder aufgerufen und abgehakt hatte, gab er den Beginn der Unterrichtszeiten bekannt und verteilte die Stundenpläne. Als er die Kinder entließ, sprangen sie kreischend auf und liefen auf den Schulhof. Die Eltern folgten ihnen. Nur Inge blieb stehen und wartete, bis alle den Klassenraum verlassen hatten.

»Was ist los?«, fragte Joachim. »Warum gehen wir nicht?«

»Hast du das nicht gehört?«

»Was denn?«

»Dieser Name.« Sie funkelte ihn an. »Er hat Michael mit diesem Polackennamen aufgerufen.«

Joachim zuckte mit den Schultern. »Ja und? So heißt er nun mal.«

»Nein! So heißt er nicht«, zischte sie. »Er heißt Müller.«

Joachim verstummte, während sie zu Herrn Wagner ging, der am Lehrerpult Unterlagen sortierte.

»Guten Morgen«, sagte sie und baute sich vor ihm auf.

»Guten Morgen«, sagte er, ohne aufzusehen.

»Mein Name ist Müller. Ich bin die Mutter von Michael.«

»Kowalczyk?«, fragte er und sah sie über seine Lesebrille an.

»Ja.«

»Was kann ich für Sie tun?«

»Also«, begann sie. »Mein Mann und ich ...« Sie drehte sich zu Joachim um, der noch immer regungslos am Ende des Klassenraumes stand. »Nun komm schon her«, zischte sie ihm zu. Er machte sich gemächlich auf den Weg zu Herrn Wagner, der ihn belustigt musterte.

»Angenehm, Müller«, sagte Joachim betont freundlich und reichte ihm die Hand.

»Wagner«, war dessen knappe Antwort. „Also, worum geht's?"

»Wir sind die Eltern von Michael«, erklärte sie, während Joachim sich lächelnd leicht nach vorne verneigte. »Und wir möchten nicht, dass er mit diesem Namen angeredet wird.«

»Und wie soll er angeredet werden?« Der Lehrer lehnte sich zurück und verschränkte die Arme vor der Brust. »Er heißt nun mal Kowalczyk, oder nicht?«

»Ja schon, aber wir möchten, dass er Müller genannt wird.«

Der Lehrer sah von einem zum anderen. »Sie sind also die Pflegeeltern. Warum haben Sie den Jungen nicht adoptiert? Was ist mit seinen Eltern?«

»Dieses Pack hat ihn nicht zur Adoption freigegeben«, erklärte Inge. »Sie leben irgendwo in der Gosse und wir haben den Jungen da rausgeholt. Da wäre er jämmerlich verreckt.«

»Das ist eine sehr noble Tat von Ihnen.«

Inge richtete sich stolz auf. »Und er ist dazu noch unehelich«, schob sie hinterher.

Herr Wagner nickte. »Ich verstehe. Aber das mit dem Namen geht trotzdem nicht. Sobald Sie ihn adoptiert haben, wird er Ihren Namen tragen. Bis dahin heißt er, wie er heißt.«

»Wir würden ja gern, aber seine Eltern stimmen nicht zu.«

»Das habe ich schon verstanden. Dann heißt er also Kowalczyk. Und so muss es auch im Klassenbuch stehen.«

»Wir möchten, dass er Michael Müller genannt wird«, beharrte Inge und Joachim signalisierte mit einer weiteren ehrfürchtigen Verbeugung seine Zustimmung.

»Genannt?« Der Klassenlehrer zog eine Augenbraue hoch. »Obwohl er anders heißt?« Während sie nickte, grinste ihr Ehemann weiterhin, verzichtete aber auf einen weiteren Diener. »Also, verstehe ich das richtig? Sie möchten, dass Michael Kowalczyk Michael Müller genannt wird?«

»Richtig. Was sonst im Klassenbuch steht, ist mir egal«, erklärte sie.

Herr Wagner nickte nachdenklich. »Das kann ich nicht entscheiden, aber ich werde mit dem Schulleiter sprechen. Vielleicht könnte im Klassenbuch Michael Kowalczyk, genannt Müller, stehen. Im Zeugnis würde allerdings sein richtiger Name stehen.«

Inge strahlte ihn zustimmend an. »Ja, das wäre schön.«

»Ich kläre es ab und informiere Sie«, sagte er. »Aber versprechen kann ich nichts.«

»Ich verlasse mich auf Sie.«

***

»Michael Kowalczyk, genannt Müller?«, fragte der große, kräftige Mann und schob sich seine dicke Hornbrille zurecht.

Herr Wagner saß vor dem Schreibtisch des Schulleiters und schlug die Beine übereinander. »So wollen es seine Pflegeeltern. Ja.«

»Das ist aber ungewöhnlich. Warum wollen sie das?«

Herr Wagner zuckte mit den Schultern. »Na ja, es ist schon eine großartige Tat von ihnen, so ein Kind aufzunehmen, und es könnte auf Frau Müller zurückfallen, wenn jeder sieht, dass der Junge unehelich ist.«

»Wie das?«

»Man könnte glauben, dass sie die Mutter eines unehelichen Kindes ist. Und welche Mutter will das schon?«

»Ich weiß nicht«, murmelte der Schulleiter kopfschüttelnd. »Dem Jungen tun wir keinen Gefallen damit, wenn jeder Lehrer sofort sieht, was mit ihm los ist.«

»Der Junge ist mir egal.«

Der Schulleiter musterte Herrn Wagner. »Wie meinen Sie das?«

»Der Junge ist, was er ist. Das uneheliche Balg eines Polacken. Dafür, dass die Müllers diesen Jungen bei sich aufgenommen haben, müssen sie nicht auch noch bestraft werden.«

»So sehen Sie das?«

»Ja, so sehe ich das.«

»Und wenn die anderen Kinder mal in das Klassenbuch schauen und sehen, dass er nicht Müller, sondern Kowalczyk heißt? Sie würden ihn hänseln.«

»Sie können noch nicht lesen.«

»Aber eines Tages können sie es. Deswegen sind sie hier.«

»Sie haben das Klassenbuch nicht anzurühren.«

Der Schulleiter reckte sich. »Herrgott, Herr Wagner, das Klassenbuch liegt offen auf dem Lehrerpult herum. Irgendwann werden Kinder lesen, dass Michael Müller nicht Michael Müller heißt.«

»Wie ich schon sagte. Es geht mir nicht um den Jungen. Es geht mir um die Müllers.«

Der Schulleiter zögerte. »Also gut. Von mir aus«, sagte er schließlich. »Warum eigentlich nicht. Es ist ja nur das Klassenbuch und wir müssen nicht über das Schulamt gehen.«

Herr Wagner nickte zufrieden. Fortan stand *Michael Kowalczyk, genannt Müller* im Klassenbuch.

***

Michael ging gern in die Schule. Mit Kai und Anne verband ihn eine tiefe Freundschaft. Eines Morgens sprang sie von ihrem Stuhl auf, als die Pausenglocke läutete, rannte in die hintere Reihe zu Michael und rief: »Jetzt geb ich dir ‚nen Kuss«, drückte ihm einen Schmatzer auf die Wange und lief laut lachend auf den Schulhof. Er vergrub verlegen den Kopf in seine Arme. Dann sprang auch er auf und lief ihr hinterher, doch dann blieb er abrupt stehen. Das Mädchen rannte mehreren Jungen hinterher, die ihr ihre Mütze abgenommen hatten und sich johlend gegenseitig zuwarfen. Sie konnte laufen, wie sie wollte, sie kam nicht an ihre Mütze heran.

»Gebt mir meine Mütze wieder«, rief sie, aber je lauter sie schrie und je mehr sie rannte, umso mehr lachten die Jungen. Schließlich blieb sie mit hochrotem Kopf stehen und weinte.

Michael wollte seiner Freundin helfen, aber was konnte er gegen all die Jungen schon ausrichten? Dann hatte er eine Idee und lief zu der Gruppe. »Hier, hier«, rief er und wedelte mit den Armen. »Her zu mir!«

Thomas, ein großer und kräftiger Junge aus seiner Klasse, warf ihm die Mütze zu. Er fing sie sicher auf und ging zu Anne. »Hier, deine Mütze.«

Sie sah ihn aus großen verweinten Augen dankbar an.

»Was soll das, du Blödmann?«, hörte Michael eine
wütende Stimme hinter sich und drehte sich um. Vor ihm
stand Thomas, der seine Fäuste in die Hüfte gestemmt hatte.
Michael stellte sich schützend vor das Mädchen.

»Lass sie in Ruhe«, forderte er den Jungen auf. »Sie hat dir
nichts getan.«

Thomas war gleich groß wie Michael, aber kräftiger, doch
das interessierte Michael nicht. Auch die Jungen, die hinter
Thomas standen und die beiden Streithähne beobachteten,
störten ihn nicht.

»Du bist ja ein Mädchenfreund«, stellte Thomas grinsend
fest. »Nein! Du bist ein Mädchen.«

»Und du stinkst«, schleuderte Michael ihm entgegen und
rümpfte die Nase.

Thomas stank tatsächlich, genau wie die anderen Jungen,
die hinter ihm standen. So wie alle Kinder aus der Bara-
ckensiedlung, die in der Nähe der Schule auf dem verwil-
derten Gelände in ihren maroden Hütten ohne Strom und
fließend Wasser lebten. Bislang war Michael ihnen aus dem
Weg gegangen. Bis jetzt.

Thomas stürzte sich mit einem lauten Schrei auf ihn. Beide
fielen auf den harten Betonboden des Schulhofes und
rangen miteinander. Die anderen Kinder stoben schreiend
auseinander und bildeten einen Kreis um die Kampfhähne.
Wieder andere kamen hinzu, um den Kampf zu beobachten.
Thomas versuchte, Michael in den Schwitzkasten zu
nehmen, aber der wusste sich zu wehren. Immer wieder
konnte er sich aus den Umklammerungen befreien und versuchte seinerseits, Thomas niederzuringen, aber auch dieser
konnte sich herauswinden. Es war ein ausgeglichener
Kampf. Wütend sprangen die Jungs auf, wenn sie sich aus
den Umklammerungen des anderen befreit hatten, und

stürzten sich erneut aufeinander. Selbst als zwei Lehrer die Jungen auseinanderrissen, versuchten sie sich loszureißen, um wieder aufeinander loszugehen.

»Schluss jetzt«, schrie einer der Männer.

Sie wurden in den Klassenraum gezerrt, wo Herr Wagner sie schon erwartete. Mit hochrotem Kopf und einem langen Rohrstock in der Hand eilte er ihnen entgegen. Ein Lehrer hielt Michael fest, Herr Wagner riss Thomas zu sich und warf ihn zu Boden. Dann schlug er ihn mit dem Rohrstock. Wieder und wieder. »Dir werde ich helfen!«, brüllte der Lehrer. Thomas schrie und krümmte sich auf dem Boden, aber Herr Wagner schlug weiter. Tränen liefen über das Gesicht des Jungen. Tränen des Schmerzes, aber auch der Wut. Michael riss die Augen auf und starrte auf den sich am Boden windenden Jungen und den prügelnden Mann. Er mochte Thomas nicht und er hatte insgeheim gehofft, dass er eines Tages seine Grenzen aufgezeigt bekam. Aber in diesem Augenblick, in dem der Lehrer ihn brutal bestrafte, ging seine Wut auf den Mann über, der immer weiter auf den hilflos am Boden liegenden Jungen eindrosch. Er hatte sich in seinen jungen Jahren schon unzählige Male geprügelt, aber wenn der Kontrahent auf der Erde lag, war Schluss. Auch dann, wenn er selbst am Boden lag, hatte sein Gegner aufgehört. Nicht so Herr Wagner.

»Das sag ich meinen Eltern«, rief Thomas, als der Mann endlich von ihm abließ.

»Willst du noch mehr?«, schrie dieser zurück und wandte sich an Michael. »Und jetzt zu dir.« Er funkelte ihn an. Auf einen Wink ließ der Lehrer ihn los. »Komm her!« Michael wollte nicht schreien und er wollte nicht weinen. Nicht vor Thomas, nicht vor Anne und nicht vor den anderen Kindern. Er kannte Schläge von Inge zu Genüge. Wie Thomas wurde er von Herrn Wagner mit dem Rohrstock verprügelt. Er krümmte sich am Boden und hielt seine Arme schützend über den Kopf, aber er schrie nicht. Er weinte nicht. Er spürte die Schmerzen nicht, als der Rohrstock immer wieder auf ihn niederprasselte. Auch die Beschimpfungen hörte er nicht. Als der Lehrer schwer atmend von ihm abließ, stand Michael auf, warf ihm einen wütenden Blick zu und ging zu seinem Platz. Als er bei Thomas vorbei kam, zischte er ihm zu: »Du stinkst immer noch.«

»Und du bist immer noch ein Mädchen«, zischte Thomas zurück.

***

Thomas und Michael waren zu Feinden geworden. Bei jeder Gelegenheit suchten sie Streit und prügelten sich. Keiner von beiden zog zurück. Wenn Michael auf eine handfeste Schlägerei aus war, musste er nur in seiner Gegenwart die Nase rümpfen und Thomas ging auf ihn los. Die Auseinandersetzungen wurden immer heftiger. Es wurde nicht nur gerungen und sich auf dem dreckigen Boden des Schulhofes gewälzt. Es kamen vermehrt Fäuste und Tritte zum Einsatz. Die Lehrer hatten ein Auge auf die beiden geworfen und griffen sofort ein, sobald sie sich auch nur in der Nähe des anderen aufhielten. Häufig konnten sie Schlimmeres verhindern, aber eben nicht immer.

Herr Wagner lud die Eltern der Jungen nach jeder Schlägerei ein, doch Thomas Eltern ignorierten seine Einladungen. Anfangs kränkte ihn die Ignoranz, aber da Inge jedes Mal erschien und Michael bestrafte, spielte es keine Rolle mehr für ihn, welcher der beiden Jungen die Schlägerei angezettelt hatte. Er beklagte sich bei Inge, dass Michael der Verursacher war.

Je häufiger sie in der Schule erscheinen musste, umso heftiger schlug sie ihn. Wenn Michael die Schlägerei tatsächlich verursacht hatte, ließ er die Prügel über sich ergehen. Wenn er sich aber nur gewehrt hatte, beteuerte er seine Unschuld. Doch Inge glaubte ihm nicht und schlug ihn nur noch mehr, weil er aus ihrer Sicht auch noch gelogen hatte. »Du bist es ja nie gewesen«, schrie sie. »Immer sind die anderen schuld« und »wer einmal lügt, dem glaubt man nicht, und wenn er auch die Wahrheit spricht«, waren ihre Lieblingszitate.

Einmal fielen die Schläge von ihr so heftig aus, dass er ihr in seiner Panik am Boden liegend gegen die Brust trat. Sie trug dadurch einen großen blauen Fleck davon. Ein paar Tage später stand wieder ein Gespräch bei Herrn Bertram an. Sie beschwerte sich über Michaels Aggressionen gegenüber den anderen Kindern.

»Jeden Tag muss ich in die Schule kommen«, klagte sie.

Herr Bertram stützte das Kinn auf seine Hände und hörte ihr teilnahmslos zu. Aus dem Augenwinkel betrachtete er den Jungen. Michael saß, wie immer, auf seinem Stuhl und schaukelte gelangweilt mit den Beinen, seinen Blick auf den Boden gerichtet. Als Herr Bertram zu ihm hinabsah und ihn einen Moment beobachtete, blickte er ihm kurz in die Augen und dann wieder zu Boden. *Was stimmt von alledem, was diese Frau erzählt?*, grübelte er. *Der Junge sieht doch ganz harmlos aus.*

Sie ereiferte sich immer mehr und der Mann konnte ihrem Redeschwall kaum folgen. Es begann ihn sogar zu langweilen. Letztlich erzählte sie doch immer wieder das Gleiche. Dass der Junge schwierig und gewalttätig sei, dass er die Müllers eines Tages umbringen und in der Gosse landen würde und so weiter.

Ist der Junge da wirklich richtig aufgehoben?, überlegte er. *Vielleicht sollte er doch in eine andere Familie. Diese Frau ist ja hoffnungslos überfordert.*

»Und kalt ist er«, eiferte sie sich. »Eiskalt, wie ein Fisch. Aalglatt, sage ich Ihnen.«

Das wäre ein Papierkram, wenn ich ihn in eine andere Familie stecke, grübelte er weiter. *Und am Ende käme er doch nur wieder ins Heim. Besser ginge es ihm da auch nicht.*

»Und faul ist er«, fuhr sie derweil fort. »Er will kein Fleisch essen. Zu faul zum Kauen, sage ich immer.« Herr Bertram sah sie kurz an, dann wieder zu Michael. »Ich versuche es mit Liebe«, versicherte sie. »Und ich gebe ihm viel Liebe. Ich versuche es mit Strenge. Nichts hilft bei diesem Bengel.« Wütend sah sie den Jungen an, der kurz zu ihr aufblickte und dann wieder teilnahmslos seine schaukelnden Beine betrachtete. »Aber am schlimmsten ist seine Gewalttätigkeit.« Herr Bertram sah sie erneut an und tat, als würde er ihr aufmerksam zuhören. »Jetzt macht er auch schon vor mir keinen Halt mehr.« Sie zog ihre Bluse so weit hinunter, dass Herr Bertram den blauen Fleck auf ihrer Brust sehen konnte. »Völlig ohne Grund hat dieser Bengel mich getreten«, schimpfte sie und sah ihn mit zuckendem Mundwinkel an.

Wie soll der kleine Kerl denn das angestellt haben?, dachte er. *Wie soll der denn da oben hingekommen sein?*

»Hier«, forderte sie ihn mit Nachdruck auf. »Sehen Sie sich das mal an, was er da mit mir gemacht hat.«

Michael sah auf und bemerkte, dass sie Herrn Bertram den blauen Fleck zeigte. »Das war doch nur ein Versehen, weil du mich verprügelt hast«, murmelte er und sah wieder zu Boden.

Sie fuhr herum und gab ihm eine schallende Ohrfeige. »Du hast den Mund zu halten, wenn sich Erwachsene unterhalten.« Michael sah erst Inge, dann Herrn Bertram mit weit aufgerissenen Augen an.

Herr Bertram hatte sein Kinn noch immer auf seine Hände gestützt und sah die Frau an. *Ich lasse den Jungen doch lieber bei dieser Familie. Die kenne ich und da habe ich ihn besser im Blick.*

»Sehen Sie, wie vorlaut er ist?«

»Ja, ich habe es gesehen«, erwiderte er und lehnte sich in seinem Stuhl zurück. »Sie werden viel Geduld mit ihm haben müssen.«

»Noch mehr Geduld? Wie viel Geduld denn noch?«

»Tja, Frau Müller«, fuhr er fort. »In eine andere Familie kommt er nicht. Wenn überhaupt, dann kommt er wieder ins Heim.«

Sie zuckte zusammen. »Nein, auf keinen Fall.«

»Gut. Dann müssen Sie Geduld mit ihm haben.«

Sie sah Herrn Bertram verwirrt an. Daran, dass das Jugendamt ihr den Jungen wieder wegnehmen konnte, hatte sie gar nicht mehr gedacht. »Ich bekomme das hin«, entgegnete sie.

»Ja, ich weiß«, erwiderte er lächelnd. »Und sonst bin ich ja auch noch da.«

Er sah Michael an, der wieder seine schaukelnden Beine betrachtete. *Tut mir leid, mein Junge,* schien sein Blick zu sagen. *Mehr kann ich nicht für dich tun.*

Inge gingen die Worte von Herrn Bertram nicht aus dem Kopf. *Sie müssen Geduld mit ihm haben. Der weiß doch gar nicht, was mit dem Bengel wirklich los ist. Der tanzt mir auf der*

Nase herum. Nein. Sie wollte keine Geduld haben. Michael hatte zu gehorchen und zu tun, was sie sagt. *Wenn es Fisch gibt, hat er mit uns Fisch zu essen*, entschied sie. *Und wenn es Fleisch gibt, hat er mit uns Fleisch zu essen. Ich brate ihm doch keine Extrawurst.*

***

Dieser Tag war ein besonderer. Joachim hatte Geburtstag und beschlossen, mit Inge und Michael Essen zu gehen. Michael freute sich, dass sie gemeinsam etwas unternahmen, was selten der Fall war. Er durfte Moritz an der Leine führen. Der Hund schnupperte überall und rannte auf dem Fußweg von links nach rechts und zog den Jungen hinter sich her, der kaum mithalten konnte. Also rannte er mit Moritz voraus und lachte vor Vergnügen. Im Restaurant war nur ein Tisch frei. Michael kletterte auf die Sitzbank, Moritz kroch darunter und ließ sich mit einem lauten Stöhnen niedersinken. Michael war noch nie in einem Speiselokal gewesen und sah sich aufgeregt um.

»Was wünsche die Herrschaften?«, fragte der Kellner.

»Zwei kleine Pils und eine Brause für den Jungen«, sagte Joachim. »Und zwei halbe Hähnchen mit Bratkartoffeln.« Zu Inge gewandt fragte er: »Und was kriegt der Junge?«

»Das Gleiche wie wir.«

»Meinst du, das ist was für ihn?«

»Er isst, was wir essen«, erwiderte sie und Joachim nickte dem Kellner zustimmend zu.

»Das dauert aber gut eine Stunde«, erklärte dieser stirnrunzelnd. »Sie sehen ja, was hier heute los ist.«

»Das ist kein Problem. Wir haben Zeit.«

Michael sah sich in dem in dunklem Holz gehaltenen Restaurant um. Er konnte einen Blick auf den Tresen werfen und beobachtete fasziniert die sich im Grill drehenden Hähnchen. Die anderen Gäste unterhielten sich angeregt und es herrschte ein lautes Gemurmel. Am Nachbartisch saß ein junges Pärchen, das miteinander tuschelte. Michael fand, dass alle Männer mit ihren dunklen Anzügen und Krawatten irgendwie gleich aussahen. Doch je länger sie warten mussten, umso mehr langweilte er sich und rutschte auf der Bank hin und her.

»Sitz gefälligst still«, herrschte Inge ihn an.

Joachim rauchte eine Zigarette und bestellte sich schon bald ein zweites Bier. Michael versuchte still zu sitzen, aber er hielt es nicht lange aus und rutschte wieder hin und her.

»Sitz endlich still und hör auf, hier rumzuhampeln«, schimpfte Inge jetzt etwas lauter. »Und leg die Hände auf den Tisch.«

Er duckte sich, setzte sich dann aufrecht hin, legte seine Hände auf den Tisch und sah sie von der Seite an. Währenddessen schaute sich Joachim im Restaurant um und tat, als ginge ihn das alles nichts an. *Das ist Frauensache,* beschloss er und blies den Zigarettenrauch durch seine Nase. *Soll Inge sich um den Jungen kümmern.* Sein drittes Bier wurde mit dem Essen gebracht.

Michael bekam große Augen, als er die riesige Portion vor sich sah. »Ich mag das nicht«, quengelte er. »Das ist so viel.«

»Halt den Mund und iss«, entgegnete Inge und machte sich über das Hähnchen her.

Joachim nahm Messer und Gabel und begann seinerseits, das halbe Hähnchen zu zerlegen. Michael hatte keine Vorstellung, wie er das essen sollte, und starrte auf den großen Teller.

»Iss mit der Hand«, forderte Inge ihn auf. »Hähnchen darf man mit der Hand essen.« Er sah sie fragend an. Dann nahm er die Gabel und stocherte in den Bratkartoffeln herum, ohne das Hähnchen anzurühren. »Iss das Fleisch«, forderte sie ihn erneut auf. »Das schmeckt gut.«

»Ich mag kein Fleisch. Es tut mir an den Zähnen weh.«

Sie warf ihr Besteck auf den Teller und beugte sich zu ihm hinunter. »Du isst jetzt, sonst knallt es. Hast du verstanden? Das ist ganz weiches Fleisch.« Michael war verzweifelt. Er erinnerte sich an das harte und zähe Fleisch im Kinderheim. »Du sollst essen, habe ich dir gesagt.« Michael zuckte zusammen. Das junge Pärchen vom Nachbartisch unterbrach ihre Unterhaltung und sah zu ihnen hinüber. »Die Leute gucken schon. Was sollen die von uns denken? Also iss endlich.« Doch je mehr sie mit ihm schimpfte, umso weniger hatte er das Gefühl, das Hähnchen essen zu können. »Verdammter Flegel, iss endlich«, schrie sie und gab ihm eine Ohrfeige. Michael erschrak und rutschte von der Bank. Joachim hatte fertig gegessen, legte sein Besteck ordentlich auf den Teller und zündete sich eine Zigarette an. Inge rutschte dem Jungen hinterher und packte ihn am Kragen, schüttelte ihn und gab ihm eine weitere Ohrfeige. Dann noch eine. Und noch eine. Moritz kam unter der Bank hervor und bellte. Als sie auch nach ihm schlug, verkroch er sich winselnd unter der Bank und bellte von dort weiter. Doch Inge störte das nicht. »Du hast zu essen, was auf den Tisch kommt.« Er stolperte und sie sprang von der Bank, beugte sich über ihn und schlug immer weiter auf ihn ein. Währenddessen bestellte Joachim noch ein Bier und zündete sich eine weitere Zigarette an. Das junge Pärchen hatte seine Unterhaltung kurz unterbrochen, setzte diese dann aber unbeeindruckt fort. Nur Moritz bellte weiter. »Willst du jetzt essen?« Michael sah wütend zu ihr auf. »Dann bekommst du gar nichts. Hast du verstanden?« Außer Atem und mit hochrotem Kopf setzte sie sich auf die Bank. Michael rappelte sich auf und kletterte ebenfalls auf die Bank.

»Willst du das?«, fragte sie ihren Ehemann und zeigte auf Michaels nicht angerührte Hähnchen.

»Ein bisschen noch.« Er drückte die Zigarette im Aschenbecher aus und holte den Teller zu sich.

Michael setzte sich kerzengerade auf die Bank und legte seine Hände auf den Tisch. Joachim aß, trank sein Bier, das Pärchen am Nebentisch tuschelte weiter und der Kellner lief geschäftig hin und her und bediente die Kunden, als wäre nichts geschehen.

***

Es war Herbst und Michael kam völlig verdreckt von der Schule, weil er sich wieder mit Thomas geprügelt hatte. Diesmal sah er besonders schlimm aus, weil es den ganzen Tag geregnet hatte und die Kleidung noch schmutziger war als sonst. Er stellte sich auf eine schlimme Bestrafung ein, hoffte auf der anderen Seite auf Milde, weil Joachim heute nicht arbeiten war. Wenn sein Pflegevater zu Hause war, wurde Michael meistens nur beschimpft. Doch diesmal war alles anders.

»Komm rein«, sagte Inge merkwürdig sanft. »Vati liegt im Bett und ist ganz traurig. Moritz ist tot.«

Michael sah sie verwirrt an und schob sich an ihr vorbei in die Wohnung, legte den Schulranzen ab und ging ins Schlafzimmer. Sein Pflegevater weinte bitterlich. Michael sah ihn neugierig an. Es faszinierte ihn, dass ein Mann so heftig weinte. Er hatte geglaubt, dass nur Mädchen weinen, aber doch keine erwachsenen Männer.

Inge setzte sich zu Joachim auf das Bett und strich ihm sanft über den Kopf, aber er war nicht zu beruhigen und schluchzte hemmungslos. »Moritz hatte Dackellähmung«, erklärte sie. »Deshalb hat er dich auch vor einigen Wochen gebissen, als du ihn an den Vorderpfoten hochgehoben hast. Es hat ihm wohl schon wehgetan, aber er konnte es dir ja nicht anders sagen.«

Michael erinnerte sich daran, dass ihm der Hund in die Unterlippe gebissen hatte. Inzwischen war die Wunde, die der Reißzahn des Tieres hinterlassen hatte, verheilt und nur noch eine kleine Narbe zu sehen.

Sie hielt Joachims Hand, der laut aufschluchzte.

»Ich will nie wieder einen Hund«, schluchzte er. »Es tut so weh.«

Auch Inge hatte Tränen in den Augen. Nur Michael weinte nicht. Er war irritiert und verwirrt. »Indianerherz kennt keinen Schmerz«, sagte Inge, wenn er nach ihren Schlägen geweint hatte. Inzwischen war er ein Indianer und weinte schon lange nicht mehr.

Joachims Bekundungen, keinen Hund mehr haben zu wollen, hielten zwei Wochen. Sie kauften einen irischen Cocker-Spaniel, der zwar schon ausgewachsen, aber noch kein Jahr alt war. Er hatte langes, pechschwarzes Fell und einen weißen Fleck auf der Brust.

»Er heißt Maiko«, sagte Inge strahlend. »Er ist ein irischer Jagd-Cocker. Die sind größer als die deutschen Cocker-Spa-niel.«

Maiko kam sofort zu Michael, warf sich auf den Rücken und ließ sich von ihm den Bauch streicheln. Michael war auf Anhieb fasziniert von dem Hund und sie wurden unzertrennlich. Nur wenn es Futter gab, rannte das Tier zu Inge und vergaß den Jungen. Ansonsten wich Maiko seinem jungen Herrchen nicht von der Seite.

1968

Maria und Paul waren inzwischen seit sieben Jahren verheiratet und lebten in einer Zweizimmerwohnung. Paul
arbeitete nach seinem Grundwehrdienst wieder als Hafenarbeiter bei Blohm&Voss und Maria kümmerte sich um den
Haushalt. Auch wenn sie glücklich miteinander waren,
hatten sie doch Geheimnisse voreinander, und die betrafen
in erster Linie Michael. Paul hatte es aufgegeben, mit ihr
über ihn zu reden und verschwieg ihr, dass er sich regelmäßig beim Jugendamt über seinen Sohn informierte. Maria
hatte ihm einen Brief des Jugendamtes verheimlicht, den sie
Jahre zuvor erhalten hatte:

Sehr geehrte Frau Kowalczyk,
sehr geehrter Herr Kowalczyk,

*hiermit setzen wir Sie darüber in Kenntnis, dass den Eheleuten
Inge und Joachim Müller gemäß den Bestimmungen des Jugend-
wohlfahrtgesetzes die Erlaubnis erteilt wurde, die Pflegschaft Ihres
Sohnes Michael Kowalczyk, geb. 20.02.1960, zu übernehmen.
Gleichzeitig informieren wir Sie darüber, dass die Eheleute Müller
beim Vormundschaftsgericht Hamburg einen notariell beglau-
bigten Antrag auf Adoption Ihres Sohnes gestellt haben. Wir
bitten Sie, die in der Anlage beigefügte Adoptionsfreigabe zu
erteilen.*

Hochachtungsvoll

Sie hatte den Brief in den Müll geworfen und Paul lediglich erzählt, dass Michael jetzt in einer Pflegefamilie lebte und es ihm gutgehe. Durch seine Besuche beim Jugendamt wusste er dies jedoch bereits.

»Ich will ihn sehen«, sagte Maria eines Tages.

»Wen willst du sehen?«, fragte Paul.

»Michael.«

»Michael? Warum auf einmal? Er lebt seit Jahren in einer Pflegefamilie.«

»Ich weiß nicht. Ich will ihn einfach nur mal sehen.«

Paul starrte sie an. »Er ist jetzt acht Jahre alt. Nach all den Jahren können wir doch nicht einfach bei dieser Familie aufkreuzen.«

»Warum nicht? Er ist mein Sohn und ich will ihn sehen. Kommst du mit oder nicht?«

Er stöhnte auf. »Ich komme natürlich mit, aber ich weiß nicht, ob das wirklich so eine gute Idee ist.«

Sie funkelte ihn an. »Natürlich ist es eine gute Idee, wenn eine Mutter ihr Kind sehen möchte.«

»Normal schon, aber das kommt so plötzlich. Wo wohnt diese Familie eigentlich und wie kommen wir dahin?«

»In Hamburg-Winterhude. Hugo weiß, wo das ist. Er holt uns gleich ab.«

»Jetzt gleich? Es ist schon fast dunkel.«

»Na und? Gegen acht sind wir da. Das sollte wohl nicht zu spät sein, oder?« Maria ließ keine Zweifel daran, dass es ihr Ernst war, aber Paul hatte Angst. Sollte er nach all den Jahren endlich seinen Sohn sehen? Und würde die Pflegefamilie sie in die Wohnung lassen? Müssten sie das überhaupt?

Hugo war ein Freund und hatte, im Gegensatz zu ihnen, ein Auto, einen alten und verrosteten VW Käfer. Sicher steuerte er das Fahrzeug durch die Straßen Hamburgs.

»Kommst du auch mit hoch zu unserem Sohn, Hugo?«, fragte Paul.

»Wer? Ich? Warum sollte ich? Nee, das macht ihr mal schön alleine. Das ist euer Sohn, nicht meiner.«

Die restliche Fahrt schwiegen sie. Sie fuhren über kaum befahrene Straßen an langgezogenen Wohnblöcken vorbei. Schließlich parkte Hugo vor einem Haus mit vier Etagen und der Hausnummer drei.

Paul drehte sich zu Maria um. »Wissen sie eigentlich, dass wir kommen?«

»Nein. Wozu auch? Sie werden es ja gleich sehen. Lass mich aussteigen.«

Er stieg aus dem Auto und sah nach oben. Im ersten Stock wurde eine Gardine zur Seite geschoben und eine Frau blickte auf sie hinunter. Pauls Knie wurden weich und zitterten. »Schatz, das ist keine gute Idee«, flüsterte er. »Lass uns wieder fahren.«

»Wie bitte?« Sie schüttelte den Kopf. »Wir waren nie so nah dran, unseren Sohn zu sehen. Wir gehen jetzt zu ihm.«

»Ich komme nicht mit, Schatz. Ich kann das nicht.«

»Dann geh ich eben allein.« Sie ging mit festen Schritten zum Hauseingang, stemmte sich gegen die schwere Tür und verschwand im Treppenhaus. Paul sah zum Fenster im ersten Stock, wo die Frau noch immer auf sie hinunterblickte. Plötzlich warf sie den Kopf zurück und entfernte sich. Paul stieg in das Auto und vergrub sein Gesicht in den Händen.

»Oh mein Gott, Hugo«, murmelte er. »Was tun wir hier eigentlich?«

Nach wenigen Minuten stürmte Maria aus dem Haus und rannte auf das Auto zu. Paul stieg aus dem Wagen, klappte den Beifahrersitz nach vorne. Er sah erneut zu dem Fenster im ersten Stock, während Maria eilig auf die Rückbank kletterte und Hugo anschrie: »Fahr los!«

Die Frau am Fenster hatte die Gardine wieder zur Seite geschoben und starrte zu ihnen hinunter. Paul spürte ihre Feindseligkeit, sodass ihm fröstelte.

***

Inge Müller saß in der Küche, als sie ein Motorengeräusch hörte. Nur selten fuhr abends um diese Uhrzeit ein Auto durch die Straße. Neugierig schob sie die Küchengardine zur Seite und bemerkte einen VW Käfer direkt vor der Haustür. Ein Mann stieg aus und sah zu ihr hinauf. *Was wollen die Leute hier?* Eine große Frau stieg ebenfalls aus dem Auto und wechselte ein paar Worte mit dem Mann, der immer wieder zu Inge hinaufsah. Die Frau schien verärgert zu sein. Dann drehte sie sich um und eilte zur Haustür. Der Mann sah erneut zu Inge, als es läutete. Sie fuhr mit dem Kopf herum, ließ die Gardine los und eilte zur Wohnungstür. Als sie öffnete, stand die fremde Frau mit den schulterlangen schwarzen Haaren vor ihr. Inge war fast einen Kopf kleiner als sie und, im Gegensatz zu der Fremden, rundlich.

»Was wollen Sie und wer sind Sie?«, fragte sie.

»Ich bin Michaels Mutter, Maria Kowalczyk. Ich will meinen Sohn sehen.«

»Ihren Sohn? Er ist nicht Ihr Sohn. Er ist MEIN Sohn«, zischte Inge. »Sie haben kein Recht, ihn zu sehen.«

»Und ob ich das habe. Ich bin immer noch seine Mutter. Also lassen Sie mich zu ihm. Wo ist er überhaupt?«

»Er schläft. Und Sie werden ihn nicht aufwecken. Ich bin froh, dass ich endlich meine Ruhe habe.«

117

»Ich werde ihn nicht aufwecken. Ich will ihn nur mal sehen.« Sie sah in die wütenden Augen der kleinen Frau und ein kalter Schauer lief ihr über den Rücken.

»Sie haben Ihr Recht auf Ihren Sohn schon lange verwirkt.«

Maria holte tief Luft und nahm ihren ganzen Mut zusammen. »Ich muss nur mit dem Finger schnippen und Sie sind ihn wieder los«, raunte sie. »Wenn ich ihn zu mir holen will, ist er wieder bei mir. Haben Sie das verstanden? Also gehen Sie zur Seite und lassen Sie mich zu ihm.«

Inge trat beiseite und ließ sie in die Wohnung. »Geradeaus bis zum Wohnzimmer, dann die Tür rechts. Aber wecken Sie ihn ja nicht auf.«

Maria eilte zur Schlafzimmertür. Einen kurzen Augenblick verließ sie der Mut, aber dann drückte sie die Türklinke sachte hinunter und öffnete die Tür einen Spalt weit, sodass etwas Licht in den abgedunkelten Raum auf den tief und fest schlafenden Jungen fiel. Sie sah das schönste Kind, das sie jemals gesehen hatte, und es versetzte ihr einen Stich. Tränen stiegen ihr in die Augen. *Oh Gott, was habe ich getan? Hoffentlich geht es dir gut, mein Liebling. Es tut mir so leid, dass ich nicht für dich da sein konnte, aber wenigstens hast du jetzt eine Familie.* Sie schloss vorsichtig die Tür und wandte sich zum Gehen, als sie in Inges feindseliges Gesicht blickte. Sie wollte ihr gerade *Danke, dass ich ihn wenigstens einmal sehen durfte* sagen, als Inge sie anfuhr: »Wagen Sie es nicht noch einmal, hier aufzukreuzen. Verschwinden Sie mit Ihrem Pack da unten und lassen Sie sich nie wieder hier blicken. Sie sind keine Mutter. Sie sind ein Flittchen, eine Hure. Sie nehmen mir den Jungen nicht wieder weg.«

»Wie reden Sie mit mir?« Maria sah sie mit aufgerissenen Augen und bebender Unterlippe an. »Sie haben ja keine Ahnung ...«

»Ich rede mit Ihnen, wie Sie es verdienen. Und jetzt verschwinden Sie zu Ihresgleichen. Meinen Jungen bekommen Sie jedenfalls nicht.«

Maria bekam in diesem Augenblick ihre Gefühle nicht sortiert, wusste nicht, ob sie entsetzt, wütend, verzweifelt oder tieftraurig war. Mit letzter Kraft unterdrückte sie die Tränen, als sie der bitterböse dreinblickenden Frau zurief: »Dann behalten Sie doch das Balg. Ich will es nicht!« Dann rannte sie aus der Wohnung.

***

Maria lag auf der Rückbank und weinte hemmungslos. Paul sah sie mitfühlend an, traute sich aber nicht, etwas zu sagen. Auch Hugo sagte nichts und umklammerte das Lenkrad.

»Diese Frau ist so furchtbar«, schluchzte sie.

»Hast du Michael gesehen?«, fragte Paul.

»Ja, habe ich. Er hat geschlafen.« Sie sah ihren Ehemann aus verweinten Augen an. »Er ist so ein süßer Junge, aber ich kann das nicht noch einmal tun. Ich kann ihn nicht noch einmal sehen. Besser, ich befreie mich von ihm. Besser, ich habe keinen Sohn. Er hat jetzt seine Familie.«

Paul wischte sich über die Augen. *Hoffentlich geht es dir gut, mein Sohn*, dachte er. *Ich werde nach dir sehen. Das verspreche ich dir.*

Am nächsten Tag saß Michael am Küchentisch. Inge stand am Herd und rührte im Kochtopf. Es gab Linseneintopf. Ab

119

und zu sah sie ihn von der Seite an. Er hatte den Kopf auf eine Hand gestützt und war gedanklich abwesend. Er mochte keinen Linseneintopf, weil da Speck drin war und er von dem fettigen Fleisch Würgereize bekam.

»Setz dich vernünftig hin«, herrschte sie ihn an. »Du bist kein Bauer.«

Er richtete sich auf und legte die Hände auf den Tisch, während sie weiterhin im Kochtopf rührte. Er verlor sich wieder in Gedanken, blieb aber still sitzen, wie es von ihm verlangt wurde. Er schielte zu ihr, bemerkte ihren zuckenden Mundwinkel und musste innerlich schmunzeln. Das sah schon komisch aus. Auf der anderen Seite kündigte es meistens Ungutes an. Er blieb ruhig sitzen, um möglichst unauffällig zu bleiben.

»Deine Mutter war gestern hier«, sagte Inge, ohne ihn anzusehen, und rührte weiter im Topf.

Sein Herz begann schneller zu schlagen. »Wann?«

»Gestern Abend. Du hast geschlafen.«

Er war aufgeregt, aber er traute sich nicht, Fragen zu stellen. Also starrte er sie an und wartete auf das, was sie ihm sagen wollte.

»Sie hat dich schlafen gesehen und ist dann wieder gegangen.« Ihr Blick fixierte den Inhalt des Topfes. »Sie waren mit einem Auto da, deine Mutter und eine Horde Männer.« Er schwieg und starrte sie weiter an, während sein Herz in seiner Brust hämmerte. »Diese Schlampe! Diese Nutte!«, fauchte sie.

Michael wusste nicht, was eine Schlampe oder eine Nutte ist, aber es hörte sich nicht gut an. Sie drehte sich zu ihm um und ging zum Küchentisch. Ihr Mundwinkel zuckte noch heftiger. Er machte sich kleiner, als sie ihre Hände auf den Küchentisch stemmte und ihn anfunkelte.

»Und weißt du, was sie gesagt hat?« Ihre Stimme klang bedrohlich, gefährlich. Sein Atem beschleunigte sich. »Weißt du, was sie gesagt hat?« Er schüttelte den Kopf. *»Behalten Sie das Balg,* hat sie gesagt. Hast du das verstanden? *Behalten Sie das Balg,* hat sie gesagt.« Sie stierte ihn mit irrem Blick an, erhob immer mehr die Stimme. Michael traute sich kaum, zu atmen. »Sie will dich nicht, hörst du? Sie will dich nicht und deshalb hat sie dich ins Heim gegeben.« Michael zitterte am ganzen Körper. »Weil du so schwierig bist!«, kreischte sie. »Deshalb will dich niemand! Weil du schwer erziehbar bist! Deshalb warst du auch in sieben Kinderheimen!« Er verstand nicht, was sie ihm damit sagen wollte, wusste nichts von sieben Kinderheimen. »Deine eigene Mutter will dich nicht!«, keifte sie weiter. »Du solltest dankbar sein, dass wir dich aufgenommen haben. Wir sind die Einzigen, die das getan haben! Alle anderen Kinder sind wieder bei ihren Eltern. Nur dich wollte niemand. Und du bist so undankbar.« Sein kleiner Kopf wurde zur Seite geschleudert, als ihn eine schallende Ohrfeige erreichte. Er hielt sich die Wange und sah sie ängstlich an, erwartete einen weiteren, heftigeren Schlag. Doch sie stand nur da und starrte auf ihn hinab. »Und jetzt iss deine Suppe!«

***

Michael war gut gelaunt an diesem warmen Septembertag. Endlich Schulschluss. Auf dem Heimweg alberte er mit Anne und Kai ausgelassen herum.

»Guck mal, wie viele Birnen da herumliegen«, stellte Kai fest.

Die beiden anderen Kinder folgten mit ihren Blicken seinem Finger, der auf einen großen Birnbaum auf einer

Wiese vor einer Wohnsiedlung deutete. Unter dem Baum lagen zahlreiche Birnen herum, denen die Verrottung drohte.

»Lass uns welche klauen«, schlug Michael vor.

»Das können wir doch nicht machen«, schimpfte Anne.

»Klar«, stimmte Kai grinsend zu. »Wenn jemand kommt, hauen wir einfach ab.«

Die Wiese war durch eine kleine Hecke vom Fußweg abgetrennt. Die Jungen sahen sich vorsichtig um, ob sie niemand beobachtete. Dann liefen sie auf die Wiese und sammelten so viele Birnen, wie sie tragen konnten. Anne traute sich nicht, ihnen zu folgen, und wartete auf sie.

»Da kommt jemand«, schrie sie. Ihre Freunde wirbelten herum.

Ein älterer Mann kam mit seinem kleinen Hund aus der Haustür und bemerkte die Jungen, die ihn anstarrten. Er blieb stehen, musterte sie einen Moment und begann schallend zu lachen. »Recht habt ihr, Kinder«, rief er. »Nehmt so viele, wie ihr mögt. Hier vergammeln sie ohnehin nur.«

Die Jungen sahen ihm entgeistert nach, als er mit seinem Hund losmarschierte und hinter der nächsten Ecke verschwand. Das ganze Abenteuer war futsch, wenn sie die Birnen mitnehmen durften und nicht klauen mussten. Sie ließen sie enttäuscht auf die Wiese fallen und trotteten zu Anne.

»Ist ja doof«, murmelte Kai und Michael pflichtete ihm bei. »Ja, echt.«

Nur Anne war zufrieden. Nach kurzer Zeit waren sie wieder ausgelassen und alberten den Rest des Weges herum.

»Kommst du nachher raus?«, fragte Kai, als sie Michaels Haustür erreicht hatten.

»Wenn ich darf ...«

Er beschloss, Inge nicht um Erlaubnis zu bitten, mit seinen Freunden spielen zu dürfen. Sie würde es ihm höchstwahrscheinlich ohnehin verbieten. Seine Chance war am größten, dass sie ihre Ruhe haben wollte und ihn hinausschickte.

»Da bist du ja endlich«, sagte sie, als sie die Wohnungstür aufgemacht hatte.

Michael spürte sofort, dass etwas nicht stimmte. Inge trug einen weißen Unterrock und hatte einen glasigen Blick. Er stellte den Schulranzen in der Diele, zog Jacke und Schuhe aus und ging in die von Zigarettenrauch vernebelte Küche. Auf der Küchenbank saß Berta Pfahl, eine Nachbarin. Sie sah ihn ebenfalls aus glasigen Augen an und sog gierig an einer Zigarette.

»Setz dich an den Tisch«, forderte Inge ihn auf. »Und halt den Mund. Tante Berta kennst du ja.«

Er setzte sich auf einen Küchenstuhl gegenüber von Inge und sah die Nachbarin an. Meistens war sie betrunken, wenn er sie sah. Inge zündete sich ebenfalls eine Zigarette an.

»Trinken wir noch einen?«, fragte sie und schenkte sich und Berta einen klaren Schnaps ein, ohne ihre Antwort abzuwarten. Berta nahm ihr Glas, leerte es und stellte es auf den Tisch. Auch Inge leerte ihr Glas und schenkte ihnen nach. Michael musterte die beiden betrunkenen Frauen. Alkoholgeruch waberte durch die Küche. Ihre Sprache war verwaschen und ihre Stimmen laut, als sie sich unterhielten. Er wurde unruhig. Er kannte es, wenn die Erwachsenen betrunken waren. Meistens waren sie dabei ausgelassen und albern. Aber jetzt spürte er etwas, das ihn beunruhigte.

»Was glotzt du so?«, rief Inge. Er zuckte zusammen und duckte sich, senkte den Blick und versuchte, sich möglichst

123

klein zu machen. »Dieser Bengel ist hinterhältig«, lallte sie zu Berta gewandt. Auch sie sah Michael aus teilnahmslosen glasigen Augen an. »Dreh ihm bloß nicht den Rücken zu und pass auf, dass er dich nicht beklaut. Der hat Polackenblut.« Michael sackte noch mehr auf dem Stuhl zusammen, versuchte möglichst still zu sitzen. Berta nahm ihr Glas, leerte es und zündete sich eine weitere Zigarette an. »Das Jugendamt wollte ihn schon wieder ins Heim stecken«, lallte Inge. »Weil es keine Familie mit ihm aushält.« Michael wollte aufstehen und weglaufen, aber er traute sich nicht, sich zu bewegen, blieb wie erstarrt sitzen. »Dieses Polackenpack war vor ein paar Wochen hier. Ich habe sie hochkant rausgeschmissen.« Sie sah erst Berta, die ihr leeres Schnapsglas auffordernd zu ihr schob, und dann Michael wütend an. »Ich habe sofort nachgeguckt, ob mein Portemonnaie noch da war, aber diese Nutte hatte nicht genug Zeit, es zu stehlen.« Berta drückte ihre Zigarette im überfüllten Aschenbecher aus. »Habe ich dir schon erzählt, dass er einen Jungen halbtot geprügelt hat?« Berta sah sie an und überlegte. Bestimmt hatte Inge das, aber sie erinnerte sich nicht mehr. »Und wenn er den kleinen Mädchen hinterher stiert, spielt er an sich rum.« Berta sah den Achtjährigen kurz an, dann ihr leeres Schnapsglas. »Fast jeden Abend wasche ich seinen Piescher, damit er gar nicht erst auf Gedanken kommt.« Die Frauen prosteten sich zu. »Weißt du, man muss da sehr sorgfältig sein und die Vorhaut richtig vor- und zurückziehen, damit sich kein Dreck darunter bildet.« Berta nickte ihr kurz zu. »Und außerdem ...«, Inge winkte die Nachbarin zu sich, damit sie ihr ins Ohr flüstern konnte, »... habe ich ihm gesagt, dass es böse ist und ihm die Hände abfallen, wenn er selber dran geht. Und ich habe ihm eingetrichtert, es niemanden zu sagen.« Sie lachte hysterisch auf. Als ihr Blick auf den Jungen fiel, verfinsterte sich ihre Miene. »Aber er ist böse«, zischte sie. »Eines Tages wird dieser Bengel ein Sittenstrolch. Was ich dir sage.« Michael hatte keine Ahnung, was sie damit meinte. »Aber so weit lasse ich es nicht kommen«, kreischte sie und sprang von ihrer Bank auf. Sie riss den Jungen vom Stuhl und warf ihn auf den Boden. »Das treibe ich dir aus«, schrie sie und zerrte ihm die Hose herunter. Er strampelte und wollte weglaufen, aber er konnte nicht. Hilfesuchend sah er zu Berta, die sich einen weiteren Schnaps einschüttete. »Hilf mir mal«, forderte Inge ihre Freundin auf, die sich schwerfällig und wankend von der Küchenbank erhob. »Halt den Bengel mal fest. Der strampelt ja wie verrückt.« Berta packte Michael an seinen Schultern und drückte ihn auf den Boden. Er konnte sich kaum bewegen und schrie sich die Seele aus dem Leib. Aber es nützte nichts. Inge holte ein Glas Senf aus dem Kühlschrank und grölte: »Dir werde ich es zeigen.«

Michael starrte mit aufgerissenen Augen in ihr irres Gesicht. Berta drückte ihn fester auf den Boden, während Inge kreischend Senf auf sein Geschlechtsteil schmierte. Michael schrie, strampelte und versuchte verzweifelt, sich zu befreien. Doch Berta drückte ihn fest auf den Boden.

Er sah in das Gesicht seiner Pflegemutter, das sich plötzlich veränderte, das sich wie damals beim Blick unter Wasser durch die Wellen immer wieder anders verzerrte. Er sah Wolken über ihr, die sich ebenfalls veränderten, hörte ihre wütenden Schreie nicht, nahm den Alkoholgestank nicht mehr wahr, spürte weder Schmerzen noch das Brennen auf seinem Glied. Er hatte keine Angst, fühlte gar nichts, blieb ruhig liegen und ließ es geschehen, dass sie immer mehr Senf auf dem Genitalbereich verteilte. Er registrierte es nicht, als sie von ihm abließ und zurück zur

125

Küchenbank wankte, bemerkte nicht, dass auch Berta ihn
losließ und sich ebenfalls an den Tisch setzte. Er sah nicht,
dass sich die Frauen noch einen Schnaps einschütteten und
eine weitere Zigarette anzündeten.

Wie in Trance zog er Unterhose und Hose an, setzte sich
auf den Küchenstuhl und legte die Hände auf den Tisch.
Seinen Blick ins Nichts gerichtet, nahm er das ausgelassene
Lachen und Witzeln der beiden betrunkenen Frauen nicht
wahr. Michael war in sein eigenes kleines Universum
geflüchtet.

1969

Michael hatte den Vorfall, der sich vor einigen Monaten ereignet hatte, verdrängt, scheinbar vergessen. Aber er wurde still und in sich gekehrt. Nachts schlief er unruhig, träumte vom Teufel, der aus Lava und Feuer nach ihm griff, und Dämonen, die ihn jagten. Manchmal schreckte er aus dem Schlaf auf und wurde von Inge beschimpft, weil seine Schreie sie geweckt hatten. Und oftmals wollte er nicht wieder einschlafen, aus Angst vor den Träumen, die sich so erschreckend real anfühlten. Er hatte keine Lust, mit den anderen Kindern zu spielen, und streunte allein durch die Straßen. In der Schule beteiligte er sich kaum noch am Unterricht und in den Pausen verkroch er sich in die äußerste Ecke des Schulhofes und hoffte, dass ihn niemand fand.

»Ach, da hast du dich versteckt!« Thomas stand vor ihm und stemmte seine Fäuste in die Hüften. Seine Freunde standen hinter ihm und freuten sich auf eine handfeste Schlägerei. Michael aber sah ihn schweigend an. »Komm raus da«, forderte Thomas ihn auf. »Oder hast du Schiss?«

Michael schüttelte den Kopf. »Ich habe keine Lust.«

»Also hat das Mädchen doch Schiss«, stellte Thomas grinsend fest, doch Michael reagierte nicht. »Was ist los mit dir? Du lässt dich doch sonst nicht bitten.« Fast schien er sich Sorgen um Michael zu machen. Kein »Du stinkst« und keine wütende Reaktion auf sein »Du Mädchen«. Was war los mit seinem Lieblingsfeind? Sie hatten sich schon eine ganze Weile nicht mehr geprügelt, aber Michael sah teilnahmslos an ihm vorbei. Sein Körper schmerzte noch von Inges letzter Prügelattacke.

»Na gut«, sagte Thomas. »Wenn du nicht willst, verklopp ich eben deine Freundin.«

»Lass sie in Ruhe«, erwiderte Michael.

»Ach.« Vielleicht bekam Thomas ja doch noch seinen Streit. »Bist du verliebt in sie?«

»Lass uns doch einfach in Ruhe. Ich habe keine Lust auf Streit.«

»Aber ich.« Breitbeinig ging Thomas auf ihn zu. »Und wenn du nicht rauskommst, verklopp ich deine Freundin.«

Der Gong kündigte das Ende der Pause an. »Wir müssen in die Klasse«, sagte Michael.

Thomas nickte: »In der nächsten Pause bist du fällig.«

Michael sah ihn aus dem Augenwinkel an. »Wir haben nur noch eine kurze Pause. Du wirst heute wohl ohne Prügel auskommen müssen.« Er schob sich an ihm vorbei und ging über den Schulhof Richtung Klassenraum.

Thomas sah ihm nach, fühlte sich vor seinen Freunden bloßgestellt. Wütend rannte er Michael hinterher. »Du feige Sau«, brüllte er und stieß ihn von hinten um, sodass er der Länge nach in eine Pfütze fiel.

Langsam rappelte sich Michael auf, drehte sich zu Thomas um sah in sein breit grinsendes Gesicht. »Du bist wirklich bescheuert«, murmelte er. Das Wasser tropfte von seinen Kleidern. Michael wischte den Dreck mit seinen Händen ab, so gut es ging, und schlich wortlos in den Klassenraum. Herr Wagner starrte ihn wütend an.

»Wie siehst du denn aus? Konntest du es wieder nicht lassen?« Er sah den unschuldig dreinblickenden Thomas und dann den verdreckten Michael an. »Sag deiner Mutter, dass ich sie morgen nach der Schule sprechen will.«

Teilnahmslos nickte er.

Nach der Schule ging er allein nach Hause. Er wusste, was ihn zu Hause erwarten würde, so verdreckt wie er aussah.

»Hast du dich schon wieder geprügelt?«, schrie sie erwartungsgemäß.

Er schüttelte den Kopf. »Nein, Thomas hat mich von hinten geschubst. Ich konnte nichts dafür.«

»Du bist es also wieder einmal nicht gewesen, wie? Du bist es ja nie gewesen.« Er sah sie an und erwartete die erste Ohrfeige. Aber sie kam nicht. »Muss ich wieder in die Schule kommen?«

»Ja, morgen nach der letzten Stunde.«

»Aber du bist es nicht gewesen. Und warum muss ich dann in die Schule kommen?« Michael zuckte mit den Schultern. »Sag wenigstens einmal die Wahrheit«, forderte sie ihn auf. »Hör endlich auf, mich zu belügen, und sag mir, wer angefangen hat.«

»Ich sagte es doch. Thomas hat mich von hinten geschubst und dann bin ich in eine Pfütze gefallen.«

»Du lügst mir mitten ins Gesicht, ohne rot zu werden.«

»Ich lüge nicht.«

»Wenn du mich belügst, schlage ich dich windelweich.« Sie hob ihre Hand, doch er sah ihr fest in die Augen.

»Thomas hat mich ...«

In diesem Augenblick knallte ihre flache Hand gegen seine Wange. »Sag die Wahrheit und ich verhaue dich nicht«, versprach sie. »Aber wenn du mich weiter belügst, prügel ich dir deine Verlogenheit aus dem Leib.«

Er sah sie misstrauisch an. Konnte er der Bestrafung doch noch entgehen, wenn er sagte, was sie hören wollte? Er senkte den Kopf. »Ich habe angefangen«, flüsterte er. »Ich habe ihn geärgert und dann haben wir uns geprügelt.« Er sah vorsichtig zu ihr auf. Noch immer hatte sie ihre Hand drohend zum Schlag ausgeholt.

»Ich habe es doch gewusst«, keifte sie. »Ich werde dir deine Verlogenheit austreiben.« Michael ließ die Prügel über sich ergehen, wehrte sich nicht, schrie nicht, spürte die vielen Schläge nicht, nahm keine Schmerzen wahr. Er bemerkte, dass sie immer wütender wurde, weil er nicht schrie. Reichte die Strafe nicht? Sie schlug weiter, härter. Aber er schrie noch immer nicht. Außer Atem ließ sie von ihm ab. »Geh mir aus den Augen«, japste sie.

Michael setzte sich apathisch an den Küchentisch, führte wie ein Roboter die Gabel zum Mund und aß sein Mittagessen. Erst als es an der Tür läutete, wachte er wie aus einem Traum auf und sah sie schweigend an.

»Wer einmal lügt, dem glaubt man nicht, und wenn er auch die Wahrheit spricht«, zischte sie. »Nur für den Fall, dass du ausnahmsweise mal nicht gelogen hast.« Sie erhob sich und eilte zur Wohnungstür.

Michael sah schweigend auf seinen Teller. Dann lächelte er. Er wusste nicht, warum, aber er war glücklich.

***

Thomas wollte seine Schlägerei und provozierte Michael bei jeder sich bietenden Gelegenheit, aber der ließ sich nicht provozieren. Nur wenn Thomas Anne bedrohte, stellte er sich schützend dazwischen. Thomas grinste und glaubte, jetzt seine Schlägerei zu bekommen. »Du Mädchen«, schrie er und stürzte sich auf ihn. Er schlug und trat nach ihm, nahm ihn in den Schwitzkasten und malträtierte ihn mit den Fäusten, doch Michael wehrte sich nicht, ließ sich von Thomas verprügeln. Als dieser sich um seinen Kampf betrogen fühlte, wurde er noch wütender. Michaels Augen waren angeschwollen, als die Lehrer Thomas von ihn rissen. »Warum wehrst du dich nicht?«, schrie Thomas.

Michael wusste es nicht. Er hatte einfach damit aufgehört. Selbst diejenigen, die bislang Angst vor ihm gehabt hatten, trauten sich jetzt, ihn zu beschimpfen und zu schlagen, und er ließ es kampflos über sich ergehen.

IV. Die Zeit der Veränderungen (1970 bis 1979)
1970

»Ich geh mit ein paar Kollegen Skat spielen.« Paul setzte sich im Flur auf einen Hocker und zog seine Schuhe an. »Ich muss mal raus.«

Maria lehnte sich mit verschränkten Armen an den Türrahmen zur Küche und musterte ihn. »Heute?«

»Ja, wieso denn nicht? Wir spielen doch jeden Freitag Skat.« Fluchend zog er den linken Schuh wieder aus, um einen Knoten aus dem Schnürsenkel zu lösen.

»Heute ist Mittwoch.«

»Ja und? Wir haben uns spontan verabredet. Oh man, dieser Scheißschnürsenkel.«

»In letzter Zeit verabredet ihr euch aber oft spontan.«

Er warf den Schuh auf den Boden und funkelte sie an. »Bin ich dir etwa Rechenschaft schuldig?«

»Nein, natürlich nicht. Ich meine ja nur.«

»Was meinst du nur? Ich bin ein Mann und kann tun und lassen, was ich will.«

»Ich dachte, wir könnten mal zusammen etwas unternehmen. Das haben wir schon lange nicht mehr getan.«

»Was sollen wir denn zusammen machen? Ich will einfach nur raus hier!«

»Ja, ist ja gut.«

Als er den Knoten gelöst hatte, zog er den Schuh an, warf sich seinen Mantel über, ließ die Wohnungstür ins Schloss knallen und ging zu der Eckkneipe. Außer dem Gastwirt war niemand in der Kneipe.

»Hallo Paul«, rief er ihm zu. »Schön, dich zu sehen. Wie immer?«

»Hallo Werner. Ja, ein Lütt un Lütt.«

Der Wirt zapfte ein kleines Bier und schenkte einen Korn ein. Paul setzte sich auf den Barhocker am Tresen, trank den Schnaps und spülte den spritigen Geschmack mit dem Pils hinunter. Er stellte das Bierglas auf die Theke und wischte sich über den Mund. Werner musterte ihn. »Alles in Ordnung mit dir?«

»Ja, wie immer«, erwiderte Paul. »Noch mal das Gleiche.«

»Mit dir ist doch was«, forschte Werner und zapfte ein Bier.

»Was soll schon sein? Ärger mit der Alten. Wie immer. Gott, kotzt mich das alles an.«

»Was denn?«

»Ach, nichts.« Er trank den Korn und nippte am Bier. »Ich hab ihr gesagt, ich gehe Skat spielen. Ich will einfach nur meine Ruhe haben.«

»Ist schon klar. Ich frag wohl besser nicht weiter nach.«

»Nein, lieber nicht!«

Paul saß den Rest des Abends schweigend am Tresen und trank noch einige *Lütt un Lütt*, bis er, später als er es vorgehabt hatte, nach Hause ging. Maria lag bereits im Bett. Er schlich ins Schlafzimmer und tastete sich durch die Dunkelheit.

»Du stinkst nach Alkohol«, bemerkte sie.

»Ach wirklich?« Er legte sich ins Bett und drehte ihr den Rücken zu.

»Liebst du mich eigentlich noch?«, fragte sie nach einem Augenblick, doch er war bereits eingeschlafen. Sie aber lag noch lange wach.

Seine Schicht fing am nächsten Tag erst gegen Mittag an. Als er verkatert aus dem Bett kletterte, war sie schon lange auf und saß mit einem Kaffee am Küchentisch.

»Guten Morgen, Schatz. Wie geht's dir?«, fragte sie.

»Moin«, erwiderte er und setzte sich mit einer Tasse Kaffee zu ihr. »Wie soll's mir schon gehen?«

»Paul, was ist los mit dir?« Sie umklammerte mit den Händen die Kaffeetasse. »Du bist jeden zweiten Abend weg und kommst betrunken nach Hause. Und mir sagst du, dass du Skat spielen gehst. Da stimmt doch was nicht.«

»Herrgott, was soll denn nicht stimmen? Nichts ist los.«

Sie warf ihm einen vorsichtigen Seitenblick zu. »Du hast dich verändert.«

»Ich bin wie immer.«

»Nein, du hast früher nie getrunken. Nur zu besonderen Anlässen mal.« Sie betrachtete die kleinen braunen Blasen in ihrer Kaffeetasse. »Hast du eine andere?«

»Natürlich!«, rief er gekünstelt lachend, breitete die Arme aus und ließ die Hände auf die Oberschenkel fallen. »Ich gehe jedes Mal zu einer anderen Frau, um mich bei ihr volllaufen zu lassen.«

»Nein, das macht keinen Sinn«, murmelte sie. »Aber was ist es denn dann?«

»NICHTS!«, rief er. »LASS MICH DOCH EINFACH IN RUHE!«

***

Maria wusste, wann Pauls Schicht endete und dass er normalerweise acht Uhr abends nach Hause kommen müsste. Es war bereits neun Uhr, und er war noch immer nicht da. *Hoffentlich ist auf der Schicht nichts passiert,* grübelte sie. Zehn Uhr, noch immer nichts. Sie kannte seine Stammkneipe, aber sie ging nur selten mit ihm dort hin. Nur sonntags hatte sie ihn manchmal zum Frühschoppen begleitet.

Sie wusste, dass Werner die Gaststätte normalerweise gegen zehn Uhr schloss, aber bei guten Gästen machte er schon mal eine Ausnahme. Und Paul war ein guter Gast. Als er um elf Uhr noch immer nicht zu Hause war, wurde aus ihrer Sorge Angst und sie beschloss, zu der Eckkneipe zu gehen. Tatsächlich brannte dort noch Licht und Stimmen drangen nach draußen. Vorsichtig öffnete sie die Kneipentür und lugte in den Gastraum. Paul saß am Tresen und unterhielt sich angeregt mit Frieda, einer kleinen rundlichen Frau in gleichem Alter wie er. Maria kannte sie flüchtig. Sie wusste, dass Frieda vier Töchter hatte und ihr Mann vor einigen Jahren bei einem Unfall ums Leben gekommen war. Die beiden lachten laut und schallend über einen Witz, den er gemacht hatte. Sie lallten und schienen betrunken zu sein. Maria bemerkten sie nicht. Auch Werner, der gerade gespülte Gläser in ein Regal einräumte, bemerkte sie nicht. Es versetzte ihr einen Stich, dass er mit der Frau lachen konnte, was er mit ihr kaum noch tat. Sie schloss die Kneipentür und ging nach Hause, legte sich ins Bett und wartete auf den Mann, der sich immer weiter von ihr entfernte.

***

Einige Wochen später saß er an einem Sonntagmorgen gedankenverloren beim Frühschoppen am Tresen.

»Moin, Paul«, sagte Frieda und setzte sich neben ihn auf einen Barhocker.

Er nickte ihr mit einem kurzen Seitenblick zu. Sie sah ihn nachdenklich an und stellte fest, dass er schon das ein oder andere *Lütt un Lütt* getrunken hatte. »Ist was passiert?«, fragte sie und legte den Unterarm auf den Tresen, während sie ihn musterte. Er schüttelte den Kopf und nippte am Bier. »Was ist denn los?«

Er zog kurz die Schultern hoch. »Weiß auch nicht. Ist was mit Maria, glaub ich«, erwiderte er und starrte auf die Theke.

»Was ist mit ihr?«

Er hob die Schultern hoch und ließ sie wieder fallen. Sie zog es vor, ihm keine weiteren Fragen zu stellen, und bestellte sich ebenfalls ein *Lütt un Lütt*.

»Wie machst du das eigentlich mit deinen Töchtern?«, fragte er nach einer Weile.

»Was meinst du?«

»Na ja, du alleine mit vier Mädchen. Das muss doch schwierig sein.« Er betrachtete sie von der Seite, während sie das Bierglas hin- und herdrehte.

»Ja, schon, aber die Große muss mir eben helfen. Und ich bekomme ja auch die Witwenrente und die Halbwaisenrenten für die Kinder. Das geht schon irgendwie.«

»Mhm«, machte er und starrte auf sein Glas.

»Aber irgendwie fehlt mir schon der Mann im Haus«, fuhr sie fort, mehr zu sich selbst. »Den vermisse ich ganz schön.«

Paul betrachtete sein inzwischen leeres Glas. »Wusstest du, dass wir einen Sohn haben?«

»Ihr habt einen Sohn? Ich habe ihn noch nie gesehen.«

»Er ist bei einer Pflegefamilie. Ich habe ihn zuletzt gesehen, als er sechs Monate war.«

»Wieso ist er nicht bei euch? Euer Kind gehört doch zu euch.«

»Maria hat ihn im Kinderheim abgegeben, ohne mich zu fragen.«

»Wie bitte?« Sie sah ihn entsetzt an. »Wie konnte sie das denn nur tun? Sie hätte dich doch fragen müssen.«

»Ich war noch minderjährig damals. Ich hatte nichts zu sagen. Gar nichts.« Er schluckte einen Kloß hinunter. »Auch heute noch nicht. Es ist schon verrückt. Wenn Maria arbeiten will, braucht sie meine Erlaubnis. Aber wenn es um unser Kind geht, habe ich kein Wort mitzureden.« *Das war es also die ganze Zeit*, stellte sie fest. »Vor zwei Jahren wollte sie den Jungen bei dieser Pflegefamilie sehen. Wir sind dann auch hingefahren.«

»Du hast ihn gesehen?«

»Nein.«

»Warum nicht?«

»Ich bin nicht mitgegangen, habe unten im Auto gewartet.«

»Wieso?«

»Ich konnte nicht. Wenn ich ihn gesehen hätte, hätte ich ihn eingepackt und mitgenommen, und damit alles noch schlimmer gemacht.« Tränen liefen ihm über das Gesicht. *Ein Mann, der weint*, dachte sie. *Und das in aller Öffentlichkeit.* »Verstehst du das?« Er wischte sich die Tränen aus den Augen. »Ohne mich zu fragen. Einfach weggegeben. Und ich konnte nichts tun.«

»Warum hat sie ihn denn weggegeben?«

»Wir hatten kein Geld. Wir waren nicht verheiratet und ich musste zur Bundeswehr. Und, und, und. Alles kam zusammen, als hätte sich die ganze Welt gegen uns verschworen.«

»Ihr hättet ihn doch wieder zu euch holen können, oder?«

»Ja schon, aber sie konnte oder wollte das nicht. Sie hat auch alle Babybilder verbrannt. Wir haben nichts bei uns, das an ihn erinnern könnte. Alles ist weg. Und sie tut so, als gäbe es ihn gar nicht.«

Frieda betrachtete den Mann, der mit glasigen und feuchten Augen vor sich hinstarrte. »Komm mit zu mir«, flüsterte sie und legte eine Hand auf seinen Arm. »Das hier ist heute nicht der richtige Ort für dich.«

Paul kam erst spät in der Nacht nach Hause, und diesmal war er nüchtern.

***

Während Paul beim Frühschoppen war, blieb Maria zu Hause. Sie hatten vereinbart, dass er zum Mittagessen zurück sein würde, und normalerweise hielt er sich an Absprachen. Aber an diesem Sonntag kam er nicht und sie hatte alleine gegessen. *Soll er sich das Essen doch selber warmmachen. Ich habe keine Lust, auf den hohen Herrn zu warten.* Aber je später es wurde, umso größer wurde ihre Sorge und ihre Angst. Am Nachmittag hielt sie es nicht mehr aus und ging zu der Kneipe. Doch als sie dort ankam, war Paul bereits weg. Obwohl Werner auf ihre Fragen lediglich mit den Schultern zuckte, war ihr bewusst, dass Paul mit Frieda gegangen war. Maria war wütend, dann traurig, dann wieder wütend. Sie würde diesen Mistkerl zur Rede stellen. »Genug ist genug«, schimpfte sie. »Irgendwann ist Schluss. Nicht nur, dass er säuft. Jetzt geht er auch noch mit dieser Schlampe ins Bett.« Aber als er in der Nacht nach Hause kam, war alles anders. Maria saß am Küchentisch, als sie den Schlüssel in der Wohnungstür hörte. Sie legte die ineinander gefalteten Hände auf den Küchentisch und wartete, bis er an der Küchentür stand.

»Du bist noch wach?«, fragte er.

Sie nickte und sah ihn traurig an. Nicht mehr wütend. Einfach nur traurig. Er sah zu Boden und dann wieder zu ihr, konnte ihrem Blick jedoch nicht standhalten. Er spürte ihre Fragen, ihre Suche nach Antworten, doch er konnte sie ihr nicht geben.

»Ich bin müde«, sagte er nach einem Moment des Schweigens. »Morgen muss ich früh raus.«

Sie wollte weinen, konnte es jedoch nicht, wollte sich zu ihm ins Bett legen und sich an ihn kuscheln, aber sie konnte sich nicht bewegen. *Mein Schatz, was ist bloß los mit dir?* Sie legte den Kopf auf ihre Arme und weinte. Als sie kurze Zeit später ins Bett ging, war er eingeschlafen.

***

Maria fragte ihn nicht, wo er an diesem Sonntag gewesen war. In den nächsten Wochen ging er nicht in die Eckkneipe. Meistens saß er nachdenklich im Sessel, wirkte wie in einer anderen Welt. Gemeinsame Spaziergänge mit Maria wollte er nicht. Ihren Fragen wich er aus und sie hatte das quälende Gefühl, das er sich vor irgendetwas versteckte.

»Ich war bei Frieda«, sagte er eines Abends, als sie gemeinsam auf der Couch saßen. »Du weißt schon, an dem Sonntag vor ein paar Wochen.«

Ich weiß, dachte sie und betrachtete ihre zusammengefalteten Hände.

Er holte tief Luft, schien nach den richtigen Worten zu suchen. »Ich war betrunken, und da ist es irgendwie passiert. Ich weiß auch nicht, wieso.«

»Als du nach Hause gekommen bist, warst du aber nüchtern«, flüsterte sie.

»Ja, da war ich wieder nüchtern, aber nicht, als wir zu ihr gegangen sind.« Der Kloß im Hals schien ihr den Atem zu rauben. »Ich weiß nicht, was ich machen soll«, fuhr er fort.

Was willst du denn?, wollte sie schreien, doch sie schwieg. Er sah sie einen Moment an und senkte wieder den Blick. »Sie hat mich seitdem fast jedes Mal nach der Arbeit am U-Bahnhof abgefangen. Egal, welche Schicht ich hatte. Sie war immer da.« Er drehte seinen Ehering hin und her. »Ich will das alles nicht. Ich will mit dir zusammenbleiben, aber sie lässt mich einfach nicht in Ruhe.«

»Dann schick sie doch weg!«, platzte es aus ihr heraus.

»Das hast du dir doch selbst zuzuschreiben. Wieso erzählst du mir das alles überhaupt? Meinst du wirklich, ich habe das nicht gemerkt?«

»Sie sagt, dass sie sich umbringt, wenn ich nicht zu ihr komme.« Noch immer betrachtete er seinen Ehering. »Und ich weiß nicht, was ich tun soll.«

»Dann soll sie sich doch umbringen!«, rief Maria. »Was schert mich das denn?«

»Sie hat vier Kinder.«

»Ja und? Dann kommen sie eben ins Heim! Was hast du damit zu tun?«

»Sie haben schon ihren Vater verloren. Wie soll ich denn damit leben, wenn sie durch mich auch noch die Mutter verlieren?« Er holte tief Luft. »Ich kann das nicht. Könntest du es?«

Sie schloss für einen Moment die Augen und hielt eine Hand vor ihrem Mund. Schließlich ließ sie sie sinken und lehnte ihren Kopf an seine Schulter. »Nein, ich glaube nicht«, flüsterte sie. »Aber was wird aus uns?«

»Ich weiß es nicht. Ich weiß nur, dass ich dich liebe.«

Sie richtete sich auf und sah ihn fest an. »Sie erpresst dich. Merkst du das nicht? Was verspricht sie sich davon?«

»Einen Vater für ihre Kinder.« Seine Unterlippe bebte. »Maria, ich bin Vater und kann es nicht leben.«

»Du weißt, was du von mir verlangst?«, sagte Paul einige Tage später zu Frieda.

Er hatte die letzten Tage mit Maria hin und her überlegt, wie sie sich verhalten sollten. Letztlich kamen sie zu dem Schluss, dass er noch einmal mit ihr reden sollte. Frieda saß im Ohrensessel und sah Paul entschlossen an, der nervös mit seinen Fingern spielte.

»Natürlich weiß ich das«, erwiderte sie mit fester Stimme und sah auf seine Hände. »Ich weiß, dass du mich nicht liebst, aber das ist mir egal. Die Mädchen brauchen einen Vater. Und ich brauche einen Mann. Ich schaffe das nicht mehr alleine.« Gedankenverloren strich er über seinen Ehering. »Ich werde dir eine gute Frau sein.« Sie holte tief Luft. »Und ich werde dir helfen, deinen Sohn zu sehen.«

Er sah sie an. »Wie willst du das denn machen?«

»Ich werde mit seinen Pflegeeltern sprechen, wenn du dich das nicht traust. Ich werde es immer wieder tun. Bis du ihn sehen kannst. Das verspreche ich dir.«

Er betrachtete erneut seinen Ehering, deckte ihn mit der Hand zu und sah Frieda an. »In Ordnung. Ich komme zu dir. Aber ich werde Maria nicht aus den Augen verlieren. Das ist dir hoffentlich klar.«

»Ja, ich weiß.«

1971

Im Sommer wechselte Michael von der Grundschule in die gymnasiale Beobachtungsstufe einer Gesamtschule. Für ihn war der Schulwechsel ein Neuanfang. Vor allen Dingen war er erleichtert, dass er mit Thomas und den anderen Lagerkindern nichts mehr zu tun hatte. Aber er verlor mit Anne und Kai seine besten Freunde. Kai blieb auf der Hauptschule und Anne zog mit ihrer Familie nach Baden-Württemberg.

Die Müllers bezogen ein paar Straßen weiter eine größere Wohnung und Michael bekam sein eigenes Zimmer. Er zog sich stundenlang zurück, spielte mit seinen Spielzeugautos und Indianerfiguren, malte oder las. Inge störte es nicht, dass er viel Zeit für sich allein verbrachte, weil sie dann ihre Ruhe hatte. Besuche bekam er keine. Nicht, dass die anderen Kinder ihn nicht besuchen wollten, sondern weil Inge es verbot. Sie duldete keine anderen Kinder in der Wohnung. Michael machte aus der Not eine Tugend und lernte, sich mit sich selbst zu beschäftigen. Seine Hauptbeschäftigung wurde es, in Büchern zu versinken und in die Welt von Märchen und Sagen einzutauchen. Er verschlang die Romane von Karl May und versank in den Geschichten von Old Shatterhand, Kara Ben Nemsi, Old Surehand oder Winnetou. Er las *Lederstrumpf* von James Cooper und trauerte in *Der letzte Mohikaner* mit Chingachgook um dessen Sohn Unkas, der von Magua, dem Huronenhäuptling, getötet wurde. Er spürte die Einsamkeit des alten Häuptlings tief in sich und litt mit ihm. Er sah sich als Ben Hur, der gegen seinen Freund aus Kindertagen, Messala, um Gerechtigkeit und sein Leben kämpfte. Er war der starke Herakles, der alle Schikanen erduldete und letztlich zu den Göttern auffuhr, litt mit Sisyphus, der vergeblich versuchte, einen großen Stein auf einen Berg zu tragen. Aber in erster Linie war er Odysseus, der Listenreiche. Er kämpfte vor Troja, ersann das hölzerne Pferd und brachte die Stadt zu Fall. Jahrelang fuhr er über die Meere auf der Suche nach Ithaka, besiegte Polyphemos, den Zyklopen, erlag den Reizen der Circe und widerstand den Rindern des Sonnengottes Helios. Er vertrieb die Tagelöhner, die seine Frau Penelope freiten und seinem Sohn Telemachos nachstellten. Und am Ende besiegte er alle seine Feinde. Er fühlte sich mit dieser Sagenfigur aus der griechischen Mythologie tief verbunden, weil auch Odysseus alleine gewesen war, genau wie er. Mit der Zeit versank er immer mehr in Tagträume und lebte die Heldenfiguren aus, auch wenn er nicht las. Als er die Bibel gelesen hatte, wurde er religiös, ging nahezu jeden Sonntag in die Kirche und betete, was Inge mit Wohlwollen bemerkte. Auch wenn sie selbst nie in die Kirche ging, bezeichnete sich selbst doch als gläubige Christin. Wenn sie ihn verprügelte, flüchtete er sich in die Welt der Mythen und Sagen. Dann war er der Held, der Qualen und Schmerzen klaglos erduldete, denn am Ende würde er sie alle besiegen. Je häufiger und je heftiger sie ihn schlug, umso tiefer glitt er in seine Fantasiewelten. Insbesondere wenn er sich im Recht sah und dennoch bestraft wurde, fühlte er sich wie einer der zahlreichen Helden, deren Geschichten er verschlang.

Oftmals verspürte er innere Stärke nach Bestrafungen. Er fühlte sich unverwundbar und sicher, solange Inge seine Seele nicht fand. Und die verbarg er, indem er ihr nicht zeigte, was er fühlte, wie sehr er tatsächlich litt. All das war ihm nicht bewusst und geschah in seinem tiefen Unterbewusstsein. Bis er eines Sonntags mit Inge im Fernsehen die Operette *Das Land des Lächelns* von Franz Lehár ansah.

Inge lag auf der Couch und er saß im Sessel. Sie liebte Operetten und er durfte sie oftmals mit ihr ansehen. Meistens langweilten sie ihn zwar, aber als er dieses Lied des chinesischen Prinzen Sou-Chong hörte, berührte es ihn auf merkwürdige Weise:

Ich trete ins Zimmer, von Sehnsucht erbebt.

Das ist der heilige Raum,

in dem sie atmet, in dem sie lebt,

sie meine Sonne, mein Traum.

Er sah zu seiner Pflegemutter. Sie hatte die Augen geschlossen, dirigierte im Takt der Musik und summte die Melodie.

Oh klopf nicht so stürmisch, du zitterndes Herz.

Ich hab dich das Schweigen gelehrt.

Was weiß sie von mir, von all meinem Schmerz,

von der Sehnsucht, die mich verzehrt.

Auch wenn uns Chinesen das Herz auch bricht,

wen geht das was an, wir zeigen es nicht.

Er horchte auf. *Was weiß sie von mir, von all meinem Schmerz? Wen geht das was an, wir zeigen es nicht*, hallte es in seinem Kopf nach. *Wie ich*, überlegte er. *Auch ich zeige es nicht.* Aufmerksam hörte er sich das Lied weiter an:

Immer nur lächeln und immer vergnügt. Immer zufrieden, wie's immer sich fügt. Lächeln trotz Weh und tausend Schmerzen. Doch wie's da drin aussieht, geht niemand etwas an. Ich kann es nicht sagen, ich sage es nie. Bleibt doch mein Himmel versperrt. Ich bin doch ein Spielzeug, ein Fremder für sie. Nur ein exotischer Flirt. Sie hat mich verzaubert, sie hat mich betört. Wie Haschisch, wie purpurner Wein. Es kann ja nicht sein, dass sie mich erhört.

Inge sang jetzt lauthals mit und riss ihn aus seiner Faszination. Doch dann versank er wieder in dem Lied:

Doch im Traum darf ich selig sein. Sie soll es nicht merken, nicht fühlen, oh nein. Wen kümmert mein Schmerz, nur mich ganz allein. Immer nur lächeln und immer vergnügt. Immer zufrieden, wie's immer sich fügt. Lächeln trotz Weh und tausend Schmerzen. Doch niemals zeigen sein wahres Gesicht. Immer zufrieden, wie's immer sich fügt. Lächeln trotz Weh und tausend Schmerzen. Doch wie's da drin aussieht, geht niemand' etwas an.

Wen kümmert mein Schmerz, nur mich ganz allein, hallte es durch seinen Kopf. *Lächeln trotz Weh und tausend Schmerzen, doch niemals zeigen sein wahres Gesicht.*

Er hatte sich im Sessel nach vorne gebeugt und jeder Silbe, jedem Ton des Liedes gelauscht. Als es zu Ende war, lehnte er sich zurück und schielte zu der Frau, die noch immer verzückt die Augen geschlossen hatte. Tief in seinem Inneren lächelte er. *Doch wie's da drin aussieht, geht niemand etwas an. Was ich denke und was ich fühle, gehört nur mir. Mir ganz allein. Und niemand darf es wissen.*

1972

Maria schlenderte über den Hamburger Dom, einem großen Volksfest, das dreimal im Jahr stattfand. Der Frühjahrsdom, das Hummelfest im Sommer und der Winterdom. Jetzt war Frühjahrsdom. Es war ein kühler Abend und dicke Wolken hingen am Himmel, aber wenigstens regnete es nicht. Sie war tief in Gedanken versunken und nahm das Rattern der Achterbahn und die aus den Boxen dröhnende Musik kaum wahr. Die Menschenmassen zogen wie im Film an ihr vorbei.

Es waren zwei Jahre seit der Trennung mit Paul vergangen. Inzwischen waren sie geschieden und er mit Frieda verheiratet. Abgesehen davon, dass der Scheidungsrichter ihm die volle Schuld zusprach, fühlte er sich verantwortlich und hatte die Scheidung bezahlt. Anfangs besuchte er Maria mindestens einmal in der Woche, aber im Laufe der Zeit waren diese Besuche immer seltener geworden. Als er ihr kurz nach der Scheidung sagte, dass Frieda und er heiraten wollten, versetzte es ihr einen tiefen Stich, auch wenn es für sie nicht überraschend kam.

»Wir haben jetzt ein Telefon«, hatte er erklärt. »Wir können also telefonieren.«

»Ich habe kein Telefon.«

»Sag mir Bescheid, wenn du eins hast.«

»Ich will kein Telefon. Was soll ich damit?«

Sie stand vor einem gläsernen Irrgarten und schaute zu, wie immer wieder Leute gegen die sauber geputzten Scheiben liefen. Einige Zuschauer, die das Schauspiel betrachteten, lachten laut auf, sie aber sah ihnen teilnahmslos zu. Sie schlenderte weiter und blieb bei den Autoscootern stehen und sah zu, wie junge Leute andere Scooter rammten und für Gekreische der Mädchen und schadenfrohes Gelächter der Jungs sorgten. Sie ging vorbei an der Geisterbahn und zahlreichen weiteren Fahrgeschäften. Gedankenverloren blieb sie stehen und sah der Sonne zu, die allmählich hinter einem großen Bunker, der auf dem Heiligengeistfeld stand, verschwand.

»Kann ein Hauptgewinn eine schöne Frau aufmuntern?«, schallte es durch die Boxen eines Losstandes, doch Maria beachtete es nicht. »Schöne Frau«, rief der Losverkäufer. »Laufen Sie nicht vor Ihrem Glück davon.« Er stand vor einer Ansammlung von Teddys und anderen Plüschtieren, hielt ein Mikrofon in der Hand und lächelte ihr zu. Sie schüttelte den Kopf und winkte ab. Ein Mann im Clownskostüm hielt ihr einen Plastikeimer voller Lose vor die Nase.

»Ich habe noch nie etwas gewonnen«, sagte sie.

»Versuchen Sie Ihr Glück«, schallte es aus den Boxen. »Heute ist bestimmt Ihr Glückstag.«

Die Aufdringlichkeit des Mannes amüsierte sie und zauberte ihr ein Lächeln ins Gesicht. »Na gut, geben Sie mir in Gottes Namen zwei Lose«, sagte sie zu dem Clown und griff in den Plastikeimer. »Leider verloren«, rief sie und zog lächelnd die Schultern hoch. »Es ist wohl doch nicht mein Glückstag.«

»Vielleicht ja doch«, entgegnete der Losverkäufer augenzwinkernd, legte das Mikrofon ab und eilte auf sie zu. »Entschuldigen Sie meine Aufdringlichkeit, aber Sie haben so traurig ausgesehen. Da musste ich Sie einfach ansprechen.«

»Danke, aber es ist nichts«, erwiderte sie gequält lächelnd.

»Jaja, das sehe ich. Darf ich Sie auf ein Getränk einladen? Da vorne ist eine Bierbude.«

»Warum nicht? Aber nur kurz.«

»Ja klar.«

Sie gingen zum Bierstand und er bestellte zwei Bier.

»Wilfried«, stellte er sich vor und hob das Glas.

»Maria«, antwortete sie und prostete ihm zu.

Sie unterhielten sich, und Wilfried schaffte es mit seinem Charme, Maria ein ums andere Mal zum Lachen zu bringen. Lange hatte sie sich nicht mehr so wohlgefühlt.

»Ich muss wieder zu meinem Losstand«, sagte er. »Wir sehen uns doch wieder, oder?«

»Ich weiß nicht. Wir werden sehen.«

***

Abends lag sie im Bett und starrte durch die Dunkelheit die Decke an. *Was war das denn? Da lass ich mich von einem Wildfremden ansprechen und geh mit ihm auch noch was trinken. Was versprichst du dir davon, Maria?* Sie beschloss, ihn nicht mehr zu sehen, aber die Begegnung mit diesem Mann, der sie einfach angesprochen und so viel Charme versprüht hatte, ging ihr nicht mehr aus dem Kopf.

Zwei Tage nach dem Treffen eilte sie an der alten Achterbahn, den Autoscootern, dem Glasirrgarten und all den anderen Fahrgeschäften vorbei, zielstrebig auf den Losstand zu.

»Gewinne ... Gewinne ... Gewiiiiiiinne«, dröhnte es aus den Boxen. Wilfried war in seinem Element und pries seine Lose an. »Und wiiiiiiiieder ein Hauptgewinn«, rief er strahlend in das Mikrofon, als er sie sah, und reichte einem Jungen einen kleinen Teddy, der nicht glauben wollte, dass das ein Hauptgewinn gewesen sein sollte. Er rief einen Mitarbeiter zu sich und drückte ihm das Mikrofon in die Hand, sprang von dem Loswagen hinunter und eilte auf sie zu.

»Schön, dass du gekommen bist. Zeit für ein Bier?«

»Ja, gern.«

Sie unterhielten sich, lachten und scherzten und sie vergaß für diesen Moment ihre Einsamkeit.

»Ich muss wieder meine Lose feilbieten und die Hauptgewinne verteidigen.« Er zwinkerte ihr zu. »Morgen wieder?«

»Ich denke, ja«, erwiderte sie lächelnd.

***

Paul stand mit verschränkten Armen im Türrahmen und betrachtete Frieda. Sie saß auf einem Hocker neben dem Telefon und hielt den großen schwarzen Telefonhörer ans Ohr. Sie hatte die Telefonnummer der Familie Müller gewählt und wartete mit zitternder Hand, dass die Verbindung hergestellt wurde.

Diesem Anruf waren zahlreiche Gespräche mit Paul vorausgegangen. Sie wollte ihn dazu bewegen, sich selbst bei den Müllers zu melden und sich nach seinem Sohn zu erkundigen. Doch seine Antwort war immer die gleiche: »Ich kann das nicht. Und du hast es mir außerdem versprochen.«

»Guten Abend, Frau Müller. Mein Name ist Kowalczyk. Ich bin die Frau von Paul Kowalczyk.« Frieda rutschte nervös auf dem Hocker hin und her. Paul beobachtete sie und versuchte zu erahnen, was Inge Müller zu ihr sagte.

»Paul möchte seinen Sohn gerne mal sehen und ... Nein, er traut sich nicht und ... Ja, das versteh ich, aber ... Na ja, nur ...« Frieda sah verstohlen zu ihrem Mann, der sie aufmerksam beobachtete. Dann senkte sie ihren Blick und wischte mit der Hand über die Anrichte, auf der das Telefon stand.

»Bitte lassen Sie mich doch auch mal zu Wort kommen ... Aber Michael muss doch seinen Vater auch mal ... Natürlich, aber ... Sollte er nicht selbst ... Warum schreien Sie mich denn ... Das muss ich mir nicht sagen lassen ... Bitte ...« Frieda sah verzweifelt zu ihm. Er hörte eine schrille Stimme aus dem Telefonhörer, konnte aber nichts verstehen.

»Dann sagen Sie mir bitte wenigstens, wie es ihm geht«, sagte sie mit resignierender Stimme, als Inge Luft zu holen schien. »Sagen Sie mir doch bitte nur, wie es ihm geht.« Sie sah flüchtig zu Paul. »Ja ... Mhm ... Ja ... Gut ... Sehr schön ... Danke. Auf ...« Gedankenverloren legte sie den Hörer auf die Gabel. »Sie hat einfach aufgelegt«, murmelte sie. »Sie sagte, dass es Michael gutgeht und er sich prächtig macht. Ansonsten hat sie mich nur beschimpft und angeschrien. Du hast es ja gehört.« Sie sah Paul mit Tränen in den Augen an. »Jetzt kann ich verstehen, dass du sie nicht anrufen wolltest.«

»Hoffentlich geht es ihm wirklich gut«, flüsterte er.

»Ich werde es weiter versuchen. Und eines Tages wird er alt genug sein, dass er selbst entscheiden kann.«

»Frieda, er ist zwölf Jahre alt. Bis er selbst entscheiden kann, bin ich alt und grau.«

***

Maria besuchte Wilfried jeden Tag. Sie fühlte sich wohl in seiner Nähe und freute sich über seine Komplimente, seinen Witz. Es tat ihr gut, wieder zu lachen. Doch als die letzte Woche des Frühjahrsdoms angebrochen war, war er nicht so gesprächig wie die Male zuvor. Nachdenklich sah er sie an.

»Der Dom geht noch bis Ende der Woche«, sagte er. »Ich wollte dich fragen, ob du mich begleiten willst. Ich könnte noch gut jemanden gebrauchen, der mir hilft.« Sie starrte ihn ungläubig an. »Weißt du, ich muss auf jedem Volksfest diese Losverkäufer anwerben. Es sind meist Studenten und Aushilfskräfte. Sie sind nicht mit Leib und Seele bei der Sache.«

»Wie stellst du dir das vor?«, fragte sie. »Ich habe eine Wohnung und ...«

»Ja, was und?«, unterbrach er sie. »Du bist alleine und einsam. Das sehe ich dir doch an. Warum also mich nicht begleiten und was sehen von der Welt? Du könntest meine Bücher führen. Das ist nicht gerade meine Stärke.«

»Nein, das geht nicht.«

»Klar geht das. Deine Wohnung kannst du kündigen. Du musst es nur wollen.«

Sie sahen sich eine Weile schweigend an, und schließlich lächelte sie. »Lass es mich überlegen.«

»Nach dem Wochenende bin ich weg.«

»Aber zum Hummelfest bis du wieder da. Wenn du mich dann noch immer mitnehmen willst, habe ich Zeit, meine Wohnung zu kündigen und alles zu regeln.« Er nickte ihr zweifelnd zu. »Ich denke drüber nach, ja?«, bekräftigte sie.

»Ich nehme dich beim Wort. Bis dahin werden wir uns schreiben, in Ordnung?«

»Und wie erreiche ich dich?«

»Ich habe eine Postadresse in Bremen bei meiner Schwester. Deine Briefe werden also bei mir ankommen.«

»Gut. Dann werden wir uns schreiben.«

In den folgenden Tagen und Wochen dachte sie viel über Wilfrieds Vorschlag nach. Sie schrieben sich in regelmäßigen Abständen. Er schilderte seine Reisen in die verschiedenen Städte in ihren schönsten Farben. *Was hält mich hier?*, grübelte sie. *Paul? Na ja, er wird mir fehlen, aber er hat seine eigene Familie. Und was soll ich alleine in Hamburg? Ausbrechen – weglaufen – fliehen aus der Einsamkeit – hin zur Ungezwungenheit und Leichtigkeit in die Einfachheit des Seins – weg hier, egal was kommt.* Immer mehr reifte ihr Entschluss: *einfach nur weg hier.*

Paul weihte sie in ihre Gedanken bei seinen seltenen Besuchen zunächst nicht ein. Er erzählte ihr von den vier Mädchen und seiner eher langweiligen Ehe mit Frieda, und sie hörte ihm zu.

»Frieda hat bei den Müllers angerufen«, sagte er eines Tages.

»Und warum nicht du?«

»Ich hatte Angst. Diese Pflegemutter war wie eine Furie zu Frieda. Sie hat sie angepöbelt und beschimpft. Es war grauenhaft. Frieda war danach völlig fertig.« Paul zog mit seinen Blicken die Muster auf dem Teppich nach, während sie ihn schweigend betrachtete. »Das kann sie doch nicht machen«, fuhr er fort. »Ich will ihn ihr doch nicht wegnehmen. Ich will ihn nur mal sehen. Ich habe ihn seit zwölf Jahren nicht gesehen. Habe ich denn gar keine Rechte als Vater?«

Sie schüttelte den Kopf. »Nein. Die hast du wohl nicht.« Sie schwiegen eine Weile. »Ich werde Hamburg verlassen«, sagte sie schließlich. »Ich habe einen Mann kennengelernt.«

Paul starrte sie an. »Wohin wirst du gehen?«

»Mal hier, mal dort. Er ist Schausteller. Zum Hummelfest kommt er wieder nach Hamburg und dann werde ich mit ihm gehen.«

»Und was wird aus uns?«

»Was soll aus uns schon werden? Du lebst bei Frieda und ich bin alleine. Was denkst du dir? Soll ich immer mehr vereinsamen?«

»Nein, natürlich nicht«, erwiderte er. »Aber dann werde ich dich gar nicht mehr sehen.«

»Immer, wenn Dom ist, bin ich in Hamburg. Dann können wir uns doch sehen, oder? Außerdem können wir uns schreiben.«

»Ja, immer wenn Dom ist«, murmelte er. »Aber eben nur dann.« Er vergrub das Gesicht in seine Hände. »Mein Gott, werde ich dich vermissen.«

»Ich dich auch. Was glaubst du denn?«

Sie sahen sich lange schweigend an. Dann stand er auf, ging zu ihr und reichte ihr seine Hände. »Bitte lass dich umarmen.«

Sie erhob sich ebenfalls, schlang ihre Arme um seinen Hals und legte den Kopf auf seine Schulter. Sie lagen sich lange in den Armen, als wäre es ein Abschied für die Ewigkeit. Dann ließ er von ihr ab, sah kurz in ihre Augen und senkte den Blick.

»Ich liebe dich«, flüsterte er, drehte sich um und eilte aus der Wohnung.

»Ich liebe dich auch«, sagte sie, als er längst verschwunden war. »Du hast keine Ahnung, wie sehr.«

***

Manchmal begleitete Michael Joachim auf seinem Weg zur Arbeit. Inzwischen arbeitete er als Kellner in einem Weinlokal am Rödingsmarkt in der Nähe des Hamburger Hafens. Der Junge war in dem Restaurant ein gern gesehener Gast. Insbesondere die Köchin hatte ihn fest in ihr Herz geschlossen und versorgte ihn mit allen möglichen Speisen, die sie für ihn abzweigen konnte. Der Besitzer des Lokals registrierte es mit einem Augenzwinkern, tat aber so, als würde er es nicht bemerken. Michael mochte das Essen in dem Restaurant, war es doch mal etwas anderes, als das, was Inge ihm vorsetzte.

Auf seinem Heimweg fuhr die U-Bahn vom Rödingsmarkt die nächsten zwei Stationen Baumwall und Landungsbrücken oberirdisch, sodass er einen Blick auf den Hamburger Hafen hatte. Er sah zu der Überseebrücke, an der manchmal große und bekannte Schiffe wie die *Gorch Fock* lagen. Heute hatte dort ein Kriegsschiff der Marine angelegt. Er betrachtete das Restaurantschiff *Wappen von Hamburg* an den Landungsbrücken. Im Sommer fuhr das Schiff nach Helgoland und im Winter blieb es im Hafen und diente als Restaurant. Einmal war er an den Landungsbrücken ausgestiegen und auf das Schiff gegangen, um es sich genauer anzusehen. Er war durch das Restaurant gelaufen, bis ihn ein Kellner angesprochen und des Schiffes verwiesen hatte. Das war ihm schon sehr peinlich. Kurz hinter den Landungsbrücken fuhr die U-Bahn in einen Tunnel Richtung St. Pauli. Im Tunnel kam der langweilige Teil der Fahrt, weil es nichts zu sehen gab. Er beobachtete das Spiegelbild der anderen Fahrgäste und glaubte, dass sie es nicht bemerkten. Oder er las die Werbeschilder und versuchte, die Sätze rückwärts zu lesen. So vertrieb er sich die Zeit.

An einem kühlen Aprilnachmittag hatte er Joachim erneut begleitet und befand sich auf dem Heimweg. Am Zielbahnhof Lattenkamp stieg er aus und eilte die Treppen des U-Bahnhofes hinunter. Unten angekommen sah er eine Menschenmenge, die im Kreis um etwas herumstand. Erkennen konnte er nichts, aber er hörte Geschrei von einer Frau und einem Mann aus dem Inneren des Kreises. Die Leute reckten ihre Köpfe, um besser sehen zu können. Michael drängte sich durch die Menschen, doch als er sah, was sich dort abspielte, riss er entsetzt die Augen auf und hielt die Hand vor dem Mund. Eine Frau, einfach gekleidet und völlig verdreckt, lag weinend auf dem Boden. Sie hatte über der Augenbraue eine klaffende Platzwunde und das Blut tropfte auf den Asphalt. Ein betrunkener Mann ging langsam um sie herum und trat ihr in den Bauch. Sie japste auf und krümmte sich vor Schmerzen, während ein Raunen durch die gaffende Menge ging. Sie wimmerte leise vor sich hin, als er sich wieder von ihr abwandte. Die Leute sahen zu und einige tuschelten miteinander. Dann betrachteten sie weiter dieses Schauspiel. »Hast du endlich genug, du Schlampe?«, brüllte der Mann und ging erneut auf sie zu, beugte sich zu ihr hinunter und stützte die Hände auf seine Oberschenkel. »Hast du endlich genug?« Er packte sie an den Haaren und zog sie hoch, holte aus und schlug ihr mit der Faust ins Gesicht. Sie schleuderte herum und landete bäuchlings auf dem Boden. Als sie sich auf ihren Knien und Händen abstützte, tropfte noch mehr Blut auf den Boden. Immer wieder ging er zu ihr, schimpfte, schlug und trat auf sie ein.

Michael sah sich hilfesuchend um, aber niemand machte Anstalten, der Frau zu helfen. *Aufhören*, wollte er schreien und zu ihr eilen. Doch dann bekam er Angst. Was konnte ein Zwölfjähriger gegen diesen wütenden, betrunkenen und tobenden Mann schon ausrichten? Michael sah in die ausdruckslosen Gesichter der gaffenden Meute. *Warum tut denn keiner was? Jemand muss doch helfen. Irgendjemand.*

Schließlich ließ der Mann von ihr ab und ging auf die Schaulustigen zu. Der Menschenkreis öffnete sich und ließ ihn passieren. Wortlos ging er durch sie hindurch. Die Frau rappelte sich auf und folgte ihm. Sie lief dem Menschen hinterher, der sie eben noch fürchterlich verprügelt hatte.

Die Passanten setzten ihre Wege unbeeindruckt fort, als wäre nichts geschehen, aber Michael zitterte am ganzen Körper. Er lief nach Hause, rannte wie in Trance, ohne sich umzusehen und anzuhalten.

»Was ist denn mit dir passiert?«, fragte Inge, als sie den völlig durchgeschwitzten und schwer atmenden Jungen vor sich sah.

»Ich bin gelaufen.« Dann erzählte er, was er gesehen hatte.

»Warum hat denn niemand dieser Frau geholfen?«, fragte er, als er geendet hatte.

»Weil es sie nichts angeht.«

»Aber man kann doch nicht einfach nur zusehen.«

»Steck deine Nase nicht in anderer Leute Sachen. Sonst bist du am Ende der Dumme. Hat du das verstanden?«

Nein, er hatte es nicht verstanden, und er wollte es auch nicht verstehen.

***

»Tante Ellie kommt im Juni zu Besuch«, erzählte Inge beim Mittagessen.

Sie freute sich auf ihre wesentlich ältere Schwester aus der DDR, die ein Visum bekommen hatte und nach Hamburg reisen durfte. Auch Michael hatte die alte Dame, die ihm in regelmäßigen Abständen ein Paket mit Keksen und sonstigen Geschenken schickte, in sein Herz geschlossen. Außerdem musste er nicht mit Inges Jähzorn rechnen, wenn sie zu Besuch war. Er war Tante Ellie schon seit Langem über den Kopf gewachsen, allerdings war sie auch sehr klein und ihr Rücken von der vielen körperlichen Arbeit in der heimischen Backstube gebeugt. Sie hatte Wassereinlagerungen sowie offene und großflächige Wunden an den Beinen, die Inge puderte und mit Verbänden versorgte.

Ab und zu begleitete Tante Ellie Michael auf seinen Spaziergängen mit Maiko, obwohl sie nur kurze Strecken gehen konnte. Sie hakte sich bei ihm ein und mit der anderen Hand stützte sie sich auf einen Gehstock. Sie erzählte ihm von ihrer Jugend, den beiden Kriegen, die sie hatte erleben müssen, und Werner, ihrer großen Liebe, der im Zweiten Weltkrieg von einer Panzergranate getroffen worden war. Sie hatte nie wieder einen anderen Mann geliebt.

»Wie war Mutti eigentlich als Kind?«, fragte Michael bei einem der Spaziergänge.

»Inge? Sie war unser Nachkömmling. Wir sind ja alle viel älter als sie. Wir mussten hart in der Bäckerei arbeiten. Sie musste das nie. Unsere Eltern haben sie verwöhnt und sie hat alles bekommen, was sie wollte.« Tante Ellie erzählte das über ihre kleine Schwester ohne Verbitterung und mit einem Lächeln. »Auch im Krieg musste sie nichts tun.«

»Na ja«, sinnierte Michael. »Sie war ja auch noch ein Kind. Was hätte sie schon tun können?«

»Sie war kein Kind mehr. Als der Krieg begann, war sie schon mit Anton verheiratet.«

»Verheiratet?« Er blieb stehen und sah die alte Dame verwundert an. »Vati war noch Kind. Bei Kriegsende war er zwölf, und Mutti ist so alt wie er.« Tante Ellie sah ihn fragend an. »Hat sie mir gesagt«, fuhr er fort. »Sie ist neununddreißig, hat sie mir letztens noch gesagt.«

»Blödsinn.« Tante Ellie winkte lachend ab. »Sie wird Ende des Monats zweiundfünfzig.« Sie schüttelte den Kopf. »Warum sagt sie denn so was? Sie ist viel älter als Joachim. Dreizehn Jahre, glaube ich.«

Schweigend schlenderten sie eine Weile weiter. Michael schluckte und sah gedankenverloren auf den Boden. So oft hatte sie ihn wegen seiner angeblichen Lügen verprügelt. *Wer einmal lügt, dem glaubt man nicht, und wenn er auch die Wahrheit spricht.* Dieser Satz schoss wie ein D-Zug durch seinen Kopf.

»Woran ist Ursula eigentlich gestorben?«, fragte er nach einer Zeit des Schweigens. Er wusste nicht, warum er das fragte. Er tat es einfach.

»Wer ist Ursula?« Tante Ellie sah zu ihm auf.

»Ihre Tochter«, antwortete er zögernd. »Sie ist mit vier oder fünf gestorben.« Ihm war unbehaglich zumute und er hatte Angst vor der Antwort. Wollte er sie überhaupt hören?

»Ihre Tochter?« Tante Ellie schüttelte den Kopf. »Sie hat keine Tochter. Sie hat nie ein Kind gehabt. Sie wollte immer, bekam aber keins. Was stellst du da für Fragen?«

»Ach nichts. Ich habe nur mal so was gehört.«

»Mir tun die Beine weh«, sagte die alte Dame nach einigen weiteren Schritten. »Können wir umkehren?«

»Ja, klar.«

Michael hatte so viele Fragen, aber er traute sich nicht, sie zu stellen. Zu groß war die Angst vor den Antworten. *Wieso hat sie mich für meine Lügen immer bestraft? Und selbst lügt sie wie gedruckt.* Er war verwirrt. So oft hatte er geglaubt, dass Inges Strafen verdient gewesen waren. Aber jetzt?

Tante Ellie schleppte sich die Treppen bis zur Wohnung hinauf. In jeder Etage musste sie eine Pause einlegen, und Michael wartete geduldig. Im Treppenhaus roch es nach Essen. Maiko rannte mit wehenden Ohren die Treppen hinauf und kratzte ungeduldig an der Wohnungstür. Inge öffnete und der ewig hungrige Hund huschte sofort in die

158

Küche. Sie ließ die Tür offenstehen und ging wieder in die Küche. Nach einer Weile hatten auch Michael und Tante Ellie die Wohnung erreicht. Er zog Jacke und Schuhe aus, setzte sich auf die Küchenbank und musterte seine Pflegemutter. Sie saß mit einem Unterrock bekleidet am Küchentisch und schälte Kartoffeln. Tante Ellie ließ sich auf die Sitzbank fallen.

»Du kannst schon mal die grünen Bohnen schneiden«, sagte Inge zu ihr und schob ihr eine Schüssel entgegen. »Und du schälst die restlichen Kartoffeln«, forderte sie den Jungen auf. »Ich muss noch die Betten beziehen.« Sie erhob sich und verließ die Küche.

Michael nahm eine Kartoffel und drehte sie in der Hand, als wusste er nicht, an welcher Stelle er das Messer ansetzen sollte. Er war verwirrt, wütend. *Was war noch alles gelogen? Stimmt überhaupt irgendetwas von dem, was du mir erzählt hast?*

Tante Ellie betrachtete ihn. Sie bemerkte, dass er die Kartoffeln mehr schnitt, als sie zu schälen. »Du musst sie dünner schälen, mein Junge«, sagte sie und lächelte ihn sanft an. »Du schneidest ja das Beste weg.«

Plötzlich warf er das Messer auf den Tisch, sprang auf und eilte mit festen Schritten ins Schlafzimmer.

»Warum hast du mich belogen?« Inge war dabei, den Bettbezug über die Decke zu ziehen. Er stand breitbeinig mit geballten Fäusten im Türrahmen und funkelte seine Pflegemutter an. »Warum hast du mich belogen?«

»Was willst du Bengel von mir?«, fuhr sie ihn an und warf die noch nicht vollständig bezogene Bettdecke auf das Bett.

»Wie alt bist du?«, rief er. »Neunundreißig? Oder einundfünfzig? Und eine Tochter hast du auch nicht.« Er holte tief Luft und brüllte: »Warum hast du mich belogen?« Schwer atmend stand er vor ihr.

»Wie redest du mit mir? Dir werde ich die Hammelbeine langziehen.« Sie hob die Hand und wollte auf ihn zugehen, als sie abrupt stehen blieb und den Arm sinken ließ. In diesem Augenblick spürte der Junge Tante Ellies Hand auf seiner Schulter.

Ach ja, schoss es ihm durch den Kopf. *Wenn Leute da sind, traut sie sich ja nicht, mich zu verprügeln.* »Warum hast du mich belogen?«, schrie er erneut. »Was ist überhaupt wahr?« Michael war aufgebracht. Selbst Tante Ellies Hand konnte ihn nicht beruhigen. Sie verstärkte seine Wut sogar noch, gab ihm Sicherheit. Inge sah ihn und dann ihre Schwester an, wusste nicht, wie sie diesen wütenden Jungen bremsen konnte, der immer mehr Oberwasser gewann. »Hast du mir jemals die Wahrheit gesagt?« Er wollte ihr noch viel mehr entgegenschleudern. All das, was er die ganzen Jahre hinuntergewürgt hatte, wollte in die Welt hinausgebrüllt werden. Und Inge stand ihm hilflos gegenüber.

»Lass es gut sein«, hörte er Tante Ellies sanfte Stimme.

Er fuhr herum und sah in zwei alte, liebevolle Augen. Allmählich glätteten sich seine Gesichtszüge. »Wer einmal lügt, dem glaubt man nicht, und wenn er auch die Wahrheit spricht«, zischte er der noch immer fassungslosen Inge entgegen. Er schob sich an seiner Tante vorbei und ging in sein Zimmer. »Komm her, Maiko.« Der Cocker-Spaniel kam aus der Küche und lief ihm hinterher. Mit einem lauten Knall fiel die Zimmertür ins Schloss. Er setzte sich an seinen Schreibtisch und streichelte dem Hund hinter seinen langen Ohren, als dieser die Schnauze auf seinen Schoß legte. »Wenigstens du lügst nicht«, flüsterte er und strich ihm über den Kopf. »Manchmal ist es auch ganz gut, wenn man nicht reden kann, oder?«

Ein paar Tage später war Tante Elli wieder nach Hause gefahren. Inge hatte über den Vorfall kein Wort mehr verloren, aber ihm hing es noch nach. In den darauffolgenden Nächten lag er lange wach, starrte die Decke durch die Dunkelheit an und ließ seine Gedanken kreisen. *Warum hat Mutti mir gesagt, dass sie viel jünger ist? Ist doch egal, wie alt sie ist. Und warum hat sie mir von einem Kind erzählt, das nie existiert hat? Ist doch nicht schlimm, kein Kind zu haben.* Er wälzte sich mal auf die rechte und dann auf die linke Seite. Maiko legte seine Schnauze auf das Bett und sah ihn an. *Und wieso verprügelt sie mich, wenn ich gelogen habe? Oder wenn sie glaubt, dass ich gelogen habe? Das passt doch alles nicht.* Maiko winselte leise. »Was willst du, alter Junge? Verstehst du da mehr als ich?« Der Hund hob den Kopf und legte ihn schief. Michael kraulte ihn hinter seinem Schlappohr. Schließlich schloss er die Augen und fiel in einen unruhigen Schlaf.

Es war noch dunkel, als er aufwachte. Vier Uhr morgens zeigten die Leuchtziffern des Weckers. *Viel zu früh, um aufzustehen, zumal ich heute keine Schule habe.* Maiko lag vor dem Bett und schnarchte. *Mein Gott, macht der Geräusche.* Er lehnte sich aus dem Bett und sah die schemenhaften Umrisse des Hundes. Plötzlich knurrte Maiko und strampelte mit dem Hinterlauf. »Mit wem kämpfst du denn gerade?«, flüsterte Michael. Der Körper des Tieres entspannte sich und stieß einen Seufzer hinaus. Michael legte sich auf den Rücken. Er spürte, dass er nicht mehr einschlafen konnte, und machte das Licht auf seinem Nachtschrank an. Wieder auf der Seite liegend, sah er den Hund an. »Hey«, flüsterte er. Maiko hob den Kopf und sah sein Herrchen verschlafen an. »Was hältst du davon, wenn wir rausgehen?« Das Tier riss das Maul auf, gähnte und legte den

Kopf wieder ab. »Komm, du faule Socke, wir hauen ab.« Er schlug die Decke zurück und setzte sich auf das Bett. Maiko sprang auf und reckte seine Glieder, gähnte dabei so herzhaft, dass Michael lachen musste. Er zog sich an, machte das Licht wieder aus und ging zu seiner Zimmertür. Leise öffnete er sie und schlich in den Flur. Die Schlafzimmertür stand offen und er hörte ein lautes Schnarchen. Er zog im Dunkeln Jacke und Schuhe an, nahm die Hundeleine und den Wohnungsschlüssel. Maiko war jetzt vollständig wach und setzte vor Freude zum Bellen an, als Michael ihm mit einem deutlichen »Pst« klarmachte, dass er sich ruhig verhalten sollte. Zu seiner Verblüffung blieb der Hund tatsächlich still. Sachte öffnete er die Wohnungstür. Maiko huschte ins Treppenhaus und rannte wie von der Tarantel gestochen die Treppen hinunter. Vorsichtig ließ Michael die Tür ins Schloss rutschen und eilte dem Hund hinterher.

Es war kühl und er sog gierig die feuchte Morgenluft ein. Er spazierte über den Ring 2 Richtung Stadtpark. Die tagsüber stark befahrene Straße war noch leer. Nur vereinzelt fuhr ein Auto vorbei. Er sah auf die Kirchturmuhr. Es war fast fünf Uhr und es dämmerte bereits. Er überquerte die vierspurige Straße und ging in den Stadtpark. Maiko rannte schnuppernd in die Büsche. Die Vögel zwitscherten in einer Lautstärke, die Michael überraschte. Er ging seinen Schulweg, bog aber dann ab und schlenderte zum alten Wasserturm, der schon seit Jahren als Planetarium diente. *Eigentlich müsste ich da mal rein. Das ist bestimmt ganz spannend.* Als er das Planetarium im Rücken hatte, blickte er über eine Wiese, die in einigen Abschnitten wie Rechtecke angelegt und durch Spazierwege abgetrennt war. Langsam steuerte er auf die Stadtparkwiese zu und sah zum Himmel. Die Sonne ging auf und tauchte die Bäume in leuchtende Farben.

Einzelne Wolken zogen vorüber. *Es könnte heute ein schöner Tag werden.* Er schlenderte über die Wiese auf den Stadtparksee zu, einem Naturfreibad. *Da könnte ich auch mal hin. Da war ich noch nie.* Er ging gern ins Freibad, obwohl er immer noch nicht schwimmen konnte. Er hatte Angst vor der Tiefe und doch zog ihn Wasser magisch an. Er liebte es, zu tauchen und das Gefühl der Schwerelosigkeit.

Die Lügen seiner Pflegemutter gingen ihm nicht aus dem Kopf und sorgten für Beklemmungen in seiner Brust. Er fragte sich, ob er ihr überhaupt irgendetwas glauben konnte, was sie jemals erzählt hatte. Vor allen Dingen fragte er sich, ob sie ihm die Wahrheit über seine leiblichen Eltern gesagt hatte. »Deine Mutter hat dich verkommen lassen«, hatte sie immer wieder behauptet. *Stimmt das?* »Das Jugendamt musste dich rausholen. Sonst wärst du verhungert und erfroren.« *Stimmt das?* »Deine Eltern leben in der Gosse und von der Stütze.« *Stimmt das?* »Deine Mutter ist eine Nutte.« *Stimmt das?* »Deine Eltern sind kriminelle Polacken und du hast ihre Gene in dir.« *Stimmt das?* »Deine Eltern sind wertloses Pack.« *Stimmt das?* »Du warst in sieben Kinderheimen für schwer erziehbare Kinder.« *Stimmt das?* »Niemand ist mit dir zurechtgekommen.« *Stimmt das?* »Du hast keine Geschwister.« *Stimmt das?* »Du bist gefühlskalt wie ein Fisch und aalglatt.« *Stimmt das?* »Du bist schuld, dass es mir immer so schlecht geht.« *Stimmt das?*

In diesem Augenblick erinnerte er sich an Inges Ohnmachtsanfälle, die sie bis vor einigen Jahren immer wieder vorgetäuscht hatte. Der Junge hatte der reglos am Boden liegenden Frau verzweifelt an der Hand gezogen und mit weinerlicher Stimme gebeten aufzuwachen. Nach einiger Zeit hatte sie die Augen aufgeschlagen, war aufgestanden und hatte ihn beschimpft: »Das passiert, wenn du mich

immer ärgerst.« *Das hatte ich schon total vergessen,* dachte er.
Er schlenderte über das feuchte Gras.

Es war inzwischen hell und ein einsamer Jogger lief
schnaufend auf dem Spazierweg, der die Wiese säumte.
Gedanken über Gedanken gingen ihm durch den Kopf. *Was
stimmt von alledem, was sie mir erzählt hat? Wer sind meine
Eltern wirklich? Sind sie tatsächlich so schlimm, wie Mutti immer
sagt?* Er holte tief Luft. Noch einmal pumpte er seine
Lungen voll mit der kühlen Morgenluft und ging nach
Hause.

***

Es war ein heißer, sonniger Tag im Juli und die Sommerferien hatten begonnen. Michael hatte sich mit Ulli, einem
Jungen aus der Nachbarschaft, verabredet.

Ulli wohnte im selben Haus wie Anne. Seitdem sie aus
Hamburg weggezogen war, hatten sich die beiden Jungen
angefreundet und viel Zeit miteinander verbracht. Ulli
begleitete Michael auf seinen Spaziergängen mit Maiko und
sie verband eine große Leidenschaft zum Fußball. Beide
waren eingefleischte HSV-Fans. Michael wäre gern mal ins
Volksparkstadion gegangen und hätte sich ein Spiel angesehen, aber Inge erlaubte es ihm nicht.

An diesem Tag wollten sie zum Hamburger Dom, dem
Hummelfest, und Michael freute sich darauf. Zu seiner
Überraschung hatte seine Pflegemutter es ihm gestattet. Sie
fuhren mit der U-Bahn bis zur Feldstraße. Als sie die
U-Bahn-Station verließen, hatten sie den Geruch von
gerösteten Mandeln, Kräuterbonbons und Frittierfett in der
Nase. Die Menschenmenge drängte sich zwischen den ver-
schiedenen Buden und sie kamen nur langsam vorwärts.

»Der Backfisch stinkt ja zum Gott Erbarmen«, stellte Michael naserümpfend fest.

»Das Schlimme ist, dass er auch so schmeckt«, pflichtete Ulli ihm bei.

Sie schoben sich mit den Menschenmassen weiter. Nach einer Weile sahen sie die Achterbahn, wo die Fahrgeschäfte begannen. Die kleinen Wagen ratterten mit lautem Getöse in die Tiefe, das von dem Geschrei der Mädchen noch übertroffen wurde.

»Dass die Weiber immer so kreischen müssen«, sagte Ulli grinsend. »Können die nicht mal in Ruhe und Anstand sterben?«

Die Jungen lachten und gingen weiter. Musik dröhnte aus den Boxen, sodass sie sich kaum unterhalten konnten. Als Erstes kamen sie zu den Autoscootern. Sie sahen eine Weile zu, wie die Wagen zusammenstießen und von lautem Johlen der Jungen und dem Gekreische der Mädchen begleitet wurden. Als die Fahrt zu Ende war, wurden die Scooter langsamer, bis sie zum Stillstand kamen. Sofort liefen Jugendliche auf die Fahrfläche, um einen Scooter zu ergattern. Der Beginn der Fahrt wurde durch lauten Hupton angekündigt und sofort versuchten die Fahrer wieder, andere zu rammen.

»Wollen wir auch mal?«, fragte Michael.

Ulli rümpfte die Nase. »Nee, ich habe keine Lust, mich um einen Wagen zu prügeln.«

»Ich fahre mal eine Runde«, entschied Michael.

»Ist gut. Ich warte hier auf dich.«

Fahrer und Beifahrer wurden beim Zusammenprall hin und her geschleudert, was mit lautem Lachen quittiert wurde. Die Fahrt konnte nicht mehr lange dauern und Michael machte sich startklar, um einen freien Scooter zu erwischen. Als die Wagen langsamer wurden, sprang er auf die Fahrbahn, doch bevor er einen Scooter erreicht hatte, knickte er mit dem rechten Fuß auf der glatten Fläche um, rutschte weg und fiel der Länge nach auf die Fahrbahn. Das laute Auflachen von Ulli hörte er nicht, spürte nur einen stechenden Schmerz im Knöchel. Schwerfällig rappelte er sich auf. Er konnte mit dem Fuß nicht mehr auftreten und humpelte auf den noch immer laut lachenden Ulli zu.

»Was gibt es da zu lachen, du Blödmann?«, schimpfte Michael mit schmerzverzerrtem Gesicht.

»Weißt du eigentlich, wie bescheuert das aussah?«, prustete Ulli.

»Weißt du eigentlich, wie egal mir das ist? Das tut saumäßig weh.«

Ulli versuchte, ein mitfühlendes Gesicht aufzusetzen, was ihm aber nicht sonderlich gelingen wollte. Michael stöhnte, aber als er Ullis missglückten Gesichtsausdruck bemerkte, musste auch er lachen.

»Glotz nicht wie ein Dackel. Das sieht so richtig bescheuert aus.«

»Sollen wir nach Hause fahren?«, fragte Ulli, nun doch etwas besorgt. »Du kannst ja gar nicht auftreten.«

»Nee, es geht schon. Lauf mir nur nicht weg.«

Sie gingen weiter, wobei Michael besorgniserregend humpelte. Die Lust auf weitere Fahrgeschäfte war ihm gründlich vergangen, aber wenn er schon mal raus durfte, wollte er nicht so schnell wieder nach Hause. Sie sahen sich die vielen neuen Attraktionen an und blieben vor dem gläsernen Irrgarten stehen. Als ein Junge mit voller Wucht gegen die Glasscheibe lief, lachten sie laut auf.

»Schadenfreude ist ja schon was Herrliches«, bemerkte Michael grinsend.

Sie schlenderten weiter. Begleitet von wummernder Musik brüllte ein Losverkäufer in das Mikrofon: »Gewinne, Gewinne, Gewiiiiiiiiiinne.« Sie steuerten auf den Stand zu und betrachteten die Preise.

»Ich hole mir ein paar Lose«, beschloss Michael.

»Was willst du mit dem Schrott?«

»Was kann schon passieren? Ich gewinne ja sowieso nichts.«

»Ja, dann ist es ja gut«, pflichtete ihm Ulli schmunzelnd bei. »Ich geh mal zu der Schleuder da drüben.« Er deutete auf ein Fahrgeschäft mit Gondeln, die sich drehten und hoch und runtergefahren wurden.

Michael humpelte zu einem Losverkäufer in einem Clownskostüm. »Fünf, bitte.« Der Clown hielt ihm einen kleinen Eimer entgegen, nachdem der Junge bezahlt hatte. Er nahm fünf Lose und machte eines nach dem anderen auf.

»Ich nehme auch fünf Lose«, sagte eine groß gewachsene Frau mit mittellangen, dunklen Haaren neben ihm.

»Wollen Sie auch Ihr Glück versuchen?«, fragte er.

»Na ja«, antwortete sie. »Ich muss hier etwas die Zeit über-brücken. Ich warte auf jemanden.« Sie lächelte ihn an und Michael nickte ihr freundlich zu.

»Vielleicht holen Sie ja den Hauptgewinn.«

»Ja, vielleicht. Irgendwann muss das ja mal klappen.«

Sie öffneten ihre Lose.

»Komisch, bei mir steht überall das Gleiche drauf«, stellte Michael grinsend fest. »So? Was denn?«

»Leider verloren.«

»Ja, komisch. Bei mir auch«, erwiderte sie lachend. »Hast du schon mal etwas gewonnen?«

»Oh ja. Ich habe mal ein Glas Marmelade gewonnen.« Er grinste sie schelmisch an. »Die war gar nicht mal so gut.«

»Na, da hast du ja richtig Glück gehabt.«

Ihre Blicke begegneten sich, und für einen Moment schien die Zeit für sie stillzustehen. Diese fremde Frau, die er noch nie gesehen hatte, kam ihm eigenartig vertraut vor. Er riss seinen Blick von ihr.

»Ich hole noch mal fünf Stück«, sagte er. »Vielleicht steht ja mal etwas anderes drauf.« Er humpelte zum Losverkäufer.

Sie sah ihm hinterher und lächelte, als er zu ihr zurückkehrte. »Und wie sieht es aus?«

»Genauso wie immer. Ich glaube, die haben gar keine anderen Lose.«

Sie deutete auf seine Beine. »Was ist mit deinem Fuß?«

»Ach, nichts. Ich bin bei den Scootern umgeknickt.«

Sie ging in die Hocke und hob seine Hose leicht an, sodass sie den Knöchel sehen konnte. Er ließ es irritiert geschehen. »Du musst zum Arzt damit«, stellte sie fest. »Das sieht nicht gut aus. Der Fuß ist ja total geschwollen.«

Er sah auf seinen Fuß. Tatsächlich hatte sich eine dicke Beule über seinem Knöchel gebildet. »Ach, es ist nichts. Das heilt schon wieder.«

Sie richtete sich auf und sah ihn an. Michael spürte Nähe, Vertrautheit und Verbundenheit zu dieser Frau, die er gar nicht kannte. Ihm fröstelte, obwohl es heiß war, und er zitterte.

»Hey, Humpelstilzchen«, hörte er Ulli rufen. »Wo bleibst du denn?«

»Ich komme«, rief er zurück und sah die Frau an. »Ich muss wohl los. Auf Wiedersehen.«

Sie nickte ihm freundlich zu. »Auf Wiedersehen. Geh zum Arzt mit dem Fuß, ja?«

»Ich denke drüber nach.«

»Kennst du die Frau?«, fragte Ulli, als Michael ihn erreicht hatte.

»Nein«, antwortete er leise. »Ich habe sie noch nie gesehen. Aber sie war sehr nett.«

Die Frau sah dem Jungen nachdenklich hinterher. *Was war das denn? Entwickelst du jetzt noch mütterliche Gefühle?*

»Da ist ja mein Hauptgewinn«, dröhnte es aus den Boxen.

Sie drehte sich um und sah Wilfried an, der von seinem Loswagen sprang und auf sie zulief.

»Ach, Maria. Es ist schön, dass du da bist. Ich freue mich, dich zu sehen.« Er schloss sie in seine Arme. »Kanntest du den Jungen, mit dem du da gesprochen hast?«

»Nein«, antwortete sie. »Ich habe ihn noch nie gesehen. Aber er war sehr nett.«

***

Michael ging mit seinem verletzten Fuß nicht zum Arzt, obwohl ihm das Gehen schwerfiel und der Knöchel schmerzte. Er zog es vor, die schönen Sommertage zu nutzen, und verbrachte die meiste Zeit im Schwimmbad. Er war bereits morgens um zehn Uhr dort und ging erst abends gegen sechs Uhr nach Hause. Anfangs war er alleine, aber im Laufe des Vormittags kamen viele Freunde und Klassenkameraden hinzu. Die Kinder konnten alle schwimmen, und auch Michael hatte es inzwischen gelernt, aber es ließ sich am besten im Nichtschwimmerbecken toben und balgen. Sie versuchten, sich gegenseitig unterzutauchen. Wenn Mädchen mit Michael rangen, wehrte er sich nicht dagegen und ließ sie gewähren. Meistens tauchte er schon fast von selbst unter.

An einem dieser Tage wurde er von zwei Jungen gepackt und unter Wasser gedrückt. Er war von dem Angriff so überrascht, dass er nicht rechtzeitig einatmen konnte, und das Gefühl hatte, nicht genügend Luft zu bekommen. Er versuchte, sich aus den Umklammerungen der Jungen zu befreien, aber es gelang ihm nicht. Und dann sah er wieder diese Bilder: Inges durch die Wellen verzerrtes Gesicht. Er wollte sich wehren, aber er konnte sich nicht bewegen, wollte schreien, schluckte jedoch nur noch mehr Wasser. Wie aus weiter Ferne hörte er Inges wütenden Schreie. Und schließlich betrachtete er nur noch ihren irren Blick, wartete auf das, was kommen sollte. Doch plötzlich ging ein Ruck durch seinen Körper und er spürte den Willen, zu überleben. Inges Gesicht sah er nicht mehr und hörte ihre Schreie nicht. Stattdessen hörte er dumpf den Lärm der vielen Kinder im Schwimmbad und er wusste wieder, wo er war. Er stemmte die Beine auf den Grund des Beckens, stieß sich mit aller Kraft gegen den Widerstand der beiden Jungen an die Wasseroberfläche und pumpte gierig Luft in seine Lungen. Die Jungen ließen ihn los und sprangen lachend zur Seite.

»Seid ihr bescheuert?«, brüllte er. »Wie könnt ihr mich so lange unter Wasser halten?«

Die beiden sahen erst sich und dann ihn ungläubig an. »Was erzählst du da für einen Blödsinn? Das war doch nur ganz kurz.«

»Ganz kurz?«, schrie er. »Ich habe keine Luft mehr bekommen. Ich dachte, ich sauf ab.«

»Michael«, sagte ein Mädchen. »Sie haben dich untergetaucht und sofort wieder losgelassen. Das war wirklich nur ganz kurz. Was ist denn los mit dir?«

Er starrte sie an, wurde noch wütender, wollte sie anschreien. Schreien, dass er eine Ewigkeit unter Wasser gewesen war. Schreien, dass er fast ertrunken wäre. Schreien, dass er Todesangst gehabt hatte. Doch er schrie nicht. »Ich geh raus«, sagte er stattdessen. »Mir ist kalt.«

Die Kinder sahen ihm verwirrt hinterher, als er sich in das Wasser warf und zum Beckenrand schwamm.

1973

Michael hatte spät schwimmen gelernt, wurde dafür aber rasch ein sehr guter Schwimmer. In den Sommerferien im vergangenen Jahr hatte er im Schwimmbad einige Rennen mit Roland, einem Schulkameraden, ausgetragen. Sie waren beide gleich schnell, nur mit dem Unterschied, dass Roland seit zwei Jahren im Schwimmverein aktiv war und zweimal in der Woche trainierte.

»Du bist richtig gut«, hatte Roland zu ihm gesagt. »Du wirst noch viel besser, wenn du regelmäßig trainierst. Warum bist du nicht im Schwimmverein?«

Michael hatte oft daran gedacht, aber er traute sich nicht, seine Pflegeeltern um Erlaubnis zu bitten. Inge würde es ihm ohnehin verbieten und Joachim hatte keine eigene Meinung. Doch Roland ließ nicht locker. Morgens auf dem Weg zur Schule sprach er ihn erneut darauf an.

»Ich habe meinem Trainer von dir erzählt. Du solltest unbedingt kommen.«

»In welchem Verein bist du denn?«

»Beim HSV. Wir trainieren in der Kellinghusenstraße, aber wenn die Schwimmoper fertig ist, werden wir vielleicht dort trainieren. Das wäre natürlich ein Traum.«

Michael hatte von dem Schwimmbad gehört. Die Alsterschwimmhalle, wie sie heißen sollte, war noch im Bau und sollte das größte öffentliche Schwimmbad in Hamburg werden, mit großer Tribüne, Sprungturm und Wettkampfbahn. In diesem Jahr sollte sie eingeweiht werden. Er bekam feuchte Augen bei dem Gedanken, in einer so beeindruckenden Halle zu schwimmen und Wettkämpfe auszutragen.

»Ich werde meine Eltern Weihnachten fragen«, hatte er Roland versprochen. »Vielleicht erlauben sie es mir ja doch.«

»Warum sollten sie das nicht? Schwimmen ist doch super.«

»Ach, du kennst sie nicht.«

Heiligabend waren Mathilde und Karl zu Besuch und Michael nutzte die gute Stimmung der Erwachsenen. Seinen Großeltern hatte er zuvor von seinem Vorhaben erzählt und sie versprachen, ihn zu unterstützen. Mathilde hatte ihm Weihnachten sogar eine Sportbadehose geschenkt.

»Mein Sportlehrer sagte mir, dass ich unbedingt in einen Schwimmverein sollte«, log er. »Ich habe Talent, hat er gesagt und ich könnte es weit bringen, wenn ich regelmäßig trainiere.«

Wie erwartet war Inge dagegen. »Du hältst doch sowieso nichts durch«, entgegnete sie, aber die Großeltern redeten auf sie ein. Sogar Joachim versuchte sie umzustimmen. Und schließlich gab sie nach.

Michael war voller Vorfreude und erzählte nach den Weihnachtsferien in der Schule, dass er in den Schwimmverein gehen würde.

»Ich dachte, das bist du längst, so wie du schwimmst«, sagten einige Schulkameraden erstaunt. Auch Roland freute sich auf seinen neuen Trainingspartner. Michael fuhr zur Geschäftsstelle des Hamburger Sportvereines und besorgte die Mitgliedsunterlagen. »Lass den Mitgliedsantrag von deinen Eltern unterschreiben und bringe ihn Dienstag zum nächsten Training mit«, wurde ihm aufgetragen.

Er saß mit Inge und Joachim beim Abendessen und legte die Unterlagen auf den Tisch.

»Was ist das?«, fragte Inge.

»Der Mitgliedsantrag für den HSV«, erklärte er. »Ihr müsst ihn ausfüllen und unterschreiben.«

»Heute nicht mehr«, entgegnete sie. »Ich muss mir das in Ruhe ansehen.«

Am nächsten Tag saßen sie erneut beim Abendessen.

»Hast du den Mitgliedsantrag unterschrieben?«, fragte er. »Morgen ist Training und dann muss ich ihn mitbringen.«

»Du musst gar nichts. Hier entscheide immer noch ich.«

Michael sah sie mit böser Vorahnung an. »Aber ihr habt es versprochen. Ihr habt gesagt, dass ich in den Schwimmverein darf.« Er warf Joachim einen Seitenblick zu, der sich eine Scheibe Brot in den Mund schob, ohne ihn anzusehen.

»Zeig uns erst einmal dein Zeugnis am Monatsende. Dann sehen wir weiter, ob du es dir überhaupt verdient hast«, bestimmte sie. Michael musterte sie mit zusammengepressten Lippen. »Glotz nicht so blöde. Sonst knall ich dir eine.«

»Ihr habt es versprochen«, murmelte er mit gesenktem Kopf. »Und was erzähl ich jetzt den anderen?«

»Die anderen interessieren mich nicht«, schrie sie.

Joachim biss erneut in sein Brot und sah zur Decke, als der Junge seinen Blick suchte.

»Kommst du heute mit zum Training?«, fragte Roland am nächsten Morgen auf dem Weg zur Schule, aber Michael schüttelte den Kopf.

»Nein. Meine Mutter machen das vom Zeugnis abhängig.«

»Was hat denn das Zeugnis damit zu tun? Ich denke, deine Eltern haben es dir versprochen?«

»Haben sie auch.« Er schluckte einen Kloß hinunter. »Frag nicht mehr nach. Sie werden es mir nicht erlauben.«

»So eine Scheiße«, murmelte Roland.

Ende Januar legte er seinen Pflegeeltern das Zeugnis vor. Schweigend betrachtete er Inges zuckenden Mundwinkel. »Das geht besser«, bemerkte sie. »Bei den Noten kannst du dir den Schwimmverein aus dem Kopf schlagen.«

Er ging in sein Zimmer und zog die Tür zu, setzte sich an seinen Schreibtisch und starrte die Tischplatte an. Obwohl er diese Reaktion erwartet hatte, selbst wenn er ein Einserzeugnis vorgelegt hätte, war er tieftraurig und enttäuscht. *Wer einmal lügt ...*

***

Michael saß oft am Schreibtisch, der direkt vor dem Fenster in seinem Zimmer stand, und sah hinaus auf die gegenüberliegenden Häuser des Wohnblocks. Manchmal konnte er, vor allen Dingen abends, wenn es draußen dunkel war und in den Wohnungen Licht brannte, den einen oder anderen Bekannten erkennen. Maiko lag auf seinen Füßen und Michael spürte, dass diese vom Gewicht des Hundes mit der Zeit einschliefen. Dennoch bewegte er sich nicht, um das schnarchende Tier nicht zu stören. Inzwischen war es März, aber Inges Verbot, in den Schwimmverein zu gehen, nagte noch immer an ihm. Er liebte Bewegung, doch außer dem Sportunterricht in der Schule hatte er keine Möglichkeit, Sport zu treiben.

Samstagnachmittags hing er vor dem Radio und hörte sich die Bundesligaberichterstattung an, die immer zur zweiten Halbzeit begann. Er würde gern ins Stadion gehen und sich ein Bundesligaspiel anschauen, aber auch das wurde ihm nicht erlaubt. »Für so etwas haben wir kein Geld«, war Inges Begründung. Taschengeld, um sich selbst das Eintrittsgeld zusammenzusparen, bekam er nicht. Nur wenn er etwas für die Schule brauchte, gab sie ihm abgezähltes Geld. Er beneidete Ulli, der von seinem Vater ein festes Taschengeld bekam und immer etwas ansparen konnte. Er war schon mehrfach im Stadion gewesen.

Michael sah verträumt aus dem Fenster und kaute auf einem Bleistift herum. Vor ihm lagen ein Lateinbuch und ein Schulheft. *Eigentlich müsste ich Vokabeln lernen, aber uneigentlich habe ich überhaupt keine Lust dazu.* In dem Moment hörte er Inge laut singen. Sie war mit Hausarbeit beschäftigt und außergewöhnlich gut gelaunt. Es irritierte ihn, denn so kannte er sie nicht. Sie sang Lieder mit zweideutigen und anzüglichen Texten und lachte sich kaputt darüber, tänzelte durch sein Zimmer.

»Diese Lieder sind von Anton aus seiner Studienzeit«, erzählte sie lauthals lachend, als sie mit dem Staublappen in Michaels Zimmer kam. »Und Gedichte hatten die ...« Tränen vor Lachen liefen ihre Wangen hinunter, während sie auf seinem Schreibtisch herum wischte. Er klappte das Lateinbuch und sein Schulheft zusammen und nahm sie hoch, damit sie ungestört putzen konnte. »Pass auf«, sagte sie. »Das hier ist besonders gut.« Sie sagte ein pornografisches Gedicht auf und lachte aus voller Kehle. Und dann schwieg sie plötzlich. Michael hatte sich über seinen Schreibtisch gebeugt und wollte das Lateinbuch aufschlagen, als sie ihm durch die Haare und über die Wangen strich, sein Kinn in die Hand nahm und sein Gesicht zu ihr drehte, sodass er sie ansehen musste.

»Du bist mein Liebling«, hauchte sie und legte ihre Lippen sanft auf seine. Sie öffnete leicht ihren Mund und er spürte ihre feuchte Zunge. Langsam schob sie sie in seinen Mund und umkreiste zärtlich seine Zunge und Lippen. Er saß stocksteif auf seinem Schreibtischstuhl, traute sich nicht, sich zu bewegen. Dann ließ sie von ihm ab, strich noch einmal über seine Haare und lächelte verträumt. Dann drehte sie sich um und begann, den Schrank abzuwischen. Sie sang nicht mehr und tänzelte auch nicht. Michael war verwirrt, schlug sein Schulheft und Lateinbuch wieder auf und starrte auf die Vokabeln. Er traute sich nicht, sich zu ihr umzudrehen, spitzte seine Ohren, um zu orten, wo sie sich gerade aufhielt. Eine Gänsehaut lief ihm über den Rücken und Schweißperlen bildeten sich auf seiner Stirn. Plötzlich schlang sie von hinten ihre Arme um ihn. Er spürte ihr Gewicht auf seinem Körper, ihre Haare an seiner Wange und ihre feuchten Lippen auf seiner Schulter. Sie küsste ihn sanft auf Hals und Nacken. Er erstarrte, hielt die Luft an. Ihr Griff wurde fester und ihre Küsse intensiver. Immer wieder fühlte er ihre Zunge, spürte ihren schweren heißen Atem. Sein Körper verkrampfte sich. Er wollte weglaufen, aber er war wie gelähmt. *Hör auf damit*, schrie er innerlich. *Ich will das nicht.* Sie hielt ihn fest im Griff und küsste ihn noch intensiver auf die Schulter, aber er spürte es nicht mehr, war der Welt weit entrückt. Er starrte aus dem Fenster, nahm nicht wahr, was um ihn herum geschah. Wie in Trance registrierte er, dass sich ihr Griff allmählich lockerte und sie sich von ihm löste. Dann hörte er, dass sie sein Zimmer verließ und die Tür hinter sich schloss. Er war wieder allein.

Er sah aus dem Fenster auf die gelbgestrichene Fassade des gegenüberliegenden Häuserblocks, spürte das Gewicht des Hundes, der noch immer auf seinen Füßen lag. Er fühlte aufsteigende Übelkeit, kalten Schweiß auf der Stirn. Seine Hand, die den Bleistift fest umklammerte, zitterte.

Er wusste nicht, wie lange er am Schreibtisch gesessen hatte, jedes Zeitgefühl war ihm verloren gegangen. Plötzlich zuckte er zusammen, hatte das Gefühl, aus einem bösen

Traum aufzuwachen, und stellte fest, dass es bereits dunkel geworden war. Maiko schnaufte, als Michael seine eingeschlafenen Füße unter dem Hund wegzog. Er ging aus dem Kinderzimmer in die Küche, wo Inge am Küchentisch saß und in einer Frauenzeitschrift blätterte.

»Ich glaub, der Hund muss raus«, sagte er.

Sie sah von ihrer Zeitschrift auf. »In einer Stunde kommt Vati von der Arbeit. Du kannst ihn ja vom U-Bahnhof abholen. Dann muss ich nicht extra noch raus.«

Er nickte, nahm den Hund an die Leine und verließ die Wohnung. Bis Joachim am U-Bahnhof sein würde, war jede Menge Zeit, und er beschloss, dort entlang zu gehen, wo ihm möglichst keine Menschen begegneten. Er versuchte, die Erinnerung an das Geschehene zu verdrängen, doch es gelang ihm nicht. Immer wieder spürte er einen Kloß im Hals, der nach Außen drängen wollte. Plötzlich übermannte ihn Übelkeit und alles Elend suchte seinen Weg in die Freiheit. Er übergab sich, erbrach all den Schmerz, den Schmutz, die Erniedrigungen und Entehrungen aus seinem Körper, kotzte sich buchstäblich die Seele aus dem Leib. Er hatte sich mit einer Hand an einem Baum abgestützt und starrte schwer atmend auf das Erbrochene, schloss dann für einen Augenblick die Augen. Er fühlte sich elend, ausgepumt und leer. Aber vor allen Dingen fühlte er sich schuldig. Schuldig wofür? Egal. Einfach nur schuldig.

***

Mitte April wurden die Tage spürbar wärmer. Michael und Ulli standen auf dem Fußballplatz *Neue Welt* und sahen sich ein Jugendspiel an. Der Platz lag direkt am Stadtpark am Ring 2, kurz vor der City Nord. In den letzten Wochen waren sie häufig gemeinsam mit dem Hund unterwegs. Manchmal spazierten sie stundenlang mit ihm, aber sie sahen sich auch schon mal ein Fußballspiel vom SC Sperber Hamburg an, während Maiko friedlich neben ihnen schlief.

An diesem Sonntag spielte Andreas Schwarz mit, von allen Blacky genannt, ein pummeliger Nachbarsjunge, den Michael von der Grundschule kannte. Er war ein unbeholfener und tollpatschiger Junge, der immer wieder für peinliche Situationen und Lacher gut war. Sie hatten sich schon einige Spiele von ihm angesehen. Meistens war er Reservespieler und kam, wenn überhaupt, nur dann auf den Platz, wenn das Spiel bereits entschieden war. An diesem Tag durfte er ausnahmsweise von Anfang an spielen und er mühte sich redlich, um seinen Trainer zu beeindrucken. Seine beiden Zuschauer waren begeistert von seinem Einsatz.

»Der ist heute richtig stark«, bemerkte Ulli.

»So gut habe ich ihn noch nie gesehen«, pflichtete Michael ihm bei.

»Wenn ich es mir recht überlege«, hörten sie seinen Trainer sagen, »der Schwarz bringt mal wieder gar nichts.«

Ulli und Michael sahen sich an und fingen lauthals an zu lachen.

»Was ist denn mit euch los?«, fragte der Coach und warf ihnen einen verärgerten Blick zu.

»Ich habe mir gerade einen Witz erzählt, den kannte ich noch gar nicht«, erwiderte Ulli.

»Ihr seid schon Komiker«, bemerkte der Mann kopfschüttelnd und schrie über den Platz: »Schwarz, beweg deinen Hintern, verdammt noch mal.«

Die beiden Freunde hatten vor Lachen Tränen in den Augen, was ihnen erneut gereizte Blicke des Trainers einbrachte.

»Komm, wir gehen noch eine Runde mit dem Hund«, schlug Michael nach dem Schlusspfiff vor. »Wenn wir hier nur herumstehen, wird der Hund immer fetter.«

»Können wir machen.«

Michael hing eine Weile seinen Gedanken nach, während Ulli leise einen Schlager trällerte. »Ich würde mir gern mal ein richtiges Fußballspiel ansehen«, bemerkte Michael. »Am liebsten beim HSV.«

»Das können wir doch machen«, erwiderte Ulli. »Wo ist das Problem?«

»Ach, du kennst doch meine Mutter. Das erlaubt die doch nie. Außerdem habe ich keine Kohle.«

»Letzte Woche haben sie bei uns an der Schule Freikarten verteilt«, erklärte sein Freund. »Das machen die schon mal, weil das Stadion sowieso nie voll ist. Vielleicht bekomme ich ja mal zwei.«

»Das wäre klasse«, erwiderte Michael strahlend, ließ aber im selben Moment wieder die Schultern sinken. »Außerdem würde ich auch mal gerne selber spielen, aber das verbietet meine Mutter mir ja auch. Nach dem letzten Klassenspiel war ich ziemlich verdreckt. Die hat vielleicht getobt, weil sie die Klamotten waschen musste.«

»Ich habe einen Lederball«, bemerkte Ulli.

»Das ist schön für dich.«

»Wir können doch abends mit dem Hund hierhin kommen, binden ihn an den Zaun und bolzen ein wenig. Wir müssen uns ja nicht hinschmeißen. Training ist meistens nur auf einem Platz und das Flutlicht reicht aus, um auf das eine Tor zu ballern.«

»Das wäre eine Gedanke«, pflichtete Michael ihm bei.
»Nur wenn der Hund bellt, kriege ich Ärger.«

»Der bellt schon nicht. Meistens pennt der doch.«

Sie setzten ihr Vorhaben in die Tat um. Jeden Abend
gingen sie eine Stunde auf den Fußballplatz. Manchmal
waren andere Kinder da, mit denen sie zusammen spielten.
Maiko war nicht sonderlich begeistert und tat dies mit
lautem Kläffen kund.

***

Es war inzwischen Mitte Mai und die beiden Jungs trafen
sich erneut zum Fußballspielen.

»Ich habe zwei Freikarten für den HSV gegen den
Wuppertaler SV. Das Spiel ist am zweiten Juni«, erklärte
Ulli.

»Und wie bringe ich das meiner Mutter bei?«

»Ganz einfach.« Ulli machte ein wichtiges Gesicht. »Ich
komme Samstag gegen Mittag vorbei und hole dich ganz
spontan ab. Du weißt doch, dass deine Mutter meistens
nicht Nein sagt, wenn du abgeholt wirst. Wir übertölpeln sie
einfach. Das klappt. Wirst schon sehen.«

»Vielleicht funktioniert das ja«, murmelte Michael.

Es funktionierte tatsächlich. Zum ersten Mal fuhren sie
gemeinsam ins Volksparkstadion. Sie standen in der Westkurve, wo die HSV-Fans ihre schwarz-weiß-blauen Fahnen
schwenkten und ihren Verein lauthals anfeuerten. Es war
ohrenbetäubend laut, obwohl das Stadion bei Weitem nicht
voll war.

»Wie viele Leute passen eigentlich hier rein?«, fragte
Michael.

»Zweiundsechzigtausend. Aber es sind wohl nur so um die zwanzigtausend da.«

»Wir begrüßen zum letzten Heimspiel in dieser Saison zehntausend Zuschauer«, verkündete in diesem Moment der Stadionsprecher.

»Gut geschätzt«, bemerkte Michael und grinste seinen Freund an.

»Na jaaa«, machte Ulli.

Michael war fasziniert von der Atmosphäre im Stadion. In der Westkurve, wo die meisten Anhänger standen, war besonders viel los. Bei den Toren von Horst Heese und Georg Volkert zum 1:0 und 2:0 war der Lärm ohrenbetäubend. Am Ende ging das Spiel zwar nur 2:2 unentschieden aus, aber Michael und Ulli waren dennoch begeistert und freuten sich über ein besonderes Erlebnis.

»Was kostet eigentlich normalerweise der Eintritt?«, fragte Michael auf dem Rückweg zur S-Bahn.

»Fünf Mark für Schüler. Warum?«

»Ich habe da eine Idee.«

»Dann lass mal hören.«

»Du hast doch immer Geld gespart. Wie wäre es, wenn du die Karten kaufst und wir meiner Mutter verklickern, dass an der Schule mal wieder Freikarten verteilt wurden, damit ich mit kann. Ich stotter dir die fünf Mark dann irgendwie ab.«

»Aber dann mit Zins und Zinseszins«, erwiderte Ulli mit erhobenem Zeigefinger. »Gute Idee. Ab der nächsten Saison nach den Sommerferien machen wir das so.«

Am 11. August 1973 wurden sie Zeugen einer 0:2-Niederlage gegen Herta BSC Berlin vor diesmal sechsundzwanzigtausend Zuschauern. Und es folgten weitere Stadionbesuche. Manchmal bekamen sie tatsächlich Freikarten und mussten Inge nicht einmal belügen. Michael hatte anfangs ein schlechtes Gewissen, aber mit der Zeit gewöhnte er sich an die Notlügen und erkannte, dass er sich Freiheiten erschwindeln konnte. Fast jeden Abend spielten sie Fußball auf der *Neuen Welt* oder auf den Stadtparkwiesen. Maiko ließ seinem Unmut durch lautes Bellen freien Lauf, aber Michael störte es nicht mehr. Auch ihm gegenüber hatte er zunächst ein schlechtes Gewissen, aber da er ansonsten viel mit ihm unterwegs war, relativierte sich das schnell. Und wenn Inge es doch mal erfahren sollte? *Soll sie doch,* dachte er. *Sie bestraft mich so oft unberechtigt, dann darf sie auch mal im Recht sein.*

Fußball wurde seine große Leidenschaft. Es machte noch viel mehr Spaß, selbst zu spielen, als sich die Spiele der Jugendmannschaften oder Alten Herren anzusehen. Er träumte davon, eines Tages als Spieler des SC Sperber im grün-weißen Trikot dem Ball hinterherzujagen.

Natürlich war es nur eine Frage der Zeit, bis Inge erfuhr, dass Michaels lange abendliche Spaziergänge nicht nur dem Wohle des Hundes dienten, doch es dauerte bis Mitte November. Joachim, Michael und Inge waren mit dem Abendessen fertig, als Michael aufstand und Maiko zu sich rief, der sofort heftig mit seinem kleinen Stummelschwanz wedelte und freudig jaulend in den Flur lief.

»Moment«, sagte Inge. »Du setzt dich noch mal hin. Ich habe mit dir ein Hühnchen zu rupfen.« Michael hatte ein ungutes Gefühl und sah hilfesuchend zu Joachim, aber er schien auch nicht zu wissen, worum es ging. »Hör mal, Freundchen«, begann sie und sah ihn böse an. »Du willst mich wohl für dumm verkaufen, was? Für wie blöd hältst du mich eigentlich?«

»Was ist denn los?«

»Ich weiß, dass du nicht mit dem Hund gehst. Ich weiß, dass du stundenlang Fußball spielst und den armen Hund an den Zaun bindest.« Michael lehnte sich auf der Küchenbank zurück und wartete, was kommen würde. »Was hast du dazu zu sagen?«

Er zuckte mit den Schultern. »Ich will doch nur Fußball spielen. Alle spielen Fußball. Außerdem spiele ich nicht stundenlang. Die meiste Zeit gehe ich schon mit dem Hund.« Er war verblüfft, dass sie nicht schrie oder schimpfte. Sie war an diesem Abend erstaunlich still und friedlich, auch wenn ihr Blick etwas anderes sagte.

»Lass den Jungen doch Fußball spielen.« Michael sah Joachim überrascht an. »Er muss sich doch austoben.«

Inge sah auf den Tisch, aber ihr Mundwinkel zuckte bedenklich. »Ich finde das gut. Soll er doch.« Er sah Michael mit erhobenem Zeigefinger an. »Aber nicht, wenn du abends mit dem Hund rausgehst.« Joachim lehnte sich entspannt zurück. »Am besten wäre in einem Verein.«

»Ich würde gern beim SC Sperber spielen«, sagte Michael vorsichtig und beäugte Inge aus dem Augenwinkel. »Das ist hier in der Nähe und ich kenne dort viele.«

»Nein«, sagte sie. »Darunter leidet die Schule.«

»Quatsch.« Joachim winkte ab. »Die Jungs spielen doch alle Fußball und die Schule leidet nicht.«

»Warten wir erst mal das Zeugnis ab«, beschloss sie. »Dann sehen wir weiter.«

Michael betrachtete sie argwöhnisch. *Also gibt das nichts. Das wird so wie mit dem Schwimmverein.*

»Der Junge geht in den Fußballverein«, stellte Joachim klar. »Außerdem bekommt er ab Dezember Taschengeld. Er muss schließlich lernen, mit Geld umzugehen.«

»Schön, dass ich auch noch gefragt werde«, entgegnete sie.
»Der braucht kein Taschengeld. Wenn er etwas für die Schule braucht, bekommt er es von mir.«

»Zwanzig Mark im Monat«, schob Joachim hinterher. »Und damit basta.«

Jetzt verstand der Dreizehnjährige gar nichts mehr.

1974

Anfang Dezember und im Januar hatte Michael sein erstes Taschengeld bekommen, auch wenn er Joachim zweimal daran erinnern musste. Er ging zur Geschäftsstelle des SC Sperber und ließ sich die Mitgliedsunterlagen geben, doch als er sie Inge zum Ausfüllen und zur Unterschrift vorlegte, stellte sie die alten Machtverhältnisse wieder her.

»Das kommt gar nicht in Frage. Der hohe Herr bestimmt, dass du Fußball spielst, und ich kann die verdreckten Sachen waschen. Das wäre ja wohl noch schöner.«

Obwohl er nichts anderes erwartet hatte, war er wütend und enttäuscht. *Und wieder werden Versprechen nicht gehalten. Mal sehen, wie lange ich das Taschengeld noch bekomme.*

Anfang Februar erinnerte er Joachim erneut beim Abendessen daran, als dieser keine Anstalten machte, ihm das Geld zu geben.

»Gar nicht«, mischte Inge sich ein. »Du brauchst kein Geld.«

Michael sah ihn auffordernd an, aber Joachim zündete sich eine Zigarette an, ohne ihn anzusehen. »Und warum nicht?«

»Du verjubelst das nur für Süßigkeiten. Außerdem hast du dir das nicht verdient, so schlecht, wie dein Zeugnis war.«

»Du hast es mir versprochen, Vati.« Auch wenn er resigniert hatte, wollte er sich nicht kampflos seinem Schicksal ergeben.

»Du hast es gehört«, erwiderte er und zog an seiner Zigarette.

»Das war ja klar«, murmelte Michael.

»Was brummelst du da in deinen Bart?«, rief Inge und stemmte ihre Hände auf den Küchentisch.

»Nichts.«

»Das wollte ich dir auch geraten haben.«

Er sah erst sie, dann Joachim wütend an und stand vom Tisch auf. »Ihr könnt ja machen, was ihr wollt«, schrie er von der Küchentür. »Ihr haltet eure Versprechen ja sowieso nie.« Er lief in sein Zimmer und knallte die Tür zu. Nur einen Moment später wurde sie aufgerissen. Inge stürmte hinein und gab ihm zwei schallende Ohrfeigen.

»Wenn hier einer mit den Türen knallt, bin ich das«, keifte sie. »Hast du mich verstanden?« Dann gab sie ihm eine weitere Ohrfeige. »Und die Tür bleibt auf.«

Michael beruhigte sich auch in den nächsten Tagen nicht. Seine Gefühlslage wechselte zwischen Wut und Scham, zumal er in der Schule erzählt hatte, dass er in den Fußball-verein gehen würde. Und wieder musste er einen Rück-zieher machen.

»Du kannst doch sowieso kein Fußball spielen«, hänselte ihn Gerd. »Was willst du im Verein? Die können mit dir doch gar nichts anfangen.«

Gerd war etwas größer, breitschultrig und kräftiger als Michael. Er spielte seit frühester Kindheit Fußball und war in seiner Mannschaft unumstrittener Stammspieler. In seiner Klasse war er wegen seiner Sprücheklopferei und Arroganz unbeliebt. Auch Michael mochte ihn nicht, bewunderte aber seine fußballerischen Fähigkeiten im Sportunterricht.

»Halt den Schnabel«, sagte er.

»Du weißt doch gar nicht, was du mit dem Ball anstellen sollst«, lästerte Gerd weiter.

»Lass mich einfach in Ruhe«, zischte Michael und sah ihn wütend an.

»Sonst was?«, höhnte Gerd und schubste ihn.

Michael spürte das Blut in seine Schläfen schießen, fühlte all die Wut, die er so lange unterdrückt hatte. Wut auf Inge, Joachim, Maria, Paul und all die Versprechungen, die nie gehalten worden waren, die Demütigungen, Bestrafungen und Schläge, die er erdulden musste. Wut, die ihm in diesem Augenblick die Sinne benebelte, die er nicht mehr kontrollieren konnte und die ihn explodieren ließ. Bevor Gerd reagieren konnte, schlug er zu und traf ihn mit voller Wucht am rechten Ohr. Dann schlug er noch einmal zu. Und wieder … und wieder … und wieder. Gerd duckte sich weg und versuchte, den Schlägen auszuweichen, was ihm erst gelang, als er bereits einen ganzen Hagel Faustschläge abbekommen hatte. Doch dann schlug auch er mit aller Kraft zu. Wie die Wilden gingen sie aufeinander los. Beide bluteten bereits aus der Nase und die Augen schwollen ihnen zu, doch sie waren wie in einem Blutrausch. Keiner nahm Rücksicht auf sich und den anderen. Die Mitschüler sprangen schreiend auseinander, selbst die Lehrer trauten sich nicht, zwischen sie zu gehen. Zu unkontrolliert prügelten die Jungen aufeinander ein. Erst als beide ins Straucheln gerieten und auf dem Boden lagen, warfen sich Schüler auf sie und hielten sie fest. Die Streithähne versuchten, sich loszureißen, aber sie waren zu erschöpft und gaben schließlich nach.

»Können wir euch jetzt loslassen oder geht ihr wieder aufeinander los?«, fragte ein Schüler.

Michael und Gerd sahen sich an. Als sich ihre Blicke trafen, schüttelten sie den Kopf.

»Es ist gut«, sagte Gerd.

»Ja, alles in Ordnung«, bestätigte Michael.

»Geht euch euer Gesicht waschen«, wurden sie von einem Lehrer aufgefordert. »Ihr seht ja aus wie die Barbaren.«

Sie wurden von Mitschülern zu den Toiletten eskortiert, damit sie nicht erneut aufeinander losgingen. Gemeinsam standen sie am Waschbecken und wuschen sich das Blut aus ihren Gesichtern. Die Verletzungen sahen schlimmer aus, als sie waren, aber dafür schmerzten sie umso mehr. Gerd trocknete sich Gesicht und Hände ab und sah Michael zu, wie er sich das kalte Wasser ins Gesicht spritzte.

»Hier hast du ein Handtuch«, sagte er und reichte es Michael. »Frieden?«

Michael tupfte sich das schmerzende Gesicht ab und nickte. »Frieden.«

Sie reichten sich die Hände und Gerd klopfte seinem Kontrahenten anerkennend auf die Schulter. »Du hast einen ganz schönen Hammer.«

»Du aber auch.«

»Bei mir wusste ich das ja«, antwortete Gerd lachend. »Aber bei dir hätte ich das nicht gedacht.«

»Na, dann hätten wir das ja jetzt geklärt«, erwiderte Michael grinsend.

Zwei groß gewachsene und kräftige Lehrer schoben sich an den wartenden Schülern vorbei und gingen auf sie zu. »Seid ihr vollkommen übergeschnappt?«, schimpfte der eine. »Seht zu, dass ihr nach Hause kommt. Ich will euch heute nicht mehr hier sehen.«

»Die zwei werden euch begleiten«, sagte der andere Lehrer und deutete auf die beiden Schüler, die an der Toilettentür warteten. »Damit ihr nicht noch mehr Unfug macht.«

»Wir brauchen keine Aufpasser«, entgegnete Michael. »Umbringen werden wir uns schon nicht.«

»Wenn ich´s mir genau überlege, habe ich auch genug für heute«, bestätigte Gerd. »Wir machen nichts. Versprochen.«

»So, wie ihr ausseht, glaube ich euch das sogar«, sagte der erste Lehrer. »Also gut. Verschwindet.«

Michael grinste Gerd an, als Lehrer und Schüler verschwunden waren. »Das hätten wir auch einfacher haben können.«

»Ich glaube auch. Komm, lass uns gehen.«

Sie gingen durch den Stadtpark nebeneinander her und hingen ihren Gedanken nach.

»Tut´s noch weh?«, fragte Gerd nach einer Weile.

»Geht so. Das Auge pocht ein wenig.«

»Bei mir auch. Ich dachte schon, du hast mir die Nase gebrochen.«

»Meine ist Gott sei Dank auch noch ganz«, stellte Michael fest, nachdem er an ihr gewackelt hatte. »Wir sehen schon geküsst aus, was?«

»Och«, machte Gerd, »du siehst jetzt viel besser aus.«

»Oh, danke. Das Kompliment gebe ich gern zurück.« Michael verschränkte die Hände auf den Rücken. »Tut mir leid, dass ich damit angefangen habe«, sagte er.

»Hast du nicht.«

»Wieso? Ich bin auf dich losgegangen.«

»Ja, aber ich hätte dich nicht ärgern dürfen. Du kannst doch nichts dafür, dass deine Mutter dir den Fußballverein verboten hat. Außerdem habe ich dich unterschätzt. Ich hätte nie gedacht, dass du so einen Schlag hast.«

»Hm«, machte Michael. »Den Fehler machen viele. Es dauert nur, bis ich wütend werde. Aber wenn, dann richtig.«

Gerd nickte. »Ja, das habe ich gemerkt. Du kannst dir sicher sein, dass ich dich nie wieder unterschätzen werde.«

Michael lächelte. »Na, dann ist es ja gut.«

»Gott, was meine Eltern wohl sagen, wenn ich nach Hause komme?«, grübelte Gerd. »Die kennen das nicht, dass ich so verbeult bin. Meistens sind es die anderen.«

»Ich bekomme wahrscheinlich die gleichen Prügel noch einmal«, murmelte Michael und sah ihn von der Seite an.

»Dein Vater schlägt dich?«

»Nein, der nicht. Der hat noch nie seine Hand gegen mich erhoben.«

Gerd blieb stehen und sah ihn verblüfft an. »Deine Mutter schlägt dich?«

»Ja.«

»Warum?«

»Keine Ahnung. Weil's ihr Spaß macht?«

»Hm.«

»Ich habe mich früher, also in der Grundschule, sehr oft geprügelt«, fuhr Michael fort. »Da waren diese Lagerkinder und die waren sehr streitsüchtig. Wenn ich nach Hause kam, hat meine Mutter mich auch noch verdroschen, ganz egal, ob ich schuld war oder nicht.«

»Und du lässt dir das gefallen?«

Michael blieb stehen und starrte ihn an. »Ja, was soll ich denn sonst tun?«

»Dich wehren.«

»Ich soll meine Mutter schlagen?«

»Wenn's sein muss.«

»Spinnst du?« Michael sah ihn entgeistert an. *Du sollst Vater und Mutter ehren, auf dass es dir wohlergehe auf Erden*, fuhr es ihm durch den Kopf. Inge hatte es ihm immer wieder eingetrichtert und er hatte es verinnerlicht.

»Vater und Mutter sollst du ehren«, sagte Gerd. Michael fuhr zusammen. »Und wenn sie dich schlagen, sollst du dich wehren«, fügte Gerd grinsend hinzu, sah ihn dann aber wieder ernst an. »Aber mal ehrlich. Wie lange willst du dich von deiner Mutter noch verdreschen lassen?«

Michael zuckte mit den Schultern. »Ich wüsste nicht, was ich dagegen tun könnte.«

»Hast du dich mal angesehen? Wie alt bist du? Dreizehn?«

»Ich werde vierzehn.«

»Okay, vierzehn. Und wie groß bist du?«

»Keine Ahnung. So um die einsfünfundsiebzig, glaube ich.«

»Aha. Und wie groß ist deine Mutter?«

»Gar nicht. Sie ist klein und dick.«

»Na also. Ich kenne deine Mutter ja nicht, aber ich kenne dich. Du bist ihr körperlich haushoch überlegen.« Michael sah ihn fragend an. »Wie lange willst du dich denn noch verhauen lassen? Bis sie dich mit dem Krückstock bewirft? Junge, wach auf. Eines Tages wirst du es sowieso tun.«

»Was werde ich tun?«

»Dich wehren. Sie zur Not verprügeln.«

»Niemals.«

»Doch, wirst du«, beharrte Gerd. »Spätestens, wenn du so wütend bist wie heute. Und ich habe zu spüren bekommen, wozu du dann fähig bist.«

Michael blieb stehen. »Wie meinst du das?«

»Hast du da was nicht mitbekommen? Wenn du blind vor Wut bist, kennst du keine Freunde mehr. Und dann sehen die so aus wie ich jetzt.«

Sie sahen sich eine Weile schweigend an. In seinem Kopf arbeitete es. *Hat Mutti doch recht? Bin ich eine tickende Zeitbombe? Wer oder was bin ich überhaupt?* Er dachte an die Zeit im Kinderheim und in der Grundschule. Er war ein aggressives Kind gewesen, hatte alle untergebuttert und die anderen Kinder hatten Angst vor ihm. Erst als er aufgehört hatte, sich zu wehren, gewannen Mitschüler wie Thomas über ihn die Oberhand.

»Michael, pass mal auf«, setzte Gerd erneut an. »Du bist noch nicht ausgewachsen. In ein paar Jahren bist du vielleicht einsneunzig und breit wie hoch. Wenn du dann die Kontrolle verlierst … du weißt gar nicht, wie viel Kraft du hast. Ich schon. Ich spüre es immer noch.« Gerd grinste. »Und wenn ich ehrlich bin, es tut noch saumäßig weh.«

Schweigend gingen sie weiter. Plötzlich blieb Gerd stehen und sah sich um. »Oh Mist. Ich hätte da hinten schon ab gemusst. Wir haben uns ganz schön festgequatscht. Mach's gut und bis morgen.«

»Ja, bis morgen.«

Schweigend ging Michael weiter. Er merkte nicht, dass seine Schritte immer langsamer wurden, spürte, dass er noch nicht nach Hause wollte. Er wollte gar nicht nach Hause. Am liebsten nie wieder. Er sah zu den Bäumen auf. Die Baumwipfel ließen vereinzelte Sonnenstrahlen hindurch. Er setzte sich gedankenversunken auf eine Bank. Einzelne Kindergruppen gingen laut lachend an ihm vorbei, ohne ihn zu beachten. Wie *mag es bei ihnen zu Hause sein? Werden sie auch verprügelt und beschimpft? Das ist doch normal, oder?* Sein Auge und die Nase schmerzten. Er stand auf, schlenderte weiter und spürte Angst. Angst vor Strafe? Angst vor Prügel? Angst vor seiner eigenen Wut? Er wusste es nicht. Er hatte das Wohnhaus erreicht und sah zum Küchenfenster im vierten Stock. Er holte tief Luft und stieß die schwere Haustür auf. Stufe für Stufe ging er Treppe hinauf, bis er unschlüssig vor der Wohnungstür stand. *Was soll's. Über kurz oder lang muss ich ja nach Hause.* Da er keinen eigenen Wohnungsschlüssel besaß, läutete er. Er hörte Inges

Schritte, begleitet von Maikos Bellen. Als sie die Tür öffnete, schob er sich an ihr vorbei.

»Wo willst du hin?«, fragte sie.

»In mein Zimmer.«

»Komm sofort in die Küche. Das Essen ist fertig.« *Mist.* Er setzte sich auf die Küchenbank und hielt die Hände vor das Gesicht, damit sie seine Verletzungen nicht sah. Sie stellte sich vor den Herd und wendete Bratkartoffeln in der Pfanne. »Setz dich vernünftig hin«, forderte sie ihn auf. »Und sieh mich an, wenn ich mit dir rede.« Er ließ die Hände sinken, hielt aber den Kopf gesenkt. »Ich sagte, du sollst mich ansehen.« Er holte tief Luft, hob den Kopf und sah in ihr verblüfftes Gesicht. »Wie siehst du denn aus?«, rief sie. »Was hast du angestellt?«

Er hatte eine Ahnung, was kommen würde, war in Erwartung von Schimpftiraden und Denunzierungen. So war es immer, warum sollte es heute anders sein? Doch er hatte keine Angst. Stattdessen war er genervt.

»Wonach sieht's denn aus?«, erwiderte er und sah sie trotzig an.

»Sei nicht so frech zu deiner Mutter«, keifte sie. »Bist du von der Schule geflogen?«

»Ach, sieht man dann so aus?« Er verschränkte die Arme vor der Brust. »Meinst du, die Lehrer haben mich so zugerichtet?«. Er funkelte sie an, doch sie schien es gar nicht zu registrieren. »Und bevor du weiterfragst: Ja, ich habe angefangen.«

»Halt dein vorlautes Mundwerk«, schrie sie. *Jetzt kommt's,* dachte er und atmete lang aus. Sie wandte sich von ihm ab und rührte in der Pfanne herum. »Du bist so missraten. Kommst aus der Gosse und wirst in der Gosse landen.« *Nicht schon wieder.* Er verdrehte die Augen. *Wie oft muss ich*

194

mir das noch anhören? »Aber das ist ja auch kein Wunder, bei dem Pack, wo du herkommst.« Er faltete die Hände und presste sie ineinander, holte erneut tief Luft und atmete langsam aus, stierte auf den Tisch. »Klauen wie die Raben. Faules Gesindel, dieses Polackenpack.« Sein Blut schien zu kochen, jagte mit Brachialgewalt durch seine Schläfen, das Herz hämmerte gegen den Brustkorb. Immer fester rieb und presste er die Hände ineinander und wippte mit den Beinen auf und ab. Erst zitterten seine Hände, dann die Beine, schließlich sein ganzer Körper. Ihre keifende und schrille Stimme verlor sich mehr und mehr in seinen Hirnwindungen. »Und du bist keinen Deut besser als die. Du hast auch diese kriminellen Gene in dir. Du bist auch so ein Polacke.« Der Druck im Kopf wurde immer größer. Er wollte seine Ruhe, sich am liebsten in seinem Zimmer einschließen und die Ohren zuhalten. *Ich halte es nicht mehr aus. Ich muss hier raus.* Er sprang von der Bank auf und schob sich an ihr vorbei. »Bleib gefälligst hier, wenn ich mit dir rede«, schrie sie ihm hinterher. »Komm sofort zurück, du missratener Flegel.«

In diesem Augenblick hatte er das Gefühl, dass ihm der Schädel platzte. Er drehte sich um und rannte mit wutverzerrtem Gesicht in die Küche zurück. »Warum hast du mich nicht da gelassen, wo ich herkomme?«, schrie er und ging auf sie zu. »Warum hast du mich nicht einfach wieder zurückgebracht, wenn ich so missraten bin? Warum? Kannst du mir das mal erklären? Kannst du mir mal sagen, was ich dir überhaupt getan habe? Hä?«

Ihre Ohrfeige traf ihn direkt unter dem geschwollenen Auge. Der Schmerz war in diesem Moment so heftig, dass ihm schwindelig wurde. Er wich einen Schritt zurück, geriet ins Straucheln und prallte gegen den Küchenschrank. Er rutschte aus und landete auf den Knien. Nur schemenhaft sah er, wie sie mit dem Fuß ausholte. In dem Augenblick, als sie sein verletztes Auge traf, sah er einen grellen Blitz. Tränen schossen aus den Augen und nahmen ihm die Sicht. Fast besinnungslos vor Schmerz stöhnte er auf. Verschwommen sah er sie zurückweichen und sich die Hand vor dem Mund halten. Erst als sie im Rückwärtsgang an den Küchentisch stieß, blieb sie stehen. Er kniete auf dem Boden, stützte sich mit den Händen ab und wartete, bis der Schwindel nachließ und er allmählich wieder zur Besinnung kam. Er spürte das warme Blut aus seiner Augenbraue über das Gesicht laufen und sah es auf den Linoleumboden tropfen. Sie stand noch immer wie versteinert vor dem Küchentisch und hielt sich die Hand vor den Mund. Das Entsetzen stand ihr ins Gesicht geschrieben.

Allmählich ließ der Schwindel nach. Er stützte sich am Küchenschrank ab und erhob sich. Die kleine rundliche Frau sah ihn aus aufgerissenen Augen an. Erst jetzt bemerkte er, dass er fast einen Kopf größer war als sie, und ihr körperlich weit überlegen war. *Es muss aufhören. Ein für alle Mal. Gerd hat recht. Es muss endlich Schluss sein.* Langsam ging auf sie zu und hob seine rechte Hand, bereit zuzuschlagen. *Er bringt mich um,* las Michael in den Augen der am ganzen Körper zitternden Frau. *Es ist so weit. Jetzt bringt er mich um. So sieht das also aus, wenn du Angst hast.* Er blieb einen Schritt vor ihr stehen und sah zu ihr hinunter.

»Nie wieder wirst du deine Hand gegen mich erheben«, zischte er. »Hast du mich verstanden?«

Sie starrte ihn an. Noch immer hielt sie sich ihre Hand vor den Mund. »Gott, Michael. Das habe ich nicht gewollt«, stammelte sie. »Das tut mir leid.«

Die Angst in ihren weit aufgerissenen Augen verlieh ihm Kraft und die wilde Entschlossenheit, keinen Schritt mehr zurückzuweichen. »Du kannst mich anschreien. Du kannst mich beschimpfen. Du kannst mir wieder und wieder sagen, wie missraten ich bin. Du kannst den Leuten erzählen, was du für eine gute Christin bist, weil du mich aus der Gosse geholt hast. Das tust du ja sowieso.« Er stand noch immer mit der zum Schlag ausgeholten Hand vor ihr. »Aber nie wieder wirst du mich schlagen. Oder, ich schwöre dir, du stehst nie wieder auf.«

1975

Inge schlug Michael nie wieder. Zu groß war ihre Angst, dass er sich gegen sie zur Wehr setzen könnte. Aber sie verbot ihm weiterhin Kontakte zu seinen Freunden, Sport zu treiben und Verabredungen einzuhalten. Nur seine Freundschaft zu Ulli respektierte sie, worüber Michael sich sehr wunderte. Mit dessen Unterstützung schaffte er es immer wieder, ihre Verbote zu umgehen. Zwar beschimpfte und denunzierte sie ihn bei jeder sich bietenden Gelegenheit, aber er schaltete innerlich ab und zeigte ihr nicht, wie sehr ihre Vorwürfe ihn verletzten. Und irgendwann spürte er diese Betroffenheit tatsächlich nicht mehr.

Oft dachte er darüber nach, wie es gewesen wäre, wenn seine leiblichen Eltern ihn nicht weggegeben hätten und er bei ihnen aufgewachsen wäre. Hätte seine Mutter ihn ebenso behandelt, wie Inge es tat? Hätte sich sein Vater mit ihm beschäftigt oder sich aus allem herausgehalten, so wie Joachim? Wer waren seine Eltern? Und wer war er selbst? Und dann wieder wollte er das alles gar nicht wissen.

»Geh deine Eltern doch suchen«, schlug Ulli ihm auf einem abendlichen Spaziergang mit Maiko vor. »Dann weißt du, wo du herkommst.«

»Und dann? Was habe ich davon? Tatsache ist doch, dass sie mich weggegeben und sich nie um mich gekümmert haben.«

»Vielleicht hatten sie gute Gründe«, überlegte sein Freund.

»Was für gute Gründe sollte es schon geben, sein Kind zu vergessen?«

»Ich glaube nicht, dass sie dich vergessen haben.«

»Wenn es nicht so ist, warum höre ich nichts von ihnen? Also, von meinem Vater schon, aber nicht von meiner Mutter. Sie tingelt wohl mit so einem Schausteller durch die Gegend.«

»Wieso dein Vater?«

»Er ruft alle paar Wochen an und erkundigt sich nach mir. Na ja, nicht er selbst, sondern seine neue Frau. Er selbst traut sich wohl nicht.«

»Hast du mal mit ihr gesprochen?«

»Nein, meine Mutter wimmelt sie immer wieder ab. Ich komme ja nicht mal in die Nähe des Telefons.«

»Hm«, machte Ulli. »Wir könnten deinen Vater suchen.«

»Nein. Auf keinen Fall.«

»Warum nicht? Was kann denn schon passieren? Ich helfe dir dabei.«

»Wenn meine Mutter das erfährt, dann rappelt es.«

»Wie soll sie das denn erfahren? Von mir sicherlich nicht.«

»Die erfährt alles. Glaub es mir.«

»Ja und? Dann knallt es eben. Du musst doch wissen wollen, wo du herkommst und wer du bist.«

»Ich weiß, wer ich bin«, beharrte Michael. »Und ich weiß, wo ich hingehöre.« Sie blieben stehen und schauten Maiko zu, der mit der Nase am Boden hektisch hin und herlief. »Stell dir mal vor, ich hätte ein gutes Verhältnis zu meinen Eltern«, sinnierte Michael. »Hast du eine Vorstellung, in was für einem Konflikt ich da wäre? Hin- und hergerissen zwischen Eltern und Pflegeeltern, die mich immerhin großgezogen haben. Meine Eltern waren nie da für mich.«

»Ich glaube dir das nicht, dass du deine Eltern nicht wirklich kennenlernen willst. Ich glaube, du hast einfach nur Schiss.«

Michael warf ihm einen Seitenblick zu und überlegte. »Ja, irgendwie schon.« Schweigend gingen sie weiter. »Vielleicht ja eines Tages«, sagte er mehr zu sich selbst als zu seinem Freund.

***

»Ich habe heute Nachmittag ein Klassenspiel«, erklärte Michael seiner Pflegemutter beim Mittagessen. »Wir spielen um vier auf der *Neuen Welt*. Um halb muss ich da sein.«

»Klassenspiel?«, fragte sie. »Was ist das?«

»Ein Fußballspiel. Wir spielen mit unserer Klasse gegen unsere Parallelklasse.« Er musterte sie und schob sich eine Gabel Kartoffeln in den Mund.

»Du gehst nicht. Du machst Schularbeiten.«

»Die mache ich nach dem Spiel.«

»Hast du mich nicht gehört? Ich sagte, du gehst nicht.«

»Ich muss aber«, beharrte er. »Die Mannschaft braucht mich. Ich muss ins Tor.«

»Dann steht eben jemand anderes im Tor. Du gehst jedenfalls nicht. Hast du mich verstanden?«

Michael überlegte. Wenn er nicht zum Spiel erschien, hätte er am nächsten Tag einen Spießrutenlauf in der Schule. Er wollte nicht schon wieder erklären müssen, dass seine Mutter das Fußballspielen verboten hatte, wollte nicht erneut ausgelacht werden.

»Gut«, sagte er und schnitt sich ein Stück Fleisch zurecht. »Dann bekomme ich eben eine Sechs in Sport.«

Sie ließ das Besteck auf den Teller fallen. »Willst du mich erpressen? Glaubst du wirklich, ich falle auf so einen Blödsinn rein?«

Er sah sie fest an. »Das Spiel gehört zur Sport-AG. Und wir werden benotet.«

»Du willst mir weismachen, Fußballspielen gehört zum Sportunterricht?«, rief sie.

»Fußball ist Sport«, erklärte er. »Sport ist ein Unterrichtsfach. Und das wird nun mal benotet. Wir spielen oft im Sportunterricht Fußball, Handball, Volleyball und so weiter.« Er setzte eine selbstsichere Miene auf. »Du kannst ja in der Schule nachfragen.«

»Und wieso erfahre ich das erst jetzt? Du weißt genau, dass ich da heute niemanden mehr erreiche.«

»Ich hab's vergessen.«

»Und das soll ich dir glauben?«, herrschte sie ihn an. »Du bleibst hier.«

»Gut. Dann eben eine Sechs.« Er schob ihr einen verstohlenen Seitenblick zu. »Wusstest du übrigens, dass man mit einer Sechs auf dem Zeugnis sitzenbleibt?«

»Halt dein unverschämtes Mundwerk«, schrie sie und schlug mit der Faust auf den Tisch, dass die Teller klapperten. Doch ihr wütender Blick interessierte ihn nicht. Er konnte jetzt unmöglich einen Rückzieher machen.

»Du kannst ja auch morgen nachfragen, ob ich dich belogen habe oder nicht.« Ihm war es egal, ob sie am nächsten Tag in der Schule anrief. Er wollte heute zum Fußball, wollte endlich von seinen Schulkameraden anerkannt werden und sich nicht wieder vor ihnen blamieren. Dann gab es eben am nächsten Tag richtig Ärger mit ihr. Ihr zuckender Mundwinkel, der normalerweise Gefahr im Verzug ankündigte, signalisierte ihm diesmal, dass sie schwankte.

»Wehe, du hast gelogen. Dann kannst du was erleben.«

»Ja, ist klar.« Er verkniff sich ein Grinsen und sprang von der Bank auf. »Ich muss los.« Er lief in sein Zimmer, packte eilig seine Sporttasche und rannte aus der Wohnung, bevor sie es sich anders überlegen konnte.

Die Parallelklasse war ein starker Gegner und Michael hatte im Tor alle Hände voll zu tun. Er machte sein bestes Spiel und rettete seiner Mannschaft ein 0:0 Unentschieden. Seine Mitspieler klopften ihm anerkennend auf die Schulter und er ging bestens gelaunt und mit stolzgeschwellter Brust nach Hause. Insgeheim hoffte er, dass sich Inge am nächsten Tag nicht die Blöße gab und in der Schule anrief. Natürlich gab es keine Noten für dieses Spiel. Als sie in den nachfolgenden Tagen kein Wort mehr über das Klassenspiel verloren hatte, war er sicher, dass sie nicht in der Schule angerufen hatte.

***

Eine Woche später unterrichtete seine Klassenlehrerin, Frau Schneider, in der sechsten Unterrichtsstunde Deutsch. Sie besprachen Gedichte und ihre Hausaufgabe war, eines zu schreiben und im Unterricht vorzutragen. Sie konnten Zitate aus Zeitungen zusammenschneiden oder sich selbst eines ausdenken.

Michael hatte kein Gedicht. Es fiel ihm schwer, so sehr er es auch versucht hatte, passende und geeignete Zeilen zusammenzustellen, und letztlich hatte er es aufgegeben. Die Schülerinnen und Schüler trugen nach und nach ihre Hausarbeiten vor, aber er hörte nicht hin. Gedankenverloren sah er aus dem Fenster des Klassenzimmers und grübelte. Wie so oft in letzter Zeit, dachte er an seine Eltern, vor allen Dingen an seine Mutter. Er wunderte sich darüber,

dass er sie mehr vermisste als seinen Vater. *Warum ist das so?*
Und wieso habe ich ein Bild von ihr im Kopf, obwohl ich gar nicht
weiß, wie sie aussieht? Vor ihm lag ein Blatt Papier und ab
und zu schrieb er etwas auf. Dann blickte er wieder aus dem
Fenster des Klassenzimmers. Die Blätter der Bäume verloren
allmählich ihr Grün und einige segelten bereits zu Boden.
Michael verlor sich in ihren leuchtenden Farben und seinen
Gedanken. Erneut schrieb er ein paar Zeilen auf.

»Michael«, hörte er aus weiter Ferne. »Michael!«

Er schreckte auf und sah in die strengen Augen von Frau
Schneider, die direkt vor ihm stand. »Ja?«

»Michael, kannst du bitte wiederholen, was ich eben
gesagt habe?«

»Nein«, antwortete er und senkte den Blick. »Entschuldigung. Ich habe gerade nicht aufgepasst.«

»Du passt die ganze Zeit schon nicht auf. Du bist überhaupt nicht bei der Sache. Wo bist du mit deinen
Gedanken?« Er zuckte mit den Schultern, ohne sie anzusehen. »Was hast du da?«, fragte sie und deutete auf das
Blatt Papier vor ihm.

Rasch drehte er den Zettel um. »Es ist nichts.«

»Darf bitte ich entscheiden, was Nichts ist?« Er warf ihr
einen kurzen Blick zu und sah dann wieder auf den Tisch.
»Darf ich den Zettel mal sehen?« Er schüttelte den Kopf und
legte seine Hände auf das Blatt Papier. »Ich will ihn aber
sehen. Gib ihn mir bitte.«

»Nein.«

»Warum nicht?«

»Es ist nichts.«

»Wenn es Nichts ist, dann kann ich ihn ja auch sehen. Also,
gib ihn mir.« Erneut schüttelte er den Kopf. Sie holte tief
Luft und verdrehte die Augen. »Michael, bitte gib mir den

Zettel. Ich verspreche dir, dass du ihn nach dem Unterricht wiederbekommst.« Auffordernd hielt sie ihm die Hand entgegen. Er zögerte und sie winkte mit den Fingern, um ihrer Aufforderung Nachdruck zu verleihen. Zögernd reichte er ihr das Blatt Papier. Sie blickte kurz darauf, sah ihn an und lächelte. »Aha, ein Gedicht. Na also. Willst du es nicht vortragen?«

»Nein«, flüsterte er und spielte mit dem Kugelschreiber.

»Warum nicht?« Er zuckte mit den Schultern. »Soll ich es vorlesen?«

»Nein«, entgegnete er schnell. »Es ist schlecht.«

»Davon überzeuge ich mich selbst.« Sie ging zum Lehrerpult und setzte sich. Ihre Lippen formten lautlos die Worte, die sie las. Bedächtig faltete sie den Zettel zusammen und betrachtete den Jungen, der noch immer auf seinen Tisch starrte. »Kommst du bitte nach der Stunde zu mir?« Er nickte, ohne sie anzusehen.

Der weitere Unterricht ging an ihm vorbei und Frau Schneider ließ ihn in Ruhe. Als die Schulglocke ertönte, sprangen die Kinder auf und packten ihre Sachen zusammen. Michael ging zu der Lehrerin, die auf dem Lehrerpult saß und ihn erwartete.

»Kann ich jetzt mein Gedicht wiederhaben?«

»Moment noch. Wir warten, bis alle weg sind. Ich möchte mit dir reden.«

Er ging wieder zu seinem Tisch und packte seine Sachen.

»Kommst du mit?«, fragte Roland.

»Ich muss wohl noch was nachsitzen, so wie es aussieht«, erwiderte er mit einem gequälten Lächeln.

Als außer ihm und Frau Schneider alle den Klassenraum verlassen hatten, ging er zu ihr. Sie saß noch immer auf dem

Lehrerpult und hielt sein Gedicht in der Hand, das sie nochmals aufmerksam studierte.

»Also?«, fragte er. »Kann ich es jetzt wiederhaben? Ich muss nach Hause.«

»Ja, klar«, antwortete sie und reichte ihm den Zettel. »Du kannst gehen, sobald du es mir vorgelesen hast.«

Er schüttelte den Kopf. »Auf keinen Fall. Sie haben es doch schon gelesen.«

»Trotzdem.« Sie sah ihn liebevoll an. »Vielleicht, wenn ich dich einfach nur darum bitte?«

Zögernd nahm er den Zettel und setzte sich vor dem Lehrerpult auf einen Stuhl. Seine Augen wanderten orientierungslos über die Zeilen, die er vor einer knappen halben Stunde erst aufgeschrieben hatte. Seine Stimme zitterte, als er zu lesen begann:

»Mutter!
Ich habe nach dir gesucht,
doch du warst fort.
Ich habe dich gerufen,
doch du sagtest kein Wort.

Ich habe geweint,
doch du gabst mir keinen Trost.
Ich schrie meinen Schmerz,
doch du überließt mich meinem Los.

Ich habe gelitten,
doch es hat dich nicht gestört.
Ich habe mich nach dir gesehnt,
doch du hast mich nicht gehört.

Ich habe dich gesehen
und wusste nicht, wer du warst.
Ich fragte dich in Gedanken:
Wer bist du, die mich vergaß?

Wo bist du gewesen?
Wie groß ist deine Schuld?
War ich dir egal?
Oder fehlte dir Geduld?

Was wird passieren
an irgendeinem Tag?
Wirst du mal die Frau,
die ich vielleicht auch mag?

Oder bleibst du eine Frau,
nur eine von vielen auf der Welt,
die der eigene Sohn
zu den Fremden zählt?

Es mag kommen, was komme.
Was geschieht, mag geschehen,
doch niemals wird das Ei
zu der Henne gehen.«

Er schluckte einen Kloß hinunter, faltete das Blatt Papier
zusammen und steckte es in seine Hosentasche.
»Warum wolltest du es nicht in der Klasse vortragen?«,
fragte sie und legte den Kopf schief. »Es ist doch gut.«
»Ich habe es nicht zu Hause geschrieben, sondern im
Unterricht.«

»Ah«, machte Frau Schneider schmunzelnd. »Du hast also keine Hausaufgaben gemacht. Na, ehrlich bist du ja. Nur kann ich es so nicht bewerten. Und das ist doch schade.«

»Egal.«

»Wir hätten es im Unterricht sehr gut interpretieren können.«

»Deshalb wollte ich es ja auch nicht vortragen.«

Seine Lehrerin überlegte einen Augenblick, dachte an das Bild und die Stimme des Jungen, den sie gesehen und gehört hatte, als er das Gedicht vorgelesen hatte. Sie hatte Schmerz und Leid in ihm wahrgenommen und konnte nachvollziehen, dass er es nicht vor der Klasse vortragen wollte. »Ich verstehe«, sagte sie. »Schreibst du öfter Gedichte?«

»Manchmal.«

»Mhm«, machte sie. »Du schreibst so also deine Gedanken auf, oder?« Er zuckte mit den Schultern. »Michael, ich kenne deine Situation zu Hause. Ich weiß, dass das nicht deine leiblichen Eltern sind.«

»Das weiß doch inzwischen jeder. Schließlich steht ja auch mein richtiger Name im Klassenbuch.«

Sie nickte nachdenklich. »Du bist nicht adoptiert. Warum nicht?«

»Meine leiblichen Eltern haben nicht zugestimmt. Na ja, genaugenommen hat meine Mutter auf Anfragen nicht reagiert. Sie reagiert ohnehin nie und stellt sich tot.«

»Und dein Vater?«

»Der zahlt immer pünktlich und ruft ab und zu über seine neue Frau bei uns an. Warum fragen Sie?« Er sah sie gequält an, während sie tief Luft holte.

»Dein Gedicht hat mich sehr berührt«, erwiderte sie. »Du hast deine Mutter nie gesehen, oder?«

»Nein.«

»Aber du würdest gern?«

»Nein.«

»Nein? Dein Gedicht sagt etwas anderes.«

»Ja, und?«

»Es sagt, dass du Sehnsucht nach ihr hast.«

»Sehnsucht?« Er sah sie trotzig an. »Ich habe keine Sehnsucht nach ihr. Sie hat mich weggegeben, einfach liegenlassen und vergessen.«

»Woher weißt du das?«

»Ich weiß es eben. Sonst würde sie mich suchen.«

»Vielleicht hatte sie ihre Gründe?«

»Was sollen das denn für Gründe sein?« Das Gespräch gefiel ihm nicht, ganz und gar nicht. Es erinnerte ihn an das Gespräch mit Ulli und die Fragerei seiner Lehrerin machte ihn wütend. »Was für Gründe sollen das denn sein, sein Kind wegzugeben? Es nie zu besuchen? Sich in keinster Weise darum zu bemühen? Nennen Sie mir nur einen Grund.«

»Ich kenne die Gründe nicht«, antwortete sie. »Wie soll ich auch? Aber sie könnte es dir sagen.«

»Ich bin nicht verpflichtet, sie zu suchen. Sie ist in der Pflicht. Nur sie. Sonst niemand.«

»Ja, stimmt. So hast du es ja auch in deinem Gedicht geschrieben. *Niemals wird das Ei zur Henne gehen.* Aber wenn du etwas erfahren willst, musst du danach suchen.«

Wütend sprang er auf und funkelte seine Lehrerin an. »Wieso wollen eigentlich alle, dass ich meine Mutter suche? Ich verstehe das nicht. Ich stehe nicht in ihrer Schuld. Und wieso interessiert Sie das überhaupt? Es geht Sie doch gar nichts an.«

»Du hast recht«, sagte sie und sah beschämt zu Boden. »Ich habe mich da etwas weit aus dem Fenster gelehnt. Es tut mir leid.« Er sah sie erstaunt an. Noch nie hatte sich ein erwachsener Mensch bei ihm entschuldigt. »Darf ich dich trotzdem etwas fragen?«

»Okay.«

»Bist du zu stolz oder hast du Angst, deine Mutter zu sehen?«

Er zuckte mit den Schultern. »Wovor sollte ich denn Angst haben?«

»Na ja, du kennst sie nicht und weißt nicht, was auf dich zukommt, wenn du sie siehst. Und du weißt nicht, wie deine – wie sagt man: Stiefmutter?«

»Pflegemutter«

»Ja, genau. Wie deine Pflegemutter reagiert.«

»Oh doch«, entfuhr es ihm und er lachte verbittert auf. »Das weiß ich nur zu gut.«

Frau Schneider sah ihn nachdenklich an. »Das glaube ich dir. Ich kenne deine Pflegemutter schließlich auch.«

»Woher?«

»Von den Elternabenden.«

»Ach so.«

»Ich weiß, dass du keinen leichten Stand bei ihr hast.«

»Ach ja? Woher?«

»Na, das behalte ich lieber für mich. Ich weiß es einfach.«

»Frau Schneider, ich muss los«, sagte er. Das Gespräch quälte ihn und er wollte es beenden. »Sonst bekomme ich Ärger.«

Sie lächelte ihn an. »Ja klar. Du kannst natürlich gehen. Bis morgen.«

»Ja, bis morgen.« Er ging zu seinem Platz, nahm seine Schultasche und wandte sich zum Gehen.

»Ach, Michael«, rief sie ihm hinterher. »Deine Mutter hat nach eurem Klassenspiel bei mir angerufen.«

Er fuhr herum und starrte sie an. »Was wollte sie?«

»Och, nichts weiter. Sie hat geschimpft wie ein Rohrspatz. Was das für ein blödes Schulsystem ist, wo für Fußballspiele Noten vergeben werden.« Sie legte den Kopf schief und musterte ihn lächelnd.

»Und was haben Sie ihr gesagt?«

»Dass unsere Schüler nun mal auf allen Gebieten geprüft werden.«

»Sie haben ihr nichts verraten?«

»Nein. Habe ich nicht. Aber bitte bringe mich nie wieder in so eine Situation.«

»Das kann ich Ihnen nicht versprechen«, erwiderte er grinsend. »Aber vielen Dank, dass Sie mich nicht verpfiffen haben. Bis morgen.« Er lief aus dem Klassenzimmer und Frau Schneider sah ihm nachdenklich hinterher.

1976

»Da ist ein Brief vom Jugendamt für dich.« Inge deutete auf einen Briefumschlag, der auf dem Küchentisch lag. »Herr Bertram ist nicht mehr zuständig für uns.«

Michael nahm den Umschlag und betrachtete ihn. »Du hast ihn geöffnet«, stellte er kopfschüttelnd fest.

»Natürlich habe ich ihn geöffnet«, entgegnete sie. »Ich muss es doch wissen, wenn du wieder etwas ausgefressen hast.«

Michael ignorierte ihren letzten Satz und holte den Brief heraus. »Ein Herr Schuhmacher will mich sprechen. Ich soll ihn anrufen und einen Termin mit ihm vereinbaren.«

»Ich weiß.«

»Ja klar, du hast ihn ja schon gelesen«, murmelte er.

»Er will mit dir alleine reden.«

»Woher weißt du das?«, fragte Michael. »Davon steht hier nichts.«

»Ich habe angerufen und wollte einen Termin ausmachen.«

Ach, deswegen ist sie verärgert. Sie soll bei diesem Gespräch nicht dabei sein. Ihm gefiel dieser Gedanke. »Ich rufe ihn an.« Er ging ins Wohnzimmer, nahm den Telefonhörer ab und warf der Pflegemutter einen Seitenblick zu, die sich direkt neben ihn gestellt hatte, um dem Gespräch zu folgen.

»Worum geht es denn?«, fragte er seinen neuen Betreuer, nachdem sie einen Termin vereinbart hatten. Ihm fröstelte, als er Inges heißen Atem in seinem Nacken spürte.

»Ich möchte Sie gern kennenlernen«, antwortete der Mann am anderen Ende. »Alles Weitere erkläre ich Ihnen dann.«

Herr Schumacher war ein junger Mann von Mitte zwanzig. Als Michael sein Büro betrat, wies er freundlich lächelnd auf einen alten Holzstuhl vor seinem Schreibtisch.

»Guten Tag, Herr Kowalczyk«, sagte er. »Setzen Sie sich.« Michael folgte der Aufforderung und legte die Hände in den Schoss. »Also.« Der Mann schlug eine Akte auf und warf einen kurzen Blick hinein. »Herr Bertram ist nicht mehr für Sie zuständig, sondern ich.«

»Warum?«

»Das hat interne Gründe.« Michael schlug verlegen die Augen nieder, als ihn sein Gegenüber einen Moment musterte. »Sie sind jetzt sechzehn Jahre alt und nähern sich allmählich dem Erwachsenwerden«, erklärte Herr Schuhmacher und lehnte sich in seinem Schreibtischstuhl zurück. »Das räumt Ihnen gewisse Rechte ein. Die Vormundschaft des Jugendamtes wird jetzt eingeschränkt und endet in zwei Jahren, also wenn Sie achtzehn sind.«

»Und was bedeutet das?«

»Sie müssen Verantwortung übernehmen.«

»Wofür?«

Herr Schuhmacher sah ihn ernst an. »Für sich selbst.« Einen kurzen Augenblick ließ er die Bemerkung auf den Jugendlichen wirken, bevor er fortfuhr: »Sie entscheiden, wer bis zur Vollendung Ihres achtzehnten Lebensjahres Ihr Vormund sein soll.«

»Ich dachte, das ist die Familie, bei der ich lebe.«

Der Betreuer faltete die Hände und betrachtete sie. »Die Familie ist nicht Ihr Vormund, sondern das Jugendamt«, erklärte er. »Das war schon die ganze Zeit so. Natürlich können Sie entscheiden, dass es so bleiben soll. Sie können aber auch einen anderen Vormund wählen. Das kann jeder sein, zum Beispiel ein guter Freund oder eine Freundin. Ihr

Vormund muss nur mindestens einundzwanzig Jahre alt sein.« Er sah den irritierten Jugendlichen aufmerksam, aber auch mit einer gewissen Neugierde an. Nervös rutschte Michael auf seinem Stuhl hin und her.

»Und was würde es bedeuten, wenn ich mich gegen meine Pflegeeltern entscheide?«, fragte er.

»Wenn Sie sich beispielsweise für Ihre Lehrerin entscheiden, könnten Sie ausziehen und bei ihr wohnen, bis Sie achtzehn sind.«

»Na, das muss ich ja nun nicht gerade haben.«

Herr Schuhmacher ignorierte die Bemerkung, breitete die Arme aus und strahlte ihn an. »Siehst du nicht, was dir das für Möglichkeiten eröffnet?« Verwirrt, dass er ihn plötzlich duzte und Euphorie in seine Stimme legte, starrte Michael ihn an. »Du kannst von dieser Familie weg.« Herr Schuhmacher ließ die Arme wieder sinken. »Verstehst du, wovon ich rede? Du musst nicht warten, bis du achtzehn bist. Du kannst jetzt schon da weg.«

Michael spürte das Zittern seiner Augenlider, das Stocken seiner Stimme. »Warum sollte ich das wollen?«, krächzte er.

Der Sachbearbeiter lehnte sich zurück und sah ihn ernst an. »Ich habe mit Herrn Bertram gesprochen. Ich weiß, was in dieser Familie los ist.«

»Ja?« Das Gespräch verblüffte Michael. Eine solche Richtung hatte er nicht erwartet, und es überforderte ihn. »Was hat Herr Bertram denn gesagt?«

»Das musst du nicht wissen.« Der Mann zögerte einen Augenblick, schien zu überlegen, was er sagen sollte. Der Glanz in seinen Augen und seine Euphorie waren verschwunden. »Weißt du«, fuhr er fort, stützte seine Ellenbogen auf die Tischplatte und beugte sich weit vor, dem Jugendlichen entgegen. »Ich war in einer ähnlichen Situ-

ation wie du. Ich habe mich damals für meine Lehrerin entschieden. Das Jugendamt war raus. Meine Pflegeeltern
waren raus und alles war gut für mich. Und du kannst das
auch. Es liegt ganz bei dir.«

Michael zitterte innerlich. Der Gedanke, schon jetzt nicht
mehr Inges Launen und Wutausbrüchen ausgesetzt zu sein,
reizte ihn, aber auf der anderen Seite hatte er vor diesem
Schritt große Angst. »Sie haben recht«, flüsterte er. »Einiges
wäre dann besser.« Nachdenklich betrachtete er seine
Hände. »Aber wenn ich das tue, dann habe ich keine Eltern
mehr, keine Großeltern, keinen Hund, keine Freunde.«

Herr Schuhmacher sah seinen jungen Klienten nachdenklich an. »Das stimmt, aber dann du bist auch frei.«

»Ja. Und alleine. Dann habe ich gar keine Familie mehr.
Dann habe ich überhaupt niemanden mehr.« Er zitterte bei
diesem Gedanken am ganzen Körper. »Ich will nicht alleine
sein«, fuhr er fort. »Warum lassen Sie es nicht einfach so,
wie es ist? Das Jugendamt bleibt mein Vormund, bis ich
achtzehn bin.«

Herr Schuhmacher zuckte mit den Schultern. »Es ist deine
Entscheidung. Die kann dir niemand abnehmen. Es kann
auch bleiben, wie es ist.«

»Ja. Es soll bleiben, wie es ist.« Michael richtete sich auf.
»War's das?«

Herr Schumacher nickte. »Ja, das war es, was ich Ihnen
erklären wollte.«

»Vielen Dank.«

Michael verabschiedete sich und eilte aus dem Verwal-
tungsgebäude. Vor dem Gebäude blieb er stehen und
atmete tief durch. Das Herz hämmerte in seiner Brust. Ihm
war bewusst geworden, dass er sich aus Inges Fängen hätte
befreien können. Der Mann vom Jugendamt hatte es ihm in

aller Deutlichkeit dargelegt. Und er hatte sich dagegen entschieden. War das nun richtig oder falsch? *Es ist DEINE Entscheidung.* Er steckte die Hände in die Hosentaschen und setzte bedächtig einen Fuß vor den anderen. *MEINE Entscheidung.* Ein Lächeln huschte über sein Gesicht. Zum ersten Mal in seinem Leben konnte niemand über ihn verfügen. *MEINE Entscheidung.* Er lächelte die ihm entgegenkommenden Passanten an und, wie durch Zauberei, lächelten sie zurück. Ein strahlender junger Mann schlenderte glücklich nach Hause.

***

Joachim hatte in seinem Leben nur einen einzigen Traum, den er sich im Januar erfüllte. Den von einem eigenen Restaurant.

»Das ist mitten in der Stadt«, schwärmte er. »Direkt gegenüber vom Thalia-Theater. Die Leute werden uns die Bude einrennen.«

Er stellte einen jungen Koch und eine ehemalige Kollegin für die Theke ein. Sie hatte ein Auto und war deshalb für die Einkäufe auf dem Großmarkt zuständig. »Alle müssen mithelfen«, entschied er. »Inge in der Küche und Michael nach der Schule im Restaurant.« Der Sechzehnjährige musste nach der Schule in die Innenstadt zum Restaurant fahren, aß dort zu Mittag, machte seine Schularbeiten und half abends beim Bedienen. Er trug einen dunkelblauen Anzug und eine weinrote Fliege.

»Der Junge macht sein Abitur«, beschloss Joachim drei Monate nach der Eröffnung. »Dann geht er auf die Hotelfachschule. Und wenn er so weit ist, übernimmt er den Laden und ich setze mich zur Ruhe.« Michael gefiel dieser

Gedanke überhaupt nicht. Er wollte lieber zur Polizei. »Du tust, was wir dir sagen«, stellte Inge klar. »Die Kinder übernehmen das Geschäft der Eltern. Das haben sie nicht zu entscheiden. Sie haben zu tun, was von ihnen verlangt wird.«

Aber der Traum von einem vollen Restaurant erfüllte sich nicht. Es kamen nur vereinzelt Gäste. Zudem war der Koch häufig betrunken und lieferte miserables Essen ab, das die Gäste reklamierten und zurückgaben. Joachim entschuldigte sich bei ihnen und schenkte Getränke aufs Haus aus, gab Preisnachlässe oder verzichtete auf Bezahlung. In der Zeit, in der er auf Gäste wartete, trank er selbst. Manchmal war er so betrunken, dass Michael für ihn einspringen und die Gäste alleine bedienen musste.

Im Herbst war Joachims Traum ausgeträumt und er musste schließen. Er fand zwar schnell eine neue Arbeitsstelle als Kellner, aber nach zwei Wochen verlor er sie wieder, weil sein Arbeitgeber wegen Steuerhinterziehung angeklagt wurde.

»Macht nichts«, sagte er beim Abendbrot. »Ich habe schon eine neue Arbeit.«

Er verließ das Haus früh morgens mit seiner Aktentasche und kam abends sturzbetrunken heim. »Ich bin mit ein paar Kollegen hängengeblieben«, lallte er, wenn Inge ihn zur Rede stellte. Aber als er fast jeden Abend betrunken nach Hause kam, glaubte sie ihm nicht mehr.

»Wo bist du gewesen?«, schrie sie, doch er schwieg. »Los, rede gefälligst. Hast du unser ganzes Geld versoffen?«

»Ich war auf Butterfahrt«, gestand er schließlich kleinlaut. Traurigkeit und Verbitterung lagen in seinen glasigen Augen. »Weißt du, was das für ein Gefühl ist, seine Familie nicht ernähren zu können?«

»Und dann versäufst du noch unser letztes Geld?«, hallte es durch die Küche.

Es traf Michael wie ein tiefer Stich ins Herz, seinen Pflegevater weinend und gedemütigt wie ein Häufchen Elend am Tisch sitzen zu sehen. Er konnte sogar verstehen, dass er seinen Frust in Alkohol ertränkte. Ihm war klar, dass Joachim viele Fehler gemacht hatte, aber auch, dass Inge am Scheitern beteiligt war. Letztlich hatten es beide stillschweigend hingenommen, dass sich die Mitarbeiterin bei den Einkäufen auf dem Großmarkt selbst bediente und auch vor einem Griff in die Kasse nicht zurückschreckte. Aber Inge sah all das nicht und tobte und schimpfte mit ihrem Ehemann.

»Du hast das Lokal vor die Wand gefahren«, brüllte sie. »Du bringst uns um unsere Existenz. Du bist ein Versager, ein elender Schlappschwanz. Und du willst ein Geschäftsmann sein?« Michael sah von der Furie zur verkrachten Existenz, dann wieder zur Furie. Zum ersten Mal erlebte er Inges Wutausbruch als Beobachter, nicht als Betroffener. Er spürte einen dicken Kloß im Hals, hatte tiefes Mitgefühl für seinen Pflegevater. »Geh ins Bett und schlaf deinen Rausch aus, du versoffenes Arschloch«, keifte sie. Joachim torkelte mit gesenktem Kopf ins Schlafzimmer.

Michael saß schweigend in der Küche, während sie weiter schimpfte, ohne ihn zu beachten. »Dieser Versager. Dieser Nichtsnutz. So etwas wäre mir mit Anton nie passiert. Der war ein guter Geschäftsmann.« Michaels Puls beschleunigte sich und ließ das Blut so sehr durch seine Adern schießen, bis er das Hämmern und Pochen in seinen Schläfen kaum ertragen konnte. Er ballte seine Hände. Doch Inge registrierte es nicht. »Alles hat er mir versaut, mein ganzes Leben.

Nicht einmal ficken kann er. Das ist doch kein Mann, dieser ...«

»Schluss jetzt!« Michael ließ die Faust auf den Tisch krachen und sprang auf. Entsetzt starrte sie in sein wutverzerrtes Gesicht. »Siehst du nicht, was los ist? Warum machst du Vati noch kleiner, als er sich ohnehin schon fühlt? Er liegt am Boden und du trampelst noch weiter auf ihn rum?«

»Wie redest du mit mir?« Mit flackernden Augenlidern sah sie ihn an.

»So, wie er es endlich mal tun sollte. Du schwärmst nur von diesem Anton. Was für ein toller Hecht das war. Was für ein Kerl das war. Na und? Er ist tot. Du lebst dermaßen in der Vergangenheit. Herrgott, lass die Toten endlich ruhen und kümmere dich um die Lebenden.« Sie starrte ihn an, nicht in der Lage, ein Wort herauszupressen. »Du hast Verantwortung. Verantwortung für deinen Sohn, für deinen Mann und für deinen Hund. Alleine schaffen wir das nicht. Wir müssen zusammenhalten und endlich eine Familie sein und uns nicht auch noch gegenseitig fertigmachen. Du redest doch immer von Familie. Dann lass uns das endlich mal sein!« Schwer atmend starrte er sie an. Sie schwieg und senkte den Kopf. Allmählich beruhigte er sich, sein Herzschlag verlangsamte sich und seine Wut verrauchte. »Ich könnte arbeiten«, schlug er vor. »Ich kann nach der Schule Zeitungen austragen. Oder nächstes Jahr nach der Zehnten von der Schule runter und zur Polizei gehen. Dann verdiene ich selbst Geld.«

»Nein, du machst dein Abitur«, erwiderte sie. »Die Schule ist wichtiger, damit du es mal besser hast als wir.«

In ihrem Blick bemerkte er eine seltsame Verbundenheit zu ihm, die er so nie erfahren hatte. Als würde sie beschämt sagen: *Das mir das ein Sechzehnjähriger sagen muss.* Sie saßen eine Weile schweigend beisammen und hingen ihren Gedanken nach. Erstmals in seinem Leben fühlte Michael sich als gleichwertiges Familienmitglied, anerkannt und wertgeschätzt. Und zum ersten Mal in seinem Leben spürte er eine große Stärke in sich.

»Du hast recht«, flüsterte Inge. »Wir müssen zusammenhalten.«

1977

Inge, Joachim und Michael setzten sich häufig zusammen und überlegten, wie sie ihre finanzielle Notlage verbessern konnten. Aber sie redeten nicht nur, sie handelten auch. »Gemeinsam schaffen wir das«, ermutigten sie sich. Es entstand ein Zusammenhalt, den Michael so nie erlebt hatte. Inge versuchte mit dem wenigen Haushaltsgeld, das ihr zur Verfügung stand, das bestmögliche Essen zu organisieren. Sie war sich nicht zu schade, beim Metzger zu feilschen, als sei sie auf dem Wochenmarkt. Und meistens hatte sie Erfolg und bekam das Fleisch billiger. Joachim ging zum Arbeitsamt und meldete sich arbeitslos. Es war für ihn der schwierigste Schritt. Verbissen suchte er sich eine neue Stelle, bewarb sich in Restaurants, bettelte, forderte. Drei Monate nach seiner Insolvenz trat er eine Arbeitsstelle als Pförtner bei einer großen Bank an. Auch Inge machte sich auf die Suche nach einem Job. Sie fragte in den umliegenden Geschäften, Nachbarn und Freunde. Auch ihre Mühen wurden belohnt. Im Frühjahr wurde sie als Aushilfe in einer Wäscherei angestellt. Michael trug nach der Schule Zeitungen aus.

»Das Geld hast du dir selbst verdient«, entschied Inge, als er es abgeben wollte. »Das kannst du behalten.«

»Aber wir brauchen es doch.«

»Dann kaufst du dir deine Schulsachen eben selbst. Das ist schon in Ordnung. Behalte dein erarbeitetes Geld.«

Michael genoss es, eigenes Geld zu verdienen, wenn es auch nicht viel war. Er konnte sich die Eintrittskarten für die Fußballspiele endlich selbst kaufen und musste Ulli nicht mehr anpumpen. Sonntags fuhren Inge und Michael in aller

Frühe zum Hamburger Fischmarkt. Sie handelte und feilschte mit den Verkäufern, dass ihm schwindelig wurde. Michael war es unangenehm und peinlich, aber sie freute sich über jeden Pfennig und jede Mark, die sie aushandelte und einsparte. Der Jugendliche stellte schmunzelnd fest, dass auch die Händler ihren Spaß am Handeln mit ihr hatten. Sie erkannten sie schon von Weitem und begrüßten sie mit einem strahlenden Lachen, obwohl sie wussten, dass sie weniger verdienten als bei den meisten Kunden. Die Sonntage verbrachten sie gemeinsam und in Eintracht vom Frühstück bis zum Mittagessen. Sie pulten frische Krabben, gönnten sich Räucheraal oder anderen Fisch. Inge ließ Michael mehr Freiheiten. Er musste sie nicht mehr belügen, wenn er Fußball spielen oder sonst Sport treiben wollte. Ulli und Michael gingen samstags auf die Stadtparkwiese und schlossen sich Mannschaften an, die dort aus Spaß am Fußball kickten. Sie gingen weiterhin mit Maiko spazieren, aber sie kehrten auch ab und zu in einer Kneipe ein und tranken ein oder zwei Bier.

Das Austragen der Zeitungen war zeitaufwendig und Michael befand, dass er für zwei Stunden täglich mit knapp sechzig Mark im Monat schlecht bezahlt wurde. Er suchte sich eine andere Arbeitsstelle und fand sie in einem Getränkemarkt. Er half Kirsten, einer dicken und nicht besonders fleißigen Verkäuferin, und erhielt fünf Mark die Stunde. Am Monatsende hatte er für einen Bruchteil an Zeit mehr Geld verdient als zuvor.

Zwei Monate später traf er Kirsten nicht an, obwohl sie verabredet waren. Stattdessen stand ein Mann mittleren Alters hinter der Ladentheke.

»Guten Tag«, begrüßte er Michael freundlich. »Was kann ich für dich tun?«

»Ist Kirsten nicht da?« Michael sah sich suchend um.

»Nein, die arbeitet nicht mehr hier. Warum fragst du?«

»Wir waren für heute verabredet. Ich sollte ihr helfen.«

»Du hast für sie gearbeitet?«

»Ja, manchmal.«

»Ach so. Hat sie dich wenigstens bezahlt?«

»Ja, klar.«

»Wie viel hat sie dir denn bezahlt?«

Michael sah ihn fragend an. »Warum wollen Sie das wissen?«

»Na ja.« Der Mann zwinkerte ihm schmunzelnd zu. »Mir gehört das Geschäft hier. Und noch vier andere. Mein Name ist Schnellinger. Und du bist?«

»Ich bin Michael.«

»Angenehm. Kirsten hat in die Kasse gegriffen, und deshalb habe ich sie heute Morgen rausgeworfen. Ich gehe mal davon aus, dass sie dich davon bezahlt hat. Also, wie viel habe ich dir für deine Arbeit bezahlt?«

Michael trat verlegen von einem Fuß auf den anderen. »Fünf Mark die Stunde.«

»Oh, nicht schlecht. Jetzt bekommst du drei Mark die Stunde. Bist du einverstanden?«

»Okay.«

»Kennst du jemand Zuverlässigen, der hier fest arbeiten könnte? Ich habe zu wenig Zeit, den ganzen Tag hier zu stehen.«

Michael schüttelte den Kopf. »Nein, keine Ahnung. Aber wenn ich etwas höre, sage ich Bescheid.«

Abends erzählte er seinen Pflegeeltern von dem Zusammentreffen mit Herrn Schnellinger.

»Ich könnte doch für ihn arbeiten«, schlug Inge vor. »Du kannst mir alles zeigen. Den Laden kennst du ja schon und weißt, wie alles geht.«

»Und die Wäscherei?«, fragte er.

»Die kann ich kündigen. Es sind doch immer nur ein paar Stunden und so viel verdiene ich da auch nicht.«

Michael gefiel der Gedanke nicht, mit seiner Pflegemutter zusammenzuarbeiten. Dennoch sprach er Herrn Schnellinger am nächsten Tag darauf an. Inge und der Geschäftsmann wurden sich schnell einig und im Oktober fing sie an, dort zu arbeiten. Dadurch veränderte sich alles für Michael. Herr Schnellinger bezahlte ihn nicht und auch Inge gab ihrem Pflegesohn kein Geld. Trotzdem erwartete sie von ihm, dass er ihr half und die schwere körperliche Arbeit erledigte, die sie nicht verrichten konnte. Und er war fleißig. Jeden Tag arbeitete er nach der Schule bei ihr. Wenn Herr Schnellinger Getränke auslieferte, stapelte und sortierte er die Kisten, bediente die Kunden, während Inge an der Kasse stand und kassierte.

»Im Januar gibt der Schnellinger das Geschäft auf«, erzählte sie eines Abends. »Ich werde den Laden übernehmen.« Sie strahlte über das ganze Gesicht. »Dann arbeitest du für mich. Ist das nicht schön?«

»Verdiene ich dann auch etwas?«, fragte er und erntete einen vorwurfsvollen Seitenblick.

»Wie stellst du dir das vor? Du bist Teil der Familie und hast deinen Beitrag zu leisten. Natürlich bezahle ich dich nicht.«

Enttäuscht ließ er den Kopf hängen. *Na super. Vorher habe ich gearbeitet und eigenes Geld verdient. Jetzt hat Mutti durch mich einen eigenen Laden, ich arbeite mehr als vorher und verdiene nichts.*

1978

Es war Ende Januar und seit einem Jahr ging Michael nach der Schule in den Getränkemarkt. Schnellinger hatte die Wochenlieferung gebracht und die Getränkekisten mitten im Geschäft abgeladen. Für Inge waren sie zu schwer. Also hatte sie auf Michael gewartet. Er stapelte Kisten, räumte die Regale ein und sortierte das Leergut. Inge saß an der Kasse und sah ihm dabei zu. Maiko lag im Schaufenster und und schlief oder schaute nach draußen. Einige Fußgänger sahen den alten Cocker-Spaniel lächelnd an, was der Hund mit einem kurzen und dumpfen »Wuff« beantwortete.

»Der Laden läuft nicht«, klagte sie. »Ich stehe hier den ganzen Tag und es kommen kaum Kunden. Und wenn, dann nur alte Leute, die mal ein oder zwei Flaschen Wasser kaufen.«

Michael setzte sich auf eine Bierkiste und überlegte. »Na ja. Vielleicht ist das nach dem Weihnachts- und Neujahrsgeschäft ja auch normal.«

»Na, du kennst dich ja aus«, erwiderte sie. »Die Leute bringen mir nur ihre leeren Kisten und kaufen nichts.«

»Das Geld für das Leergut kriegst du doch vom Schnellinger wieder. Das ist ein durchlaufender Posten.«

»Du hast keine Ahnung.« Sie winkte ab. »Werde du erst mal erwachsen. Du weißt noch nichts vom Leben.«

Er musterte sie. »Mag sein. Aber ich weiß immerhin, dass das Leergut ein durchlaufender Posten ist.«

»Halt deinen vorlauten Mund.«

In diesem Augenblick wurde die Ladentür aufgestoßen und ein Mann schleppte scheppernd fünf leere Bier- und eine Wasserkiste in den Laden. Michael stand auf und räumte das Leergut weg.

»Fünf neue Bier und eine neue Kiste Wasser?«, fragte Inge.

»Nein. Nur eine Kiste Wasser«, erwiderte der Mann.

»Haben Sie das Bier bei mir gekauft?«

»Nein.«

»Dann können Sie ihren Kram wieder mitnehmen.«

Der Kunde starrte sie entgeistert an. »Wie bitte?«

»Sind Sie taub? Ich nehme Ihren Schrott nicht an.«

»Ich höre wohl nicht recht. Wie gehen Sie mit Ihren Kunden um?«

»Ich bin ein Getränkemarkt und kein Schrotthändler. Die Kiste Wasser können Sie sich in die Haare schmieren.«

Der Kunde sah sie kopfschüttelnd mit einer Mischung aus Fassungslosigkeit und Verärgerung an. »Sie glauben doch wohl nicht allen Ernstes, dass ich diesen Laden noch einmal betrete?«

»Kunden wie Sie brauche ich auch nicht«, schrie sie.

Der Mann legte den Kopf schief und betrachtete sie einen Augenblick. Die Mundwinkel verzogen sich zu einem Grinsen. »Ist gut. Ich nehme das Leergut wieder mit. Die Kiste Wasser nehme ich trotzdem.«

»Gut«, antwortete sie lächelnd. »Dann können Sie die leere Wasserkiste natürlich hierlassen.«

»Nein, nein«, erwiderte er und winkte ab. »Die ist ja nicht von Ihnen. Die nehme ich selbstverständlich wieder mit.«

Michael beobachtete das Gespräch zwischen Inge und dem Kunden. Ein merkwürdiges Gefühl überkam ihn. *Wieso ist der plötzlich so freundlich?* Der Mann bezahlte das Wasser, nahm die Kiste und trug sie zu seinem Auto, das vor dem Laden geparkt war. Michael sah Inge irritiert an, die dafür umso zufrieden dreinblickte.

»Siehst du«, erklärte sie, als der Kunde die Wasserkiste zu seinem Auto trug. »So geht das. So macht man Geschäfte.«

Der Kunde kam wieder, um sein restliches Leergut zu holen.

»Ich helfe Ihnen«, sagte Michael und brachte die Bierkisten zum Auto. Der Mann nahm ebenfalls zwei leere Kisten und folgte ihm.

»Ist das deine Mutter?«, fragte er und stapelte die Kisten ins Auto.

»Ja.«

»Mein Beileid.«

Michael ging wieder in das Geschäft und holte die letzte leere Kiste, während der Mann bei seinem Auto wartete.

»Ich heirate im März«, sagte er augenzwinkernd.

»Oh, mein Glückwunsch.«

»Ja, sie ist eine tolle Frau. Ganz anders als die da.« Er deutete auf Inge, die vom Schaufenster aus den beiden beim Beladen des Autos zusah. »Entschuldige, dass ich so über deine Mutter rede, aber der Getränkemarkt wird sich nicht lange halten, wenn sie mit allen Kunden so umspringt.«

»Das befürchte ich auch«, erwiderte Michael.

»Eigentlich wollte ich bei euch die Getränke für meine Hochzeit kaufen, aber das werde ich jetzt sicherlich nicht tun. Für dich tut es mir leid.« Er reichte ihm die Hand und lächelte ihn freundlich an. »Du bist ein guter Junge. Vielleicht kannst du ja was ausrichten, damit ihr nicht vorzeitig den Bach runtergeht.«

Nachdenklich ging Michael wieder in den Laden.

»Was hat der Kerl zu dir gesagt?«

»Dass er die Getränke für seine Hochzeit woanders kauft.« Er sah in ihr überraschtes Gesicht. »Auch wenn ich keine Ahnung vom Leben habe, weiß ich, dass man mit Kunden so nicht umspringt.« Er war genervt, verärgert und konnte ihren Anblick nicht ertragen. »Ich gehe mit Maiko um den Block.« Als er die Hundeleine nahm, sprang das Tier an ihm hoch, drehte sich einmal um seine eigene Achse und ließ sich dann bereitwillig anleinen. »Bin gleich wieder da.«

Einige Tage später kam eine alte Dame in den Getränkemarkt. »Ich hätte gern eine Kiste Wasser«, sagte sie zu Michael. Er hievte eine Kiste vom Getränkestapel, während sie bei Inge bezahlte. »Können Sie mir die Kiste nach Hause bringen?«, fragte die Seniorin. »Ich kann die schwere Kiste doch nicht tragen.« Bereitwillig schleppte Michael der Frau die Kiste Wasser nach Hause und sie gab ihm zwei Mark Trinkgeld. »Danke, mein Junge«, sagte sie. »Holst du die Kiste denn auch wieder ab, wenn sie leer ist, und bringst mir eine neue?«

»Ja klar. Sehr gerne. Sagen Sie einfach Bescheid.«

Nachdenklich betrachtete er auf dem Rückweg das Zweimarkstück.

»Ich glaube, ich habe eine Idee, die funktionieren könnte«, sagte er beim Abendessen.

»Na, was das wohl für ein Blödsinn ist«, bemerkte Inge.

»Immerhin hätten wir im März eine Hochzeit ausgerichtet, wenn du mich gelassen hättest«, entgegnete er, was sie mit zuckendem Mundwinkel quittierte.

»Wieso, was ist los?«, fragte Joachim.

»Ach, nichts.« Michael winkte ab. »Hier in der Gegend wohnen viele alte Leute. Sie kaufen einzelne Wasserflaschen, weil sie die Kisten nicht schleppen können. Wir könnten einen Lieferservice einrichten. Nach der Schule liefere ich die Getränke aus und behalte das Trinkgeld. So verdiene ich wenigstens auch etwas Geld.«

»Einen Lieferservice«, sinnierte Joachim. »Eine gute Idee. Das könnte funktionieren. Aber du solltest dir den Service auch bezahlen lassen. Mit Trinkgeld bist du auf die Zahlungswilligkeit der Leute angewiesen. Nimm doch eine Mark pro Getränkekiste.«

»Das wären fünf Mark bei fünf Kisten. Viel Geld für die Kunden«, sinnierte Michael.

»Probieren«, entgegnete Joachim. »Wenn den Leuten das zu viel ist, kannst du immer noch mit dem Preis heruntergehen.«

»Und wer bekommt das Geld für den Lieferservice?«, fragte Michael mit einem argwöhnischen Seitenblick zu seiner Pflegemutter.

»Na, du«, sagte Joachim. »Du hast ja auch die Arbeit.«

»Werde ich auch mal gefragt?«, zischte Inge den beiden zu. »Und was, wenn die Kunden dann ausbleiben, weil sie das nicht bezahlen wollen?«

»Da sind ja kaum Kunden, die ausbleiben könnten«, entgegnete Joachim. »Außerdem ist in dieser Gegend noch niemand auf diese Idee gekommen. Kein einziges Geschäft hat einen Lieferservice. Hängt einfach einen Zettel an die Tür. Vielleicht hat der Junge recht und es funktioniert.«

Am nächsten Montag hängte Inge einen großen Zettel an die Ladentür. Es dauerte nur wenige Tage, bis sich herumgesprochen hatte, dass der Getränkemarkt einen Lieferservice anbot. Plötzlich kamen die Kunden und das Geschäft florierte. Bereitwillig zahlten sie die Liefergebühr. Michael arbeitete jeden Tag nach der Schule, teilweise bis in die frühen Abendstunden. Die Menschen mochten den freundlichen und fleißigen Jugendlichen und sahen über die schroffe Art der Inhaberin hinweg.

Anfang März kam der Kunde wieder, den Inge wegen des Leergutes beschimpft hatte, und ließ sich die Getränke für seine Hochzeit liefern. Viele alleinstehende alte Damen versuchten, den jungen Mann in Gespräche zu verwickeln, um ihre Einsamkeit erträglich zu machen. Er fand liebe Worte für sie, obwohl er wenig Zeit hatte. Durch die Schule und die tägliche Arbeit im Getränkemarkt hatte er kaum Freizeit, und das sollte sich auch bis zum Ende seiner Schulzeit nicht mehr ändern.

***

Paul saß im Sessel und las einen Brief, während Frieda auf der Couch saß und strickte.

»Von Maria?«, fragte sie.

»Ja.«

»Und wie geht es ihr?«

»Soweit ganz gut. Aber die Reiserei gefällt ihr nicht mehr.«

Sie warf ihm einen verstohlenen Blick zu. »Kommt sie denn zum nächsten Dom wieder nach Hamburg?«

»Das hoffe ich sehr.«

Paul und Maria hatten sich über die ganzen Jahre geschrieben und gesehen, wenn sie in der Stadt war. Frieda duldete es so, wie sie es ihm versprochen hatte. Er schrieb Maria, dass Frieda sich bemühte, Kontakt zwischen seinem Sohn und ihm herzustellen, aber die Pflegemutter blockte es stets ab. In jedem Brief erwähnte Paul seinen Sohn und ließ Maria an seinen Gedanken teilhaben. Er fragte sich, wie es dem Jungen gehen mochte, ob er noch zur Schule ging oder eine Ausbildung absolvierte.

»Hat sie auch etwas über Michael geschrieben?«, fragte Frieda.

Paul sah kurz auf und dann wieder auf die Zeilen. »Ach, Frieda. Das tut sie doch nie. Du kennst sie doch.«

»Sie verdrängt ihn.«

Er faltete den Brief zusammen und legte ihn auf den Wohnzimmertisch. »Ich glaube auch. Sie kann überhaupt nicht damit umgehen, dass sie ihn weggegeben hat. Sie kann und will sich damit nicht beschäftigen.«

Frieda hatte die Briefe nie gelesen, und das war auch gut so. Sie spürte auch so die Herzlichkeit und Vertrautheit zwischen den beiden. Es schmerzte sie, aber Paul war ihr in all den Jahren trotz seiner Liebe zu seiner Exfrau ein fürsorglicher Ehemann und Stiefvater für ihre vier Töchter gewesen.

»Wie alt ist Michael eigentlich jetzt?«, fragte sie.

»Er wird nächste Woche achtzehn. Er ist erwachsen und ein junger Mann geworden.«

Frieda bemerkte seine feuchten Augen. »Wann genau hat er denn Geburtstag?«

»Am zwanzigsten Februar.«

Sie ließ das Strickzeug sinken und musterte ihn. »Dann solltest du ihn anrufen.«

»Frieda, das kann ich nicht. Das weißt du doch.«

»Ja, ich weiß.« Sie überlegte einen Moment. »Gut, ich rufe an. Aber du solltest dann auch hier sein, falls er mit dir reden will.«

Paul hatte Angst vor diesem Moment. Was sollte er ihm denn sagen? Dass es ihm leidtat? Was würde Michael ihm sagen? Ihm Vorwürfe machen? Ihn ablehnen? Würde er überhaupt mit ihm reden wollen? *Ich kenne meinen eigenen Sohn nicht. Ich habe keine Ahnung, wer er ist. Mein eigen Fleisch und Blut ist ein Fremder für mich – und ich für ihn.* Diese

Gedanken schnürten ihm die Kehle zu und Tränen füllten seine Augen.

Am Geburtstag seines Sohnes saß er wieder im Sessel und sah Frieda zu, die in einem kleinen Büchlein blätterte und die Telefonnummer der Müllers suchte. Schließlich hob sie mit einem tiefen Seufzer den schweren, schwarzen Telefonhörer ab. Nach jeder gewählten Ziffer drehte sich die Wählscheibe mit einem Rauschen in die Ausgangslage zurück. Friedas Hand zitterte. Wie immer, wenn sie diese Nummer wählte. »Freizeichen«, flüstere sie Paul zu. Ihr Bein wippte auf und ab. Sie holte tief Luft, als sich eine strenge Stimme meldete.

»Guten Tag, Frau Müller. Hier ist Kowalczyk. Kann ich bitte Michael sprechen? ... Wieso nicht? Ist er nicht da? ... Wenn er da ist, dann geben Sie ihn mir bitte.« Ihre Stimme bebte und sie wischte mit dem Handrück über ihre Stirn. »Hören Sie. Der Junge ist ein erwachsener junger Mann ...« Keinen Satz konnte Frieda zu Ende bringen. Sie war ein geduldiger Mensch, aber Inges Keifen trieb ihr die Zornesröte ins Gesicht. »Jetzt hören Sie mir gefälligst zu. Er ist volljährig und kann selbst entscheiden. Also geben Sie ihn mir gefälligst ... Ich werde immer wieder anrufen, bis ich mit ihm sprechen kann, haben Sie mich verstanden? Früher oder später habe ich ihn am Telefon. Also geben Sie ihn mir lieber jetzt sofort.« Frieda schloss die Augen und atmete tief durch. »Ich glaub, ich kriege ihn«, flüsterte sie und hielt die Hand auf den Hörer, damit sie niemand außer Paul hörte. Schweißperlen bildeten sich auf Pauls Stirn.

Michael saß mit seinen Pflegeeltern im Wohnzimmer bei Kaffee und Kuchen. Inge hatte eine Aushilfe für den Getränkemarkt organisiert, obwohl Freitag war und sie normalerweise lieber selbst im Geschäft gestanden hätte. Auch Joachim hatte sich freigenommen. Den Abend seines achtzehnten Geburtstages wollte Michael mit Ulli in der Oper verbringen. Sie hatten beschlossen, an diesem Tag etwas zu unternehmen, das sie noch nie getan hatten, und sich *Die Entführung aus dem Serail* von Mozart ansehen. Er freute sich darauf und hatte extra einen dunklen Anzug angezogen und eine Krawatte umgebunden.

»Ulli sollte allmählich kommen«, bemerkte er nach einem Blick auf die Uhr. »Er könnte auch mal pünktlich sein.« Maiko lief im Flur umher, schnüffelte an der Tür und trottete zu seinem jungen Herrchen. Der Hund stand aufgeregt hechelnd vor ihm und wedelte mit dem Stummelschwanz. »Ich glaube, er muss mal raus«, stellte Michael fest. »Ich dreh mal eine kleine Runde mit ihm.«

»Du hast heute Geburtstag«, entgegnete Inge. »Jetzt kann Vati mal mit ihm raus. Der geht sonst nie.«

»Ich habe aber keine Lust«, maulte Joachim.

»Ist mir egal. Du gehst jetzt.«

Widerwillig erhob er sich aus dem Sessel und zog seinen Mantel an. Nachdem er die Haustür geöffnet hatte, schlüpfte Maiko in den Hausflur und rannte die Treppe hinunter. Die Wohnungstür war gerade ins Schloss gefallen, als das Telefon klingelte.

Inge verdrehte die Augen. »Wer ist das denn schon wieder?«

»Das wird für mich sein«, vermutete Michael. »Vielleicht Ulli.« Bevor er in die Nähe des Telefons gelangte, hob Inge den Hörer ab. Mit einem resignierten Seufzer ließ er sich wieder in den Sessel fallen.

»Müller.« Inge warf ihm einen verstohlenen Blick zu. »Nein. ... Doch, aber er ist nicht für Sie zu sprechen. ... Ich sagte doch, dass der Junge für Sie nicht zu sprechen ist. Wie oft soll ich Ihnen das noch sagen?« *Wer ist das?*, grübelte Michael. *Wer will mich unbedingt sprechen und wieso lässt sie mich nicht?* »Lassen Sie uns in Ruhe«, brüllte Inge schrill. »Wir wollen nichts mit Ihresgleichen zu tun haben. ... Er will nicht. Haben Sie mich verstanden und ...« Inge sah ihn an. Ihr Gesicht war knallrot. Zögernd und mit zuckendem Mundwinkel hielt sie ihm den Hörer hin. »Es ist diese Kowalczyk. Sie will dich sprechen.« *Pass ja auf, was du sagst,* fügten ihre drohenden Augen hinzu.

Zögernd nahm er den Hörer. »Hallo. Hier ist Michael Müller.«

»Hallo Michael«, hörte er eine freundliche Frauenstimme. »Hier ist Frieda Kowalczyk. Ich bin die Frau von deinem Vater. Erst einmal herzlichen Glückwunsch zum Geburtstag und alles Gute für dich.«

»Danke.« Inge hielt ihren Kopf so dicht wie möglich an den Telefonhörer, um jedes Wort zu verstehen. Er versuchte, sich wegzudrehen, aber sie rückte sofort hinterher. »Was wollen Sie denn von mir?«

»Michael.« Er hörte die Frau tief Luft holen. »Michael, dein Vater möchte dich gerne kennenlernen. Er möchte dir zum Geburtstag gratulieren.« Er spürte Inges heißen Atem in seinem Nacken und ihm fröstelte. Seine Kehle war wie zugeschnürt und sein Mund trocken. »Er hat genauso viel Angst wie du«, fuhr die fremde Frau leise fort. »Deshalb habe ich dich angerufen.«

»Was will er von mir?«

»Das habe ich doch gesagt, mein Junge. Er möchte dich gern kennenlernen.«

»Leg endlich auf«, fauchte Inge in sein Ohr. »Und frag nicht so blödes Zeug.«

»Wozu möchte er mich kennenlernen?« *Was für eine bescheuerte Frage?*, fuhr es ihm durch den Kopf und er wischte sich über die Stirn.

»Michael, er ist dein Vater. Willst du ihn denn nicht kennenlernen?«

Natürlich will ich das, schrie er innerlich.

»Quatsch nicht so viel rum und leg endlich auf«, zischte Inge.

Erneut versuchte er, sich aus ihrer Nähe zu winden, aber das Kabel des Telefonhörers war verdreht und zu kurz. »Warum erst jetzt?«, fragte er zitternd. »Er hat achtzehn Jahre Gelegenheit gehabt, mich kennenzulernen.« *Es ist doch völlig egal, warum.*

»Gib mir sofort den Hörer«, keifte Inge. »Leg endlich auf. Was redest du mit diesem Pack? Das ist nicht unser Niveau.«

»Ich würde ihn dir gern geben«, hörte er Frieda sagen. »Er möchte nur einmal deine Stimme hören.«

»Nein«, entgegnete er schnell. »Bitte nicht. Ich will nicht mit ihm reden. Ich kann nicht ...« Er zitterte. Er hatte Angst, die Stimme seines Vaters zu hören, Angst vor seiner Pflegemutter, die ihm dicht auf die Pelle rückte. *Komm doch einfach ans Telefon und sprich mit mir,* schrie es in ihm. *Hab nur einmal den Mumm und tu es einfach.*

»Du hast genauso viel Angst wie dein Vater, Michael«, flüsterte Frieda mit stockender Stimme. »Ich kann das gut verstehen. Aber bitte verurteile ihn nicht. Das hat er nicht verdient.«

»Ich verurteile ihn nicht. Aber ich kann einfach nicht.«

»Du willst nicht mit ihm reden«, kreischte Inge. »Hast du mich gehört?«

»Du hast Angst vor dieser Frau«, flüsterte Frieda. »Das hätte ich auch.«

»Nein. Habe ich nicht. Ich will ihn nicht sehen. Ich will ihn nicht kennenlernen. Er hat seine Chance gehabt. Haben Sie mich verstanden?«

»Ja, mein Junge.« Michael hörte ihr leises Schluchzen und es schnürte ihm die Kehle zu. »Ich habe dich verstanden und ich verstehe dich. Aber eure Herzen sind miteinander verbunden. Er liebt dich aufrichtig. Das musst du mir glauben. Es vergeht kein Tag, an dem er nicht an dich denkt.«

»Danke.«

»Darf ich ihm das sagen?«

»Was?«

»Dass du ihm für seine Liebe dankst.« Michael sah die Furie von Pflegemutter an und bemerkte ihre fragenden Augen. Offensichtlich hatte sie nicht verstanden, was Frieda gesagt hatte. Er erkannte Angst und Verunsicherung und lächelte innerlich. »Selbstverständlich dürfen Sie das.«

»Danke, Michael. Du bist ein guter Junge und das werde ich deinem Vater sagen. Vielleicht schafft ihr es eines Tages, euch kennenzulernen. Das wäre sehr schön.«

»Ja, vielleicht mal irgendwann.«

»Auf Wiedersehen, mein Junge.«

»Auf Wiedersehen.« Er ließ den Hörer auf die Gabel sinken.

»Was hat sie gesagt?«, fragte Inge.

»Nichts, was du nicht auch gehört hast.« Er sah sie mit zusammengepressten Lippen an. »Wichtig ist doch nur, was ich gesagt habe, oder?«

Liebevoll sah sie in seine traurigen Augen und strich ihm über die Wange. »Ja, mein Schatz. Das hast du gut gemacht.« *Habe ich das? Habe ich das wirklich?* Sie breitete ihr Arme aus. „Komm in Muttis Arme. Du bist doch mein Sohn."

Nein, schrie seine Seele. *Nicht das auch noch.* »Ich ... ich muss mal aufs Klo«, flüsterte er und schob sich an ihr vorbei. »Ich habe Bauchweh.«

Er schloss sich im Badezimmer ein, setzte sich auf den Klodeckel und stützte den Kopf auf seine Hände. Er wollte weinen, aber das konnte er schon seit Jahren nicht mehr. Er hatte bereits vor langer Zeit verlernt, seine Gefühle zuzulassen. »Indianer weinen nicht«, hatte seine Pflegemutter ihn gelehrt. »Indianerherz kennt keinen Schmerz.« Gedankenverloren saß er auf dem Toilettendeckel und drückte ab und zu die Klospülung. Nach einer Weile hatte er sich wieder gefangen und ging ins Wohnzimmer. Sie saß auf der Couch und sah ihn fragend an.

»Geht es dir besser?«

»Ja, alles in Ordnung«, log er.

Er wollte das Thema mit ihr nicht besprechen. Er wollte gar nicht über dieses Telefonat sprechen. Nicht mit Ulli, nicht mit Joachim und schon gar nicht mit ihr.

Joachim hatte Ulli getroffen, der sich auf dem Weg zu ihnen befand, und brachte ihn direkt mit. Auch Ulli trug einen dunklen Anzug und hatte eine Krawatte umgebunden. Er sah erwachsen und elegant aus.

Michael war froh, dass er da war, und verabschiedete sich von seinen Pflegeeltern. Er zog seinen Trenchcoat an, nahm seinen Stockschirm und eilte aus der Wohnung. Schweigend gingen sie zum U-Bahnhof. Michael war tief in Gedanken versunken.

»Alles in Ordnung?«, fragte Ulli.

»Ja klar.«

»Bist du sicher?«

»Sicher bin ich sicher.« Michael lächelte ihn gequält an, während sein Freund ihn argwöhnisch musterte.

»Du weißt aber schon, dass du mich nicht verarschen kannst, oder?«

»Ja ... nein ... doch!«, stammelte Michael und holte tief Luft. »Es ist nur irgendwie komisch, jetzt volljährig zu sein.«

»Wieso? Jetzt kannst du endlich tun und lassen, was du willst.«

»Ja, aber es bedeutet auch Verantwortung.«

»Verantwortung wofür?«

»Für alles, was ich tue.«

»Aha. Das kommt jetzt natürlich überraschend.«

Ulli grinste breit und Michael musste lachen. »Ach, egal. Heute feiern wir.«

***

Michael erzählte niemandem von dem Telefonat mit Frieda, aber er lag oft nachts wach und dachte an seinen Vater. Er wollte ihn nur zu gern kennenlernen, doch ihn quälte die Angst, sich zwischen den leiblichen Eltern und den Pflegeeltern entscheiden zu müssen. Er begann, Alkohol zu trinken und zu rauchen. Abends trank er ein oder zwei Bier mit Inge und Joachim und ging anschließend mit Ulli und Maiko in die Kneipe, wenn es seine Zeit erlaubte. An den Wochenenden kam er häufig spät nachts betrunken nach Hause und klingelte seine Pflegeeltern aus dem Bett, weil er noch immer keinen eigenen Wohnungsschlüssel besaß.

»Ich komme kaum zur Ruhe, wenn du sturzbesoffen mitten in der Nacht nach Hause kommst«, schimpfte Inge.

»Gib mir einen Schlüssel, dann wecke ich dich auch nicht«, lallte er.

»Nein, du verlierst ihn nur.«

»Dann beschwer dich nicht.«

Aber egal, wie lange er unterwegs war, er vernachlässigte die Schule nicht und arbeitete schwer im Getränkemarkt. In den Ferien begleitete er morgens seine Pflegemutter in das Geschäft und ging abends mit ihr nach Hause. Sie konnte sich auf ihn verlassen und er verdiente durch den Lieferservice gutes Geld. So viel Geld, dass er für einen Führerschein und einen alten Opel Kadett sparen konnte und genug, um an den Wochenenden zu feiern und sich zu betrinken. Wehmütig winkte er in den Sommerferien seinen Freunden zu, die ins Schwimmbad gingen, während er sein Auto belud und Getränke an die immer größer werdende Kundschaft ausfuhr. Nach der Arbeit lernte er bis spät abends für die Schule.

1979

Anfang des Jahres hatte sich Michael bei der Polizei beworben und sehnsüchtig auf eine Antwort gewartet. Im Sommer wurde er zum Einstellungstest eingeladen, der im September an zwei aufeinanderfolgenden Tagen stattfand.

Am ersten Tag war Michael sehr nervös. Er ging frühzeitig los, um pünktlich bei der Landespolizeischule zu sein. Das weitläufige Gelände kannte er von dem einen oder anderen Tag der offenen Tür und er war darauf eingestellt, dass man sich dort durchaus verlaufen konnte. Er hatte gehört, dass die Polizei großen Zuspruch hatte, aber die Vielzahl der Bewerber überraschte ihn dann doch.

»Weißt du, wie viele Leute hier heute durchgeschleust werden?«, fragte er einen schmächtigen sechzehnjährigen Jungen.

»Wir sollen so um die achtzig sein. Die Hälfte fällt schon beim ersten Teil durch, habe ich gehört. Ich heiße übrigens Manni.«

»Michael. Wow, so viele hätte ich nicht erwartet. Aus wie vielen Teilen besteht der Test denn überhaupt?«

»Genau weiß ich das auch nicht. Erst kommt ein theoretischer Teil und heute Nachmittag der Sporttest. Morgen dann die körperliche Untersuchung und dann das Bewerbungsgespräch. Am Ende bleiben wohl so zehn bis fünfzehn Leute übrig, die eingestellt werden.«

»Oha. Dann müssen wir uns aber zusammenreißen.«

»Jep. Sieht ganz so aus.«

Der Test bestand aus einer Reihe von Rechen- und Textaufgaben, die Michael keine Probleme bereiteten. Der schwierigere, aber lösbare Teil, war das Bild einer komplexen

Maschine, die sie sich zunächst für einige Minuten ansehen und dann aus dem Gedächtnis so detailgetreu wie möglich beschreiben sollten. Den Sporttest meisterte er mit Bravour. Nach den Tests war die Bewerberzahl um die Hälfte zusammengeschrumpft.

»Na, die ärztliche Untersuchung morgen sollte wohl kein Problem für uns sein, oder?«, meinte Michael zu Manni. »So fit, wie wir sind. Bei der Musterung bin ich Anfang des Jahres auf T 2 gekommen.«

»Sehe ich auch so. Dann müssen wir nur noch durch das Tribunal. Und wenn wir erst mal angenommen sind, sparen wir uns den Bundeswehrdienst.«

Sie lachten und verabredeten sich für den zweiten Tag. *Nein, die ärztliche Untersuchung wird kein Problem,* freute sich Michael. *Ich bin kerngesund und sportlich gut drauf. Was soll da schon schiefgehen?*

Am nächsten Morgen standen sie mit den restlichen Bewerbern vor dem Untersuchungsraum und warteten. Michael war überrascht, dass er einen freien Blick in den Raum hatte. Ein schlaksiger Junge mit Pickeln im Gesicht lag in Unterhose auf der Untersuchungsliege. Der Arzt maß seinen Blutdruck und hörte Herz und Lunge ab. Dann drückte er sachte mit der flachen Hand auf den Bauch des Bewerbers und trug die Untersuchungsergebnisse in eine Liste ein. Er winkte dem Jungen zu, dass er aufstehen und sich wieder anziehen sollte.

»Na, wenn das alles ist«, flüsterte Michael dem hinter ihm stehenden Manni zu.

»Vorsicht«, erwiderte der Junge leise lachend. »Wir werden noch gemessen und gewogen.«

»Michael Kowalczyk«, hallte es durch den Flur.

»Ja, hier«, rief er und betrat einen anderen Untersuchungsraum, den er bis dahin noch nicht bemerkt hatte.

»Guten Morgen«, sagte er.

»Moin«, erwiderte der Polizist. »Ziehen Sie sich bis auf die Unterwäsche aus und stelle Sie sich auf die Waage.« Er folgte den Anweisungen. »Fünfundsiebzig Kilo«, rief der Untersuchende einem Assistenten zu. »Stellen Sie sich aufrecht hin. Ich werde Ihre Größe messen.« Der Mann schob eine Messlatte auf Michaels Kopf und las das Ergebnis ab. »Einsneunundachtzig.« Er warf dem Probanden einen kurzen Seitenblick zu. »Nehmen Sie Ihre Sachen und gehen Sie in den Raum da drüben. Legen Sie sich schon mal auf die Untersuchungsliege. Der Arzt kommt gleich.« Michael ging in den Untersuchungsraum und legte sich auf die Liege. Er wunderte sich, dass ihm einerseits fröstelte, auf der anderen Seite Hitze in seinen Kopf aufstieg. Der Herzschlag beschleunigte sich, bis es in seiner Brust hämmerte. Schweißtropfen bildeten sich auf der Stirn, seine Beine zitterten. Stoßweise schnappte er nach Luft, pumpte sich mehr und mehr davon in die Lungen, schaffte es jedoch nicht, sie wieder hinauszupressen, bis der Raum im Brustkorb immer enger wurde. *Was passiert denn jetzt mit mir?*

Ein junger Polizeiarzt kam zu ihm und legte ihm die Blutdruckmanschette an. »Na, dann wollen wir mal sehen«, sagte er gutgelaunt und pumpte mit dem kleinen Blasebalg die Manschette auf, die Michael den Oberarm abschnürte. Dann ließ er nach und nach die Luft entweichen und hörte mit einem Stethoskop in Michaels Ellenbogenbeuge, wo das Blut durch seine Adern schoss.

Es geht keinen was an, wie es mir geht. Niemand hat das Recht, in mich hineinzusehen. Und sein Unterbewusstsein sang ein

Lied: *Immer nur lächeln und immer vergnügt, immer zufrieden, wie's immer sich fügt.*

»Das Ergebnis kann nicht stimmen«, murmelte der Arzt. »Wir machen das gleich noch mal.« Er sah den am ganzen Körper zitternden Jungen auf der Liege an. »Beruhigen Sie sich. Ihnen passiert nichts.« Er legte seine Hände auf Michaels bebende Bauchdecke und tastete seine Organe ab. Dann hielt er das Stethoskop an die Brust und hörte Lunge und Herztöne ab.

Doch im Traum darf ich selig sein. Immer wilder schlug sein Herz, Schweiß tropfte auf die Untersuchungsliege.

Der Arzt sah ihn ernst an. »Ich messe jetzt noch einmal den Blutdruck. Versuchen Sie, ruhig zu atmen.«

Das Blut schoss ihm immer wilder durch die Adern. Und sein Unterbewusstsein sang: *Wen kümmert mein Schmerz, nur mich ganz allein.*

»Einen Moment«, sagte der Arzt und ging kopfschüttelnd aus dem Untersuchungsraum. Michael sah ihm nach. Erst jetzt bemerkte er das besorgte Gesicht von Manni.

»Du zitterst ja am ganzen Körper«, flüstere er ihm zu. »Bleib ruhig, Junge. Du schaffst das.«

Der Mann kam mit einem knurrigen älteren Polizeiarzt zurück. »Ich verstehe das nicht«, sagte er. »Die Sportresultate passen nicht zu diesen Ergebnissen. Der Junge ist absolut fit, aber nach diesen Zahlen dürfte er gar nicht mehr stehen.« Der Arzt betrachtete mürrisch die Ergebnisse, die ihm der Mann vor die Nase hielt, und musterte dann den zitternden und schwitzenden Michael.

Immer zufrieden, wie's immer sich fügt, lächeln trotz Weh und tausend Schmerzen, doch wie's da drin aussieht, geht niemand' etwas an.

Der Polizeiarzt schüttelte den Kopf und sah seinen Kollegen an. »Sie sehen doch, was los ist«, fuhr er ihn an. »Der hat Panik vor einer einfachen Untersuchung. Tragen Sie die Ergebnisse ein und lassen Sie ihn gehen.« Er sah in Michaels entsetztes Gesicht. »Hör zu, mein Junge«, sagte er. »Polizei ist ein Stressberuf. Wie soll es denn werden, wenn du mir schon jetzt fast von der Liege springst? Mach etwas anderes, das dir besser liegt.« Er legte die Hand väterlich auf seine Schulter. Michael erhob sich, setzte sich auf die Liege und stützte sich auf der Untersuchungsliege ab.

»Es tut mir sehr leid«, flüsterte der junge Arzt. »Was ist mit Ihnen passiert? Sie sind ansonsten kerngesund.«

»Ich weiß es nicht«, stammelte er kopfschüttelnd. »Ich habe keine Ahnung.«

»Ziehen Sie sich an. Ich muss weitermachen.«

Michael zog sich an und rannte aus der Landespolizeischule. Er wollte weinen, aber keine Träne zeigte sich. Er wollte schreien, doch kein Ton kam über seine Lippen. *Immer nur lächeln und immer vergnügt, immer zufrieden, wie's immer sich fügt, lächeln trotz Weh und tausend Schmerzen, doch niemals zeigen sein wahres Gesicht.*

***

Es war Silvester und eine lange, harte Arbeitswoche im Getränkemarkt lag hinter Michael. Es hatte viel geschneit, der Wind meterhohe Schneewehen aufgetürmt. Es bereitete ihm große Schwierigkeiten, die Sackkarre mit den Getränkekisten durch den Schnee zu schieben. Nach dem gemeinsamen Mittagessen mit Inge und Joachim unternahm er einen langen Spaziergang mit Maiko im Stadtpark. Michael störte die Kälte nicht, aber der alte Cocker-Spaniel, inzwischen mit einer vollständig grauen Schnauze und sogar fast weißen Ohren, hatte mit dem Schnee seine liebe Mühe und Not. Michael genoss den kalten Wind und die dichten Schneeflocken, die unaufhörlich vom Himmel rieselten. Er stapfte über die schneebedeckte Stadtparkwiese und gab sich seinen Gedanken hin.

Es beschäftigte ihn eine ganze Weile, dass die Polizei ihn nicht angenommen hatte. Es fühlte sich wie eine schwere Niederlage an. Doch mit der Zeit überlegte er, wie seine Zukunft nach dem Abitur aussehen könnte. Er hatte mit Joachim und Inge darüber gesprochen, aber ihre Vorschläge, eine Ausbildung zum Bankkaufmann, Beamter beim Finanzamt und so weiter entsprachen nicht seinen Vorstellungen. Joachims Gedanken, in den Einzelhandel oder die Gastronomie zu gehen, verwarf er sofort. Die Idee zu studieren gefiel ihm schon besser.

»Studier doch Medizin oder Jura«, hatte Inge vorgeschlagen.

»Medizin oder Jura studiert doch jeder«, war seine Antwort. »Wenn, dann würde mich Biologie interessieren.«

»Aber als Arzt oder Rechtsanwalt bist du jemand. Damit hast du eine hervorragende Stellung in der Gesellschaft. Außerdem redest du sowieso wie ein Advokat. Dann kannst du auch Rechtsanwalt werden. Was kannst du denn mit Biologie schon anfangen?«

»Zur Not kann ich immer noch auf Lehramt gehen und Lehrer werden.«

Eine Ausbildung, egal welche, kam für ihn kaum in Betracht, weil er schnellstmöglich von zu Hause wegwollte. Am liebsten wäre ihm eine eigene Wohnung gewesen, aber die konnte er sich von einer Ausbildungsvergütung nicht leisten. Er hätte dann noch weitere drei Jahre bei Inge und

Joachim bleiben müssen. Wenn er studierte, konnte er in eine WG ziehen und hätte Zeit, weiter im Getränkemarkt zu arbeiten. Dort verdiente er genug Geld, um seinen Unterhalt selbst zu bestreiten. Allerdings ging ihm noch etwas anderes durch den Sinn.

»Wie war es eigentlich für dich, als du zur See gefahren bist?«, fragte er Joachim.

»Oh, ich habe was von der Welt gesehen«, schwärmte dieser. »Auch wenn wir die meiste Zeit auf See waren. Aber wir hatten ja auch Landgänge. Ich möchte das nicht missen.«

Michael war von der Seefahrt schon immer fasziniert. Der Gedanke, dass es Stellen gab, an denen das Meer mehr als acht Kilometer tief war, machte ihm einerseits Angst, andererseits verbargen die Ozeane zahlreiche Geheimnisse. Joachim hatte ihm viele Geschichten erzählt, die als Seemannsgarn abgetan wurden. Geschichten von Menschen und Schiffen, die einfach verschwanden und nie gefunden wurden. Geschichten von Riesenkraken, die ganze Schiffe in die Tiefe gezogen haben sollten. *Dichtung oder Wahrheit?*, fragte er sich häufig. *An jedem Märchen ist ja irgendwie auch etwas Wahres dran.* Er war oft mit Joachim bei der Schiffsbegrüßungsanlage *Willkomm Höft* in Wedel und sie bewunderten begeistert die riesigen Pötte, die sich ihren Weg von der Nordsee zum Hamburger Hafen suchten. »Willkommen in Hamburg. Wir freuen uns, Sie im Hamburger Hafen begrüßen zu dürfen«, dröhnte es aus den Lautsprecherboxen, wenn ein Schiff in Richtung Hafen einfuhr. Sie lauschten gespannt den Informationen über die verschiedenen Schiffe. Bald konnten Joachim und er schon an der Verfassung des Schiffes erkennen, aus welchem Land es kam. Meisten lagen sie mit ihren Einschätzungen sogar richtig, bevor sie die Flagge erkannt hatten. Wenn ein Schiff den Hamburger Hafen verließ, dröhnte »Steuermann, halt die Wacht« aus dem *Fliegenden Holländer* und »Auf Wiedersehen« aus den Boxen. *Ein Jahr zur See fahren,* grübelte er. *Das wäre doch was.* Und letztlich wurde aus dem Gedanken ein Entschluss. »Ich werde sechs bis zwölf Monate auf einem Containerschiff anheuern. Und dann sehen wir weiter«, sagte er laut zu sich. »Wenn ich nicht vorher vom Bund eingezogen werde ...«

Es dämmerte bereits und er stellte mit einem Blick auf die Uhr fest, dass es Zeit war, nach Hause zu gehen. Er hatte sich mit Ulli verabredet, um mit ihm Silvester zu feiern.

V. Die Zeit der Abschiede (1980 bis 1982)
1980

Das Leben hatte für Michael etwas anderes vorgesehen als ein Studium oder die Seefahrt. Im Frühjahr bewarb er sich für den gehobenen Dienst bei einer Berufsgenossenschaft, dem gesetzlichen Unfallversicherungsträger. *Vielleicht heuer ich nach der Ausbildung auf einem Schiff an,* überlegte er. *Dann habe ich schon mal einen Beruf.* Im Sommer schloss er die Schule mit dem Abitur ab und arbeitete bis zum Ausbildungsbeginn im August im Getränkemarkt. Danach hatte er keine Zeit mehr fürs Geschäft, was Inge mit Murren quittierte. Lediglich samstags half er ihr weiterhin. »Bei der Ausbildung geht es um meine Zukunft«, stellte er klar. »Ich kann nicht bis in die Nacht Getränke austragen und dann auch noch lernen. Außerdem muss ich zu wochenlangen Lehrgängen irgendwo in Westdeutschland. Dann geht das sowieso nicht mehr.« Er organisierte einen Bekannten, der seinen Job bei Inge übernahm.

Michael und Ulli genossen einen milden Freitagabend im Oktober nach der Arbeit. Sie waren auf dem Weg zum U-Bahnhof, um in die Stadt zu fahren und in einer Kneipe mit ein paar Freunden Skat zu spielen. In der Regel spielten sie um Bierrunden. Michael hatte sicherheitshalber genug Geld dabei, da er meistens verlor. Aber das machte ihm nichts aus, weil er Spaß hatte.

Am U-Bahnhof trafen sie Andreas Schwarz, den alle Blacky nannten, der mit einer Gruppe Jugendlicher an einem Kiosk stand. Sie hielten Bierflaschen in den Händen und schienen sich gut zu amüsieren. Ulli und Michael hatten ihn lange nicht mehr gesehen und begrüßten ihn entsprechend herzlich. Die anderen verstummten und betrachteten die beiden argwöhnisch.

»Blacky! Du hier«, rief Michael und klopfte ihm auf die Schulter. »Wie geht's dir, altes Haus?«

»Ja super, Alter. Ich habe eine Ausbildungsstelle als Einzelhandelskaufmann. Und was machst du so?«

»Gratuliere. Ich bin da gelandet, wo ich eigentlich nie hinwollte. Im öffentlichen Dienst am Schreibtisch.« Michael lachte. »Wolltest du nicht zur Polizei?«

»Bin durch den Test gefallen«, antwortete Blacky. »Der ist hammerhart, sag ich dir.«

»Ich weiß. Den habe ich auch hinter mir, aber dann bin ich durch die medizinische Untersuchung gerauscht. Was ist bei dir passiert?«

»Ich bin durch den Sporttest gefallen. Bin das Seil nicht hochgekommen.« Die anderen Jugendlichen lachten herzhaft und Blacky grinste verlegen. »Das sind übrigens meine Kumpels. Ich stelle sie dir vor. Das ist Wolle.« Er deutete auf einen großen, kräftigen jungen Mann mit vernarbtem Gesicht. »Er ist einundzwanzig.« Er begrüßte Michael mit einem kräftigen Handschlag, der ihn fast in die Knie gezwungen hätte. »Das ist Cora, seine Freundin.« Das Mädchen mit dunklen, wallenden, schulterlangen Haaren strahlte Michael aus großen, braunen Augen an.

»Hey«, hauchte sie.

»Hallo«, antwortete er verlegen.

»Das ist Biene«, fuhr Blacky fort und flüsterte ihm ins Ohr: »Sie ist erst fünfzehn, aber rattenscharf, sag ich dir. Sie lebt im Kinderheim.«

Ein zierliches Mädchen mit langen, braunen Haaren ging auf Michael zu. Er reichte ihr die Hand zur Begrüßung, die sie ignorierte. Stattdessen stellte sie sich auf ihre Zehenspitzen und hauchte ihm einen Kuss auf den Mund. Er spürte ihre weichen, leicht geöffneten und feuchten Lippen und zuckte zusammen. Langsam löste sie sich von ihm und zwinkerte ihm lächelnd zu. Er versank in ihren dunklen Augen und sah ihr hinterher, als sie zu Wolle und Cora zurückkehrte und ihnen etwas zukicherte.

»Sag ich doch«, flüsterte Blacky. »Die ist scharf auf dich.«

»Wenn du meinst.«

»Das ist Kirsten. Sie wohnt im selben Heim wie Biene«, stellte er ein kleines, pummeliges Mädchen mit dunklen Haaren vor. Sie lehnte an einer Mauer und winkte ihm kurz zu, was er mit einem freundlichen Lächeln beantwortete. »Und das hier ist Kalle, mit vierundzwanzig unser Senior.« Er stand neben Kirsten, hatte lange, speckige Haare und trug eine Jeansweste mit einem Abzeichen vom HSV. Auf dem Rücken der Weste war ein großes Löwenabzeichen, einer als gewalttätig und radikal geltenden Fangruppierung des Vereins. Er ging auf Michael zu und reichte ihm die Hand. Michael bemerkte billige Tattoos an seinem Unterarm, die aussahen wie selbst gestochen. Kalle sah verwegen und gefährlich aus, doch seine freundlichen Augen sagten etwas anderes. »Er kommt auch aus dem Heim. Hat wegen Körperverletzung und Diebstahl gesessen. Aber er ist ein netter Kerl.« Blacky legte seinen Arm um Michaels Schulter. »Wo wollt ihr denn überhaupt hin?«

»In die Stadt und Skat kloppen. Wir müssen auch langsam los.«

»Ja klar, Alter. Kommt doch mal vorbei. Wir sind eigentlich jeden Abend hier.«

»Ja, ich schau mal.« Sein Blick wanderte wieder zu Biene, die ihm ein Lächeln schenkte und mit ihren Haaren spielte. Verlegen lächelte er zurück.

Er ging mit Ulli, der sich während der Vorstellungsrunde im Hintergrund gehalten hatte, in den U-Bahnhof.

»Was sind das denn für Gestalten, mit denen Blacky da rumhängt?«, fragte Ulli. »Also, ich geh da bestimmt nicht hin.«

Michael zuckte mit den Schultern. »Mal sehen. Vielleicht schau ich die Tage mal vorbei. Könnte ganz witzig werden.«

»Na, ich weiß nicht. Dann geh du mal schön alleine.«

***

In den folgenden Tagen dachte Michael oft an Biene. Er wollte zum U-Bahnhof gehen, aber dann traute er sich nicht. Stattdessen fuhr er nach der Arbeit dort vorbei, um sie aus der Ferne zu sehen. Eines Abends parkte er sein Auto in sicherer Entfernung und beobachtete die Gruppe. Sie tranken Bier, alberten ausgelassen rum und sprachen Passanten an, riefen ihnen etwas zu und lachten, während die Fußgänger kopfschüttelnd weitergingen. Als Biene sich an Kalles Hals warf und ihn wild küsste, versetzte es ihm einen Stich. In diesem Moment spürte er ihre weichen Lippen auf den seinen und wünschte sich nichts sehnlicher, als an der Stelle des jungen Mannes zu sein. Schließlich entfernten sie sich Arm in Arm von der Gruppe und stiegen in Wolles altem VW Käfer, begleitet vom lauten Gelächter und Gejohle der anderen. Michael wunderte sich zunächst, dass sie nicht fortfuhren, aber als er nach einer Weile ein rhythmisches Wackeln des Autos bemerkte, startete er den Motor und fuhr mit quietschenden Reifen davon. *Ich bin doch selber schuld,* haderte er mit sich. *Wenn ich zu feige bin, sie selbst anzusprechen, darf ich mich nicht wundern, dass andere schneller sind.* Er konnte keinen klaren Gedanken mehr fassen. Alles kreiste um dieses Mädchen, das sich an den Hals des Jungen geworfen hatte und mit ihm in den Käfer gestiegen war. Er spürte Sehnsucht und ein Verlangen nach ihr, das er nicht kannte und ihn verwirrte. Er hatte sich zwar immer wieder mal für das eine oder andere Mädchen interessiert, aber letztlich war er zu schüchtern, um sie anzusprechen. Und wenn er sich doch mal traute, wurde er rot und stammelte wirres Zeug.

***

An einem Freitagabend im November beschloss er, zum U-Bahnhof zu gehen. Nach der Arbeit schlang er das Abendbrot in sich hinein, zog eine alte Jeans und ein Hemd an, das er weit offenließ, obwohl es viel zu kalt war und zerrte Maiko eine Runde um den Block. Er zog seine speckige Lederjacke an, betrachtete sich im Spiegel und fand, dass er cool aussah. Er steckte sich Geld und Zigaretten ein und wollte aus der Wohnung stürmen, als er Inges strenge Stimme hörte.

»Wo gehst du hin? Habe ich dir erlaubt wegzugehen?«

»Ich geh raus. Und wieso muss ich dich um Erlaubnis fragen? Ich bin doch wohl alt genug.«

»Morgen ist Samstag und ich brauche dich im Laden. Du bist um zehn Uhr zu Hause. Hast du verstanden?« Jedes Mal gab sie ihm Zeiten vor, die er schon lange ignorierte, obwohl er sie mitten in der Nacht aus dem Bett klingeln musste, weil er noch immer keinen eigenen Schlüssel besaß.

»Ich bin zwanzig und nicht zehn. Außerdem hast du dich über meine Arbeit noch nie beklagen können.«

Er eilte aus der Wohnung und ließ die Wohnungstür ins Schloss fallen. Ihren Ruf »Und komm ja nicht wieder besoffen nach Hause« hörte er schon nicht mehr. Er rannte die Treppe hinunter und zum U-Bahnhof. Ihm fröstelte in der dünnen Lederjacke und dem bis zur Brust geöffneten Hemd, aber er ignorierte es. Schon von Weitem hörte er das Gejohle der anderen Jugendlichen und er forcierte seine Schritte. Das Herz pochte wild, als er das Mädchen sah. Sie waren alle da.

»Hey, Alter«, rief Blacky und eilte ihm entgegen. »Super, dass du endlich mal gekommen bist. Die haben schon alle nach dir gefragt.«

Michael sah verunsichert in die Runde, die ihn neugierig beäugte, und nickte zum Gruß. Biene sah ihn keck von unten an und zwinkerte ihm zu. Er wurde rot und versuchte, sein coolstes Lächeln aufzuziehen.

»Willste auch ein Bier?«, fragte Wolle. »Hier, nimm. Holsten knallt am dollsten.«

Laut lachend reichte er ihm eine Flasche Bier. Er prostete ihm zu und nahm einen kräftigen Schluck. Kirsten und Biene schlenderten hinter einem älteren Passanten her, ahmten seinen hinkenden Gang nach und schüttelten sich vor Lachen.

»Trink ein paar Bier, dann findest du das auch lustig«, schlug Blacky vor, als er Michaels ernstes Gesicht bemerkte. »Wieso bist du eigentlich die Tage wie ein Irrer weggefahren?«

Michael sah ihn mit großen Augen an. Er hatte gedacht, dass ihn niemand gesehen hätte. »Was meinst du?«

»Vor ein paar Tagen hast du richtig Gummi gegeben. Du hättest doch zu uns kommen können.«

»Ich hatte was Dringendes vor.«

»So bist du auch gefahren, Alter«, erwiderte Blacky lachend und schlug ihm auf die Schulter.

Michael blinzelte immer wieder zu dem Mädchen, das damit beschäftigt war, Passanten anzuquatschen und zu belästigen. Ihn dagegen beachtete sie nicht.

»Die hat was, oder?«, sagte Kalle, der sich zu Blacky und ihm gesellte. »Die ist spitz wie Nachbars Lumpi.« Er legte einen Arm um seine Schulter. »Haste eigentlich einen Job?«

»Ich mache seit August eine Ausbildung für den gehobenen Verwaltungsdienst.«

»Und was bist du, wenn du fertig bist?«

»Verwaltungsinspektor.«

Kalle zog die Augenbrauen hoch. »Bist du Bulle?«

Michael lachte auf. »Nein, das nennt sich nun mal so.«

»Oh wow. Ich habe keine Ausbildung und einen Job hab ich auch nicht. Hab aber auch keinen Bock.«

Michael sah ihn an. »Was machst du denn den ganzen Tag? Das muss doch langweilig sein.«

»Langweilig? Nö, gar nicht. Wenn ich Lust habe, suche ich mir Arbeit und wenn nicht, dann eben nicht.«

»Hm«, machte Michael. »Meins wäre das nicht. Ich muss irgendetwas Sinnvolles machen.«

»Nichtstun kann sehr sinnvoll sein«, mischte sich Wolle lachend ein und klopfte ihm auf die Schulter. »Ich glaube, du bist ganz in Ordnung.«

»Genau«, grölte Kalle. »Immerhin haben wir einen angehenden Inspektor in unserer Mitte, auch wenn er kein Bulle ist. Trinken wir dich willkommen.«

Michael fühlte sich erstmals in seinem Leben respektiert. Und das zauberte ihm ein Lächeln ins Gesicht.

In den nächsten Wochen ging er jeden Abend zum U-Bahnhof, trank und grölte mit den anderen Jugendlichen. Er verurteilte sie nicht, nur weil sie entweder vorbestraft oder arbeitslos waren. Obwohl er es nicht wirklich merkte, hatte er Einfluss auf sie. Sie beruhigten sich, wenn er Streitigkeiten schlichtete, und ließen die Passanten in Ruhe, wenn er ihnen Einhalt gebot. Michael wurde anerkannt und genoss dieses Gefühl, das völlig neu für ihn war. Sein Interesse galt Biene, Kirsten und Kalle, denn sie hatten etwas mit ihm gemeinsam. Wie er waren sie Heimkinder. Nur mit dem Unterschied, dass er mit fünf Jahren in eine Familie gekommen war und sie nicht. Kalle war mit sechzehn aus dem Heim in die Gesellschaft entlassen worden. Auf seiner verzweifelten Suche nach Halt und Freunden war er in kriminelle Kreise geraten. Er knackte mit anderen Autos und beging kleinere Diebstähle. Während seine Kumpels davonkamen, geriet er in die Fänge der Polizei und war nun vorbestraft. Michael erkannte in ihm einen sensiblen Kern, den er mit Alkohol und einer aufgesetzten Aggressivität überdeckte. Kalle fehlte Halt und ein Vorbild. Selbst wenn er in betrunkenem Zustand Streit anfing und kurz vor einer handfesten Prügelei stand, ließ er sich von Michael beruhigen und wurde sanft. Michael entdeckte seine deeskalierende Wirkung. Mit seiner ruhigen und empathischen, aber bestimmten Art konnte er Menschen beeinflussen. Gerade die Jungen waren es, die auf ihn hörten.

Kirsten und Biene würden in ein oder zwei Jahren aus dem Heim in die Gesellschaft entlassen werden und ihm war klar, dass sie große Schwierigkeiten haben würden, sich einzufinden. Gerade Biene, die ihm am Herzen lag, war so aggressiv, dass selbst er sie kaum beruhigen konnte.

»Die wird irgendwann im Puff landen«, bemerkte Wolle eines Abends. »Es sei denn, du kümmerst dich um sie.«

»Ich?«, fragte Michael. »Was kann ich denn schon tun?«

»Sie braucht viel Geduld und Liebe. Und du hast von beidem jede Menge.«

»Sie sieht mich ja noch nicht einmal an.«

»Weil du ihr aus dem Weg gehst. Sprich sie doch einfach mal an. Die steht auf dich. Du merkst es nur nicht.«

»Sie ist erst fünfzehn«, protestierte er. »Ich kann da doch unmöglich ...«

»Eine blödere Ausrede fällt dir wohl nicht ein, was?«

»Und wenn sie nicht auf mich steht?«

»Dann habe ich mich wohl geirrt«, erwiderte Wolle grinsend. »Aber ich kenne sie. Ich glaube nicht, dass ich mich irre.«

***

An den nächsten Abenden fuhr er mit dem Auto zum U-Bahnhof. Manchmal chauffierte er die Jugendlichen in die Stadt oder auch nur in der Gegend herum. Es machte ihm nichts aus, dass sie betrunken waren und er nüchtern. Er beobachtete Biene und überlegte, ob er sie ansprechen sollte, wusste aber nicht, wie. Sie lächelte ihn ab und zu an, machte aber auch keine Anstalten, auf ihn zuzugehen. Stattdessen pöbelte sie Passanten an, die verschreckt versuchten, sich ihr zu entziehen. Manchmal verschwand sie für einige Zeit mit Kalle in dem alten Käfer.

»Du hast dich wohl geirrt«, sagte er zu Wolle. »Sie steht nicht auf mich.«

»Doch, tut sie. Mit der Vögelei hat das nichts zu tun. Aber du machst ja auch nichts. Dann bist du selber schuld.«

Ja, das ist wohl so.

Ein paar Abende später spürte Michael, dass die Stimmung anders war als sonst. Die Gruppe stand schweigend zusammen. Wolle, Blacky und Biene hielten eine Flasche Bier in der Hand und starrten abwesend auf den Boden. Kirsten blickte gelangweilt den vorbeieilenden Passanten hinterher, die froh waren, dass sie diesmal in Ruhe gelassen wurden. Er bemerkte, dass Cora und Kalle fehlten.

»Hallo zusammen«, sagte er. »Was ist los? Wo sind Kalle und Cora?«

»Cora hat keinen Bock heute und ist zu Hause«, antwortete Wolle und nuckelte an seiner Bierflasche.

»Und Kalle?«

»Den haben die Bullen letzte Nacht einkassiert.« Wolle wischte sich mit dem Handrücken über den Mund.

»Was ist passiert?«

»Er hat mit ein paar Typen ein Auto geknackt und sich mal wieder erwischen lassen«, erklärte Blacky. »Der ist zu blöd für so was. Wann begreift er das endlich?«

»Und er hat noch Bewährung«, ergänzte Wolle. »Dieser Vollidiot.«

»Diese Wichser«, kreischte Biene und warf ihre Bierflasche mit voller Wucht gegen die Hauswand, dass sie zerplatzte und die Scherben in alle Richtungen flogen. Der Kioskbesitzer sprang aus seinem Geschäft.

»Du hast wohl nicht alle Tassen im Schrank«, schrie er.

»Halts Maul«, keifte sie zurück.

»Walter, lass es gut sein«, beschwichtigte Wolle. »Sie kann doch nichts dafür.«

Walter drehte sich zu dem großen, kräftigen jungen Mann um und wollte weiterschimpfen, entschied sich dann jedoch dagegen. »Wenn sie so in Fahrt ist, kriegst du sie sowieso nicht gestoppt«, erklärte Wolle. »Lass sie lieber in Ruhe, bevor es hier richtig abgeht.«

Der Kioskbesitzer war wütend, aber er kannte das Mädchen und wusste, dass Wolle recht hatte. Er warf ihr einen verärgerten Blick zu und ging in seinen Laden. Michael folgte ihm und kaufte eine Dose Cola. Dann stellte er sich zu den anderen. Biene hatte die Hände in den Taschen ihrer Jeans vergraben und ihren Blick auf den Boden geheftet. Er musterte das leicht zitternde Mädchen. Er hatte Mitleid mit ihr, wollte sie in die Arme nehmen und trösten, doch er traute sich nicht. Sie stand fast neben ihm, schien ihn aber nicht wahrzunehmen. Er wusste nicht, wie lange sie schweigend zusammengestanden hatten. Ihm kam es wie eine Ewigkeit vor. Seine Cola hatte er längst ausgetrunken. Er zerdrückte die Dose und warf sie in einen Papierkorb, betrachtete das Mädchen und fragte sich, was in ihr vorging. Er steckte seine kalten Hände in die Jackentasche und spielte mit dem Autoschlüssel. Nach einer Weile setzte er sich in Bewegung, um nach Hause zu fahren.

»Ich mach mich auf den Weg«, flüsterte er ihr zu.

Ohne ihn anzusehen schlang sie ihre Arme um seinen Hals, schmiegte sich eng an ihn und legte ihren Kopf an seine Schulter. Er umarmte sie ebenfalls und strich ihr sanft über den Rücken, spürte ihren warmen Körper. Ihm schlug sein Herz so kräftig gegen die Brust, dass sie es spüren musste.

»Du zitterst ja«, flüsterte sie.

»Mir ist kalt«, log er.

»Bring mich hier weg.«

»Wohin?«

»Egal. Einfach nur weg. Vielleicht in den Stadtpark oder an die Alster. Ich will alleine mit dir sein.«

Sie verabschiedeten sich von den anderen und gingen zu seinem Auto. Michael startete den Motor und fuhr los.

»Schnall dich bitte an«, forderte er sie auf.

»Nein.«

»Bitte schnall dich an. Ich will nicht, dass dir etwas passiert.«

»Ich sagte Nein!«

»Okay.«

»Fahr zur Jahn-Kampf-Bahn.«

»Was willst du da?«

»Da ist ein großer Parkplatz, wo uns keiner stört.«

Die Jahn-Kampf-Bahn war eine Sportstätte am Stadtparkrand, wo Michael oft trainiert hatte und jeden Morgen auf dem Weg zur Schule vorbeigegangen war. Er lenkte das Auto auf einen Parkplatz und sah sie aus dem Augenwinkel an.

»Kann man den Sitz zurückklappen?«, fragte sie.

»Ja, klar. Warum?«

»Blöde Frage.« Sie legte den Kopf schief und lächelte. »Weil ich zu dir rüberkommen will.«

Er drehte an einem Knopf und mit einem Rattern senkte sich die Rückenlehne des Fahrersitzes, bis er fast horizontal war.

»Leg dich hin«, forderte sie ihn auf, und er gehorchte.

Sie rutschte vom Beifahrersitz zu ihm und legte sich auf ihn. Er fühlte ihre weichen Rundungen auf seiner Brust, als sie sich zu ihm hochschob, um mit ihren Lippen die seinen zu suchen, spürte ihre feuchte Zunge, die seine fand und umkreiste. Mal küsste sie ihn zärtlich, dann wieder wild. Er strich über ihre Haare und ihren Rücken, wollte mit seinen Händen auf Entdeckung gehen, aber er traute sich nicht. Sein Herz dröhnte gegen seinen Brustkorb. Sie löste ihre

Lippen von seinem Mund und sah ihm lange in die Augen, streichelte über seine Haare und sein Gesicht. Dann küsste sie ihn erneut, intensiver, schwer atmend. Michael versuchte, ruhig und gleichmäßig zu atmen, wollte seine Erregung verbergen. Ihre Hand lag auf seiner Brust, sie krümmte ihre Finger und strich mit den Fingernägeln über seinen Oberkörper, glitt über seinen Bauch und seine Flanken, als er plötzlich laut auflachte.

»Was ist los?«

»Ich bin kitzelig. Sehr sogar.«

»Na, dann habe ich dich ja voll in meiner Gewalt«, erwiderte sie lachend. »Bist du überall so kitzelig?«

»Sag ich nicht.«

»Das bekomme ich schon noch raus.« Wieder küsste sie ihn, wilder.

Er spürte eine immer stärker werdende Erregung, aber er fühlte noch etwas anderes: Angst! Sein Körper kannte keine zärtlichen Berührungen, kannte nur Bestrafungen und Schmerz. Er durfte ihr nicht zeigen, dass er erregt war, dass er sie begehrte. Er durfte ihr nicht zeigen, was er in diesem Moment fühlte. Plötzlich spürte er keine Erregung, kein Verlangen, keine Sehnsucht mehr nach ihren Berührungen. Die tiefe Angst in seiner Seele sang im Unterbewusstsein sein Lied: *Immer nur lächeln und immer vergnügt, immer zufrieden, wie's immer sich fügt. Lächeln trotz Weh und tausend Schmerzen, doch wie's da drin aussieht, geht niemand etwas an.*

Sie strich über seinen unteren Rippenbogen, seinen Bauch. Unwillkürlich spannte er seine Muskeln an. Ihre Hand glitt weiter bis an den Gürtel seiner Jeans. Reflexartig packte er ihr Handgelenk. Nicht fest, aber bestimmt. Sie löste ihre Lippen von seinem Mund und hob den Kopf. Ihre langen Haare kitzelten ihm im Gesicht.

»Was ist los?«

»Ich kann das nicht«, flüsterte er.

»Warum nicht?« Sie glitt von ihm hinunter und stützte den Kopf auf ihre Hand. »Was ist los mit dir?«

»Das geht nicht. Du bist mit Kalle zusammen.«

»Nein. Bin ich nicht.«

»Du schläfst mit ihm.«

»Na und? Deswegen bin ich noch lange nicht mit ihm zusammen.«

»Kalle ist mein Freund. Und ich glaube, er denkt zumindest, dass du mit ihm zusammen bist.«

Sie lachte auf. »Das ist nicht mein Problem.«

Er stellte seine Rückenlehne aufrecht.

»Warte mal«, sagte sie, als er den Motor starten wollte. »Einen Moment noch.« Sie strich über seine Haare. »Wenn du nicht willst, dann vögel ich eben mit Wolle.«

»Mach, was du willst.«

Sie nahm sein Gesicht in ihre Hände, sah ihn nachdenklich und liebevoll an. »Ich weiß nicht, was es bei dir ist, aber Kalle ist bestimmt nicht der Grund.« Sie legte den Kopf schief. »Ich verstehe gar nicht, weshalb ich nicht sauer auf dich bin«, flüsterte sie und hauchte ihm einen Kuss auf die Lippen. »Mich hat noch nie jemand abgewiesen.«

Michael drehte den Zündschlüssel und ließ den Motor aufheulen. »Soll ich dich zu den anderen fahren?«

Sie schüttelte den Kopf. »Kannst du mich nach Hause bringen?«

Er nickte und lenkte das Auto auf die Straße. Während der Fahrt schwiegen sie. Als sie das Heim erreichten, sah sie ihn kurz an und stieg wortlos aus, warf die Autotür zu und eilte in das Haus, ohne sich umzusehen. Sehnsüchtig sah er ihr hinterher.

Michael ging weiterhin jeden Abend zum U-Bahnhof und sah zu Biene, aber sie ignorierte ihn. Stattdessen stieg sie mit Kalle, der inzwischen wieder auf freiem Fuß war, in Wolles alten Käfer. Es interessierte sie nicht, dass die Passanten das wackelnde Auto bemerkten und mit den Köpfen schüttelten oder betreten wegsahen. Michael wunderte sich, dass Wolle seinen Wagen dafür überhaupt zur Verfügung stellte. Manchmal allerdings verschwand auch Wolle mit ihr im Käfer, wenn Cora nicht da war. Michael versetzte es einen Stich, aber er ließ sich nichts anmerken. Er war es ja gewohnt, seine Gefühle zu verbergen. War er anfangs noch ruhig und besonnen am U-Bahnhof, so veränderte er sich in den darauffolgenden Wochen. Er kam zu Fuß dorthin und trank mit den anderen um die Wette. Er hielt sie nicht mehr zurück, wenn sie die Passanten anpöbelten. Stattdessen pöbelte er mit. Nur tagsüber auf der Arbeit war er der liebenswerte junge Mann, den alle mochten und schätzten.

***

»Wir machen heute einen Ausflug in die Stadt«, sagte Wolle an einem Freitagabend. »Wir glühen hier vor und fahren gegen zehn in die Disco und lassen da so richtig die Sau raus.«

»Wir bekommen die Mädels nach zehn doch gar nicht mit rein«, warf Michael ein und nahm einen tiefen Schluck aus der Bierflasche. »Die sind noch minderjährig.«

»Die sollen mal versuchen, die Schnuckelchen draußen zu lassen«, erwiderte Wolle lachend. »Mach dir mal keine Gedanken. Die kommen schon mit rein.«

»Wo ist Cora eigentlich?«, fragte Blacky.

»Keine Ahnung. Ist mir auch scheißegal«, entgegnete Wolle.

Sie tranken an diesem Abend mehr und schneller als sonst und waren bald in bester Stimmung, grölten und lachten.

»Das Bier knallt gar nicht richtig«, johlte Blacky, der schon glasige Augen hatte.

»Das können wir ändern.« Wolle verschwand im Kiosk und kam nach kurzer Zeit mit einer Flasche Korn heraus. »Lasst die Pulle kreisen.«

Es dauerte nur wenige Minuten, bis sie leergetrunken war.

»Wir müssen langsam los«, lallte Michael und versuchte, auf seiner Uhr die Zeit abzulesen.

»Ja, lasst uns endlich gehen«, kreischten Biene und Kirsten.

»Eine geht noch«, rief Wolle und eilte erneut in den Kiosk. Mit einer neuen Flasche Korn kam er wieder heraus. Michael und Blacky fielen sich laut johlend in die Arme und schworen sich und ihrer Freundschaft ewige Treue.

»Die Flasche ist leer«, lallte Kalle und warf sie auf die Straße, sodass die Glassplitter in alle Richtungen flogen.

»Gut«, rief Wolle und klatschte in die Hände. »Dann wollen wir mal die Stadt aufmischen.«

Sie stürmten zum Bahnsteig und warteten auf die U-Bahn, die nach wenigen Minuten einfuhr. Unter Gegröle und Gelächter drängten sie die Fahrgäste, die aussteigen wollten, wieder in den U-Bahn-Wagen zurück.

»Was glotzt du so, du Wichser?«, pöbelte Biene einen älteren Herren an. »Willst du meine Titten sehen?« Angewidert wich der Mann aus und suchte sich einen anderen Platz im Wagen. »Ey, du Wichser. Ich rede mit dir.«

»Komm, ist gut, Biene«, sagte Wolle schmunzelnd. »Der weiß jetzt, dass du dich in ihn verliebt hast.«

Lachend drehte sie sich um, küsste ihn wild und griff ihm in den Schritt. Michael lag mit Blacky Arm in Arm und sie lallten sich gegenseitig zweideutige Witze zu.

»Momen' ma'«, sagte Michael.

»Was issen?«

»Siesse die da?« Er sprach so leise, wie es ihm möglich war.

»Wen?«, fragte Blacky und sah in die Richtung, in die Michael ihm deutete.

»Die Schnitte da im Fenster.«

»Im Fensser?« Blacky lachte laut auf. »Sach ma', spinnste? Wie soll die denn in das Fenster kommen?«

»Nee, doch, da. Das Spiegelbild.«

Jetzt bemerkte Blacky die junge Frau an einem Fensterplatz, die teilnahmslos hinaus sah. Sie trug einen hellbraunen Mantel. Ihre langen, braunen Locken umrahmten ihr hübsches Gesicht.

»Sprisch sche an, Alder«, flüstere Blacky ihm ins Ohr. »Die steht voll auf disch.«

»Quatsch. Nieman' steht auf misch.«

Michael versuchte, unauffällig zu der jungen Frau zu schielen und suchte im Fenster ihr Spiegelbild. Sie beachtete ihn nicht und sah weiter hinaus.

»Los, Alder«, johlte Blacky. »Sei ein Mann.«

»Gud.« Michael hob den Zeigefinger und tippte seinem Freund auf die Brust. »Aba du bisses Schuld, wenn's mir dann schlescht geht, klar?«

»Logisch.«

Er richtete sich zu seiner ganzen Größe auf, schwankte auf sie zu und plumpste ungelenk ihr gegenüber in den Sitz. Schamlos starrte er sie an und ließ seinen Blick über ihren

Körper gleiten. Sie verzog kurz ihre Mundwinkel, schluckte und schaute weiterhin aus dem Fenster.

»Na, schön's Kind. Wohin desch Wegschs?« Sie sah ihn kurz aus dem Augenwinkel an und dann wieder hinaus. »Was issen? Du sprichschst wohl nich mit jedem, wa'?« Doch sie reagierte nicht.

Er schwieg und dachte nach. *Klar will sie nicht mit mir reden. Was für einen Eindruck hinterlasse ich in meinem besoffenen Kopf auch schon?* Er wollte aufstehen und zu seinem Freund gehen. *Das war eine bescheuerte Idee.* Doch irgendetwas hielt ihn zurück. Schlechtes Gewissen? Trotz des Alkoholpegels war ihm bewusst, dass es falsch gewesen war, die Frau so anzusprechen. Aber wenn er sich jetzt einfach davon machte, fühlte es sich völlig verkehrt an. So wollte er ihr nicht in Erinnerung bleiben. Er beugte sich nach vorne, legte seine Unterarme auf die Oberschenkel und faltete nervös seine Hände.

»Schulligung«, flüsterte er. »Das war wohl'n büschen platt, oder?«

Sie wandte sich ihm zu und er sah in zwei freundliche, klare braune Augen. Für einen Moment schien für ihn die Zeit stillzustehen. »Hast du dir genug Mut angetrunken, um mich anzusprechen?«, fragte sie.

»Nö, wieso?«

»Du bist voll wie eine Haubitze.«

»Gar nie nich. Na ja, vielleicht ein büschen.«

Sie musterte ihn. »Hättest du mich auch angesprochen, wenn du nüchtern gewesen wärst?«

»Klar«, antwortete er und schüttelte den Kopf, was sie mit einem Lachen beantwortete. »Oh, schie kann auch läschln«, entgegnete er.

»Ja, sie kann auch lächeln. Und sie lacht von Herzen gern.«
Sie sah an ihm vorbei zu seinen Freunden. »Sie bewundern
dich.«

»Wer?«

»Deine Leute da.« Sie deutete mit dem Kopf zu der
Gruppe johlender Jugendlicher. Er drehte sich zu Biene,
Kirsten, Wolle, Kalle und Blacky um, die wieder einen Fahr-
gast anpöbelten.

»Wie kommst'n da drauf?«

»Sie sehen immer wieder zu dir. Vor allen Dingen diese
Wilde da.« Sie deutete auf Biene.

»Die?« Michael prustete und winkte ab. »Die guckt dursch
misch dursch.«

»Nein, tut sie nicht. Sie sieht immer wieder zu dir. Und die
anderen tun es auch.«

»Wieso sollten se dasch'n tun? Sch'bin einer von ihnen,
jawohl. Sie sind meine beschten Freunde.«

»Nein, sie sehen mehr in dir.«

»Wie kommst'n darauf?«

»Du bist anders als sie. Ganz anders.«

»Versteh kein Wort.«

»Du hast Einfluss auf sie.«

»Was? Isch, schab se doch gar nich im Griff. Die machen,
wasch se woll'n.«

»Wenn es drauf ankommt, hören sie auf dich. Du weißt es
nur noch nicht.«

»Quatsch.«

Sie beugte sich vor und sah ihm direkt in die Augen. »So?
Ist das so?« Einen Moment musterte sie ihn, als wollte sie
tief in seine Seele eindringen. »Du gehörst da nicht hin.«

Michael richtete sich auf und verschränkte die Arme vor
der Brust. »Se sin meine beschten Freunde.«

»Ja, das sagtest du schon.«

»Ja, loggisch. Sin se auch.«

»Du brauchst sie doch nur, damit du jemanden hast, der zu dir aufschaut.«

»Wasch?«

»Du bist etwas Besonderes für sie. Mein Gott, wie klein musst du dich fühlen, dass du das nicht merkst.« Er sah beschämt zu Boden. Sie legte den Kopf schief und betrachtete ihn nachdenklich. »Wie heißt du?«, fragte sie.

»Mischael. Un' du?«

»Jasmin.«

»Danke, dass du mit mir sprischst«, murmelte er. »Tut mir escht leid, dass isch disch so blöd angequatscht hab.«

»Siehst du.« Sie lächelte ihn freundlich, fast liebevoll an. »Das hätten die anderen nie gesagt. Merkst du jetzt, dass du anders bist?«

Er zuckte mit den Schultern und sah verlegen aus dem Fenster. »Ja, vielleischt.«

»Irgendetwas ist passiert, dass du dich so klein fühlst«, hörte er sie sagen. Sie betrachtete den jungen Mann, der ihrem Blick auswich. Er fühlte sich merkwürdig berührt von dem, was ihm diese fremde Frau gesagt hatte, die ihm nie zuvor begegnet war. Was sah sie in ihm und was wusste sie noch über ihn? »Ich muss die nächste Station raus«, sagte sie.

»Schade. Aber danke für die Kopfwäsche.« Er lächelte sie an.

»Ich bin sicher, du wirst deinen Weg gehen, sobald du aufgewacht bist.«

»Kann isch disch anrufen?«, fragte er mit hochrotem Kopf.

»Warum willst du das?«

»Vielleischt um mich bei dir zu entschulligen.«

»Das hast du doch schon längst.«

»Ja, aber wenn isch nüschtern bin.«

»Ich glaube, jetzt bist du nüchtern genug.«

»Isch bekomme deine Nummer nich?«

»Nein«, sagte sie und stand auf. Sie sah zu den Jugendlichen, die sich inzwischen beruhigt hatten und die Fahrgäste in Frieden ließen. Die U-Bahn fuhr mit quietschenden Bremsen in den Bahnhof ein. Er betrachtete die junge Frau, die darauf wartete, dass der Zug zum Stehen kam. Als sich die Türen geöffnet hatten, sah sie ihn noch einmal lächelnd an. »Mal schauen«, flüsterte sie. »Vielleicht sehen wir uns unter anderen Umständen wieder.« Sie verließ die Bahn und eilte Richtung Treppe, ohne sich umzudrehen. Nachdenklich und tief berührt sah er ihr hinterher.

»Na, Alter? Hasse se klargemacht?«, lallte Blacky und warf sich ihm gegenüber in den Sitz. »Ihr habt ja intensiv gelabert.« Er lachte laut und schallend. »Dasch war schon ne coole Schnalle.«

»Ach Blacky, lass mich doch einfach in Ruhe.«

Er sah schweigend aus dem Fenster. Sein Freund sprang wieder auf und eilte zu den anderen. Michael hallten all die Vorwürfe und Leitsätze durch den Kopf, die ihm Inge zeit seines Lebens eingetrichtert hatte.

Du kommst aus der Gosse und wirst in der Gosse landen.

Du bist kalt wie ein Fisch und glatt wie ein Aal.

Du hast kriminelle Gene.

Du lügst und betrügst wie alle Polacken.

Du bist nichts wert und du wirst in der Hölle landen.

Du kannst nichts, bist nichts und wirst es nie zu etwas bringen.

Viele ihrer Vorwürfe fielen ihm schon gar nicht mehr ein, aber er erinnerte sich in diesem Augenblick daran, dass er sich als Junge immer gewehrt hatte. Doch eines Tages hatte er damit aufgehört und war zum Spielball der anderen Kinder geworden.

Fühle ich mich tatsächlich so klein, wie Jasmin glaubt? Und wieso hat so vieles, was sie mir gesagt hat, gestimmt? Sie kennt mich doch gar nicht. Er versank vollständig in seinen Gedanken und nahm seine Freunde nicht wahr, die sich wieder lautstark bemerkbar machten.

»Alter. Jungfernstieg. Wir sind da«, hörte er Blacky rufen, aber Michael reagierte erst, als sein Freund ihm auf die Schulter schlug. »Nun komm schon. Wir müssen hier raus.«

Wie in Trance erhob er sich und verließ mit den anderen die U-Bahn. Sie eilten zum nächsten Kiosk, deckten sich mit Bier ein und Blacky kaufte eine Flasche Korn dazu.

»Auf einem Bein kann man nicht stehen«, rief er und und reichte Michael die Flasche. »Sauf und vergiss die Schnecke.«

Michael nahm einige kräftige Züge, bevor er sie ihm zurückgab. Blacky betrachtete die deutlich leerere Flasche und sah ihn erstaunt an. »Mensch, Alter. Das ist Korn und kein Wasser.«

Als sie Biene wild kreischen hörten, fuhren sie herum und sahen sie auf einen Greis zustürmen, der sich nur langsam fortbewegen konnte. »Na, du alter Sack«, schrie sie schrill. »Wann hast du so was zuletzt gesehen?« Sie hob ihren Pullover hoch und zeigte ihre blanken Brüste. Der Mann fuhr entsetzt herum, geriet ins Straucheln und konnte sich mit letzter Kraft auf den Beinen halten. »Meinst du, du kannst es mir noch besorgen?« Kirsten kreischte vor Vergnügen und Wolle und Kalle schlugen sich lachend auf die Schenkel. Michael und Blacky sahen sich kurz an.

»Das geht zu weit«, rief Michael, rannte auf das tobende Mädchen zu und brüllte sie an: »Es reicht!«

Sie fuhr herum und trat ihm mit aller Kraft gegen sein Schienbein. Schmerzverzerrt verzog er das Gesicht, während Wolle und Kalle noch lauter lachten. »Was willst du denn, du Schlappschwanz?«, kreischte sie.

»Lass endlich die Leute in Ruhe«, schrie er. »Du bist ja komplett durchgeknallt!«

»Ja und? Ich bin eben nicht wie diese Spießer hier. Ich bin eben nicht wie du.« Sie schlug ihm kreischend mit ihren Fäusten gegen die Brust. Er versuchte sie abzuwehren, doch sie drosch immer wilder auf ihn ein. Dann drehte sie sich um und rannte aus dem U-Bahnhof hinaus. Kirsten versuchte, ihr zu folgen, aber sie war zu langsam.

»Oh Mann, jetzt dreht die richtig auf«, stellte Wolle fest. »Los, kommt, bevor sie noch richtig Scheiße baut.«

Sie liefen ihr hinterher. Die keuchende Kirsten hatten sie rasch überholt. Biene war erneut auf einen Passanten losgegangen und beschimpfte ihn. Wolle, Kalle, Blacky und Michael versuchten sie mit aller Kraft von dem Passanten fernzuhalten, aber sie riss sich immer wieder los. Der Mann drehte sich verschreckt um und lief in den U-Bahnhof.

»Du Pisser«, kreischte sie ihm hinterher. »Du willst mich doch nur ficken. Ihr alle wollt mich ficken.«

Plötzlich quietschten Reifen und ein Polizeiauto kam zum Stehen. Zwei Polizisten sprangen hinaus und warfen sich auf das wildgewordene Mädchen. Kirsten wollte ihrer Freundin helfen, sprang einem der Beamten auf den Rücken und schlug ihm mit den Fäusten auf den Kopf. Er schüttelte sie ab, sodass sie zu Boden fiel, drehte sie auf den Bauch und legte ihr Handschellen an. Dann führte er sie zum Streifenwagen und schob sie auf den Rücksitz, nahm sein Funkgerät und sprach etwas hinein. Blacky sah Michael kurz an.

»Er ruft Verstärkung«, bemerkte er. »Jetzt wird es lustig.«

Der andere Polizist hatte Biene zu packen bekommen, sie auf den Bauch gelegt, um ihr ebenfalls Handschellen anzulegen, als Wolle ihn von ihr stieß.

»Lass sie in Ruhe, du Bullensau«, brüllte er.

Der Beamte rappelte sich wieder auf, warf den jungen Mann mit einem raschen Griff auf den Boden und legte auch ihm Handschellen an. Biene sprang auf und wollte weglaufen, als ein zweiter Streifenwagen mit quietschenden Reifen zum Stehen kam und zwei weitere Polizisten hinaussprangen. Sie hatten sie schnell eingeholt und schließlich auch sie überwältigt. Wolle und Biene wurden zu Kirsten in das Polizeiauto gesteckt, das mit Blaulicht davon fuhr.

Michael, Blacky und Kalle standen staunend da und sahen sich das Schauspiel an. Die Polizisten beachteten sie nicht, bis Kalle plötzlich vorsprang und mit einem lauten Schrei eine fast volle Bierflasche auf das Auto warf. Michael versuchte noch, ihn daran zu hindern, aber da flog sie auch schon und zerschellte am Kotflügel des Streifenwagens. Die Polizisten legten auch ihm Handschellen an und schoben ihn auf den Rücksitz.

»Und ihr kommt auch mit«, forderte der Polizist Michael und Blacky auf.

»Warum? Wir haben doch gar nichts getan«, warf Blacky ein.

»Wollt ihr eine Extraeinladung«, brüllte er. »Ihr gehört doch zu denen.«

Michael nickte Blacky zu. »Komm schon. Wir handeln uns sonst nur noch mehr Ärger ein.« Sie kletterten zu Kalle auf die Rückbank des Streifenwagens. Die Polizisten stiegen ebenfalls ein und fuhren los.

»Mensch, da haben wir heute aber einen Fang gemacht«, meinte der Fahrer.

»Ja, aber die beiden haben ja wirklich nichts gemacht«, antwortete der Beifahrer. »Bis auf unser Flaschenwerfer hier.« Kalle sah teilnahmslos aus dem Fenster.

»Zu welcher Wache bringen Sie uns denn?«, fragte Blacky.

»Zum Gänsemarkt. Warum?«

»Och, nur so.«

Nach wenigen Minuten rollte das Auto auf den Parkplatz der Polizeiwache und die drei gingen zwischen den Beamten in die Wache.

»Den hier könnt ihr nach hinten bringen«, sagte der Fahrer zu einem anderen Polizisten und deutete auf Kalle. »Er hat unser Auto mit einer vollen Bierflasche beworfen.«

»Eine volle Bierflasche?«, fragte der Kollege grinsend. »Also, ich hätte sie vorher wenigstens ausgetrunken.«

Als die Tür geöffnet wurde, hörten Blacky und Michael Donnern und Getöse sowie das Gekreische von Biene und sahen sich schweigend an.

»Mein Gott, was ist das für eine Furie«, sagte ein weiterer Polizist. »Wie habt ihr die denn in die Zelle gekriegt?«

»Wir haben ihr Hand- und Fußschellen angelegt. Anders war die nicht zu bändigen.«

»Gebändigt ist gut. Die randaliert ja sogar gefesselt noch. Der arme Mann, der die mal abkriegt.« Die Beamten lachten.

»Und was ist mit den beiden da?«, fragte der Polizist und zeigte auf Blacky und Michael. »Unser Hotel ist ausgebucht. Alle Zimmer sind belegt.«

»Von denen nehmt ihr die Personalien auf«, sagte der Fahrer. »Sie sind Zeugen und können dann gehen. Sie gehören zwar zu dieser wildgewordenen Göre, haben aber nichts gemacht.«

»Na, dann gebt mir mal eure Ausweise«, sagte der Polizist.

Michael legte seinen Personalausweis auf einen Tresen.

»Michael Kowalczyk. Ist das richtig?«

»Ja.«

Der Mann schrieb seine Personalien auf und gab ihm das Dokument zurück. Ohne aufzusehen, streckte er seine Hand Blacky entgegen und dieser legte ihm ebenfalls seinen Ausweis hinein. Der Polizist blätterte in dem Personalausweis und notierte die Daten. Plötzlich hielt er inne und rief einen Kollegen herbei. Er grinste breit, während sich Blackys Gesichtsausdruck verfinsterte. »Schau mal«, sagte er und tippte auf das Papier. »Fällt dir was auf?«

»Andreas Schwarz. Und was soll mir das sagen?«

»Oh Mann«, jammerte Blacky für Michael hörbar, der ihn irritiert ansah.

»Mann, du bist Polizist. Denk mal nach. Schwarz. Was sagt dir das?«

»Ja, Hubert Schwarz. Der Junge hat den gleichen Nachnamen. Und? So selten ist der Name nun auch wieder nicht.«

»Dann schau dir doch mal die Adresse an. Wie bist du bloß zur Polizei gekommen?«

Der Blick des Mannes wanderte vom Ausweis zu Blacky. »Du bist also der Sohn vom Hubert?«

»Ja«, flüsterte er mit gesenktem Blick.

»Na, der wird sich aber freuen, wenn wir Morgenfrüh die Übergabe machen.« Beide Männer grinsten ihn an. »Schade, dass wir keine Zelle mehr frei haben. Sonst hättet ihr gemeinsamen frühstücken können.« Lachend und mit Tränen in den Augen gab er ihm den Personalausweis zurück.

»Oh Mann«, jammerte Blacky. »Mein Alter bringt mich um.«

»Ihr könnt gehen. Um eure Freunde kümmern wir uns morgen, wenn sie ausgenüchtert sind.«

Sie wandten sich zum Gehen, als Blacky sich umdrehte. »Was werden Sie meinem Vater sagen?«

»Mach dir keine Gedanken. Ihr seid nur Zeugen.«

»Ich glaube, jetzt könnte ich ein Bier vertragen«, sagte Blacky, als sie die Wache verlassen hatten.

»Ich auch«, stimmte Michael zu. »Aber lass uns erst mal Richtung Heimat fahren. Vielleicht hat da noch irgendeine Pinte auf.«

***

Eine Woche später fuhr Michael zum U-Bahnhof. Ihm war das Gespräch mit Jasmin nicht mehr aus dem Kopf gegangen, aber auch der drohende Polizeigewahrsam stimmte ihn nachdenklich. Und er traf eine Entscheidung. Alle waren da, doch er steuerte direkt auf Biene zu.

»Na du. Bist du letzte Woche gut nach Hause gekommen?«

»Die haben mich behandelt wie einen Schwerverbrecher.«

»Du warst aber auch heftig drauf.«

Sie zuckte mit den Schultern. »Ja, so bin ich nun mal. Und wenn ich was getrunken habe, ticke ich komplett aus.«

»Scheint so.« Er holte Luft und trat verlegen von einem Bein auf das andere. »Biene, ich ... ich wollte mich von dir verabschieden.«

»Warum?«

»Das ist nicht meine Welt hier.«

»Ach ja, stimmt«, flüsterte sie und senkte den Blick. »Du bist ja etwas Besseres als wir.«

»Das ist Quatsch, aber anders bin ich schon.«

Sie hob die Schultern und ließ sie wieder fallen. »Ob du es mir glaubst oder nicht, aber ich werde dich vermissen.«

»Ich werde dich auch vermissen«, antwortete er. »Auch wenn du mir gegen das Schienbein getreten hast.«

»Ach, so schlimm war das doch auch wieder nicht, oder?«

»Nein. Es ist nur grün und blau.« Er strich ihr lächelnd über den Oberarm. »Mach's gut, Biene.«

Er drehte sich um und verließ die Gruppe, ohne sich umzusehen.

Wenn er an den Wochenenden mit Ulli zum Skatspielen in die Stadt fuhr, sah er ab und zu seine alten Freunde am Kiosk stehen und Bier trinken. Er winkte ihnen kurz zu, ging dann aber schnell weiter. Insgeheim hoffte er, dass er Jasmin wiedersehen würde. Die folgenden Freitage fuhr er um die gleiche Uhrzeit die Strecke ab, doch die Hoffnung erfüllte sich nicht. Oft dachte er an ihre Abschiedsworte in der U-Bahn: »Wenn Gott es will, sehen wir uns unter anderen Umständen wieder.«

Michael glaubte schon lange nicht mehr an Gott, aber wenn es ihn doch geben sollte, dann hatte er ihm zur rechten Zeit einen Engel geschickt.

1981

Mit Vollendung seines einundzwanzigsten Lebensjahres konnte Michael über seinen Adoptionsantrag selbst entscheiden. Die Zustimmung der leiblichen Eltern war nicht mehr erforderlich. Er hätte das Adoptionsverfahren von sich aus nicht in Gang gesetzt. Es war Inge, die ihn kurz vor Weihnachten des vergangenen Jahres damit konfrontiert hatte. Und er hatte zugestimmt. Einerseits verlor er mit einer Adoption mögliche Ansprüche gegenüber seinen leiblichen Eltern, zum Beispiel in Erbschaftsangelegenheiten, andererseits aber auch alle Pflichten. Er wollte sich nicht ausmalen, für sie aufkommen zu müssen, wenn sie in die Sozialhilfe gerieten oder zum Pflegefall wurden. Auf der anderen Seite erinnerte er sich an das Gespräch mit dem Sachbearbeiter des Jugendamtes nach seinem sechzehnten Geburtstag. Die Gründe für seine Zustimmung zur Adoption waren die gleichen wie damals. Das Verfahren lief schnell und unkompliziert, und ab März hieß er nicht mehr Michael Kowalczyk, sondern Michael Müller. Da er ohnehin seit Jahren so genannt worden war, bedeutete dies keine Umstellung für ihn.

Inges permanenten Nörgeleien über seinen Nachfolger im Getränkemarkt gingen ihm ebenso auf die Nerven wie die damit einhergehenden Vorwürfe, die sie ihm machte, weil er ihr nicht mehr im Geschäft half.

»Wieso kommst du immer so spät von der Arbeit«, schalt sie ihn. »Du könntest einfach mehr Rücksicht auf deine alte Mutter nehmen, die sich im Laden abrackert und totarbeitet.«

Er war es leid, ihr zu erklären, dass er kein Schüler mehr war, der mittags nach Hause kam, um ihr im Geschäft zu helfen. Immerhin entsprach seine Ausbildung einem Studiengang, der ihm alles abverlangte, wenn auch die Akademie nicht als solche anerkannt war. Er ließ ihre Schimpftiraden über sich ergehen, sehnte sich jedoch nach eigenen vier Wänden. Deshalb beschloss er im Februar, sich bei der Wohnungsgesellschaft um eine kleine, für ihn bezahlbare Wohnung zu bewerben.

Anfang Mai saß er abends in seinem Zimmer am Schreibtisch und paukte für eine Klausur, die er am nächsten Tag schreiben musste. Gedankenverloren blätterte er im Gesetzbuch und studierte die Lehrhefte, als Inge wie ein Rohrspatz schimpfend in sein Zimmer stürmte und einen bereits geöffneten Brief auf den Tisch knallte.

»Kannst du mir mal sagen, was das ist?«

Er sah kurz auf den Briefumschlag und dann in zwei wütend funkelnde Augen. Die Post war von der Wohnungsgesellschaft. »Sag du es mir«, erwiderte er. »Du hast ihn schließlich schon gelesen.«

Zu ihrem wütenden Blick gesellte sich das Zucken des Mundwinkels. Er zog den Brief aus dem Umschlag. Tatsächlich wurde ihm eine Einzimmerwohnung in der Nähe des Elternhauses ab Juni angeboten. Zufrieden lächelnd steckte er den Brief in den Umschlag und sah dann zu ihr auf.

»Das ist ein Wohnungsangebot«, sagte er. »Und das bedeutet, dass ich hier ab Juni nicht mehr wohnen werde.«

»Und warum sprichst du das nicht mit uns ab?« Noch immer zuckte der Mundwinkel.

»Warum sollte ich das? Ich bin doch wohl alt genug, oder?«

»Du hättest es mir wenigstens sagen können.« Blitze schossen aus ihren Augen.

»Damit ich das Theater, das du mir jetzt bescherst, drei Monate länger hätte ertragen dürfen?«

Für einen Moment schien sie zum Schlag ausholen zu wollen, doch sein fester Blick sagte ihr: »Wag es ja nicht!«

Im Juni hatte er alle Hände voll zu tun, seine Wohnung zu renovieren. Als er die erste Nacht in seinem eigenen Heim verbrachte, konnte er sein Glück kaum fassen und lag lange Zeit wach. Diese kleine Bude war für ihn wie ein Schloss. Nach so vielen Jahren fühlte er sich erstmals frei.

***

Im August startete Michaels erster dreimonatiger Lehrgang in der *Berufsgenossenschaftlichen Akademie für Arbeitssicherheit und Verwaltung* (BGA) in Hennef in der Nähe von Köln. Er genoss es, ein eigenes Zimmer zu haben, in das er sich zurückziehen konnte, freute sich über die vielen neuen Kontakte, die er knüpfte. In seiner Freizeit konnte er sich in einem Schwimmbad und einer Sporthalle nach Herzenslust austoben. Abends fand die Bierstube unter den Lehrgangsteilnehmern großen Anklang.

Neben der Rezeption befanden sich drei öffentliche Telefone. Gelegentlich rief er bei seinen Adoptiveltern an und sprach kurz mit ihnen über alle möglichen, zumeist belanglosen Dinge. Die Teilnehmer selbst konnten nur über die Zentrale angerufen werden.

Der Lehrgang währte einige Wochen und er saß mit ein paar Kollegen plaudernd in der Bierstube. Er vernahm den Ausruf »Herr Müller, Telefon für Sie« und schlenderte ins Foyer. Er hatte gerade den Hörer abgehoben und noch nicht

seinen Namen genannt, als ihm Inges lautstarke Schimpftiraden ins Ohr drangen.

»Was habe ich da von den Parkers gehört?«, keifte sie.

Die Parkers waren ein über achtzig Jahre altes Ehepaar,
das unter ihm wohnte. Mehrfach hatten sie ihn mitten in der
Nacht aus dem Bett geklingelt und aufgefordert, die Musik
leiser zu stellen, die gar nicht lief. Sie lebten seit kurz nach
dem Krieg in einer Wohnung auf engstem Raum. »Da wäre
ich auch durchgeknallt«, hatte er eines Tages zu Ulli gesagt.

»Du feierst nächtelange Orgien«, schrie Inge weiter, ohne
ihn zu Wort kommen zu lassen. »Hurst und säufst da rum.
Wir haben einen Ruf zu verlieren. Kein Wunder, dass nichts
aus dir wird und du in der Gosse landest.«

»Weißt du eigentlich, wo ich bin?«, warf er ein, als sie
gerade Luft holte.

»Sei nicht so frech«, schallte es in sein Ohr. »Hab gefälligst
Respekt vor deiner Mutter.«

»Ich bin fast fünfhundert Kilometer von meiner Wohnung
weg. Kannst du mir mal sagen, wie ...«

»Rede dich nicht raus!«

»Ich höre mir diesen Schwachsinn nicht länger an«, rief er
in die Muschel.

Er knallte den Hörer auf die Gabel und lehnte den Kopf an
die Wand. *Die glaubt diesen Irren alles. Die würde mir sogar
dann nichts glauben, wenn ich irgendwo im Weltall wäre.* Er
schloss die Augen und holte tief Luft. Er wünschte sich, dass
sie nur einmal den jungen Mann in ihm sah, der er war. *Was
soll ich noch tun, dass sie endlich aufhört, in mir diese verkom-
mene, gescheiterte und verkrachte Existenz zu sehen?*

1982

Obwohl Michael sich nie vorstellen konnte, in einer Behörde zu arbeiten, machte ihm die Ausbildung Spaß. Am meisten faszinierten ihn die Berichte des Außendienstmitarbeiters, der mit seiner Arbeit Menschen half, nach schweren Arbeitsunfällen wieder ins Leben zurückzufinden. Er spürte Sympathie für diese Menschen und fühlte mit denjenigen, die mit ihren Verletzungsfolgen leben mussten. Tief in sich wusste er, dass er den richtigen Beruf ausgewählt hatte. Alles schien auf einem guten Weg für ihn, wäre nicht der fast tägliche Terror von Inge gewesen. Entweder rief sie im Büro an, um ihn zu beschimpfen oder abends zuhause. Doch als er eines Tages zu seinem Ausbildungsleiter gerufen wurde, hatte sie den Bogen gänzlich überspannt.

Herr Wendt war ein strenger Mann. Er forderte von seinen Schützlingen absoluten Einsatz. Michael hatte auf dem ersten Lehrgang zwei Klausuren mit einer Eins und eine mit einer Zwei abgeschlossen, allerdings auch eine mit einer Fünf. Für diesen Ausrutscher war er scharf kritisiert worden. Einige Zeit später wurde er erneut zum Gespräch zitiert.

»Ich will es kurz machen.« Herr Wendt musterte seinen Schützling einen Moment, bevor er fortfuhr. »In den letzten Wochen hat mich Ihre Mutter mehrfach angerufen und sich nach Ihnen erkundigt.« Michael starrte ihn mit offenem Mund an. »Sie wollte wissen, ob Sie noch hier beschäftigt sind oder bereits gekündigt wurden.«

»Wie bitte?«

»Ja«, bekräftigte Herr Wendt. »Ich habe ihr natürlich gesagt, dass ich ihr keine Auskunft geben darf, und das habe ich auch nicht.« Er sah ihn streng an. »Ich habe ihr nur gesagt, dass Sie noch hier sind.« Er lehnte sich zurück. »Sie hat mich vor Ihnen gewarnt und ich habe ihr versprochen, dass ich Sie im Auge behalten werde.«

Für einen Moment vergaß Michael zu atmen, presste die Hände auf seine Beine, um ihr Zittern zu unterdrücken. »Sie hat Sie vor mir gewarnt?«, stieß er hervor.

»Hat Sie«, bestätigte der Ausbildungsleiter kopfnickend. »Und ich bin sehr froh darum. Ich kann Ihnen ja auch nur vor den Kopf gucken.« Er beugte sich mit zusammengefalteten Händen vor. »Mein Wort hat Gewicht, wenn es um die Übernahme nach der Ausbildung geht. Auch wenn bis zur Abschlussprüfung noch ein gutes Jahr Zeit ist, rate ich Ihnen, die Prüfung zu bestehen. Ich möchte Sie nicht ein Wiederholungsjahr hier durchschleppen müssen.«

Vor Michaels Augen begann sich alles zu drehen, Gedanken kreisten wie ein Wirbelsturm durch seinen Kopf und für eine gefühlte Ewigkeit wusste er nicht mehr, wo er sich gerade befand. »Herr Wendt«, presste er mühsam hervor. »Sie können sicher sein, dass ich Sie nicht enttäuschen und die Prüfung bestehen werde.« Er setzte eine kämpferische Miene auf. »Können wir vereinbaren, dass wir uns bis dahin gegenseitig in Ruhe lassen?« Er sah den Ausbildungsleiter einen Moment fest an, ignorierte das Flackern seiner Augenlider. Als dieser nickte, erhob sich Michael und verließ das Büro.

Nach Dienstschluss ging er in den Getränkemarkt, öffnete eine Flasche Bier und trank sie in einem Zug leer, bevor er eine weitere aufmachte. Auch Joachim war inzwischen von der Arbeit erschienen und sie wechselten ein paar belanglose Worte. In Michael brodelte es. Er hatte etwas mit seinen Eltern zu klären. Hier und heute. Es duldete keinen Aufschub; er war mit seiner Geduld am Ende. Nachdem der letzte Kunde das Geschäft verlassen hatte, stand er auf, schritt zur Ladentür und schloss sie ab.

»Wir haben etwas zu besprechen«, erklärte er.

Inge stand hinter der Kasse und sah ihn irritiert an. »Was soll das?«

»Du kennst doch Herrn Wendt, meinen Ausbildungsleiter.« Seine Augen waren wie an ihr Gesicht genagelt. »Er hat mich heute zu sich gerufen und mir erzählt, dass du ihn mehrfach angerufen und dich über mich informiert hast.« Zuckender Mundwinkel, gesenkter Blick. »Nicht zu vergessen, ihn vor mir zu warnen.« Er stellte die inzwischen leere Bierflasche in den Kasten zurück. »Herzlichen Glückwunsch, du hast es geschafft. Ich werde nach der Ausbildung nicht übernommen.« Er fixierte die zu Boden blickende Frau. »Wage es nicht noch einmal, auch nur irgendjemanden im Büro anzurufen.« Er ging zur Ladentür, schloss sie auf und drehte sich noch einmal zu ihr um. »Nur, dass du es weißt«, zischte er. »Wenn du mich anrufst, werde ich auflegen. Und wenn du vor meiner Tür auftauchst, schlage ich sie dir vor der Nase zu.« Er sah zu Joachim, der regungslos zugehört hatte. »Es tut mir leid, Vati, aber hier habe ich nichts mehr verloren.«

**

Michaels Arbeitsweg führte am Getränkemarkt vorbei. Um das zu vermeiden, nahm er Umwege in Kauf. In der ersten Zeit rief Inge noch im Büro und zuhause an. Doch er legte konsequent auf, sobald er ihre Stimme hörte, bis sie die Anrufe schließlich einstellte. Dafür schrieb sie ihm regelmäßig Briefe, die vollgestopft mit Schuldzuweisungen und

Vorwürfen waren. In einem Umschlag legte sie ein Polaroidfoto des inzwischen gebrechlichen Maiko bei. *Dein alter Hund, den du vergessen hast,* stand darunter geschrieben. Die Briefe zerriss er, doch das Foto steckte er mit einer Heftzwecke über seinem Bett an die Wand.

Manchmal ging er abends mit Ulli in eine der Studentenkneipen in Hamburg-Eppendorf, weil dort gute Musik gespielt wurde. Ab und zu aber suchte er in der Kneipe alleine etwas Zerstreuung und Abwechselung. Er lernte die Studierenden Michaela, Frauke und Carlos kennen, mit denen er sich auf Anhieb verstand. Michaela studierte Theologie, Frauke Mathematik und Physik und Carlos Politikwissenschaften. Die drei wohnten seit zwei Semestern in einer WG und waren gut aufeinander eingespielt und organisiert. Sie teilten sich nach einem Plan die Hausarbeit, kochten und spülten Geschirr und wuschen Wäsche im Wechsel. Sie legten festgelegte Geldbeträge für den Haushalt zusammen. In den vergangenen Monaten hatten sie einige andere Studierende in ihrer WG aufgenommen, die sich jedoch nicht an die straffe Ordnung der drei hielten und schnell wieder verschwanden.

»Anfang November geben wir eine kleine Party«, erklärte Carlos eines Abends. »Es kommen einige Studenten aus unterschiedlichen Semestern. Wir machen das regelmäßig im Wechsel, also mal in der einen und mal in der anderen WG. Dann ist jeder mal dran.« Er prostete ihm mit einem Glas Ale zu. »Wenn du willst, bist du herzlich eingeladen.«

»Okay«, sagte Michael. »Und was läuft auf dieser Party?«

»Och, wir hören Musik, quatschen, diskutieren, trinken, manchmal machen wir auch einfach nur einen Spieleabend. Was gerade so anfällt.«

»Gute Idee. Danke für die Einladung. Ich komme gern.«

»Na ja«, flüsterte ihm Carlos ins Ohr. »Manchmal kiffen wir auch. Das ist lustig. Dann lernst du die Leute mal von einer ganz anderen Seite kennen.«

»Oha. Das habe ich noch nie gemacht.«

»Ach, das ist harmlos. Wird lustig. Du wirst schon sehen.«

»Wie viele kommen denn so?«

»Unterschiedlich. In der Regel zwischen zwanzig und dreißig Leute. Sind auch ein paar nette Mädels dabei.« Er zwinkerte ihm zu. »Es wäre schön, wenn du etwas früher kommst. Dann kannst du uns bei den Vorbereitungen helfen.«

Michael half nach Kräften mit und räumte mit Carlos einen Tisch, ein altes Sofa und zwei schäbige Sessel aus dem Wohnzimmer, holte Matratzen aus den Betten und legte sie aus, um mehr Platz für die Gäste zu schaffen. Es hatten nur wenige abgesagt und sie rechneten damit, dass sie für mindestens zwanzig Personen Sitzgelegenheiten benötigten. Dann half er Michaela und Frauke in der Küche. Sie kochten einen großen Topf Gulaschsuppe und schnitten Brote.

Die Gäste kamen zwar mit einer halben Stunde Verspätung, dafür aber fast alle gleichzeitig an. In Nullkommanichts war die WG voll mit Studierenden. Sie strömten in den kleinen Wohnraum und ließen sich auf den Matratzen nieder. Michael war mit Frauke und Michaela in der Küche beschäftigt und hörte das laute Gerede und Gelächter aus dem überfüllten Wohnzimmer. Er war nervös, weil er außer den Bewohnern niemanden kannte. *Hoffentlich sitze ich nicht blöd in einer Ecke herum.* Frauke und Michaela gingen zu den Gästen und wurden mit einem lauten »Hallo« begrüßt. Michael schlurfte hinter den beiden her und sah sich um. Kein bekanntes Gesicht dabei. Frauke und Michaela fanden sofort Gesprächspartner und mischten sich unter die

Menge, während er im Türrahmen stand. Niemand beachtete ihn. *Hier stehe ich ja wie auf einem Präsentierteller.*

»Kommt, lasst uns erst mal was essen«, rief Frauke.

Die Meute erhob sich und strömte an ihm vorbei in die Küche. Er stellte sich hinten an und wartete geduldig, bis er sich zum Suppentopf vorgearbeitet hatte. Er schöpfte sich einen Teller voll, nahm sich ein Stück Brot und schlurfte ins Wohnzimmer zurück. Gegenüber der Tür erspähte er einen freien Platz und setzte sich auf die Matratze. Er aß und sah sich in der Runde um. Alle waren in Gespräche vertieft. Sein Blick fiel auf ein Mädchen, das sich angeregt mit einem langhaarigen Studenten unterhielt. Er wusste nicht, was es war, aber sie zog ihn magisch an. Ihre braunen Locken fielen auf ihre Schultern, sie trug ein T-Shirt, eine schrille, bunte Weste und einen langen Rock. An ihren zierlichen Handgelenken hatte sie einige Armreife angelegt und um den Hals eine Kette mit einem Peace-Zeichen umgehängt. An der Weste steckte ein runder, gelber Sticker mit der Aufschrift *Atomkraft – nein danke.* Er löffelte seine Suppe und starrte zu ihr hinüber. Als der langhaarige Student einen Scherz machte, lachte sie auf, warf den Kopf in den Nacken und drehte ihr Gesicht in Michaels Richtung. Einen Moment glaubte er, dass sie ihn ansah, aber dann wandte sie sich wieder ihrem Gesprächspartner zu.

»Ich hol mir ein Bier«, wurde er von seinem dicken Sitznachbarn aus seinen Gedanken gerissen. »Willst du auch eins?«

»Ja, danke.«

Nach kurzer Zeit kam er mit zwei Flaschen zurück und reichte ihm eine. »Robert«, sagte er und ließ sich ebenso schwerfällig auf die Matte plumpsen, wie er aufgestanden war.

»Michael.« Sie stießen die Bierflaschen aneinander.

»Bist du neu hier?«, fragte Robert.

»Ich wohne hier nicht. Ich bin nur Gast.«

»Ich studiere Jura. Allerdings nicht ganz freiwillig.«

»Wieso?«

»Mein Alter wollte das. Eigentlich habe ich null Bock darauf.«

»Und worauf hättest du Bock?«

»Kfz-Mechaniker. Motoren und Maschinen. Das wäre meins.«

»Hm.« Michael pulte die Banderole von der Flasche ab. »Du kannst doch auf Maschinentechnik umsatteln.«

»Spinnst du? Mein Alter bringt mich um!«

»Wieso?«

»Der ist selber Rechtsanwalt und will, dass ich mal seine Kanzlei übernehme. Oh Gott, ich treibe ihn in den Ruin.« Robert lachte schallend, dass sein Bauch wackelte. Michael unterhielt sich angeregt mit dem zukünftigen Juristen wider Willen und vergaß das Mädchen, das ihn so angezogen hatte.

»Mein Bier ist warm«, bemerkte Robert nach einer ganzen Weile. »Ich habe ganz vergessen zu trinken. Das ist mir ja noch nie passiert.«

»Meine Flasche ist die ganze Zeit schon leer«, erklärte Michael. »Warte, ich hole uns neue.«

Er ging in die Küche, stellte die Bierflaschen in einen Kasten und wandte sich dem Kühlschrank zu. Und da stand sie: das Mädchen mit den langen, braunen Locken. Sie hatte ihm den Rücken zugewandt, schnitt sich eine Scheibe Brot ab und schmierte Hüttenkäse darauf. Er blieb wie angewurzelt stehen. Sie drehte sich um, biss in ihre Schnitte und sah ihn belustigt an.

»Stehst du schon lange da?«, fragte sie.

»Nee ... ja, keine Ahnung.«

»Keine Ahnung?« Sie lachte herzerfrischend. »Aber hoffentlich weißt du wenigstens, wie du heißt.«

»So gerade noch. Ich heiße Michael.«

Sie wischte sich ihre Hand am Rock ab und reichte sie ihm.

»Angenehm. Ich heiße ...«

»Warte ...«

»Was?«

»Lass mich raten ...« Er hielt die Hand vor die Stirn und schloss die Augen. »Du heißt ... Jasmin?«

Sie legte ihren Kopf schief. »Kennen wir uns? Ich habe dich hier noch nie gesehen.«

»Nein. Hier nicht, aber in der U-Bahn. Vor ungefähr zwei Jahren, glaube ich.«

»In der U-Bahn? Vor zwei Jahren? Und das weißt du noch?«

Wieder dieses herzerfrischende Lachen.

»Ich habe keinen Schimmer, wer du bist.«

»Na ja.« Er kratzte sich am Hinterkopf. »Ich war damals auch nicht ganz nüchtern. Um es mal vorsichtig auszudrücken.«

»Das erlebe ich in der U-Bahn öfter.«

»Wie oft wäschst du denn in der U-Bahn Besoffenen den Kopf, die dich blöde anquatschen?« Er lächelte verlegen. »Mir hast du ihn jedenfalls ganz schön zurechtgerückt.«

Sie öffnete den Mund und holte tief Luft. »Aaaaaaach, jetzt fällt´s mir wieder ein.« Er hielt seine Hände vor sein Gesicht und sah sie durch zwei Finger hindurch an. »Du warst doch mit diesen Randalierern da, oder? Und angegraben hast du mich. Genau!«

»Ja, schuldig im Sinne der Anklage.«

»Und du wolltest meine Telefonnummer. Jetzt fällt es mir wieder ein.« Sie lachte laut. »Ich hätte dich im Leben nicht wiedererkannt. Du siehst ganz anders aus.«

Er zog die Stirn kraus. »Ist das nun gut oder schlecht?«

»Schlecht. Besoffen hast du mir richtig gut gefallen«, erwiderte sie augenzwinkernd und lächelte schelmisch. »Wie geht's dir und was machst du hier?«

»Ich bin Gast der Einwohner hier.«

»Du bist kein Student?«

»Nee, ich mache eine Ausbildung bei einer Berufsgenossenschaft. So Gott will, bin ich nächstes Jahr fertig. Dann mal sehen, wohin es mich verschlägt. Und du?«

»Ich studiere Medizin. Ich will Psychiaterin werden.«

»Na, das erklärt ja einiges.«

»Wieso?«

»Weil du mich so gut durchschaut hattest.«

»Oh, das war nicht schwer.«

»Ach so? Die Geschichte hatte damals übrigens noch eine Fortsetzung.«

»Oha. Da bin ich aber gespannt.«

»Sollen wir reingehen? Ich erzähl es dir gern. Ich muss Robert nur eben sein Bier bringen, bevor es warm wird.«

Sie gingen ins Wohnzimmer und er brachte dem Jurastudenten, der sich mit seinem anderen Sitznachbarn unterhielt, das Bier.

»Oh, danke. Ich dachte schon, du hast mich vergessen.«

»Hatte ich auch.« Michael zwinkerte ihm zu. »Sorry, aber ich muss kurz zu wem anders.«

Robert sah an ihm vorbei und bemerkte Jasmin, die auf ihn an der Tür wartete.

»Klar. Da habe ich keine Chance. Das verstehe ich.« Erneut lachte er laut und wandte sich seinem neuen Gesprächspartner zu.

»Wohin?«, fragte Michael, als er wieder bei Jasmin war.

»Komm mit.«

Jasmin stieg über einige Studierende und winkte ihm, ihr zu folgen. Sie fanden ein Plätzchen auf einer Matratze. Michael erzählte ihr die Geschichte, die sich nach ihrer Begegnung ereignet hatte, von dem Polizeigewahrsam, dem er und Blacky soeben noch entkommen waren. Er berichtete, dass er ursprünglich zur Polizei, nach der gescheiterten Untersuchung studieren wollte und am Ende bei einer Behörde gelandet war. Sie erzählten. Sie plauderten. Sie lachten. Und sie vergaßen die Zeit.

»Es ist ja kaum noch jemand da«, stellte er nach einer Weile fest.

»Oh ja«, antwortete sie. »Und ich muss gleich alleine nach Hause. Und das um diese Zeit. Wie doof.«

»Nein. Musst du nicht. Ich bringe dich natürlich.«

»Hast du ein Auto?«

»Nein, nicht mehr. Das musste ich verkaufen, als ich mir eine eigene Wohnung genommen hatte. Aber ich habe zwei gut funktionierende Beine. Außerdem fahre ich nicht mehr, wenn ich etwas getrunken habe.«

»Das ist lieb, aber ich schaffe das schon alleine.«

»Lass mich dich nach Hause bringen«, bettelte er. »Ich wäre beruhigter.«

Sie lächelte. »Meinst du, du musst mich unbedingt beschützen?«

»Och, nö ... ja, vielleicht.«

»Okay, wenn du unbedingt willst.«

»Ja, unbedingt«, antwortete er strahlend.

Sie verabschiedeten sich von den WG-Bewohnern und verließen die Wohnung. Ein kalter Wind wehte ihnen entgegen und sie zogen sich ihre Schals enger um den Hals.

»Wo lang?«, fragte er.

»Hier rechts.«

Sie schlenderten schweigend nebeneinander her. Michael wusste nicht, was er ihr noch erzählen sollte. Sie hatten so viel geredet und gelacht. Und jetzt hatte er Angst, etwas Falsches und Dummes zu sagen.

»Hier ist es«, sagte sie und blieb vor dem Hauseingang stehen.

»Hier?«, fragte er. »Das ist ja direkt um die Ecke. Und du fragst mich nach einem Auto?«

Sie lachte und legte eine Hand auf seine Brust. »Das war ein Scherz.«

»Hat funktioniert«, erwiderte er schmunzelnd. »Ich dachte schon, du wohnst sonst wo.«

»Gut. Ich gehe dann mal hoch.« Sie legte ihre Hände auf seine Schultern und küsste ihn auf die Wange. »Ich hatte recht«, flüsterte sie. »Du bist so ganz anders als deine Freunde damals.« Sie stemmte sich gegen die schwere Haustür, nachdem sie sie aufgeschlossen hatte.

»Jasmin?«

»Ja?«

»Wann sehen wir uns wieder? Ich will nicht noch einmal zwei Jahre warten müssen.«

»Ich auch nicht. Gib mir deine Nummer und ich ruf dich morgen an, ja?«

»Ich habe keinen Zettel«, stellte er fest, nachdem er seine Taschen durchwühlt hatte.

»Sag sie mir einfach. Bis ich oben bin, kann ich sie mir schon merken.«

Er sagte die Nummer auf und sie wiederholte sie.

»Nochmal«, forderte er sie auf, und sie gehorchte. »Nur zur Sicherheit ...«

»Jetzt ist aber gut«, antwortete sie lachend. »Sonst träume ich noch davon. Bis morgen.«

»Ja, bis morgen.«

Jasmin rief ihn am nächsten Tag an, wie sie es versprochen hatte, und sie verabredeten sich zu einem Spaziergang an der Binnenalster. Sie redeten und plauderten und verabredeten sich auch für den darauffolgenden Tag. Sie trafen sich, so oft es ihre Zeit erlaubte. Er suchte ihre Nähe und wollte sie an die Hand nehmen, aber er traute sich nicht. Wenn nicht eines Tages Jasmin die Initiative ergriffen hätte, wären sie wohl niemals Hand in Hand spazieren gegangen. Er war glücklich, fühlte sich sicher mit ihr und begann von sich zu erzählen. Von seiner Zeit im Kinderheim, seinen Pflegeeltern, der vielen Arbeit im Getränkemarkt, seiner Phase am U-Bahnhof, seiner Ausbildung. Nur von den Misshandlungen erzählte er nichts.

***

»Hast du nicht mal versucht, deine leiblichen Eltern kennenzulernen?«, fragte sie auf dem Rückweg nach einem Besuch des Weihnachtsmarkts in der Innenstadt.

Michael schüttelte den Kopf. »Nein, wozu? Ich habe doch meine Familie.«

»Ja, schon, aber wolltest du nie wissen, wer deine leiblichen Eltern sind? Wer deine Mutter und wer dein Vater ist?«

»Nein. Ich will das nicht.«

»Das glaube ich dir nicht.«

»Wieso nicht?« Sie musterte ihn nachdenklich.

»Ich weiß nicht. Es ist mehr so ein Gefühl.«

»Na ja«, meinte er. »Vielleicht weißt du da mehr als ich. Es wäre ja nicht das erste Mal.«

»Aber vielleicht irre ich mich ja auch.«

»Hm, schade. Wir sind schon da«, bemerkte er, als sie vor ihrer Haustür standen.

»Wieso schade? Du kannst doch noch mit hochkommen. Wir sind ungestört. Die anderen sind in alle Winde verstreut.«

Sie lächelte und er grinste verlegen zurück.

»Gut. Gern. Klar.«

Die Wohnung lag im dritten Stock und hatte die für einen Altbau typischen hohen Decken. Sie bestand aus vier kleinen Zimmern, einem großen Wohnzimmer, der als Gemeinschaftsraum diente, sowie einer schmalen Küche und einem langen Badezimmer. Jasmin teilte sich die Wohnung mit drei weiteren Studierenden.

»Mein Zimmer ist geradeaus.« Sie nahm ihn an die Hand und er trottete ihr unbeholfen hinterher. Der Raum verfügte über ein breites Bett, einen Küchentisch, der als Schreibtisch diente und auf dem eine altmodische schwarze Schreibmaschine stand.

»Oh, eine alte Triumph«, stellte er begeistert fest und musterte sie genauer.

»Ja, ein Erbstück von meiner Omi«, sagte sie und warf ihren Mantel über einen Stuhl. »Du musst zwar ziemlich auf die Tasten hauen und sie ist tierisch laut, aber ich liebe sie einfach. Und sie funktioniert noch.«

In der Ecke neben dem Schreibtisch standen eine Gitarre und ein Notenständer. »Du spielst Gitarre?«

»Ja, ein wenig. Aber nur für den Hausgebrauch.«

Er nahm das Instrument, setzte sich auf das Bett und ließ seine Finger über die Saiten gleiten. Sie setzte sich neben ihn und legte den Kopf auf seine Schulter. Er zuckte leicht zusammen und klammerte seine linke Hand um den Hals der Gitarre.

»Stell das Ding doch mal weg«, flüstere sie.

Gehorsam stellte er sie in den dafür vorgesehenen Ständer. Sie nahm sein Gesicht in die Hände und drehte es dicht zu sich heran. Einen Moment sahen sie sich tief in die Augen. Als sich ihre Lippen berührten, fuhr es ihm heiß und kalt durch den Körper.

»Nimm mich in die Arme«, flüsterte sie. Sie zog ihn zu sich auf das Bett. Er streichelte ihr Gesicht, strich über ihre Haare, während sie ihn intensiver küsste. Sanft führte sie seine Hand auf ihre Brust. Zitternd öffnete er die Bluse, liebkoste ihren Hals, ihre Schulter und glitt mit seiner Zunge zu ihren Brüsten.

»Warte mal«, flüsterte sie. »Zieh dein Hemd aus. Gleiches Recht für alle.« Sie knöpfte es auf und schob es über seine Schultern. Mit einer gekonnten Bewegung drehte sie ihn auf den Rücken und legte sich auf ihn. Er spürte ihren warmen Körper, ihre Brüste und ihre langen Locken, die ihn kitzelten. Sie strich mit ihrer Hand über seinen Hals, seine Brust, über den Bauch bis zum Hosenbund. Als sie den Gürtel seiner Jeans öffnete, erstarrte er. Ihm wurde schwindelig, er zitterte, Schweiß bildete sich auf der Stirn und lief über sein Gesicht. Unwillkürlich spannte er alle seine Muskeln an, verkrampfte sich. *Hör endlich auf,* wollte er schreien. *Ich will das nicht. Ich habe Angst, dass du mir wehtust.* Doch er bekam keinen Ton über die Lippen. Jasmin hatte den Gürtel gelöst und versuchte, den Knopf der engen Jeans zu öffnen.

»Ich schaffe das nicht«, hauchte sie und sah ihn an. Er lag bewegungslos auf dem Rücken und starrte an ihr vorbei die Decke an. »Michael, was ist los mit dir?«

»Es ist nichts«, stammelte er.

»Es ist nichts? Ich sehe doch, dass etwas nicht stimmt. Was ist los?«

Er schüttelte den Kopf. Er wollte weinen, aber keine Träne zeigte sich. Er wollte sagen, dass er Angst hatte, und brachte keinen Ton heraus. Sie nahm sein Gesicht in ihre Hände.

»Du hattest noch keinen Sex, oder?«

»Nein, hatte ich nicht.«

»Du musst keine Angst haben«, flüsterte sie. »Das wird schön.« Sanft strich sie mit einem Finger über seinen Hals, seinen Bauch bis zur Jeans. Als sie spürte, dass er sich noch mehr verkrampfte, sah sie ihn liebevoll an und streichelte sein Gesicht. »Du hast große Angst, mein Lieber.« Sie küsste ihn sanft auf den Mund. »Was ist mit dir passiert?«

»Nichts.« Ihm stockte der Atem, seine Seele war auf Flucht programmiert.

»Okay«, flüsterte sie. »Es ist in Ordnung.« Sie kuschelte sich eng an ihn und deckte sie mit der Bettdecke zu. Er spürte ihren warmen, weichen Körper, schloss die Augen und beruhigte sich allmählich. Es tat so gut. »Das ist schön«, flüsterte er.

»Oh ja.«

Schweigend lagen sie eine Weile beisammen.

»Du?«, fragte sie schließlich.

»Hm?«

»Vertraust du mir, dass ich dir nicht wehtun werde?«

»Ja.« Seine Stimme war brüchig, zittrig, voller Verunsicherung.

»Ich möchte dich ganz spüren. Haut auf Haut. Sonst nichts.«

Er holte tief Luft. »Okay.«

Sie zog ihm unter der Bettdecke seine Jeans und dann sich selbst aus, kuschelte sich wieder an ihn und legte ihren Kopf auf seine Brust. Sie spürten sich ganz und gar und er beruhigte sich, fühlte sich geborgen, beschützt, sicher. Friedlich und still lagen sie eng beisammen und er sog mit seinem Körper ihre Wärme auf.

»Magst du dich zu mir drehen?«, fragte sie.

Sie drehten sich auf die Seite und sahen sich minutenlang in die Augen. Ihre Blicke verschmolzen ineinander. Jasmin schlang ihre Arme um seinen Hals und rückte dicht an ihn heran, sodass sich ihre Körper wieder berührten. Er spürte ihre warmen, weichen Rundungen und drückte sie fest an sich. Zärtlich küsste er sie auf der Schulter und kitzelte sie mit der Zungenspitze. Sie zuckte zusammen und kicherte. Dann gab sie ihren Hals für ihn frei und er glitt mit seiner Zunge zu ihren Ohren, wieder über den Hals und auf ihre Schulter. Sie schloss die Augen und stöhnte leise auf. Noch immer wollte er nicht, dass sie seine Erregung bemerkte, und schob seinen Unterleib von ihr weg, spielte aber weiter mit seiner Zunge an ihrem Hals und ihrer Schulter. Sie drehte sich etwas auf den Rücken, sodass sie ihre Brüste freigab. Er glitt mit seiner Zunge über ihr Schlüsselbein zu ihrer Brust und liebkoste sie zärtlich, streichelte und spielte mit ihren Brustwarzen.

»Mach mit mir, was du willst«, stöhnte sie. »Ich gehöre ganz dir.«

Er hob den Kopf. Mit einem Schlag war er wieder klar und seine Erregung verschwunden. Die Initiative übernehmen konnte er nicht, wusste nicht, was er tun sollte. Er hatte

Angst, das Falsche zu tun, etwas, das Jasmin nicht gefiel, sodass sie ihn abweisen könnte. Michael traute sich nicht, sie weiter zu liebkosen. Er legte seinen Kopf auf ihre Brust und schloss die Augen. Sie strich ihm über die Haare und sah nachdenklich zur Decke.

»Ich schwöre, ich werde dir nicht wehtun«, hauchte sie ihm nach einer Weile sanft ins Ohr.

»Ich weiß«, flüsterte er, obwohl seine Angst etwas anderes sagte. Sie setzte sich behutsam auf ihn. Dabei knabberte sie an seinem Ohr und ließ ihre Zunge über seinen Hals gleiten. Mit der anderen Hand strich sie ihm sanft über die Haare und nahm ihn vorsichtig in sich auf. Er umarmte sie fest, kniff die Augen zusammen, fühlte ihre Bewegungen. Er bemerkte, dass er eine Weile die Luft angehalten hatte, atmete tief ein, als er in ihr explodierte. Er drückte sie fest an sich und sie blieb ruhig auf ihm liegen. Er spürte ihren Herzschlag und sein eigenes Herz gegen den Brustkorb hämmern. Nach einer Weile hob sie den Kopf, sah ihm liebevoll in die Augen und streichelte sein verschwitztes Gesicht.

»Ich habe dir versprochen, dir nicht wehzutun«, flüsterte sie und strich über seine Wange. »Und das werde ich auch nie tun.«

Er fühlte Vertrauen, Schutz und Geborgenheit, wie er es noch nie erfahren hatte, spürte Tränen der Dankbarkeit aufsteigen, die ihr Ziel nicht erreichten.

1983

Seit einem halben Jahr hatte Michael keinen Kontakt mehr zu seinen Eltern und er vermisste Joachim, den Hund und sogar Inge auf eine ihm unverständliche Art. Er hatte häufig mit Jasmin über den Kontaktabbruch gesprochen, ohne ihr die Gründe zu nennen, und sie hatte ihn ermutigt, sie zu besuchen. »Es ist immerhin deine Familie«, hatte sie erklärt. »Du hast sonst keine.«

Das Geschäft war voll beleuchtet, obwohl es am frühen Abend im April noch hell war. Maiko lag wie so oft im Schaufenster und schlief. Inge stand an der Kasse und Joachim saß mit einer Flasche Bier vor ihr auf Getränkekisten. Alles sah so aus wie immer. Michael zögerte. *Will ich das wirklich? Was bringt es mir, außer Beschimpfungen und Vorwürfen?* Es war kurz vor Ladenschluss und kein Kunde im Geschäft, als er sich einen Ruck gab und auf den Laden zuging. Inge sah auf die Uhr und wartete darauf, dass sie nach Hause gehen konnten. Die Türglocke kündigte seinen Besuch an und die Köpfe seiner Adoptiveltern fuhren herum. Maiko rannte mit seinem kleinen Stummelschwanz wedelnd auf ihn zu und sprang an ihm hoch. Inge sah ihn überrascht an, während Joachim ein freudiges »Mensch, Junge« ausstieß und ihn anstrahlte.

»Wir müssen reden«, sagte Michael. »So kann es nicht weitergehen und so will ich das nicht.«

»Pack noch ein paar Flaschen Bier ein«, kommandierte Inge ihren Ehemann. »Und dann gehen wir nach Hause.«

Nach dem Abendessen räumte Inge das Geschirr ab und stellte den Männern Bier auf den Tisch. Sich selbst mixte sie einen Korn mit Wasser. Dabei vermied sie es, ihren Sohn anzusehen. »Und?« Sie setzte sich an den Tisch und setzte das Glas an ihre Lippen. »Willst du dich endlich bei uns entschuldigen?«

Ich wüsste nicht, wofür, schoss es ihm durch den Kopf. »Nein, deswegen bin ich nicht hier«, erwiderte er und warf Joachim einen Seitenblick zu, der schweigend eine Zigarette rauchte. Dann sah er Inge fest in die Augen. »In erster Linie bin ich wegen dir hier«, erklärte er. »Hör endlich auf, mir hinterher zu telefonieren und meinen Vorgesetzten diesen Blödsinn über mich zu erzählen. Im Herbst werde ich meine Abschlussprüfung machen und dank deiner Anrufe bei Herrn Wendt danach nicht übernommen.«

»Du gibst mir die Schuld?« Blitze schossen aus ihren Augen. »Das hast du dir doch selbst zuzuschreiben.«

»Wenn das so ist«, erwiderte er, »dann kann ich ja wieder gehen. Dann hat das alles hier keinen Sinn. Sag aber nicht, dass ich es nicht versucht habe.« Er stützte die Hände auf den Tisch und erhob sich.

»Bleib sitzen«, forderte Joachim ihn auf und wandte sich an Inge. »Der Junge ist erwachsen und für sich selbst verantwortlich. Du hast kein Recht, so etwas zu tun.« Zuckender Mundwinkel, betretene Miene. »Und wenn er mit der Ausbildung fertig ist, hat er schon jetzt mehr erreicht als wir beide zusammen.«

Michael lehnte sich zurück und sah seinen Vater an. Mit seiner Unterstützung hatte er nicht gerechnet. Dann sah er seiner Adoptivmutter fest in die Augen. »Wirst du aufhören, mir hinterherzutelefonieren? Du hast niemanden auch nur irgendetwas über mich zu erzählen. Wirst du dich daran halten?« Zögernd nickte sie. »Gut«, fuhr er fort. »Und jetzt habe ich eine gute und eine schlechte Nachrichten für euch.« Zwei fragende Augenpaare waren auf ihn gerichtet.

»Zunächst die Beste: Ich habe eine Freundin und werde sie euch in der nächsten Zeit vorstellen. Sie studiert Medizin. Außerdem habe ich nach meiner Ausbildung eine neue Arbeitsstelle, bei einer anderen Berufsgenossenschaft.« Joachim strahlte ihn stolz an, während sich Michael räusperte. »Die Kehrseite der Medaille ist, dass die Arbeitsstelle nicht in Hamburg ist, sondern in Köln.«

***

Die Nachricht, dass Michael nach Köln ziehen sollte, hatte Inge wie ein Schlag getroffen. »Warum bleibst du nicht in Hamburg?«, hatte sie ihn gefragt. »Weil ich in Hamburg nichts gefunden habe,« war seine Antwort. Tatsächlich entsprach das nicht der Wahrheit, denn er hatte sich bewusst für Köln entschieden, um einen gewissen Abstand zu seiner Familie zu schaffen. Mit Jasmin hatte er alles ausführlich besprochen. Mit ihr war geklärt, dass sie erst ihr Medizinstudium abschließen und ihm dann nach Köln folgen sollte. Damit war auch klar, dass er regelmäßig nach Hamburg fahren und seine Eltern, in erster Linie aber Jasmin besuchen würde.

Joachim schloss die junge Frau sofort in sein Herz und schließlich akzeptierte auch Inge nach anfänglichen Eifersüchteleien die Partnerin an seiner Seite. Inges Vorwürfe gegen Michael lächelte Jasmin einfach weg. Als sie ihr zuflüsterte: »Lass dir bloß kein Kind von ihm andrehen. Der hat kriminelle Gene«, sah Jasmin sie milde an und erwiderte: »Wir werden das schon machen.«

Im Oktober schloss Michael mit der mündlichen Prüfung in der BGA in Hennef die Ausbildung erfolgreich ab. Er rief von dort aus seinen Ausbildungsleiter, Herrn Wendt an.

»Ich habe Wort gehalten und die Prüfung bestanden«, erklärte er. »Sie werden mich also kein weiteres Jahr durchschleusen müssen.«

VI. Die Zeit der Flucht (1984 bis 1990)
1984

Viele Kolleginnen und Kollegen auf seiner neuen Dienststelle kannte Michael von den Lehrgängen, sodass ihm das
Einleben nicht schwerfiel. Mit seinen vierundzwanzig
Jahren reihte er sich nahtlos in die junge Garde ein, die von
wenigen erfahrenen Mitarbeitern komplettiert wurde. Es
gefiel ihm, dass es sich um eine moderne Verwaltung handelte. Sein Arbeitsplatz war mit einem Computer ausgestat-
tet, der Schreibdienst verfügte über elektrische Schreib-
maschinen und jeder Sachbearbeiter hatte ein eigenes Dik-
tiergerät. Es war anders als während seiner Ausbildung, wo
die Schriftstücke noch auf Schallplatten diktiert wurden.
Am besten gefiel ihm, dass er selbstständig und eigenver-
antwortlich arbeiten durfte und nicht jedes Schreiben den
Vorgesetzten vorlegen musste.

Alle zwei Wochen fuhr er zu Jasmin nach Hamburg und
besuchte seine Adoptiveltern. Wenn es ihm möglich war,
hing er ein paar Tage Urlaub zusätzlich dran. Inge hielt sich
nicht an die Vereinbarung, ihn nicht auf der Arbeitsstelle
anzurufen und beschimpfte ihn weiterhin.

»Wir haben dich aus dem Dreck geholt und aus dir etwas
gemacht«, war einer ihrer Standardvorwürfe. »Und wie
dankst du uns das? Du bist einfach weg und lässt deine alte
und kranke Mutter im Stich.«

Meistens hörte er nicht mehr hin und legte auf, wenn es
ihm zu viel wurde. Das hinderte sie jedoch nicht daran, ihn
dann abends erneut anzurufen.

»Was habe ich erfahren?«, kreischte sie an einem Freitagabend ins Telefon. »Du bist gerade ein halbes Jahr auf der
neuen Arbeit und schon rausgeflogen? Ich habe doch immer
gewusst, dass du nichts durchhältst und dich niemand
gebrauchen kann.«

Er verstand kein Wort von dem, was sie ihm an den Kopf warf. Auch auf die Frage, wie sie auf diese irrwitzige Behauptung kommt, bekam er keine sachdienliche Auskunft. Später am Abend rief er Jasmin an und fragte sie, ob Inge ihr irgendetwas zu diesen Vorwürfen gesagt hatte, was jedoch nicht der Fall war. Letztlich beschloss er, es dabei bewenden zu lassen. *Soll sie doch glauben, was sie will.* Am Montagmorgen im Büro klärte sich der Irrtum schließlich auf.

»Deine Mutter hat am Freitag angerufen«, erklärte ihm seine Kollegin. »Du warst aber schon im Feierabend. Die ist ja total schräg drauf.«

»Was meinst du?«, fragte er.

»Die hat mir plötzlich ins Ohr geschrien, dass sie es schon immer gewusst hat und einfach aufgelegt.«

Michael betrachtete sie nachdenklich. »Was genau hast du ihr denn gesagt?«

»Sie wollte dich sprechen. Und ich habe ihr gesagt: Der ist nicht mehr hier.«

In seinem Kopf ratterte es. Als ihm die Zusammenhänge klar geworden waren, lachte er lauthals.

»Was hast du denn?«, wollte sie wissen.

»Hast du das genau so zu ihr gesagt?«, japste er. »Der ist nicht mehr hier?«

»Ja, wieso?«

»Jetzt wird mir alles klar. Sie hat mich am Freitagabend angerufen und fürchterlich zusammengeschissen, weil ich hier rausgeflogen bin.«

»Wie bitte?«

»So hat sie es ganz offensichtlich verstanden.« Er schüttelte lachend den Kopf. »Vorschlag zur Güte. Wenn sie wieder anruft, um mich zu sprechen, dann rede mit ihr in ganz einfachen und verständlichen Worten und sag ihr, dass ich im Feierabend, im Außendienst oder sonst wo bin. Aber bitte nicht wieder, dass ich nicht mehr hier bin.«

»Oh«, sagte sie grinsend. »Das tut mir leid.«

»Muss es nicht«, erwiderte er. »Und ja, sie ist total schräg drauf.«

1985

Paul lag auf der Couch und blätterte in einem Jerry-Cotton-Roman. Seine Augen flogen über die Buchstaben, doch als er das Heft durchgelesen hatte, wusste er nicht mehr, worum es in der Geschichte gegangen war. Er warf es auf den Wohnzimmertisch und lauschte dem Mittagsmagazin von NDR 2 im Radio, wo die Maxiversion von *Nights in white Satin* von The Moody Blues lief. Er liebte diese Version. Manchmal legte er die Schallplatte auf, nur um diesen einen Song zu hören. Schwerfällig drehte er sich auf den Rücken und starrte die Decke an. Die Zeit schien kaum zu vergehen und er langweilte sich.

Schrill läutete das Telefon im Flur, aber er verspürte keine Lust aufzustehen. *Irgendwann wird es schon aufhören.* Doch es klingelte penetrant weiter. Mühsam setzte er sich auf, rieb sich die Augen und fuhr mit den Händen durch sein schütteres Haar. Er humpelte in den Flur. Insgeheim hoffte er, dass das Klingeln endlich endete, aber den Gefallen tat es ihm nicht. Er hob den Hörer ab.

»Kowalczyk«, meldete er sich mit leiser Stimme.

»Paul?«

»Ja?«

»Hier ist Maria.«

Mit einem Schlag war er hellwach. Er setzte sich auf den Hocker neben dem Telefon. »Maria. Wie schön, von dir zu hören. Wie geht es dir?«

»Na ja, es geht so. Aber was ist mit dir? Du hörst dich müde an.«

»Ach, es ist nichts. Ich habe geschlafen.«

»Ich hatte gehofft, dass du da bist. Ich weiß ja nicht, was du gerade für eine Schicht hast.«

»Ich bin seit Monaten krankgeschrieben. Ich hatte einen Unfall.«

»Mein Gott«, stöhnte sie. »Was ist denn passiert?«

»Mir ist auf der Arbeit ein Stahlträger auf den Fuß gefallen. Der war total zertrümmert und jetzt laufe ich mit so klobigen orthopädischen Schuhen herum.«

»Mein Gott«, wiederholte sie. »Hast du starke Schmerzen?«

»Ja, immer noch. Sie wollen den Fuß versteifen. Dann soll es angeblich besser werden. Aber ich will das jetzt nicht.«

»Warum nicht? Wenn du dann weniger Schmerzen hast, ist das doch gut, oder?«

»Ach, wer garantiert mir das denn? Aber ist ja auch egal. Mensch, Maria, sag: Wie geht es dir? Bist du in Hamburg?«

»Nein, wir sind auf einer Kirmes in Bergisch Gladbach in der Nähe von Köln. Wilfried will aber zum Hummelfest nach Hamburg fahren und dann zum Oktoberfest nach München. Da waren wir letztes Jahr auch schon.«

»Gefällt es dir denn noch, durch die Welt zu tingeln?«

»Ehrlich gesagt, nicht so richtig. Ich überlege, wieder nach Hamburg zu ziehen.«

»Läuft es nicht mit ihm?«

»Ach, weißt du.« Ihre Stimme klang traurig und bedrückt. »Das ist es eigentlich noch nie so richtig, aber ich wollte einfach nicht mehr alleine sein. Seit du mit Frieda und den Mädchen zusammenlebst, fühlte ich mich einsam.« Paul biss sich auf die Unterlippe und starrte auf den Teppich. »Sind die Mädchen noch im Haus?«

»Nein. Sie sind alle raus. Zwei sind inzwischen verheiratet und eine studiert in Heidelberg. Tja, und Frieda ...« Er holte tief Luft.

»Ja, Frieda?«, fragte sie. »Wie geht es ihr denn?«

»Sie ist letztes Jahr gestorben. Ganz plötzlicher Herztod.«
Er hörte sie seufzen.

»Oh, Paul. Das tut mir so leid«, flüsterte sie. »Und dann noch der Unfall ... ich hatte mich schon gewundert, dass du nicht zum Hummelfest gekommen bist, aber jetzt wird mir einiges klar.«

»Ja. Letztes Jahr kam wirklich alles zusammen.«

»Und was machst du jetzt? Wann wirst du wieder arbeiten?«

»Keine Ahnung. Ich weiß ja noch nicht mal, ob ich überhaupt noch auf die Werft kann. Ich kann gerade mal einige hundert Meter schmerzfrei gehen. Wenn überhaupt.«

»Und was willst du dann machen?«

»Ich weiß es nicht. Ich habe keine Ahnung, wie es weitergehen soll.« Er wischte seine nassgeschwitzten Hände an der Hose ab. »Hast du was von Michael gehört?«

»Welchem Michael?«

»Maria, bitte ...«

»Ach so. Nein. Wie sollte ich? Du weißt doch, wie ich dazu stehe.«

»Ja, ich weiß. Aber es hätte ja sein können.«

»Nein.«

»Er ist jetzt fünfundzwanzig Jahre. Er ist ein Mann geworden.«

»Ja, das ist er wohl.«

»Ich wüsste zu gerne, was er macht. Frieda hat ihn noch an seinem achtzehnten Geburtstag angerufen.«

»Ja, das hattest du erzählt.«

»Und jetzt habe ich ihn endgültig verloren. Ich ...«

»Paul, bitte hör auf«, unterbrach sie ihn leise.

»Ja, ist gut ... aber ich muss einfach immer an ihn denken ... ich ... denkst du denn gar nicht an ihn?«

»Nein ... doch ... manchmal ...«, stammelte sie.

»Meinst du nicht, wir könnten ...«

»Nein ... Er ist jetzt erwachsen. Er hat es auch ohne uns geschafft. Er hat seine Familie.«

»Bist du wirklich so kalt? Willst du denn wirklich nicht wissen, was ...«

»Nein«, schrie sie ins Telefon. »Was meinst du wohl, wie es mir damit geht? Ich kann das nicht.«

Paul hörte ein Klacken und das Gespräch war beendet. Langsam legte er den Hörer auf die Gabel. Er hielt sich die Hände vor das Gesicht und stützte seine Ellenbogen auf die Oberschenkel. Plötzlich drang ein tiefes Schluchzen aus ihm heraus und er weinte bittere Tränen, die nicht aufhören wollten zu fließen. Ein erneutes schrilles Telefonklingeln weckte ihn aus seiner Traurigkeit.

»Ja?«

»Ich bin es noch mal«, hörte er Marias Stimme. »Es tut mir leid, dass ich aufgelegt habe. Aber ich kann nicht über ihn reden. Verstehst du das?«

»Ja und nein. Du verleugnest ihn. Warum?«

»Ich glaube, anders könnte ich es nicht ertragen.«

Er überlegte einen Moment. »Ja, ich glaube, ich verstehe das.«

»Danke. Das ist mir sehr wichtig. Kommst du zum Hummelfest?«

»Ja, klar komme ich. Ich will dich doch sehen«, erwiderte er.

»Das ist schön. Ich freue mich, dich wiederzusehen.«

»Ich freue mich auch. Es ist auch schon lange her.«

»Ja, das ist es. Mach es gut. Und denk noch mal über die Operation nach. Vielleicht wäre es doch der richtige Weg.«

»Ja, mache ich. Tschüss, Maria.«

Maria verließ die Telefonzelle und blickte über den Marktplatz von Bergisch Gladbach, auf dem die Schausteller ihre Fahrgeschäfte aufbauten. Auch Wilfried war mit dem Aufbau beschäftigt. Maria hätte ihm helfen müssen, aber sie wollte alleine sein. Sie schlenderte durch die Fußgängerzone. Als sie einen kleinen Park erblickte, steuerte sie darauf zu und setzte sich auf eine Bank. Ihre Gedanken waren bei Paul. Und bei Michael. Sie war über sich selbst erschrocken, dass sie Paul angeschrien hatte, als er nach ihrem Sohn gefragt hatte. Was hatte er gesagt? *Bist du wirklich so kalt? Hat er das tatsächlich gesagt?* Sie schlug die Beine übereinander und sah zwei Spatzen zu, die sich um ein Stück Brot stritten. *Bin ich denn kalt?* Es hatte ihr sehr weh getan, als sie Michael im Kinderheim abgegeben hatte. Der letzte Blick des Säuglings, als er ihr aus den Armen genommen wurde, war fest in ihrem Herzen eingebrannt. Der Schmerz hatte sie nie mehr losgelassen. Nicht darüber zu sprechen, die Existenz des Kindes zu verdrängen, war für sie die einzige Möglichkeit, das Leid irgendwie auszuhalten. *Was hätte ich denn tun sollen? In der Hütte wäre er verhungert oder erfroren. Nein, ich konnte gar nicht anders handeln.* Sie stand auf und schlenderte einige Schritte durch den Park, den Blick auf den Boden geheftet. Sie setzte sich auf die nächste Bank und beobachtete ein junges Paar mit einem Kinderwagen, das an ihr vorüberging. Der Mann hatte der Frau seinen Arm um die Schultern gelegt und flüsterte ihr etwas ins Ohr, was sie mit einem Kichern beantwortete. Maria sah wieder zu Boden. Tauben liefen gurrend vor ihre Füße und hofften, dass Futter für sie abfiel. Eine aufgeplusterte Taube jagte einer anderen hinterher, die ihr Heil in der Flucht suchte. *Hätte ich mich kümmern sollen?*, grübelte sie. *Nein, ich konnte es nicht,* antwortete sie. Sie sah den friedlich schlafenden kleinen Jungen in seinem Bett liegen, als sie vor vielen Jahren bei der Familie Müller gewesen war. Dieses Bild war ihr nie wieder aus dem Kopf gegangen. *Ich konnte es nicht ertragen. Ich wäre zerbrochen, wenn ich ihn öfter gesehen hätte.* Sie spürte die Tränen nicht, die über ihr Gesicht liefen, bemerkte die Passanten nicht, die sie mitfühlend ansahen, und nahm Wilfried nicht wahr, der sich neben sie gesetzt und einen Arm um sie gelegt hatte.

»Hey«, flüsterte er. »Was ist los? Ich habe dich überall gesucht.«

Erst jetzt registrierte sie den Mann neben sich und sah ihn aus verweinten Augen an. »Es ist nichts«, antwortete sie und wischte sich die Tränen aus dem Gesicht. »Ich habe nur an jemanden gedacht.«

»An wen?«

»An niemanden.«

Sie stand auf und ging zum Kirmesplatz zurück. Wilfried sah Maria eine Weile nachdenklich hinterher und folgte ihr in einigem Abstand. Er wusste, dass es keinen Sinn hatte, sie weiter zu fragen. Sie würde ihm ohnehin nicht antworten, und es war besser, sie in Ruhe zu lassen.

***

An einem lauen Sommerabend hatte Paul beschlossen, zum Hummelfest zu gehen und Maria zu besuchen. Er stieg an der U-Bahn-Station Feldstraße aus und folgte dem Menschenstrom. Sein Fuß schmerzte und diese orthopädischen Schuhe machten ihm das Gehen schwer. Sein schweißdurchtränktes Hemd klebte an seinem Körper. Er besaß zwar einen Gehstock, aber er wollte ihr nicht wie ein Krüppel, wie er sich selbst bezeichnete, begegnen und hatte ihn zu Hause gelassen. Er kam nur langsam voran und wurde immer wieder von Menschen angerempelt, die ihn überholen wollten. *Wieso um alles in der Welt müssen die so hetzen?* Es dämmerte und am Himmel zogen rote Wolken entlang, doch er bemerkte sie nicht. Er humpelte an den Buden mit Süßigkeiten und Backfisch vorbei. Der Fettgeruch aus den Fritteusen gepaart mit dem Duft von Kräuterbonbons lagen schwer in der Luft und ihm wurde schlecht. So schnell es ihm möglich war, eilte er weiter. Der Weg machte eine Linkskurve und er hörte das Rattern der Achterbahn, begleitet von wummernder Musik. Wilfrieds Losstand befand sich in der Mitte des Heiligengeistfeldes und Paul sah dem einen oder anderen Fahrgeschäft zu, um sich einen Moment auszuruhen. Er sah den Losverkäufer schon von Weitem und hörte ihn seine Lose anpreisen. Er kannte ihn von seinen früheren Besuchen, hatte aber nie viele Worte mit ihm gewechselt. Die beiden Männer mochten sich nicht. Pauls Augen suchten Maria, konnten sie jedoch nirgends entdecken. Ein Clown hielt ihm einen Eimer mit Losen vor die Nase, aber er winkte ab.

»Wissen Sie, wo Maria ist?«, fragte er den Mann.

»Was?«

»Maria«, wiederholte er. »Sie gehört zu dem da.« Er zeigte mit einer kurzen Handbewegung Richtung Wilfried, der ihn noch nicht bemerkt hatte.

»Keine Ahnung«, antwortete der Clown. »Fragen Sie ihn selbst.«

Paul drängte sich durch die Menschenmenge und winkte Wilfried zu. Mit einem Kopfnicken deutete der Schausteller ihm, dass er ihn gesehen und erkannt hatte.

»Hallo Paul«, rief er ihm durch die Musik zu. »Wie geht's dir?«

»Geht so. Wo ist Maria?«

»Hinten im Wagen. Ihr geht's heute nicht so gut. Du kannst zu ihr, wenn du willst.«

»Danke.« Paul humpelte auf einen großen Wohnwagen zu.

»Ist offen«, hörte er Marias Stimme, nachdem er an die Wohnwagentür geklopft hatte. Sie saß an einem winzigen Tisch und löste ein Kreuzworträtsel. Als sie aufsah und ihn erblickte, stand sie wortlos auf, schlang ihre Arme um seinen Hals und drückte sich an ihn. »Es tut so gut, dich zu sehen«, flüsterte sie. Fest, ganz fest hielten sie sich und nur langsam, fast widerwillig, lösten sie sich voneinander. »Setz dich«, sagte sie. »Magst du was trinken?«

»Danke, nein.«

Sie nahmen Platz und sahen sich eine Weile an.

»Was macht dein Fuß?«, fragte sie.

»Es geht so. Ich werde die Versteifung wohl machen lassen müssen, aber erst nächstes Jahr im Frühjahr oder Sommer.«

»Warum erst dann?«

»Im Februar fliege ich für zwei Wochen nach Sri Lanka. So lange muss die Operation warten.«

»Sri Lanka? So weit bin ich noch nie gekommen«, erwiderte sie lächelnd. »Und ich bin die letzten Jahre viel rumgekommen.«

Er lachte. »Ja, klar. Du hast sämtliche Jahrmärkte Deutschlands heimgesucht.«

»Na ja. Allmählich reicht es mir auch. Was machst du in Sri Lanka?«

»Ach, ich wollte da immer schon mal hin.« Er legte den Kopf schief und lächelte sie an. »Komm doch mit.«

»Nach Sri Lanka? Was soll ich denn da?«

»Du könntest mich begleiten. Einen Flug sollten wir noch buchen können. Es ist ja noch etwas Zeit.«

»Keine zehn Pferde bringen mich in ein Flugzeug.« Sie schüttelte energisch den Kopf.

»Du hast Flugangst?« Er lachte auf. »Da gibt es doch tatsächlich etwas, das ich von dir noch nicht wusste.« Er lehnte sich zurück und musterte sie. Sie faltete nervös ihre Hände, legte sie auf den Tisch und betrachtete ihre Fingernägel. »Du bist nicht glücklich«, stellte er fest.

Sie sah ihn kurz an und dann wieder auf ihre Hände. Schließlich schüttelte sie den Kopf. »Ich halte diese Reiserei nicht mehr aus.« Ihre Augen füllten sich mit Tränen. »Ich bin nirgendwo wirklich zu Hause. Ich gehöre nirgendwo so richtig hin.« Sie wischte sich die Tränen aus den Augen. »Seit Jahren lebe ich aus dem Koffer. Alles ist so eng hier. Und dann der ganze Lärm und der Gestank von gebrannten Mandeln und altem Bratfett. Diese laute Musik den ganzen Tag.« Sie legte ihr Gesicht in die Hände. »Verstehst du das?«

»Ja, nur zu gut. Aber warum steigst du nicht aus?«

»Was?«

»Steig einfach aus. Das hast du schon einmal getan. Warum nicht wieder? Ich sehe doch, wie unglücklich du bist.«

»Und wohin bitte soll ich? Ich habe nichts mehr. Ich habe keine Wohnung, keine Möbel. Nichts.«

»Du könntest zu mir kommen.« Er legte seine Hände sachte auf ihre. »Die Mädchen sind aus dem Haus und die Wohnung ist viel zu groß für mich alleine.«

»Ich soll alles stehen und liegen lassen?«

»Ja, was gibst du denn bitteschön auf? Das hier? Du willst das doch gar nicht mehr. Was gehört dir hier denn?«

»Und was gehört mir bei dir? Es sind deine Möbel. Ich habe nichts, was ich beisteuern könnte.«

Sanft strich er über ihre Hände. »Scheiß auf die Möbel. Wir schmeißen sie nach und nach raus und richten uns so ein, wie wir es wollen.« Er kratze sich an der Stirn und fuhr leise fort: »Maria, hör mir zu. Ich liebe dich. Ich habe dich über all die Jahre geliebt. Kein Tag ist vergangen, an dem ich nicht an dich gedacht habe.« Er sah ihr fest in die Augen. »All die versäumten Jahre, nur, weil ich bei Frieda gelandet bin. Ich wollte das alles doch nicht.« Er rieb sich schwer seufzend über das Gesicht. Sie schob ihre Hand unter sein Kinn und hob seinen Kopf hoch, sodass er ihr in die Augen sehen musste.

»Ich habe das auch nicht gewollt«, flüsterte sie. »Es war nicht meine Entscheidung. Bitte lass mir etwas Zeit zum Nachdenken, ja?«

Er lächelte schwach. »Ja, klar.«

»Ich muss Wilfried jetzt helfen.«

»Ja, ich muss sowieso los.« Sie erhoben sich und sanken sich erneut in die Arme. »Ich komme in den nächsten Tagen noch mal vorbei.«

Sie nickte und lächelte gequält. »Ja, bitte tu das.«

Er verließ den Wohnwagen und eilte davon, so schnell es ihm mit seinem schmerzenden Fuß möglich war.

***

Maria verbrachte nahezu die ganze Zeit des Hummelfestes im Wohnwagen. Sie wollte alleine sein, das Gespräch mit Paul Revue passieren lassen. Immer wieder gingen ihr seine Worte durch den Kopf. *Du könntest zu mir kommen.* Nachts lag sie wach, ließ ihre Gedanken rotieren und lauschte dem

Schnorcheln ihres Lebensgefährten. Sie wunderte sich über sich selbst, dass Wilfried bei ihrem Gedankenkarussell keine Rolle spielte. Er kam einfach nicht vor. Doch so sehr sie sich auch das Hirn zermarterte, sie fand keine Antworten auf Ihre Fragen.

Auch den letzten Tag des Hummelfestes verbrachte sie im Wohnwagen. Spät in der Nacht kam Wilfried, öffnete sich eine Flasche Bier und setzte sich zu ihr. Er musterte sie eine Weile, als erwarte er irgendeine Erklärung. Doch sie schwieg und sah auf den Tisch, wirkte abwesend und der Welt entrückt.

»Wo warst du die ganze Zeit?«, fragte er. »Ich hätte dich dringend gebraucht.« Sie zuckte mit den Schultern und sah ihn schweigend an. »Maria, so geht das nicht. Es mag ja sein, dass es dir nicht gutgeht, aber du kannst mich mit dem Laden nicht so hängen lassen. Draußen war die Hölle los.«

»Was sollte ich denn tun?«

»Lose verkaufen«, erwiderte er. »Maria, wach auf, Herrgott noch mal! Es geht um unsere Existenz. Du darfst dich nicht so hängen lassen. Was ist los mit dir? Seit wir in Hamburg sind, bist du nicht mehr dieselbe.«

»Ich weiß auch nicht.«

»Was soll das heißen, du weißt auch nicht? Ich kann mich doch auch nicht so gehen lassen.« Er hob die Arme und ließ sie auf den Tisch sinken. »Dann bricht hier alles auseinander. Reiß dich gefälligst zusammen. Oder ist es dieser Kerl, der vor ein paar Tagen bei dir war?« Er fixierte sie und wartete auf eine Antwort, doch sie sah ihn nur verschreckt und zitternd an. Er lehnte sich zurück und betrachtete sie. »Du meine Güte. Es ist Paul, oder? Du liebst ihn immer noch.«

»Ich weiß es nicht«, flüsterte sie.

»Aber ich weiß es. Und ich weiß auch, dass er dich ebenfalls liebt.« Er beugte sich über den Tisch und sah sie an, doch sie wich seinem Blick aus. »Maria, er war jeden Tag da und hat nach dir gefragt. Und ich habe ihn jedes Mal weggeschickt. Auch heute wieder.« Er umklammerte die Bierflasche und strich mit den Daumen über die Banderole. »Hör zu. Du hast nie über dich und ihn geredet, oder was dich sonst so beschäftigt. Aber er war immer da. Er war nie ganz weg, und ich weiß und wusste das die ganze Zeit. Aber es war mir egal.«

»Wilfried, ich ...«

»Nein, warte«, unterbrach er sie. »Dieses Fahrgeschäft war nie etwas für dich. Du bist damals weggelaufen, keine Ahnung, wovor. Du hast es mir ja nie gesagt. Und ich habe dich nicht danach gefragt. Aber im Grunde gehörtest du nie hierher.« Er holte tief Luft. »Ich weiß auch nicht, was richtig ist, aber vielleicht solltest du dir endlich im Klaren darüber werden, was du willst und eine Entscheidung treffen. So bist du mir jedenfalls keine große Hilfe.«

»Wie ... wie meinst du das?«

»Maria, du hast mir nie gesagt, was mit dir los ist. Im Grunde genommen weiß ich gar nichts über dich. Du bist all die Jahre an meiner Seite gewesen, und doch wieder nicht. Ich glaube, du warst die ganze Zeit auf der Flucht.«

»Wovor hätte ich denn weglaufen sollen?«

Er lehnte sich kopfschüttelnd zurück. »Tja, wenn du es nicht weißt ... ich weiß es nicht.«

»Und jetzt schickst du mich weg?«

»Herrgott, Maria, ich schicke dich nicht weg. Aber ich will nicht länger mit einem Eisblock an meiner Seite leben. Verstehst du das? Solange du noch mitgearbeitet hast, konnte ich damit leben, aber so?«

»Ich ... ich bin ein Eisblock?«

»Du hast für mich nie etwas empfunden. Meinst du, ich weiß das nicht?«

Er erhob sich und sah auf sie hinab. »Ich habe dich übrigens mit Paul gesehen.«

Sie sah ihn fragend an. »Was hast du gesehen?«

»Ich habe gesehen, wie ihr euch in den Armen gelegen habt.«

»Ja, und?«

»So hast du mich nie umarmt.«

Sie wusste, dass er recht hatte, und senkte den Blick. »Wo soll ich denn hin?«

»Du kannst bei mir bleiben, bis du etwas Neues hast. Du kannst an jedem Hauptbahnhof eine Tageszeitung mit Wohnungsangeboten kaufen oder selbst eine Annonce aufgeben.«

Sie vergrub ihr Gesicht in die Hände. »Mir geht das alles zu schnell«, flüsterte sie. »Das ist alles zu viel für mich.«

»Das kann ich verstehen. Aber es ist besser so. Für uns beide.« Er legte eine Hand auf ihre Schulter, drehte sich um und verließ den Wohnwagen.

1986

Inges Getränkemarkt lief schlecht. Viele Kunden waren weggeblieben, nachdem Michael vor über fünf Jahren aufgehört hatte, dort zu arbeiten. Insbesondere ihre burschikose und oftmals unverschämte Art im Kundenumgang akzeptierten sie nicht. Dass sein Nachfolger fleißig und bemüht war, konnte daran nichts ändern. Hinzu kam, dass die Regale leer waren, weil sie aus Geldmangel keinen Waren einkaufte. Die Lieferaufträge waren immer mehr zurückgegangen, sodass sie den Lieferservice zwei Jahre zuvor komplett eingestellt hatte. Einige Zeit hatte sie sich mit Zusatzgeschäften wie dem Verkauf von Second-Hand-Kleidung über Wasser gehalten. Völlig überfordert war sie mit der Buchführung. Mehrfach hatte Michael ihr angeboten, die in einem Schrank gestapelten Belege zu ordnen und die Zahlungsein- und ausgänge zu verbuchen. Aber stattdessen hatte sie ihn angekeift. »Du willst nur wissen, wie viel ich verdiene.« Letztlich sollte ihr das Finanzamt das Genick brechen. Da sie nie eine Steuererklärung abgegeben hatte, wurde sie geschätzt und mit einer Forderung von 50.000 DM belastet. Weil sie Michaels Hilfe erneut ablehnte, musste sie das Geschäft nach dem Jahreswechsel schließen und für ihre Steuerschulden einen Kredit aufnehmen. Auch darin sah sie in Michael den Hauptschuldigen. »Der blöde Bengel hätte doch nicht nach Köln gehen müssen«, jammerte sie Joachim vor. »Stattdessen hätte er mir im Laden helfen sollen, wie es sich für einen anständigen Jungen gehört.« Zudem plagten sie Schmerzen in den Kniegelenken. Jeder Schritt fiel ihr schwer, sodass sie sich nur mit einem Gehstock fortbewegen konnte. Seit Maiko vor einem

Jahr eingeschläfert werden musste, hatte sie keinen Grund mehr, die Wohnung zu verlassen. Sie wusste nichts mit sich anzufangen, verbrachte die meiste Zeit im Bett und verschlief den Tag. Nachts konnte sie nicht schlafen, zumal Joachim neben ihr lauthals schnarchte. Nacht für Nacht spielte sich das gleiche Schauspiel zwischen ihnen ab. »Mensch, Joachim! Dreh dich um. Das ist ja nicht auszuhalten.« Brav befolgte er ihre Anweisung, um in die andere Richtung zu schnarchen.

Eines Nachts stand sie auf und schlurfte zur Toilette, betrachtete einen Moment die alte Frau von sechsundsechzig Jahren im Spiegel und ging in die Küche. Sie setzte sich auf die Eckbank, nahm den auf dem Tisch liegenden Briefumschlag in die Hand und drehte ihn nachdenklich hin und her. Er war noch ungeöffnet. Adressiert an Michael Kowalczyk. Absender Rechtsanwalt Karl Schneider. *Was hat der Bengel jetzt schon wieder ausgefressen?* Sie malte sich sämtliche kriminelle Möglichkeiten aus, die er verübt haben könnte. Schließlich schritt sie zum Küchenschrank, holte ein Messer heraus und setzte sich wieder an den Tisch. Sie war im Begriff, den Brief zu öffnen, doch dann zögerte sie. Es war Donnerstag und am Nachmittag wollte Michael nach Hamburg kommen. Ohne Jasmin, die inzwischen ihr Medizinstudium abgeschlossen hatte und im vergangenen Jahr zu ihm nach Köln gezogen war. Sie arbeitete in einem Kinderkrankenhaus und musste kurzfristig den Wochenenddienst übernehmen. *Der macht mir die Hölle heiß, wenn ich den Brief aufmache,* überlegte sie. Schließlich ließ sie den Brief ungeöffnet auf dem Tisch liegen und legte sich wieder ins Bett. *Sollen Sie den Taugenichts doch ins Gefängnis stecken.*

Michael kam wegen des Verkehrs spät in Hamburg an, war müde und gereizt von der langen Autofahrt. Während er von Joachim mit einem Strahlen im Gesicht begrüßt wurde, war Inge reserviert. Er setzte sich an den Küchentisch und schmierte sich eine Scheibe Brot.

»Da ist vorgestern ein Brief von einem Rechtsanwalt für dich angekommen«, sagte sie und schob ihm den Umschlag zu. Zu seiner Überraschung war er verschlossen.

»Was für einem Rechtsanwalt?«, fragte er und drehte ihn hin und her.

»Woher soll ich das wissen?«, antwortete sie.

»Tatsächlich«, bemerkte er mit einem süffisanten Grinsen. »Du hast ihn nicht geöffnet.«

»Was hast du wieder ausgefressen?«, rief sie.

»Nichts, von dem ich wüsste«, erwiderte er. »Mal abgesehen vom Banküberfall letzte Woche.«

»Warum ist Jasmin nicht mitgekommen?«

»Das habe ich dir doch gesagt«, antwortete er und warf ihr einen Seitenblick zu. »Sie ist im Krankenhaus und hat heute Nachtdienst und dann Wochenenddienst.« Er biss in sein Brot. »Oder willst du hören, dass sie im Hauptbahnhof bettelt, weil wir unsere Schulden nicht bezahlen können?«

»Sei nicht so ...«

»Jetzt reicht's«, polterte er und funkelte sie an. »Ich hatte eine anstrengende Woche. Ich war nicht sieben Stunden auf der Autobahn, nur um mir permanent diesen Blödsinn anzuhören.« Er atmete tief durch und öffnete den Briefumschlag. »Ich frage mich, wieso die den hierhin schicken statt direkt zu mir«, murmelte er. Er faltete das Papier auseinander und las:

Sehr geehrter Herr Kowalczyk,

mit beigefügter Vollmacht zeige ich Ihnen an, dass ich Frau Maria Bachmann-Kowalczyk anwaltlich vertrete.

Frau Bachmann-Kowalczyk hat am 14. Februar 1986 Herrn Paul Kowalczyk ein weiteres Mal geheiratet. Am 21. Februar 1986 ist Herr Paul Kowalczyk in Colombo/Sri Lanka an den Folgen eines Unfalles verstorben.

Der Verstorbene hinterlässt eine kleine Erbmasse. Ich bitte Sie um Mitteilung, ob Sie Ihr Erbe antreten wollen oder zugunsten meiner Mandantin auf die Erbschaft verzichten.

Hochachtungsvoll
Karl Schneider
Rechtsanwalt

Michael las den Brief ein weiteres Mal. Inges Mundwinkel zuckte nervös.

»Was ist?«, fragte sie. »Bist du angezeigt worden? Hast du jemanden beklaut. Musst du zur Polizei?«

»Nein«, flüsterte er. »Mein Vater ist gestorben. Es geht um eine Erbschaft.«

Sie starrte ihn an. »Eine Erbschaft? Wie viel?«

»Keine Ahnung.«

»Was soll das heißen, keine Ahnung?«

»Dass ich es nicht weiß«, erwiderte er, ohne sie anzusehen, und las den Brief erneut. »Ich fass es nicht«, murmelte er. »Sie hatten wieder geheiratet.« Er sah von einem zum anderen.

»Ja und?«, fragte sie.

»Genau eine Woche vor seinem Tod ... O Mann.«

»Und was interessiert dich das? Sie gehen dich nichts an.«

»Er war immerhin mein Vater.«

»Das hier ist dein Vater«, kreischte Inge und zeigte auf Joachim. »Und ich bin deine Mutter.«

Joachim sah betreten auf den Tisch. Michael lehnte sich zurück, verschränkte die Arme vor der Brust und musterte sie. »Du willst also wissen, um was für eine Erbschaft es geht?«

»Ja, klar. Wir könnten das Geld gut gebrauchen.«

»Tja«, erwiderte er mit einem Blick auf die Uhr. »Heute erreiche ich da niemanden mehr.« Er ging zum Kühlschrank und holte sich eine Flasche Bier heraus. »Du wirst dich wohl bis morgen gedulden müssen. Dann rufe ich den Anwalt an und kläre alles mit ihm.«

Am nächsten Morgen rutschte Inge beim Frühstück ungeduldig auf ihrem Stuhl hin und her, was Michael mit einem inneren Schmunzeln registrierte.

»So«, sagte er. »Neun Uhr. Jetzt sollte die Kanzlei besetzt sein.« Er ging mit dem Brief in der Hand ins Wohnzimmer zum Telefon, hob den Hörer ab und wählte die Nummer. »Freizeichen«, flüsterte er Inge zu, die sich direkt neben ihm positioniert hatte.

»Guten Tag«, meldete er sich. »Mein Name ist Michael Müller. Kann ich bitte Herrn Rechtsanwalt Schneider sprechen? ... Ja ... danke, sehr nett.« Er sah ihr fest in die Augen. »Guten Tag, Herr Schneider. Hier ist Michael Müller, geborener Kowalczyk. Es geht um die Erbangelegenheit Paul Kowalczyk. ... Ja, genau. Ich bin sein Sohn. ... Ja, tut mir leid, dass ich mich erst jetzt melde. Ich habe den Brief gestern erst bekommen. ... Mhm. ... Die Sache ist die, Herr Schneider. Ich bin nicht erbberechtigt, weil ich 1981 adop-

320

tiert wurde und Michael Müller heiße. ... Mhm. ... Falls es ein Testament gibt oder noch auftauchen sollte, werde ich die Erbschaft ausschlagen ... Ach, gibt es nicht? Gut, natürlich teile ich Ihnen das noch schriftlich mit. ... Ja, danke. ... Auf Wiederhören.« Er legte den Hörer auf die Gabel und schob sich an ihr vorbei in die Küche. Sie folgte ihm.

»Was hast du ihm gesagt?«

»Das hast du doch gehört. Dass ich wegen der Adoption nicht erbberechtigt bin und die Erbschaft ausschlage, falls ich testamentarisch bedacht sein sollte.«

Sie starrte ihn an. »Und warum, wenn ich fragen darf? Kannst du mir das mal erklären?«

»Klar kann ich das«, erwiderte er. »Du hast es doch selbst gesagt. Sie gehen mich nichts an. Also steht mir auch kein Erbe zu. Abgesehen davon gibt es offensichtlich kein Testament. Also ist meine Mutter Alleinerbin.«

»Ich bin deine Mutter!«, kreischte sie. »Hast du das verstanden?«

»War ja laut genug.« Er zog Schuhe und Jacke an und warf ihr einen wütenden Blick zu. »Ich gehe spazieren, bevor ich etwas sage, dass ich nicht mehr zurücknehmen kann.«

1989

Bereits eine Stunde saß Inge im Wartezimmer von Dr. Schwarzer, das für Juni ungewöhnlich voll war. Ihre Knie schmerzten und mit dem Gehstock kam sie nur mühsam voran. Die zwanzig Minuten Fußweg waren ihr schwergefallen. Ferner hatte sie seit einigen Wochen Schmerzen im Bauchraum und wollte sich deshalb untersuchen lassen. *Das ist die Galle. Kein Wunder bei dem ganzen Ärger.* Dabei dachte sie an Michael, der sich in den letzten drei Jahren mehr und mehr zurückgezogen hatte und nur alle paar Wochen anrief. *Wenn ich geahnt hätte, wie undankbar der ist, hätte ich ihn da gelassen, wo er herkommt. Das hat man von seiner Gutmütigkeit.* Sie betrachtete die in Ocker gehaltenen Wände und zwei Bilder, die offensichtlich Dr. Schwarzers Kinder gemalt hatten. *Wie kann man nur solche Strichmännchen hier aufhängen? Das hat doch nichts mit Kunst zu tun.*

Die Sprechstundenhilfe öffnete die Tür zum Wartezimmer und rief einen immer wieder schniefenden und hustenden jungen Mann auf.

»Wie lange dauert das denn noch?«, maulte Inge. »Ich warte schon seit über einer Stunde.«

»Sie sind als Nächste dran, Frau Müller. Sie sehen ja, wie viel heute hier los ist. Da kann das schon mal etwas länger dauern.«

Der Bengel hätte mich aus Höflichkeit auch vorlassen können, dachte sie mit zuckendem Mundwinkel. *Diese Jugend hat überhaupt keinen Respekt mehr vor dem Alter. Kein Wunder, dass einem da die Galle überläuft.*

Nach wenigen Minuten schaute die Sprechstundenhilfe freundlich lächelnd hinein. »Frau Müller, bitte.«

»Na endlich. Das wurde auch Zeit.« Schwerfällig erhob sie sich und ließ sich in den Behandlungsraum geleiten.

»Guten Tag, Frau Müller«, sagte Dr. Schwarzer. »Setzen Sie sich schon mal. Ich bin gleich für Sie da.« Sie setzte sich auf einen Stuhl vor seinem Schreibtisch. Der Arzt schrieb etwas auf ein Krankenblatt und sortierte es weg. »So. Jetzt bin ich ganz Ohr. Was kann ich für Sie tun?«

»Herr Doktor, mir tun die Knie so weh. Ich kann kaum laufen.«

»Ja, ich weiß«, antwortete er. »Sie haben nun mal eine Gonarthrose.« Sie sah ihn fragend an. »Eine Arthrose in den Kniegelenken. Wir haben schon oft darüber gesprochen. Sie sind jetzt ...« Er warf einen kurzen Blick auf ihre Krankenkarte. »Neunundsechzig Jahre alt. Da verschleißen die Gelenke schon mal. Ich kann Ihnen gern Krankengymnastik aufschreiben. Und Sie sollten noch etwas abnehmen.« Er füllte ein Rezept aus und schob es ihr zu. »Kann ich sonst noch etwas für Sie tun?«

»Mir tut die Galle weh.« Sie strich mit ihrer Hand über den Bauch.

»Die Galle? Wo genau tut es Ihnen weh?«

»Na hier.« Sie zeigte auf ihren Bauch unterhalb des Bauchnabels. »Und manchmal gehen die Schmerzen bis in den Rücken.«

Dr. Schwarzer musterte sie einen Moment. »Legen Sie sich doch bitte mal auf die Untersuchungsliege und machen Sie den Bauch frei.« Sie quälte sich auf die Liege und schob ihren Pullover hoch. Aufmerksam tastete er sie ab. Als er mit der flachen Hand auf den Oberbauch drückte, stöhnte sie leicht auf und zuckte zusammen. »Hier?«, fragte er.

»Ja.«

»Haben Sie die Beschwerden schon lange?«

»Ach, Herr Doktor, ich renne doch nicht gleich zum Arzt, wenn mal was wehtut.«

»Ja, ich weiß«, murmelte er und sah ihr prüfend in die Augen.

»Es ist die Galle, stimmt's?«, sagte sie. »Es ist ja auch kein Wunder, bei dem ganzen Ärger, den ich habe.«

»Nein, es ist nicht die Galle«, widersprach er. »Es könnte die Bauchspeicheldrüse sein, aber genau weiß ich das nicht. Bei einem Ultraschall könnte man vielleicht mehr sehen, aber mein Gerät ist derzeit defekt. Und ihre Augen haben einen leichten Gelbstich. Das könnte bedeuten, dass auch mit Ihrer Leber etwas nicht stimmt.«

»Wollen Sie etwa sagen, dass ich eine Säuferleber habe?«, fuhr sie ihn an.

»Nein, Frau Müller, das habe ich nicht gesagt und das will ich auch nicht. Es gibt durchaus Menschen, die an der Leber erkranken, ohne einen Tropfen Alkohol getrunken zu haben.«

»Sind Sie sicher, dass es nicht die Galle ist?«

»Ja, die Galle ist es mit Sicherheit nicht, auch wenn Sie sich darauf versteift haben. Sonst hätten Sie die Schmerzen an der rechten Oberbauchseite. Aber es sollten noch zusätzliche Untersuchungen durchgeführt werden, die ich nicht machen kann. Ich gebe Ihnen eine Überweisung für das Krankenhaus mit. Die können Sie dann genauer untersuchen und sofort behandeln, wenn es sein muss.«

»Ich muss ins Krankenhaus? Ist es so schlimm?«

»Ich bin nur vorsichtig. Es kann sein, dass sie Sie ein paar Tage zur Beobachtung dortbehalten. Ich denke, Sie werden auch die Leberwerte überprüfen. Also, wenn Sie die Befunde haben, kommen Sie wieder zu mir, ja? Und warten

Sie nicht wieder so lange wie mit Ihren Kniebeschwerden. Da hätten Sie auch viel früher kommen müssen.«

»Danke, Herr Doktor.« Sie verließ die Praxis. Ihre Gedanken rotierten auf dem beschwerlichen Heimweg. *Die Leber? Habe ich mir doch die Leber kaputtgetrunken? Bauchspeicheldrüse? Was soll das denn schon wieder sein?* Zu Hause angekommen, vereinbarte sie sofort mit dem Krankenhaus einen Termin.

***

Michael und Jasmin schmusten auf dem Bett, während im Hintergrund leise Musik lief. Sie hatten Kerzen angezündet, was dem Schlafzimmer ein warmes Licht verlieh. Sie lagen oft einfach so beieinander, kuschelten, schwiegen oder redeten. Jasmin hatte ihn immer wieder auf seine Ängste vor Berührungen angesprochen, bis er ihr erzählte, dass Inge ihn häufig verprügelt hatte, ohne auf Einzelheiten der Misshandlungen einzugehen.

»Verstehst du jetzt, warum ich damals nicht so viel Wert darauf gelegt hatte, dass du sie kennenlernst?«

»Na ja«, erwiderte sie. »Auch wenn sie sich nicht immer so verhalten hat, aber sie ist letztendlich doch deine Mutter.«

»Nein, ist sie nicht.«

»Aber sie hat versucht, sie zu ersetzen. Und es ist eben deine Familie.«

»Aber jetzt bist du meine Familie.«

»Ja, und das ist schön.« Sie legte ihren Kopf auf seine Brust. »Apropos Familie«, flüstere sie. »Denk noch mal drüber nach, ob du nicht doch mal deine leibliche Mutter kennenlernen willst. Wenn du schon deinen Vater nicht kennenlernen durftest.«

»Warum sollte ich das wollen? Außerdem ist die Hölle los, wenn meine Mutter davon erfährt.«

»Dann sorgen wir dafür, dass sie es nicht erfährt.«

»Ich will das nicht.«

»Weil du Angst hast.«

»Nein.«

»Doch.«

»Nein, habe ich nicht.«

»Natürlich nicht.«

»Jetzt verarschst du mich.«

»Nur ein wenig.« Sie hob den Kopf, lächelte und küsste ihn auf den Mund. »Gib doch einfach zu, dass du Angst hast. Es wäre schlimm, wenn das nicht so wäre. Also, ich hätte wahnsinnige Angst davor.«

»Wieso sollte ich denn Angst haben, Herrgott noch mal.« Er schob sie sachte von sich und setzte sich auf. »Was sollte denn schon passieren, wenn ich sie sehe«, sagte er und sah sie von der Seite an.

»Oh.« Sie hob eine Augenbraue hoch. »Das ist allerdings eine interessante Frage. Was sollte schon passieren, wenn du sie kennenlernst?«

»Bitte, Jasmin, lass das Thema jetzt, okay?«

»Na gut. Komm, leg dich wieder zu mir.«

Er ließ sich auf das Kissen sinken und sie legte ihren Kopf wieder auf seine Brust. Gedankenverloren starrte er zur Decke und strich über ihre Haare.

»Hörst du auch das Telefon?«, fragte sie nach einer Weile.

»Geh du dran. Es ist ohnehin nicht für mich.«

»Klar. Wer sollte dich auch schon anrufen?«

Sie lachte. Gemeinsam lauschten sie dem aufdringlichen Telefonklingeln.

»Ich mag aber nicht drangehen«, klagte sie. »Es ist gerade so schön.«

»Na gut«, sagte er. »Dann will ich mich mal erbarmen.« Er ging in den Flur und nahm den Hörer ab. »Ja, hallo.« Jasmin ließ sich wieder aufs Bett fallen und hörte seiner Stimme zu. »Hallo, Vati. ... Was? ... Seid ihr sicher? ... Kein Irrtum? ... Wie lange noch? ... Na klar komme ich. Ich mache mich morgen nach der Arbeit auf den Weg.«

Er legte den Hörer auf die Gabel und starrte gedankenverloren auf das Telefon. Jasmin richtete sich auf. Sie spürte, dass etwas nicht stimmte. Schweren Schrittes ging er ins Schlafzimmer zurück und setzte sich auf das Bett, den Blick ins Nichts gerichtet.

»Schatz, was ist los?«

»Das war mein Vater.« Seine Stimme klang brüchig.

»Ja, das habe ich gehört.«

»Meine Mutter hat Krebs. Bauchspeicheldrüsenkrebs. Der Bauchraum ist schon voller Metastasen und die Leber ist befallen. Die Ärzte geben ihr noch maximal acht Monate.« Er vergrub das Gesicht in den Händen. »Morgen nach der Arbeit fahre ich nach Hamburg.«

»Ich muss arbeiten«, antwortete sie.

»Ist kein Thema. Ich nehme mir ein paar Tage frei und fahre alleine.« Er ließ sich in das Bett sinken. »Bauchspeicheldrüsenkrebs. Kennst du dich damit aus?«

»Nicht wirklich. Ich weiß nur, dass man ihn meistens erst dann entdeckt, wenn er Metastasen gestreut hat. Dann kann alles sehr schnell gehen. Na ja. Schnell ist natürlich relativ.«

»Keine Chance?«

»Wie denn, wenn er gestreut hat? Dann ist der ganze Körper schon befallen und irgendwann versagen die Organe. Ach, Michael, es tut mir so leid.«

Sie wollte ihn in die Arme nehmen, aber er wich ihr aus, stand auf und zog sich eine Jacke an. »Ich muss etwas alleine sein und gehe eine kleine Runde spazieren.«

***

Am darauffolgenden Morgen sprach Michael mit seinem Vorgesetzten und dem Geschäftsführer seiner Dienststelle und schilderte ihnen seine Lage. Er konnte noch am selben Tag und für den Rest der Woche Urlaub nehmen und nach Hamburg fahren. Er half Joachim bei der Hausarbeit, den Einkäufen und beim Kochen. In den folgenden Wochen fuhr er jedes Wochenende zu seinen Adoptiveltern. Jasmin begleitete ihn, wenn es ihre Dienste zuließen, und unterstützte ihn und seine Eltern, wo es ihr möglich war. Inge ging es zunehmend schlechter und ihre Schmerzen wurden von Tag zu Tag schlimmer, bis Dr. Schwarzer starke Morphinpräparate verordnen musste.

»Sie ist ein sehr nettes Mädchen«, sagte sie eines Tages zu Michael. »Ich bin froh, wenn sie hier ist und Vati etwas hilft. Er tut so viel für mich.«

Es stimmte. Joachim wuchs über sich hinaus und versuchte, ihr jeden Wunsch von den Lippen abzulesen. Er kochte, was sie sich wünschte, und nahm es ihr nicht übel, wenn sie es dann doch nicht essen konnte. Oftmals erbrach sie sich sofort wieder. Das Gelb in ihren Augen wurde immer stärker und auch ihre Haut verfärbte sich mit der Zeit.

Im November waren vier Monate vergangen, seit Inge von ihrer schweren Krankheit erfahren hatte, und inzwischen war sie bettlägerig. Jasmin und Michael waren wieder bei ihnen. Während sich Jasmin mit Joachim in der Küche unterhielt, saß Michael bei ihr am Krankenbett.

»Mein Junge, bitte nimm meine Hand«, flüsterte sie. »Ich werde nun bald vor meinen Schöpfer treten und es wird Zeit, Abbitte zu leisten.« Ihre Bronchien rasselten, als sie tief Luft holte. »Weißt du, ich habe keine Angst vor dem Tod, aber ich habe Angst vor dem Sterben.« Das Atmen fiel ihr schwer und mühsam hob und senkte sich ihr Brustkorb. »Ich habe versucht, dir eine gute Mutter zu sein. Ich weiß, dass mir das weiß Gott nicht immer gelungen ist.« Michael sah sie äußerlich gelassen an, aber seine Gedanken rotierten. »Ich hatte so große Angst, dass man dich uns wieder wegnimmt. Ich hatte Angst, dass du auf die schiefe Bahn gerätst. Ich wollte doch unbedingt, dass aus dir etwas wird.« Sie lächelte ihn liebevoll an. »Und jetzt weiß ich, dass du deinen Weg gehen wirst. Du bist immer deinen Weg gegangen und ich bin so stolz auf dich.«

Stolz? Warum hast du mir das nie gezeigt? Warum hast du mir das nie gesagt?

»Du warst ein guter und so lieber Junge.« Ein trockener Husten unterbrach sie. Michael führte ein Glas Wasser an ihre Lippen. Dankbar lächelte sie ihn an. »Es tut mir leid, was ich dir angetan habe.«

Was sagst du da?, fuhr es ihm durch den Kopf.

»Ich weiß nicht, warum ich so schlecht zu dir war. Ich weiß auch nicht, warum ich dich manchmal so gequält habe. Ich hätte vielleicht mehr an das Gute in dir glauben sollen. Ich weiß nicht, warum ich das nicht konnte.« Michael hielt den Atem an, starrte mit offenem Mund auf die kranke Frau.

»Mein lieber Junge. Es tut mir so leid. Ich hoffe, dass du mir verzeihen kannst.«

Du hast von deinem Unrecht gewusst? Dir war all die Jahre bewusst, wie mies du mich behandelt hast? Und jetzt, wo du vor deinem Schöpfer trittst, tut es dir leid? Jetzt, wo du dich vor dem höchsten Gericht verantworten musst, bittest du mich um Vergebung, erwartest von mir die Absolution? Ausgerechnet von mir?

Sein Herz bollerte gegen die Brust, das Blut schoss durch seine Adern. Ihm wurde schwindelig und er glaubte, sich übergeben zu müssen. Äußerlich aber war er gefasst, gab sich aufmerksam und ihr liebevoll zugewandt, sah in ihre gelben, flehenden Augen. Doch er zögerte.

Warum tust du mir das an?, wollte er schreien. *Warum bittest du mich ausgerechnet jetzt um Vergebung, wo ich fast gar nicht anders kann? Warum erst jetzt?* Ihre leidenden Augen rührten ihn. *Gib ihr Frieden,* sagte eine innere Stimme, *sonst wirst du selbst keinen Frieden finden.* Er zögerte noch immer. *Kann ich das? Kann ich ihr Frieden geben? Will ich das überhaupt?* Er senkte die Augen und sah sie dann wieder an. *Ja, ich kann, weil ich muss. Auch wenn ich nicht weiß, warum.*

»Mutti«, flüsterte er. »Alles ist gut. Ich bin groß geworden.«

Seine innere Stimme wehrte sich vehement dagegen, »Ich verzeihe dir« zu sagen. Doch Inge lächelte und schloss die Augen. Sie war eingeschlafen. Er sah sie an, hielt ihre Hand. Noch nie hatte er in ihrem Gesicht diesen Frieden gesehen und es berührte sein Herz. Und er genoss die Ruhe, die sie ausstrahlte, spürte, dass sie bereit war, ihre Reise anzutreten.

Er wollte ihre Hand loslassen und zu Joachim und Jasmin in die Küche gehen, als sich ihr Atem veränderte. Gierig sog sie die Luft in sich hinein, ihr Brustkorb hob und senkte sich. Dann öffnete sie die Augen, die hin und her wanderten, jedoch ins Leere blickten.

Oh, mein Gott, fuhr es ihm durch den Kopf. *Es geht los.* Sanft löste er seine Hand aus ihrer. »Ich bin gleich wieder bei dir«, flüsterte er. »Ich lasse dich nicht allein.«

Er eilte in die Küche. »Es geht los«, sagte er leise. »Es geht zu Ende.«

»Was sollen wir denn jetzt tun?«, stammelte Joachim. Panik und Verzweiflung standen in seinen Augen.

»Ruf Dr. Schwarzer an«, sagte Michael. »Er soll vorbeikommen, sobald er kann. Ich werde bei Mutti bleiben und sie begleiten.«

Jasmin stand auf und nahm ihn in die Arme. »Lass mich dir dabei helfen«, bat sie. »Ich möchte bei dir sein.«

»Du hilfst mir am meisten, wenn du hier bei meinem Vater bleibst. Das ist jetzt etwas, das ich alleine tun muss.«

In seinem entschlossenen Blick erkannte sie, dass sie ihn nicht umstimmen konnte. »Ruf mich, wenn du mich brauchst, ja?«

»Das mache ich. Ich gehe wieder zu ihr. Kümmere dich um meinen Vater. Er wird dich jetzt mehr brauchen als ich.«

Er küsste sie auf die Stirn und eilte zu Inge, nahm ihre Hand, streichelte sie und sprach ihr sanft Mut zu. Mut, sich nicht gegen das Unausweichliche zu stemmen, Mut, ihr Leiden anzunehmen, Mut, ihre Reise anzutreten.

Nach einer Stunde kam Dr. Schwarzer vorbei und sah kurz nach ihr. »Ja, es geht zu Ende«, flüsterte er Joachim zu. »Es kann noch etwas dauern, aber diese Nacht geht es zu Ende.«

Als er gegangen war, setzte sich Joachim neben Michael. Jasmin blieb an der Schlafzimmertür stehen und betrachtete die beiden Männer.

»Was soll ich tun?«, fragte Joachim.

»Wenn du magst, bleib hier«, sagte Michael. »Und wenn es nicht geht, dann geh mit Jasmin in die Küche. Ich pass auf sie auf. Beides ist völlig in Ordnung.«

Seinem Vater waren die Anstrengungen der letzten Monate deutlich anzusehen. Er wirkte müde und erschöpft. Tiefe, dunkle Ringe hatten sich unter seinen Augen gebildet. Michael wusste, was er geleistet hatte und dass er am Ende seiner Kräfte war.

»Du kannst immer wieder mal kurz vorbeischauen, wenn du magst«, schlug er vor. »Dann musst du nicht die ganze Zeit hier sein.«

Joachim ging mit Jasmin in die Küche. Er folgte dem Vorschlag und schaute zwischendurch immer wieder vorbei, hielt es aber nur einige Minuten dort aus. Michael blieb bei Inge, bis sie endgültig eingeschlafen war.

1990

Nach Inges Tod war Joachim zusammengebrochen und hatte sich vollständig zurückgezogen. Michael besuchte ihn jedes Wochenende, begleitet von Jasmin, wenn es ihre Zeit erlaubte. Sie versuchten, ihn aufzubauen, aber er war in seiner Welt auf Inge fixiert gewesen und hatte sich an ihre Dominanz so sehr gewöhnt, dass er mit dem Leben überfordert war. Michael hatte gehofft, dass er nach der Trauerphase aufblühen und sein Leben in die Hand nehmen würde, um neue Wege zu gehen. Doch das Gegenteil war der Fall. Er trank vermehrt Alkohol, rauchte mehr als je zuvor, ignorierte seinen Diabetes und vergaß zu essen.

»Schaff dir doch wieder einen Hund an«, schlug Michael vor. »Dann kommst du wenigstens mal vor die Tür.«

Jasmin versuchte ebenfalls, ihren Einfluss auf ihn geltend zu machen, aber auch sie erreichte ihn nicht.

Inzwischen war es Sommer geworden, ohne dass sich Joachims Gemütszustand geändert hatte. Michael befand sich erneut auf dem Weg nach Hamburg. Trotz der Entfernung hatte er einen Schlüssel von der elterlichen Wohnung, aber sie hatten vereinbart, ihn nur im Notfall zu benutzen. Ansonsten klingelte er.

Am Abend stand er vor der Tür und läutete, doch Joachim öffnete nicht. Er legte sein Ohr an die Wohnungstür und hörte das Radio dudeln. *Na, du musst doch da sein*, dachte er und klingelte erneut, doch nichts tat sich. Wieder lauschte er. Ja, das Radio war eindeutig an. *Vielleicht ist er eine Runde spazieren und hat vergessen, das Radio auszuschalten. Passiert ja schon mal.* Er war unschlüssig. Sollte er in die Wohnung hineingehen? Unsicher schaute er auf seinen Schlüssel. *Egal, ich geh rein,* entschied er und öffnete die Wohnungstür.

»Hallo Vati. Bist du da?«, rief er. Keine Antwort. Michael ging in die Küche und sah sich um. »Mein Gott. Wie sieht es denn hier aus? Wir waren doch letztes Wochenende erst hier und haben alles sauber gemacht.«

Leere Bierflaschen lagen herum. Der Aschenbecher quoll über und die Zigarettenasche war quer über dem Küchentisch verstreut. In der Spüle stapelten sich schmutziges Geschirr und Kochtöpfe mit angebranntem Essen.

»Vati, bist du da?«, rief er erneut. Keine Antwort. Er eilte ins Wohnzimmer. Auch hier war er nicht. Als er ins Schlafzimmer ging, fuhr ihm der Schreck in die Glieder. Joachim lag mit unnatürlich aufgeblähtem Bauch auf dem Bett.

»Mein Gott«, rief Michael und lief auf ihn zu, prüfte seinen Atem und fühlte seinen schwachen Puls. Er atmete noch. Die Augen hatte er geschlossen, doch er schlief nicht. Er war bewusstlos. Michael rannte in die Küche, holte ein Stück Würfelzucker und legte es ihm unter die Zunge, lief dann ins Wohnzimmer und rief einen Krankenwagen.

***

»Das war denkbar knapp«, sagte der Stationsarzt zu Jasmin und Michael einige Tage später im Krankenhaus. Sie hatten für die darauffolgende Woche Urlaub genommen, um sich um Joachim zu kümmern. »Aber er hat sich ganz gut erholt. Wir werden ihn bald in die Reha verlegen können, vielleicht in ein paar Tagen schon.«

»Wo soll er denn hin und wie lange wird er dort bleiben?«, fragte Michael.

»Wir denken an Bad Bevensen. Wie lange er dort bleiben muss, wird man dann sehen, aber es könnten schon ein paar Wochen werden. Sein Zucker war komplett entgleist. Er wird nicht mehr mit Tabletten hinkommen. Zukünftig muss er regelmäßig seinen Blutzucker selbst kontrollieren und sich spritzen. Das erfordert viel Disziplin, aber er wird es lernen müssen. Noch einmal überlebt er solch eine Entgleisung nicht.«

»Können wir zu ihm?«

»Ja, natürlich. Er ist schon wieder ganz gut beisammen.« Der Arzt deutete durch den Stationsflur. »Er liegt im letzten Zimmer rechts den Gang hinunter.«

Michael lächelte Jasmin erleichtert an. »Na, dann wollen wir ihn mal nicht länger warten lassen.«

Joachim saß auf dem Bett und schmökerte in einer Zeitschrift. Als sie das Zimmer betraten, strahlte er sie an. »Mensch, Kinder. Ist das schön, euch zu sehen«, rief er und drückte sie an sich.

»Vati, was machst du bloß für Sachen?«, fragte Michael. »Wie geht's dir denn?«

»Wieder besser, aber ich werde spritzen müssen. Das fällt mir ganz schön schwer.«

»Das glaube ich dir, aber du wirst es ganz sicher lernen.«

»Muss ich wohl.« Er lächelte gequält. »Aber es ist schon blöd, sich eine Nadel in den Bauch zu rammen.«

»Das bringe ich dir bei«, ermutigte ihn Jasmin. »Mit der Zeit tut es auch bestimmt nicht mehr so weh.«

»Na ja«, antwortete er und hob sein Hemd hoch. »Guckt mal. Der Bauch ist überall blau. Ich weiß gar nicht mehr, wo ich noch spritzen soll.«

»Hm«, machte Jasmin. »Vielleicht könntest du die Einstichstelle vorher etwas vereisen.«

»Ja? Geht das denn?«

»Aber klar. Es gibt extra Vereisungsspray. Du darfst nur nicht zu viel nehmen. Du willst dich ja nicht einfrieren.«

»Wieso sind die hier noch nicht darauf gekommen?« Er winkte ab und lachte die beiden an. »Na ja. Ist ja auch egal. Es geht mir richtig gut, wenn ich euch sehe. Besucht ihr mich denn auch in der Reha?«

»Wann immer es geht«, antworteten sie aus einem Mund. Dann sahen sie sich an und lachten über ihren Chor.

»Vati, wir müssen noch was erledigen. Wir schauen morgen wieder vorbei, okay?«

»Klar, Junge.«

Sie verabschiedeten sich von ihm und verließen das Krankenhaus.

»Was müssen wir denn noch erledigen?«, fragte Jasmin auf dem Weg zum Auto.

»Nichts. Ich halte es nur nicht lange in Krankenhäusern aus.«

Er lenkte das Fahrzeug durch die City-Nord zu Joachims Wohnung, in der sie ihren Aufenthalt in Hamburg verbrachten. Sie hatten sie aufgeräumt und gründlich geputzt. An einer roten Ampel am Braamkamp starrte Michael nachdenklich auf eine blaue U-Bahn-Brücke, die in einiger Entfernung den Ring 2 überquerte und parallel zur Alsterdorfer Straße verlief.

»Es ist grün«, bemerkte Jasmin, doch er war tief in Gedanken versunken. Auch auf das Hupen des Hintermannes reagierte er nicht, bis ihn dieser laut schimpfend umkurvte und über die Kreuzung fuhr, bevor die Ampel wieder auf Rot schaltete.

»Irgendwo da hinten, Richtung Borsteler Chaussee, da muss das Kinderheim sein«, murmelte er. »Irgendwo da hinten.«

»Willst du mal gucken, ob du es findest und ob es noch existiert?«, fragte sie.

»Ja, vielleicht mal irgendwann.«

»Warum nicht jetzt, wo wir schon mal hier sind?«

»Jetzt?«

»Ja. Wieso denn nicht?«

»Du hast recht«, erwiderte er. »Wieso eigentlich nicht.« Er nutzte die nächste Grünphase und setzte das Auto in Bewegung.

»Weißt du denn, wo wir gucken müssen?«, fragte sie.

»Es muss ganz am Ende von der Borsteler Chaussee sein.«

»Das weißt du noch?«

»Nein, aber ich kann mich an einen Spaziergang erinnern, den wir als kleine Kinder gemacht haben. Wir sind zu einem Ausläufer des Flughafens gelaufen und haben einem Flieger bei der Landung zugesehen. Mich hat dieser riesige Vogel damals so fasziniert, dass ich das nie vergessen habe. Und jetzt frage ich mich gerade, wie lange man mit einer Horde Drei- bis Fünfjähriger marschieren kann. Fünfzehn, zwanzig Minuten pro Richtung?«

»Hm, viel länger sicherlich nicht, wenn überhaupt.«

»Eben. Man kommt mit so vielen kleinen Kindern nicht so schnell voran. Also dürften wir für so eine Strecke heute maximal zehn Minuten brauchen.«

»Du bist ja ein richtiger Ermittler«, rief sie lachend und legte ihre Hand auf sein Bein.

»Ich wollte mal zur Polizei. Schon vergessen?« Er holte einen Faltplan aus dem Handschuhfach. »Schau«, sagte er und legte den Zeigefinger auf den Plan. »Da ist der Ausläufer vom Flughafen.« Er glitt mit dem Finger nach unten. »Und hier ist die Borsteler Chaussee.« Er tippte auf den Stadtplan. »Hier irgendwo muss es sein.«

Schweigend fuhren sie in die Borsteler Chaussee. Michael musterte jedes Haus, jedes Gebäude und versuchte, sich an markante Punkte zu erinnern. Doch alles sah fremd aus.

»Weißt du denn, wie weit wir fahren müssen?«, fragte sie.

»Nein. Und ich habe keine Ahnung, ob ich es wiedererkenne, wenn es denn überhaupt noch steht.« Schließlich verlangsamte er das Tempo. »Hier in der Nähe müsste es sein«, murmelte er. »Es kann nicht mehr weit zum Flugplatz sein. Ich werde parken und dann gehen wir zu Fuß weiter.« Sie stiegen aus dem Auto und sahen sich um. »Am besten gehen wir weiter bis zum Ende der Borsteler Chaussee und suchen den Flugplatz«, beschloss er. »Der muss hier irgendwo sein.«

»Wir könnten Leute fragen, die hier wohnen«, schlug sie vor. »Vielleicht weiß hier jemand etwas.«

»Hört sich nach einem guten Plan an«, erwiderte er lächelnd. Hand in Hand spazierten sie die Straße entlang. Er musterte jedes Gebäude und kramte in seinen Erinnerungen. Nichts. »Hier stehen viele neue Häuser«, meinte er. »Wahrscheinlich ist es auch schon abgerissen.«

»Moment«, sagte sie. Sie überquerte die Straße und sprach eine ältere Dame an. Die Frau überlegte kurz, drehte sich um und deutete weiter zum Straßenende. Jasmin bedankte sich und lief zu Michael zurück. »Die Dame konnte sich erinnern.« Strahlend drückte sie ihm einen Kuss auf den Mund. »Und das Gebäude steht noch. Hausnummer 299. Es ist heute ein städtischer Kindergarten.«

Plötzlich wurde er nervös, spürte ein Grummeln im Bauch und sein Herz kräftig schlagen. *Mein Gott. Fühlt sich das komisch an.* Er zitterte leicht und schüttelte den Kopf, als sie seine Hand nehmen wollte. »Jetzt nicht, Schatz.«

Nach zweihundert Metern standen sie vor dem städtischen Kindergarten, den die Dame gemeint hatte. Es war ein altes, zweistöckiges Gebäude, um 1900 erbaut. Einige Treppenstufen führten zu dem Hauseingang. Links und rechts davon waren jeweils zwei Fenster im Erd- und Obergeschoss und vor dem Haus befand sich eine Hecke.

Nachdenklich musterte er das Bauwerk und versuchte, sich zu erinnern. Aber es kam ihm vollständig unbekannt vor.

»Nein«, sagte er kopfschüttelnd. »Da rührt sich nichts. Wahrscheinlich war das doch nicht hier.« Jasmin schwieg und musterte ihn, sah ihn vor dem Gebäude auf- und abgehen, als suchte er nach irgendwelchen Anhaltspunkten, die seine Erinnerungen entfachen könnten. »Eigentlich können wir gehen«, sagte er mehr zu sich selbst als zu ihr. Doch er machte keine Anstalten, zu gehen. Dieses Bauwerk zog ihn an wie ein Magnet. Er ging hinter der Hecke auf die Eingangstür zu und blickte durch die Glasscheibe in das Innere des Hauses, rüttelte an der Tür, die jedoch verschlossen war.

»Wieso ist hier alles dicht?«, rief er ihr zu.

»Ferien«, antwortete sie. »Es sind Sommerferien.«

»Ach ja, richtig.« Er ging kopfschüttelnd zu ihr, sah aber immer wieder um und betrachtete das Haus. »Nö«, bekräftigte er. »Das ist es nicht.« Erneut sah er an dem Gebäude hoch. »Hier, neben dem Haus, müsste der Spielplatz sein«, erklärte er. »Weißt du, da wo ich meine Pflegeeltern wegen dem Hund angesprochen habe. Aber hier ist nichts. Hier fängt schon das Nachbargrundstück an. Es kann nicht hier sein.« Er ging ein Stück zurück, um einen besseren Überblick zu erhalten, schüttelte jedoch immer wieder den Kopf.

Such weiter, Schatz, dachte Jasmin. *Irgendetwas hält dich hier fest. Bitte such weiter.*

Er rieb sich am Kinn, faltete die Hände am Hinterkopf zusammen, ohne das Haus aus den Augen zu lassen. Plötzlich sah er Jasmin an, als habe er eine Eingebung. »Komm«, sagte er und nahm ihre Hand.

»Wo willst du hin?«

»Auf das Grundstück.«

Er steuerte zielstrebig an dem Gebäude vorbei. Auf der Rückseite sahen sie einen großen asphaltierten Platz mit einem Klettergerüst und einer Schaukel, der von dichten Bäumen und Büschen umgeben war. *Wenn es hier war, dann ist der Sandkasten weg*, überlegte er. Plötzlich stockte er, ließ ihre Hand los und forcierte seine Schritte. Sie blieb stehen und sah ihm irritiert hinterher. Er steuerte auf eine Ecke der abgrenzenden Bäume und Büsche zu, drehte sich um und betrachtete die Rückseite des städtischen Kindergartens. An der linken Gebäudeseite führte eine steile Treppe zu einem Eingang. In diesem Augenblick sah er vor seinem geistigen Auge Inge und Joachim mit Hannelore Schmidt oben auf der Treppe stehen, die auf den kleinen Jungen und die Schar spielender Kinder schauten. Sein Blick wanderte nach rechts an dem Gebäude entlang. Er sah am Boden des Hauses zwei Fenster mit Gitterstäben, lief darauf zu, kniete sich hin und sah hinein. Plötzlich war er wieder der kleine Junge, der – bestraft und ausgeschlossen von den anderen – in die Backstube schaute. Er sah der Betreuerin zu, die den Teig ausrollte und die Kinder Plätzchen ausstechen ließ. Michael kniff die Augen zusammen, holte tief Luft und sah dann erneut durch das Fenster in den Raum. Dort standen zwei Schreibtische. Offensichtlich diente die damalige Küche jetzt als Büro. Er drehte sich um und rannte auf die Böschung zu, stand neben der kleinen Rebecca, die Blätter von den Sträuchern zupfte und verspeiste. Er erinnerte sich, dass sie ihn überredet hatte, sie ebenfalls zu probieren und dabei gelächelt hatte. Und er hatte den gleichen bitteren Geschmack im Mund. Dann stieg er in das Gebüsch und stand an einem Maschendrahtzaun, hinter dem er einen Spazierweg entdeckte. In Gedanken sah er den schwarzen Dackel, die rundliche, blonde Frau und den noch rundlicheren Mann in seinem dunklen Anzug.

Die Erinnerungen überwältigten ihn. Er ging zurück zu Jasmin, die neben der Treppe stand und ihre Arme vor der Brust verschränkt hatte. »Schatz, das ist es. Hier ist es gewesen. Komm mit.« Sie gingen zu der Stelle, wo er Inge und Joachim das erste Mal begegnet war. »Hier habe ich meine Pflegeeltern kennengelernt.« Jasmin konnte ihm kaum folgen, als er aus dem Gebüsch sprang. »Hier hat das kleine Mädchen Blätter von den Sträuchern geerntet.« Er lief über den asphaltierten Platz. »Hier stand der Sandkasten.« Dann rannte er wieder zu dem vergitterten Fenster. »Und hier unten war die Backstube oder Küche.«

Sie folgte ihm mit etwas Abstand, sah ihn die Treppe hinauf springen und, oben angekommen, über die Anlage blicken.

»Jasmin, es ist alles wieder da«, rief er, breitete lachend die Arme aus und warf den Kopf in den Nacken. »Die ganzen Erinnerungen. Sie sind alle wieder da.«

Es rührte ihr Herz, ihn mit seiner Begeisterung und Aufgewühltheit zu sehen, aber auch mit den Erinnerungen, die für ihn schmerzhaft sein mussten. Langsam schritt sie zu ihm hinauf und lehnte sich an ihn. Er legte den Arm um sie und sah über den Platz. In seinen Erinnerungen war er wieder der kleine Junge, der oben auf der Treppe stand und auf die Schar der im Sandkasten spielenden Kinder schaute. Er sah sie schaukeln oder auf einem Gerüst turnen und hörte das Kindergeschrei.

»Hier habe ich an dem Tag gestanden, als ich meine Pflegeeltern kennengelernt habe«, flüsterte er. »Ich hatte keine Lust auf irgendetwas. Und dann sehe ich da hinten in der Ecke dieses kleine Mädchen die Blätter essen.« Er deutete in die Richtung, wo er Rebecca bemerkt hatte. »Ich renne hin, rede mit ihr und entdecke dann den kleinen Hund, der mich magisch anzieht. Ich gehe zum Zaun und quatsche diese Leute an.« Er schluckte. »Es ist schon merkwürdig. Ich habe nie wieder einen Menschen getroffen, der Blätter von einem Gebüsch abzupft und verspeist. Hätte sie das in diesem Moment nicht getan, wäre ich nicht zu ihr hingelaufen, hätte nicht den Hund bemerkt und hätte meine Pflegeeltern nicht kennengelernt. Wer weiß, was dann passiert wäre.« Er strich ihr sanft über den Rücken. »Was für eine Zeitreise.«

Sie wussten nicht, wie lange sie so dastanden und auf das Gelände sahen. Zeit spielte gerade keine Rolle. Michael war tief in seinen Erinnerungen versunken.

»Lass uns irgendwo einen Kaffee trinken«, sagte er. »Ich muss das alles erst einmal sacken lassen.«

In den folgenden Tagen war Michael nachdenklich und in sich gekehrt. Er ging alleine spazieren oder zog sich in sein altes Kinderzimmer zurück. Jasmin spürte, dass er diese Zeit für sich brauchte.

Sie besuchten Joachim jeden Tag im Krankenhaus und freuten sich, dass er immer mehr aufblühte und Lebensfreude ausstrahlte, die Michael nie zuvor an ihm gesehen hatte. Er war froh und dankbar, dass er wieder Freude am Leben hatte. Einige Tage später wurde Joachim nach Bad Bevensen verlegt, wo er weitere fünf Wochen verbrachte. Nach seiner Entlassung zeigte sich, dass er recht unselbstständig war. Alle Entscheidungen hatte Inge getroffen. Nun war er auf sich selbst gestellt und suchte Unterstützung bei Michael, rief ihn nahezu täglich an und forderte seine Hilfe ein. Michael half, wo immer es ihm möglich war.

»Manchmal frage ich mich, wer Vater und wer Sohn ist«, stöhnte Michael meines abends. »Ich überlege ernsthaft, eine größere Wohnung zu nehmen und ihn zu uns nach Köln zu holen. Was meinst du?«

»Vielleicht wäre das eine gute Idee«, antwortete Jasmin. »Lass es uns aber langsam angehen und nichts überstürzen.«

Doch eines Tages wartete Joachim mit einer Neuigkeit auf. »Ich werde eine Annonce aufgeben und mir eine neue Frau suchen«, ließ er Michael bei einem der Telefonate wissen. »Eine, die sich um mich kümmert und die mir guttut.«

Er setzte sein Vorhaben in die Tat um und schaltete mehrere Anzeigen im Hamburger Abendblatt. Es meldeten sich in den darauffolgenden Wochen einige Frauen, doch keine schien ihm passend, auch wenn er anfangs von ihnen begeistert war. Die eine war ungebildet, die andere hatte politische Ansichten, die er nicht teilen konnte und wieder eine war zu selbstständig.

Im Herbst besuchten sie Joachim in Hamburg. An diesem Wochenende stellte er Regina vor, eine attraktive Frau von fünfzig Jahren.

»Was meinst du, Junge«, fragte er. »Die ist doch klasse für mich, oder?«

Michael hatte eher das Gefühl, dass dieser Wirbelwind von Frau seinen Vater überfordern würde, behielt seine Meinung aber für sich. In erster Linie freute er sich, dass sich Joachim wieder binden wollte.

Sonntagmittag machten sich Jasmin und Michael auf dem Weg nach Hause. Er startete den Motor und fuhr nachdenklich Richtung Autobahn. »Weißt du, was mir in der letzten Zeit durch den Kopf gegangen ist?«, sagte er nach einer Weile.

»Nein. Woher?«

Er sah gedankenverloren durch die Frontscheibe auf dem vor ihm fließenden Verkehr. »Ich habe vier Elternteile. Das kann nun auch nicht jeder von sich behaupten. Mein leiblicher Vater ist gestorben und ich habe ihn nie gesehen. Meine Adioptivmutter ist an Krebs gestorben und fast wäre auch noch mein Adoptivvater gestorben.«

»Ja?«

»Was passiert, wenn eines Tages auch meine leibliche Mutter gestorben ist und ich sie nie gesehen habe? Wie käme ich damit klar?« Jasmin sah ihn schweigend an. »Weißt du, ich habe so einen Schiss davor, sie zu sehen. Vielleicht laufe ich schreiend davon, wenn ich sie treffe. Vielleicht will sie auch gar nichts mit mir zu tun haben. Denkbar wäre es, denn schließlich hat sie sich nie um mich gekümmert. Mein Vater hat wenigstens immer wieder mal angerufen.« Er hob die Schultern hoch und ließ sie wieder sinken. »Sie hätte doch auch mal Kontakt mit mir aufnehmen können. Oder es zumindest versuchen können.« Er warf Jasmin einen Seitenblick zu. »Oder?«

»Vielleicht hatte sie auch einfach nur Angst, dass du sie abweisen könntest.«

»Ich glaube nicht, dass ich das tun würde.«

»Bei deinem Vater hast du es.«

»Was? Ach, das war doch etwas ganz anderes.«

»Ja? War es das?«

»Das war doch nur, weil ich Angst vor dieser Furie hatte.«

»Aber das weiß deine Mutter nicht. Sie weiß nur, dass du deinen Vater abgewiesen hast.« Sie schwiegen einen Moment. »Du wirst es nie erfahren, wenn du sie nicht fragst«, flüsterte sie.

»Ja, da hast du wohl recht. Vielleicht sollte ich mich tatsächlich mal irgendwann bei ihr melden.«

»Irgendwann? Wieso irgendwann? Warum nicht jetzt?«

»Jetzt?« Seine Augenlider flackerten. »Wieso gerade jetzt?«

»Wieso erst morgen? Wieso erst übermorgen? Wieso erst nächste Woche? Oder wieso überhaupt?« Sie strich ihm liebevoll über die Haare. »Wieso versuchst du nicht jetzt, sie anzurufen?«

»Wie denn? Ich habe doch ihre Telefonnummer gar nicht.«

»Nein, aber es gibt Telefonbücher.« Sie deutete nach vorne. »Und es gibt Telefonzellen.« Sie warf ihm einen kurzen Seitenblick zu, bevor sie ihn aufforderte, neben der Telefonzelle anzuhalten. In ihrer Stimme lag eine wilde Entschlossenheit, sodass er anhielt und den Motor abstellte.

»Oh Gott, nein«, stöhnte er. »Ich kann das nicht.«

»Was kannst du nicht? Du kannst doch sonst alles.«

»Das hier kann ich nicht.«

»Du kannst wenigstens den ersten Schritt machen.«

»Und welcher soll das sein?«

»In die Telefonzelle gehen und im Telefonbuch nachsehen, ob sie überhaupt drinsteht. Wenn sie nicht drinsteht, sehen wir weiter.«

»Und wenn sie drinsteht?«

»Dann sehen wir auch weiter. Aber mach wenigstens diesen ersten Schritt, bevor du über den zweiten sinnierst.«

»Warum schaust du nicht nach?«

»Ich? Es ist deine Mutter und es ist dein erster Schritt. Also tu ihn endlich.«

Sie sah ihn streng an. Er zuckte zusammen und er wusste, dass sie nicht mehr locker lassen würde. Er atmete tief durch.

»Dann gehe ich mal und schaue nach.«

Sie nickte und sie sah ihm hinterher, als er zur Telefonzelle schlich. *Oh, mein Gott, was tu ich ihm da an?* Sie sah ihn im Telefonbuch blättern und mit dem Zeigefinger den Namen suchen. Schließlich klappte er es zu und stieg zu ihr ins Auto.

»Sie steht nicht drin.«

»Wonach hast du denn gesucht?«

»Maria Kowalczyk.«

»Vielleicht hat sie ihren Mädchennamen wieder angenommen?«, überlegte sie.

»Möglich.« Er sah in ihre fordernden Augen. »Ist ja gut«, murmelte er. »Ich sehe mal unter Bachmann nach.« Er legte seine Hand auf ihre. »Kommst du mit?«

Sie lächelte ihn liebevoll an. »Natürlich.«

Sie standen dicht nebeneinander in der engen Zelle, während seine zittrigen Finger über das Buch strichen.

»Da ist sie«, flüsterte er. »Bachmann-Kowalczyk, Maria, Max-Brauer-Allee. Das ist gar nicht weit von hier.« Michael hatte einen trockenen Mund und hustete. »Ich muss etwas trinken.«

Er ging zum Auto, holte eine Flasche Wasser und nahm einen großen Schluck. Sein Herz schlug bis zum Hals, ihm war schlecht und er zitterte.

»Und jetzt verlangst du von mir, dass ich sie anrufe, oder?« Es war eher eine Feststellung als eine Frage.

»Schatz, es wird dir immer schlecht gehen, wenn du vor dem Anruf stehst. Dann bring es doch einfach hinter dich.«

»Einfach«, wiederholte er. »Einfach. Das sagst du so einfach.« Er wischte sich über den Mund. »Ich kann das nicht.«

»Versuch es. Ich bin bei dir. Vielleicht ist sie ja auch gar nicht da.«

»Ich weiß.« Er lächelte sie gequält an. »Und dann sehen wir weiter, stimmt's?«

»Na komm.«

Sie strich ihm über die Schulter. Er nahm den Hörer und wählte mit zittrigen Fingern. Nach kurzem Warten hörte er das Freizeichen. Es klingelte ein paar Mal.

»Bachmann-Kowalczyk.« Er wollte etwas sagen, aber ihm versagte die Stimme. Sein Mund wurde wieder trocken und er zitterte am ganzen Körper. »Hallo? Hallo? Ist da jemand?« Er holte tief Luft – und legte auf.

***

Maria saß im Ohrensessel und blätterte in einer Zeitschrift. Es war einer dieser Tage, an denen sie keine Lust hatte, vor die Tür zu gehen. Seit Pauls Tod lebte sie zurückgezogen in der kleinen Zweizimmerwohnung in der Max-Brauer-Allee. Sie liebte Altona, zumal sie schnell in der Innenstadt war, wenn es sie einmal dorthin zog, was allerdings selten der Fall war.

Das Klingeln des Telefons schreckte sie auf. Sie wartete, bis sich der Pulsschlag etwas beruhigt hatte, ging dann in den Flur, in dem das Telefon stand, und hob den Hörer ab. Niemand antwortete, als sie sich gemeldet hatte, aber sie hörte, dass jemand in der Leitung war.

»Hallo? Hallo? Ist da jemand?«

Keine Antwort. Dann war die Leitung unterbrochen. Sie schlurfte zum Ohrensessel, nahm wieder die Zeitschrift in die Hand und schlug sie auf, als das Telefon erneut klingelte. *Will mich jemand ärgern?*, dachte sie genervt, beschloss aber dennoch, an das Telefon zu gehen.

»Bachmann-Kowalczyk.«

»Guten Tag«, antwortete eine junge Frauenstimme. »Mein Name ist Jasmin.«

»Ja?«

»Ich bin die Freundin von Michael.«

»Von welchem Michael?«

»Michael, Ihrem Sohn.« Maria bekam mit einem Schlag weiche Knie. Ihre Hand zitterte und ihre Stimme versagte.

»Hallo? Sind Sie noch dran?«

»Ja, bin ich«, flüsterte sie. »Es ist nur ... was wollen Sie?«

»Michael möchte Sie sehen«, antwortete Jasmin mit fester Stimme. »Ich denke, es ist Zeit, dass ...«

»Er möchte mich sehen?« Sie konnte nicht glauben, was diese Frau gerade gesagt hatte.

»Ja, aber er traut sich nicht, Sie selbst anzurufen.«

»Warum?«

»Er hat Angst, Sie könnten ihn abweisen.«

»Ihn abweisen?« Sie hielt kopfschüttelnd eine Hand vor ihrem Mund. »Nein, nein. Auf keinen Fall würde ich das tun. Wann wollen Sie denn kommen?«

»Wir wohnen zwar in Köln, sind aber gerade in Hamburg. Wir können in zwanzig Minuten bei Ihnen sein.« Jasmin zögerte einen Moment. »Darf ich denn überhaupt mitkommen?«

»Ja ... ja, natürlich dürfen Sie das. Ich würde mich sogar freuen.«

»Danke. Dann machen wir uns gleich auf den Weg.«

»Gut ... gut«, stammelte Maria. »Bis gleich.«

Gedankenverloren legte sie den Hörer auf die Gabel. Sie ging zurück ins Wohnzimmer, ließ sich in den Ohrensessel fallen und hielt die Luft an, vergaß fast, zu atmen. *Ich werde meinen Sohn sehen. Oh Gott. Ich werde meinen Sohn sehen.*

***

Michael sah Jasmin fragend an, als sie aufgelegt hatte.

»Sie will dich sehen.« Freudentränen liefen über ihr Gesicht. »Jetzt gleich.«

»Jetzt gleich.« Er holte tief Luft und nickte. »Oh Mann.«

»Schatz.« Sie legte ihre Arme um seinen Nacken. »Sie hat genauso viel Angst wie du.«

»Na, dann gleicht sich das ja wenigstens aus.«

Sein Lächeln wirkte gequält, seine Augenlider flackerten. »Mein Gott, hab ich einen Schiss. Auf der anderen Seite bin ich jetzt aber auch froh um diesen Schritt. Egal, was passiert.«

»Egal, was passiert. Es ist der richtige Schritt.«

Als sie in die Max-Brauer-Allee einbogen, suchten sie nach der Hausnummer und kamen vor einem Altbau zum Stehen.

»Hier ist es«, murmelte Michael. *Maria Bachmann-Kowalczyk* stand an der obersten Klingel. »Sie wohnt ganz oben«, bemerkte er. »Das war ja klar.«

Sie klingelten und nach kurzer Zeit summte der Türöffner. Sie betraten das Treppenhaus und Michael lugte zwischen den Treppengeländern nach oben. Eine Frau mittleren Alters mit kurzen, dunklen Haaren blickte zu ihnen hinunter. Er sah Jasmin an.

»Jetzt gibt's kein Zurück«, flüsterte er und drückte sie. Dann rannte er die Treppe hinauf, nahm zwei Treppenstufen auf einmal. Rasch erreichte er den dritten Stock und stand vor der fremden Frau, die an ihrer Wohnungstür wartete. Er blieb stehen und betrachtete sie. Sie war schlank und großgewachsen, einen halben Kopf kleiner als er selbst. Sie hatte die gleichen blau-grünen Augen, die gleichen Gesichtszüge und das gleiche Lächeln wie er. Er wusste sofort, dass sie seine Mutter war. Auch sie sah ihm in die Augen und schien das Gleiche zu spüren wie er. Die gleichen Augen, die gleichen Gesichtszüge, das gleiche Lächeln. Das männliche Gegenüber von ihr. Auch sie wusste mit dem ersten Blick in sein Gesicht, dass er ihr Sohn war. Ihr Kind, von dem sie geglaubt hatte, dass sie es niemals wiedersehen würde. Und nun wussten sie nicht, wie sie sich verhalten sollten. So blieben sie stehen und sahen sich schweigend in die Augen. Vorsichtig machte er einen Schritt auf sie zu. Zitternd, unfähig sich zu bewegen, stand sie einfach nur da. Ein weiterer Schritt folgte und schließlich noch einer. Als er vor ihr stand, breitete er wortlos die Arme aus, und sie schlang die Arme um seinen Hals, drückte sich an ihn, vergrub ihr Gesicht auf seiner Schulter und schloss die Augen. Jeder spürte das Zittern, die Angst des anderen und die große Erleichterung, Dankbarkeit. Langsam löste sie sich von ihm, hielt ihn aber an seinen Händen und betrachtete den großgewachsenen jungen Mann. Dann bemerkte sie Jasmin, die hinter ihm stand.

»Hallo«, sagte sie und reichte ihr die Hand. »Schön, dass Sie mitgekommen sind. Kommt rein.«

Die Wohnung war schlicht eingerichtet. Im Wohnzimmer standen ein großes, klobiges Stoffsofa und ein ebenso klobiger Stoffsessel sowie ein Ohrensessel um einen dunklen Tisch. An der Wand stand ein dunkelbrauner Schrank mit einer Vitrine aus gelbem Glas.

»Setzt euch. Ich mache uns einen Kaffee«, sagte Maria und verschwand in der Küche.

Michael setzte sich auf das Sofa und Jasmin in den Sessel. Nach einer Weile kam Maria mit Kaffeegeschirr zurück und stellte es auf den Tisch.

»So«, sagte sie und ließ sich in den Ohrensessel fallen. »Der Kaffee läuft.«

Maria drehte einen Ring hin und her, Michael wischte die schweißnassen Hände an seiner Hose ab, Jasmins Blick verharrte auf dem Tisch.

»Wie ... wie sollen wir uns denn anreden?«, fragte Maria nach einer Weile. »Ich denke, Mutter oder Mama wirst du mich nicht nennen wollen, oder?«

Er schüttelte den Kopf. »Nein, das kann ich nicht.«

Ihre Finger krallten sich in den Armlehnen fest. »Klar, das verstehe ich. Es ist ja auch sehr viel Zeit vergangen. Nennen wir uns doch am besten beim Vornamen, oder?«

Er lächelte und nickte. »Ja, ich denke auch, dass das am besten wäre.«

Nach einem Moment des Schweigens sprang sie auf und eilte in die Küche. Sie kam mit einer Kanne zurück und schüttete Kaffee in die Tassen, stellte sie auf den Tisch und setzte sich wieder in den Ohrensessel.

»Ich hatte so viele Fragen«, sagte Michael. »Und jetzt fällt mir keine ein.«

»Das geht mir auch so«, gestand Maria.

»Um welche Uhrzeit bin ich denn geboren?«

»Morgens um neun Uhr fünfzehn im Krankenhaus Mundsburg.« Sie schluckte. »Du warst ein so süßes Baby.«

»Gibt es Babybilder von mir?«

»Nein. Die habe ich alle verbrannt.«

»Warum?«

»Ich konnte es nicht ertragen, sie bei mir zu haben. Aber nachdem ich sie verbrannt hatte, habe ich es bitter bereut.« Ihre Stimme vibrierte und sie wischte mit dem Handrücken ein paar Tränen fort.

»Warum habt ihr mich nie besucht?«

»Wir haben dich besucht.«

»Ach komm«, sagte Michael. »Ich meinte nicht das eine Mal, wo ich acht Jahre alt war und geschlafen habe. Warum nicht davor? Warum nicht im Kinderheim? Und warum habt ihr es nie wieder getan nach eurem Besuch bei meinen Pflegeeltern?«

»Ich ... ich ... ich konnte es nicht«, stammelte sie. »Ich hätte es einfach nicht ertragen. Ja, und dann hatte ich Angst vor deiner Pflegemutter.« Sie hob verlegen ihre Schultern und ließ sie wieder fallen.

»Du hattest Angst vor ihr?« Er sah sie ungläubig an. »Hast du dann vielleicht eine grobe Vorstellung, wie viel Angst ich vor ihr hatte?« Sie schwieg und sah auf ihre Hände, mit denen sie nervös spielte. »Meine Pflegemutter hatte behauptet, dass mich das Jugendamt geholt hat. Stimmt das?«

»Nein, das stimmt nicht. Ich habe dich weggegeben.«

Sie sah noch immer auf ihre Hände.

»Aber wieso?«

»Weil du verhungert oder erfroren wärst. Ich habe in einer kleinen Hütte gelebt. Das war nicht so wie heute. Ich habe keine Unterstützung bekommen. Hast du überhaupt eine Ahnung, was für eine Zeit das war?« Sie sah ihn an. Er schwieg. »Natürlich hätte ich dich besuchen sollen. Und vielleicht hätten wir dich auch wieder zu uns holen sollen, aber ich konnte das nicht.«

»Warum nicht?«

»Ich weiß es doch auch nicht. Ich glaube, ich bin nie damit zurechtgekommen, dass ich dich überhaupt weggegeben habe.« Ihre Stimme war jetzt fest und klar, obwohl er spürte, dass sie innerlich aufgewühlt war. Aber sie versuchte, sich nichts anmerken zu lassen. Er wusste, dass die Zeit nicht reichen würde, um alle seine Fragen zu beantworten. Möglicherweise würden viele für immer unbeantwortet bleiben. Aber war ihm das in diesem Augenblick wichtig?

»Lass uns von etwas anderem reden«, schlug er vor. »Wie war mein Vater?«

»Paul war wunderbar«, antwortete sie und ein Strahlen huschte über ihr Gesicht. »Moment. Ich zeige dir ein paar Bilder von ihm.« Sie holte ein Fotoalbum aus dem Schrank. Dann setzte sie sich neben ihn und gemeinsam betrachteten sie ganz alte Fotos und die letzten Bilder bis zu seinem Tod. Jasmin sah ihnen tief bewegt und gerührt zu.

Mutter und Sohn sind nach so vielen Jahren nebeneinander vereint. Sie schluckte einen dicken Kloß hinunter. *Das ist so schön.*

Michael deutete auf ein Foto mit zwei Frauen und einem Mann. Seine Mutter erkannte er sofort. Er betrachtete einen kräftigen Mann mit glatt nach hinten gekämmten Haaren und sympathischem Lächeln. Maria hatte lange, dunkle Haare und den Kopf an die Schulter seines Vaters gelehnt. Auch sie lächelte in die Kamera. Neben seinem Vater saß eine kleine, rundliche Frau mit ernstem Gesichtsausdruck und einem Weinglas in der Hand.

»Wer ist das?«

»Das ist Frieda, Pauls zweite Frau.«

»Mit ihr habe ich an meinem achtzehnten Geburtstag telefoniert«, murmelte er und sah seine Mutter an. »Wieso habt ihr euch getrennt?«

»Na ja.« Ein verbittertes Lächeln lag in ihrem Gesicht. »Paul ist einmal betrunken mit ihr ins Bett gegangen und dann hat sie ihm mit Selbstmord gedroht. Wir hatten dann beschlossen, uns zu trennen. Aber wir haben uns nie aus den Augen verloren. Als Frieda gestorben ist haben wir wieder geheiratet. Und dann passierte dieser Unfall in Sri Lanka.«

»Was ist passiert?«

»Ich weiß es nicht. Angeblich ist er im Badezimmer ausgerutscht und mit dem Kopf irgendwo aufgeschlagen.« Sie betrachtete liebevoll sein Bild und lächelte still vor sich hin.

Sie muss ihn sehr geliebt haben, dachte er. *Ihre Bindung muss etwas ganz Besonderes gewesen sein, wenn sie über so viele Jahre immer Kontakt hatten.*

»Dein Vater hat dich sehr geliebt, Michael«, sagte sie, den Blick weiter auf das Foto geheftet. »Es ist kein Tag vergangen, an dem er nicht von dir gesprochen hat.«

Michael schwieg und betrachtete das Bild des Mannes, der mit ihm äußerlich überhaupt keine Ähnlichkeit hatte.

»Und du?«, fragte er leise, ohne sie anzusehen.

»Ich?« Sie schluckte und sah ihn traurig an. »Ich habe nie über dich gesprochen. Ich bin immer nur weggelaufen.« Weitere Tränen füllten ihre Augen. »Aber ich habe Tag für Tag an dich gedacht. Und ich bin so froh und glücklich, dass ich den heutigen Tag erleben darf.«

»Das bin ich auch«, erwiderte er und sah Jasmin dankbar an.

***

Zwei Stunden waren sie bei Maria geblieben und Jasmin war froh, als sich ein lockereres Gespräch entwickelt hatte, an dem sie ebenfalls teilnehmen konnte. Maria hatte ihr das Du angeboten und sie hatte es erfreut angenommen.

»Was machen wir jetzt?«, fragte Jasmin, als sie zum Auto gingen.

»Ich glaube, ich möchte ans Wasser«, antwortete er. »Ich möchte noch nicht nach Hause fahren. Vielleicht finden wir irgendwo einen Fleck, wo wir unsere Ruhe haben. Ich bin doch ziemlich durcheinander.«

»Das geht mir auch so. Vielleicht finden wir ein Plätzchen irgendwo am Fischmarkt.«

»Ja, hört sich gut an.«

Sie fuhren zum Hafen und schlenderten an der Kaimauer entlang. Michael starrte gedankenverloren in die Ferne, über die Elbe und das Hafengelände. Immer wieder schüttelte er den Kopf. Jasmin legte einen Arm um seine Taille. Er war mit seinen Gedanken ganz weit weg. Sie wollte etwas sagen, aber nichts schien jetzt richtig zu sein. Also ließ sie ihn bei seinen Gedanken und lehnte ihren Kopf an seine

Schulter. So schwiegen sie und spazierten Arm in Arm an der Kaimauer entlang.

»Ich weiß gar nicht, ob ich das alles glauben kann, was sie da erzählt hat«, flüsterte er mehr zu sich als zu Jasmin.

»Was meinst du?«

»Dass sie mich geliebt hat und beinahe jeden Tag mit ihren Gedanken bei mir war. Und mein Vater auch.« Er sah sie von der Seite an, dann wieder auf die Elbe.»Verdammt noch mal. Ich dachte, sie haben mich komplett aus ihrem Leben verbannt und einfach vergessen.« Er blieb stehen. Jasmin schmiegte sich eng an ihn. Er sog die Luft mit einem langen und tiefen Atemzug ein, stieß sie langsam wieder aus und ließ seine Schultern fallen. »Ich habe das alles nicht gewusst. Ich wäre nie auf den Gedanken gekommen, dass auch sie gelitten haben könnten.« Er sah seine Freundin an. »Ich habe nicht gewusst, dass sie mich geliebt haben.«

»Doch, hast du«, antwortete sie und legte ihre Hand auf seine Brust. »Ganz tief da drinnen hast du es immer gewusst.«

Er nickte und blickte auf die Elbe. »Ja, vielleicht habe ich das.« Er drückte sie fest an sich.

»Mit ihrer Liebe zu dir haben sie dir das Wertvollste mitgegeben, das Eltern ihrem Kind geben können, und das ist zeitlos«, flüsterte sie.

»Was denn?«

»Die Stärke, das alles zu überleben, und eines Tages wirst du sie dafür lieben.«

VII. Die Zeit der Verdrängung
1991 bis 2005

In den Monaten nach unserer ersten Begegnung besuchte ich meine Mutter immer dann, wenn ich zu meinem Adoptivvater gefahren bin. Bei einem dieser Besuche stellte sie mir Pauls Mutter vor, die Oma Ida genannt wurde. Es war schon komisch, den ostpreußischen Slang bei meiner leiblichen Großmutter zu hören.

Ihre drei Söhne hatte sie 1939, 1941 und 1943 zur Welt gebracht. Mein Vater war der Mittlere. Sie lebten in Masuren, das im Sommer 1945 Polen zugesprochen wurde. Mein Großvater war an der Ostfront eingesetzt. Nachdem er in einem Fronturlaub den Jüngsten gezeugt hatte, verloren sich seine Spuren in den Wirren des Krieges. Als die Russen nach Ostpreußen vordrängten, ist Oma Ida im Januar 1945 mit ihren drei kleinen Kindern im Alter von zwei, vier und sechs Jahren über die zugefrorene Ostsee geflohen und ließ sich in Hamburg nieder.

Maria und ich waren bemüht, uns kennenzulernen. Wir redeten, telefonierten, stellten uns gegenseitig Fragen und lieferten bereitwillig Antworten, aber es wollte nicht gelingen, eine Mutter-Sohn-Beziehung aufzubauen. Obwohl ich sie mochte, blieb sie eine Fremde für mich.

Nach einigen Monaten brach der Kontakt ab. Sie rief nicht an, ging nicht ans Telefon und schrieb nicht. Ich war wütend und verärgert. Es schien mir so typisch für sie. Wie schon einmal verschwand sie einfach von der Bildfläche. Ein Brief sollte der letzte Versuch sein, eine Klärung herbeizuführen. Nach einer Woche kam er zurück, der Umschlag mit einem

Stempel versehen: *Verstorben*. Nicht einmal ein gemeinsames Jahr hatte uns das Schicksal gegönnt.

Mein Adoptivvater und ich hatten eine innige Beziehung. Sein plötzlicher und unerwarteter Tod 1993 riss ein tiefes Loch in mein Leben, aber ich vermisste ihn nicht als Vater. Ich vermisste ihn als Freund.

Im Laufe der Jahre hatte ich das Gefühl, dass ich zwar vier Elternteile hatte, aber keine Eltern. Ich war dreiunddreissig Jahre alt als sowohl meine leiblichen, als auch die Adoptiveltern gestorben waren. Am Ende konnte ich mich aber nur von meiner Adoptivmutter verabschieden. Ausgerechnet von ihr.

Mein Leben lief in geordneten Bahnen. In meiner Freizeit spielte ich Fußball und Tennis. Im Sommer 1993 heiratete ich meine damalige Lebensgefährtin. Die Vergangenheit war für mich erledigt, unwichtig, spielte keine Rolle mehr. Das glaubte ich zumindest. Erste Risse nahm ich wahr, als meine Ehefrau einen Kinderwunsch äußerte. Ich wollte keine Kinder. Zu groß war die Angst, meine Gewalterfahrungen an sie weiterzugeben. Doch das sagte ich ihr nicht. Insgeheim war ich einfach nur froh, dass sie nicht schwanger wurde.

Beruflich sah ich mich auf der Überholspur, erkannte meine Qualitäten als Berater in Rehabilitationsangelegenheiten. Ich liebte die persönlichen Kontakte zu den durch Arbeitsunfälle verletzten Menschen. Ich fuhr zu Ärzten, um das Heilverfahren abzustimmen und zu organisieren, in die Betriebe, um die Rückkehr der Betroffenen an ihren Arbeitsplatz zu planen, oder ich half ihnen bei einer beruflichen Neuorientierung. Anderen zu helfen, sie in schwierigen Lebenslagen zu unterstützen, war zu meiner Passion geworden. Selbst nach Dienstschluss grübelte ich, manchmal bis zum Schlafengehen, wie den Menschen geholfen werden konnte. So manches Mal hatte ich die zündende Idee am nächsten Morgen unter der Dusche.

Dass ich ein Helfersyndrom entwickelt hatte, wurde mir erst viele Jahre später bewusst. Damals sah ich es als einen Glücksfall an, dass ich durch meinen Beruf zu meiner Berufung gefunden hatte. Doch als mich meine Vergangenheit einholte, wurde meine heile Welt komplett auf den Kopf gestellt.

VIII. Die Zeit des Erwachens
2006

»Vergiss deine Jacke nicht«, rief mir meine Frau hinterher, als ich morgens um sechs Uhr das Haus verließ, um ins Büro zu fahren.

Es war Herbst und um diese Uhrzeit kühl, aber es machte mir nichts aus. Seit Wochen hatte ich mit Schwitzattacken zu tun, die mich nervten, die ich jedoch nicht als Warnsignal wahrnahm. Ich ignorierte auch andere körperliche Symptome, wie den immer stärker werdenden, rasenden und hämmernden Herzschlag, den überhöhten Puls und das Pochen in den Schläfen.

Nach Arbeitsende hielt ich an einer Apotheke, um ein Rezept für meine Frau einzulösen. Auch an diesem Tag war mir sehr warm, während die ersten Kolleginnen in Pullis oder Jacken an ihren Schreibtischen saßen. Ich hingegen wischte mir ständig den Schweiß aus dem Gesicht.

Ich stellte mich in diskretem Abstand hinter eine ältere Kundin, die sich ausführlich von dem Apotheker beraten ließ. Eine Frage folgte der nächsten aus einem gefühlt unendlichen Reservoir. Die Zeit schien endlos lang. Ich spürte meinen Puls stetig ansteigen. Der Herzschlag beschleunigte sich und erste Schweißtropfen standen auf meiner Stirn. In diesem Moment hörten sich die Stimmen des Apothekers und der Kundin fremd an, wie aus weiter Ferne, als alles von jetzt auf gleich rasend schnell ging. Mein Herz überschlug sich, hämmerte gegen den Brustkorb und der Schweiß rann in Strömen über das Gesicht, Brust und Rücken. Ich konnte kaum atmen, hatte Panik zu ersticken und sog in immer kürzer werden Abständen, hechelnd, hyperventilierend, Luft in die Lungen. Ich zitterte am ganzen Körper. Mir wurde schwindelig und ich glaubte, jeden Augenblick umzukippen. *Ich muss hier raus,* schoss es mir durch den Kopf. *Ich muss hier weg.* Ich rannte aus der Apotheke, lehnte mich an die Hauswand und fasste mir an die schmerzende linke Brustseite und atmete in kurzen Abständen ein und aus. *Herzinfarkt?* Hektisch und mit panisch aufgerissenen Augen sah ich mich um, spürte den kalten Wind auf der nassen Stirn, schwitzte, fror, zitterte. Ich torkelte wie in Trance zum Auto, schloss es auf und setzte mich hinein. Nach einer gefühlten Ewigkeit verlangsamten sich Herzschlag und Atem. Mein Blick wurde klarer und das Stechen in der Brust hörte auf. Ich wischte mir über die kalte, nasse Stirn und sah zur Apotheke. Die Kundin hatte den Laden inzwischen verlassen. Alles in mir hatte sich beruhigt, als sei nichts geschehen und ich überlegte, erneut hinein zu gehen. Kein Kunde war drin, doch ich zögerte. *Nein, ich kann da unmöglich wieder rein.* Ich fuhr nach Hause und legte mich eine Stunde ins Bett. Doch statt zu schlafen, starrte ich die Decke an.

***

In den darauffolgenden Wochen traten diese Vorfälle, wie ich sie nannte, immer häufiger auf, sodass ich letztlich einen Arzt aufsuchte. Die Untersuchungen ergaben keine krankhaften Befunde. Nur der Blutdruck war überhöht. Dafür wurde mir ein blutdrucksenkendes Mittel verschrieben. Ich hoffte, dass sich die Attacken nicht wiederholten. Doch sie verfolgten mich, sie nahmen sogar noch an Intensität zu. Zu Schwitzattacken, Herzrasen, Atemnot und Brustschmerzen gesellten sich vermehrt Magenschmerzen und Durchfälle, die weitere Arztbesuche erforderlich machten.

Meine Frau forderte mich permanent auf, mich endlich krankschreiben zu lassen. Aber ich wollte mir nicht eingestehen, dass ich tatsächlich krank war. Bis mich eine dieser Attacken mitten in einer Dienstbesprechung mit solcher Wucht traf, dass ich fast vom Stuhl gekippt wäre. Mit brüchiger Stimme gestand ich dem Führungsverantwortlichen ein, dass ich am Ende meiner Kräfte war und vorzeitig nach Hause gehen musste.

»Also«, begann mein Hausarzt am nächsten Morgen. »Abgesehen von dem erhöhten Blutdruck sind Sie kerngesund. Alle Ihre Symptome sind stressbedingt. Ob Sie es wollen oder nicht, ich werde Sie für zwei Wochen aus dem Verkehr ziehen. Dann erholen Sie sich und danach sehen wir weiter.«

»Und die Beschwerden?«, fragte ich. »Bilde ich mir die nur ein?«

»Nein, sicherlich nicht«, erklärte er. »Aber es gibt keine organische Ursache dafür. Die Vorfälle, wie Sie sie nennen, sind vermutlich Panikattacken. Sie bilden sich gar nichts ein. Sie sind einfach überarbeitet. Ich vermute ein Burnout. Das ist zwar keine offizielle Diagnose, könnte aber Ihre Situation ganz gut erklären. Holen Sie sich therapeutische Hilfe. Das ist absolut keine Schande.«

Doch für mich war es sehr wohl eine Schande. Es war ein Zeichen von Schwäche, die ich mir weder leisten konnte, noch wollte.

Die Panikattacken häuften sich in allen möglichen Situationen, kamen völlig unvermittelt und überfallartig. Dennoch bestand ich darauf, nach zwei Wochen Auszeit die Arbeit wieder aufzunehmen. Ich kämpfte mich durch die

Tage, fuhr in die Außendienste und führte meine Gespräche. Rasch lernte ich, den Anflug von Panik rechtzeitig wahrzunehmen. Ich verzog mich auf die Toilette, ließ kaltes Wasser über die Handgelenke laufen und schaffte es auf diese Weise, mich wieder einzufangen. Doch irgendwann gelang mir auch das nicht mehr. Als sich die Panikattacken nahezu täglich einstellten, nahm ich eines Abends gegenüber meiner Frau erstmals den Begriff einer Angst- und Panikstörung in den Mund.

»Ich muss mir einfach zugestehen, dass ich ein Schisser bin«, sagte ich zu ihr.

Ich glaubte, mit Zynismus dem Ganzen den Schrecken zu nehmen, was natürlich nicht gelang.

»Ich werde in den nächsten Tagen die Therapeuten abklappern und mir Hilfe suchen. So geht es nicht weiter.«

Ich hatte Glück und bekam einen schnellen Termin bei einem Psychologen. Es folgten erste Therapiegespräche, doch ich erzählte nur das Allernötigste, berichtete von Stress und Überlastung auf der Arbeit.

Ich erhoffte mir von ihm schnellwirkende Maßnahmen beim Anflug einer Panikattacke, Strategien zur Beruhigung. Ich wollte, wie ich es nannte, mein altes Leben zurück. Zu diesem Zeitpunkt hatte ich keine Ahnung, dass das nicht mehr möglich war.

2007

Es sollte bis zum Frühjahr dauern, bevor ich auf mehrfaches Nachfragen des Psychologen einräumte, eine *nicht ganz einfache Kindheit* gehabt zu haben. Es benötigte zahlreiche psychotherapeutische Sitzungen, ehe ich ihm in wenigen Sätzen von Misshandlungen durch meine Pflegemutter berichtete.

»Hat es auch sexuelle Übergriffe gegeben?«, fragte er.

»Nein«, erwiderte ich wie aus der Pistole geschossen. »Die sind mir erspart geblieben.«

Sein kritischer Blick irritierte, ja ärgerte mich sogar. Ich musste es doch schließlich wissen. Doch es sollte noch Jahre dauern, bis ich erkannte, dass ich mich in diesem Punkt geirrt hatte. Ich hatte sexualisierte Übergriffe einfach nur nicht als solche wahrnehmen wollen ...

»Wem haben Sie davon erzählt?«, fragte er weiter.

Ich überlegte eine Weile. Irgendjemandem musste ich doch zumindest etwas angedeutet haben. Doch das hatte ich nicht. »Wirklich erzählt habe ich es niemandem«, räumte ich ein. »Wenn überhaupt, dann nur grobe Andeutungen.«

»Das dachte ich mir schon«, erwiderte er. »Sie haben alles mit sich selbst ausgemacht. Kurz über lang sollten Sie Ihre Geschichte aufarbeiten. Und Sie müssen sich mit Ihren Emotionen auseinandersetzen.«

Der Gedanke, dem Therapeuten oder irgendjemandem alles zu erzählen, mich mit der Vergangenheit beschäftigen zu müssen, ließ mein Herz schneller schlagen und trieb mir den Schweiß auf die Stirn. Gefühle? Darüber wollte ich schon gar nicht reden. Das konnte und wollte ich noch nie.

»Meine Kindheit ist lange her und meine Gefühle gehen niemanden etwas an.« Die Antwort kam schärfer aus mir heraus, als ich es beabsichtigt hatte.

»Na gut«, sagte er. »Sie bestimmen das Tempo.«

Ich spürte, dass er Recht hatte, aber das Verstecken der Emotionen und meiner Gedanken, hatten mich am Leben erhalten. *Immer nur lächeln ...* Ich war davon überzeugt, dass ich nur auf diese Weise meine Seele und damit mich selbst, hatte retten können. Außerdem hatte ich Angst vor meinen Gefühlen. Ich wollte sie gar nicht entdecken. *Am Ende kommt doch nur unzähmbare Wut heraus, die ich nicht kontrollieren kann,* befürchtete ich. Ich erinnerte mich daran, dass ich das kleine sechsjährige Mädchen mit Sand beworfen hatte sowie als Jugendlicher wie ein Wahnsinniger auf meinen Mitschüler losgegangen war. Und ich erinnerte mich daran, dass ich mit erhobener Hand vor meiner Pflegemutter gestanden hatte. Ich weiß nicht, was passiert wäre, wenn sie nicht zurückgewichen wäre. Vielleicht hätte ich sie tatsächlich verprügelt oder sogar umgebracht. Wer weiß das schon? Nein, an meine Gefühle wollte ich nicht ran. Die Panik davor war noch größer als die Angst vor der Angst.

Doch all die Symptome, Beschwerden, die ich kaum in Worte fassen konnte, kosteten mich viel Kraft und Energie. Ich kannte psychosomatische Begriffe wie Posttraumatische Belastungsstörung, Tinnitus, Hyperakusis, Dissoziation, Depersonalisierung usw. sowie Menschen, die darunter litten, von meiner täglichen Arbeit, aus zahlreichen Berichten und Gutachten. Aber mir war längst nicht klar, dass all diese Befunde auf mich selbst zutrafen und meine Symptome erklärten. Ich litt unter regelmäßig auftretendem Schwindel sowie Wortfindungsstörungen und konnte mich nur schwer konzentrieren. Unsortiert auf mich einprasselnde Geräuschwahrnehmungen fühlten sich an, als würde ein Güterzug direkt an meinem Kopf vorbeifahren (Hyperakusis), Pfeifen in den Ohren (Tinnitus) raubten mir nahezu den Verstand. All das machte mir schwer zu schaffen. Die meisten Schwierigkeiten bereiteten mir jedoch die immer wieder auftretenden Dissoziationen.

»Bei unmittelbar drohender Gefahr haben wir drei Möglichkeiten«, erklärte der Psychologe diesen Begriff. »Kämpfen, Flucht, Totstellen. Als Kind konnten Sie weder kämpfen noch fliehen noch sich tot stellen. Der Mensch hat aber noch eine weitere Möglichkeit, die es in der Tierwelt vermutlich nicht gibt. Und das ist die Dissoziation, also eine veränderte Wahrnehmung der eigenen Person. Eine Form der Dissoziation ist die Depersonalisierung. Man muss sich das so vorstellen, dass das tatsächliche Geschehen, zum Beispiel eine Gewalttat, nicht als real wahrgenommen und erlebt wird. Sie waren in dem Augenblick gefühlt nur der Beobachter. Nur so lassen sich diese Handlungen überhaupt ertragen. Dissoziationen haben Ihnen also das Leben gerettet.«

»Und bei einer Panikattacke können sie wieder auftreten?«

»So ist es«, bestätigte der Therapeut. »Ursache dafür sind in den meisten Fällen Trigger, die Erinnerungen und die damit verbundenen Gefühle an traumatische Erlebnisse auslösen. Das können Gerüche oder Geräusche sein oder Menschen, die einem Täter ähnlich sehen. Die Möglichkeiten sind dabei unbegrenzt.«

Ich erinnere mich an den Geruch von nassem, frisch gemähten Gras aus der Kindheit, wenn mich meine Pflegemutter morgens in der Frühe auf die Straße geschickt hatte. Dieser Geruch, den ich heute noch sehr liebe, löst positive Kindheitserinnerungen und Gefühle in mir aus. Der Geruch des frisch gemähten, nassen Grases kann also ein Trigger

(Auslöser) für diese schönen Gefühle sein. Genauso gibt es aber Trigger, die schlimme Emotionen wie Angst und Panik auslösen können.

Bei den meisten therapeutischen Sitzungen war es darum gegangen, aktuelle Krisen und Symptome aufzuarbeiten, die mir das tägliche Leben zur Hölle machten. Aber mir wurde mit der Zeit klar, dass ich nur mit einer Symptombehandlung meine Probleme auf Dauer nicht lösen konnte. Mit viel Geduld, aber doch regelmäßig verabschiedete mich der Therapeut mit dem Hinweis: »Irgendwann müssen Sie Ihre Kindheit aufarbeiten und an Ihre Gefühle ran.«

»Warum an meine Gefühle?«, fragte ich ihn eines Tages. »Was haben die damit zu tun?«

»Hat Ihre Frau mal mit Ihnen über Ihre Gefühle gesprochen?«, fragte er. »Also, nicht die Gefühle Ihrer Frau, sondern Ihre?«

»Ja, hat sie tatsächlich«, erinnerte ich mich. »Mehrfach sogar. Schon vor Jahren. Sie sagte, dass sie nie weiß, wie es mir tatsächlich geht. Ich sei emotional abwesend, als verberge ich etwas vor ihr. Auch beim Sex weiß sie nie, wo ich gerade stehe.« Ich musste schlucken. Das Thema war mir unangenehm. »Manchmal sagte sie, dass ich mich selber nicht spüren kann.«

»Haben Sie eine Ahnung, warum das so ist?«

Immer nur lächeln ... »Ich vermute, schon, auch wenn ich es nicht wirklich verstehe.«

»Schauen Sie, um zu überleben waren Ihre eigenen Gefühle unwichtig. Auch das gehört zur Abspaltung. Es war für Sie überlebenswichtig zu wissen, wie es Ihrer Mutter gerade geht, um so das Risiko von Gewaltakten zu reduzieren.« Er lehnte sich zurück und lächelte. »Sie haben große Empathie entwickelt. Das ist eine enorme Fähigkeit,

die Sie haben, und viele Menschen durften davon profi-
tieren.«

Ich sah ihn überrascht an. »Wie meinen Sie das?«

»Sie spüren, wie es Ihrem Gegenüber geht und was er
braucht. Durch diese Gabe haben Sie Menschenleben
gerettet.«

»Na, das ist wohl etwas übertrieben, ich meine ...«

»Doch, haben Sie«, bekräftigte er. »Ich habe es seit Jahren
in vielen gemeinsamen Gesprächen mit Ihnen und Ihren
Klienten erlebt. Sie haben diese Gabe für andere Menschen
eingesetzt und Ihnen damit geholfen. Also machen Sie sich
nicht so klein.«

»Ich tue das, weil die Menschen mich brauchen«, murmelte ich.

»Oh nein«, rief der Therapeut. »Sie sind gut, aber die Menschen brauchen nicht nur Sie, sondern Sie brauchen auch
die Menschen.«

»Das müssen Sie mir erklären.«

»Sie haben Schutz, Vertrauen, Selbstbewusstsein, Dankbarkeit, Wertschätzung nie bekommen, aber dennoch kennen
Sie diese Gefühle, oder?«

Ich hatte keine Ahnung, worauf er hinauswollte, und ich
musste lange nachdenken. »Ja, ich glaube, ich kenne diese
Gefühle tatsächlich«, antwortete ich.

Der Therapeut nickte. »Das dachte ich mir. Sie brauchen
ein Gegenüber, um diese Emotionen wahrnehmen zu
können. Sie selbst für sich können das nicht. Jedenfalls noch
nicht.«

Ich musste lachen. »Sie wollen mir also sagen, dass mein
Helfersyndrom absolut egoistisch ist?«

»Ja«, erwiderte er. »Wenn Sie es so sehen wollen, ja, durchaus.«

Helfen aus purem Egoismus. Das kam mir so irrsinnig und blödsinnig vor, dass es schon wieder plausibel schien.

»Was haben wir also heute gelernt?«, sagte ich. »Die selbstlose Mutter Theresa war in Wahrheit eine Egomanin.« Ich fand diese Bemerkung komisch, doch das ernste Nicken des Psychologen und sein unausgesprochenes *Das ist wohl so,* machte mich nachdenklich. »Fassen wir mal zusammen«, sagte ich. »Ich muss also an meine Kindheit und an meine Emotionen ran. Wann fangen wir damit an?«

»Sie bestimmen, wann es so weit ist.«

»Sie meinen, wann ich es aufarbeiten will?«

»Nein, wann Ihre Seele bereit dafür ist.«

»Und wann wird das sein?«

»Sie müssen bedenken, dass Sie sich im Laufe der Jahre einen enormen Schutzwall aufgebaut haben. Der ist so stark geworden, dass Sie selbst keinen Zugang mehr zu ihren eigenen Gefühlen haben. Sie werden wissen, wenn Sie soweit sind.«

Meine Seele war nicht bereit. Noch lange nicht.

IX. Die Geburt des Phönix
Dienstag, 24. Mai 2011

Die letzten Jahre mit all den Therapien und Arztbesuchen zur Abklärung der körperlichen Symptome, die verzweifelten Versuche, zu verstehen, was mit mir passierte, waren die Hölle für mich. Längst hatte ich verstanden, dass es sich um Folgen meiner Vergangenheit handelte, doch die Erkenntnisse wollten nicht im Herzen ankommen.

Ich ging meiner Arbeit nach, besuchte die Klienten, verhalf ihnen, soweit es mir möglich war, wieder ins Leben zurück. Nur mir selbst wollte es nicht gelingen. Eine Panikattacke mit Dissoziationen bis an die Grenze der Handlungsunfähigkeit folgte auf die nächste und ich spürte mehr und mehr meine Kräfte schwinden. Anfang des Jahres hatte ich mir einen Plan zurechtgelegt und mit meiner Frau besprochen.

»Ich kann nicht mehr kämpfen«, erklärte ich. »Vielleicht kann ich alle meine Mauern einreißen, wenn ich es einfach akzeptiere und laufen lasse. Wenn ich richtig am Boden bin, so wie ein Alkoholiker, der irgendwann in der Gosse landet, bin ich möglicherweise bereit, einen Zugang zu mir zu finden. Vielleicht schaffe ich es dann, wenn es gar nicht mehr anders geht, mich meiner Vergangenheit und meinen Gefühlen zu stellen.«

Am 24. Mai 2011, einem Dienstagmorgen, schien die Sonne und mir ging es für meine Verhältnisse gut, obwohl ich mich müde und entkräftet fühlte. Ich hatte einen Bürotag und jede Menge Arbeit auf dem Schreibtisch, aber wenigstens keine Dienstbesprechung, die mir alles abverlangte. Die Stimmen der Kolleginnen und Kollegen hörten sich wie in einer Bahnhofshalle an, die in meinem Kopf unerträglich hallten, und es fiel mir schwer, ihren Ausführungen zu folgen. Meine eigene Stimme hörte sich surreal und weit entfernt an und manchmal fand ich die einfachsten Worte nicht.

Ein paar Tage zuvor war ich nach einem Außendienst mit drei Terminen wieder ins Büro gefahren. Als mein Vorgesetzter mir entgegenkam und mich fragte, bei wem ich gewesen war, hatte ich es vergessen und musste im Kalender nachsehen. All dies sollte mir an diesem Tag erspart bleiben.

Meine Frau hatte denselben Weg wie ich und wir konnten zusammen fahren. Wir verließen die Wohnung gegen sieben Uhr und ich lenkte das Fahrzeug auf die Straße. Nach kurzer Zeit verschwammen meine Blicke und ich sah wie durch Milchglas hindurch. Der Blutdruck stieg an und das Herz hämmerte gegen den Brustkorb. Ich war in Schweiß gebadet. *Eine Panikattacke!* Vorsichtig lenkte ich das Auto an den Straßenrand und hielt an.

»Was ist los?«, hörte ich die Stimme meiner Frau wie einen Donnerhall durch den Schädel jagen.

Ich wollte antworten, doch mir fielen keine Wort ein, ich wusste nicht, was ich sagen sollte. Nach und nach wurde es wieder stiller um mich. Ich sah mich um und schaute in die besorgten Augen meiner Frau. Alles in mir beruhigte sich, aber in diesem Augenblick wurde mir klar, dass ich am Ende war.

»Wir kehren um«, flüsterte ich und wendete. »Ich kann nicht mehr.«

Zu Hause angekommen, setzte ich mich auf die Couch und überlegte. Wie viele Attacken brauchte ich noch? Wofür kämpfte ich eigentlich? Für meine Klienten, die sich auf mich verließen? Für die Kolleginnen und Kollegen, die ich nicht im Stich lassen wollte? Oder wollte ich mich meinen Themen einfach nur nicht stellen? Ich war verzweifelt, hatte keine Ahnung, wie es mit mir weitergehen sollte.

Für Krisensituationen wie diese hatte mir die Therapeutin, die mich seit ein paar Jahren betreute, eine Handynummer gegeben. Ich hatte mir nie vorstellen können, eines Tages diese Nummer zu wählen, aber diesmal sah ich keinen anderen Weg.

»Gehen Sie zum Arzt und lassen Sie sich krankschreiben«, trug sie mir auf. »Am besten gleich für vier Wochen.« Ihre Stimme klang warnend, eindringlich und duldete keinen Widerspruch.

Für den nächsten Morgen gab sie mir einen Termin, um die weiteren Schritte zu besprechen. Dann rief ich meinen Vorgesetzten an und meldete mich krank.

»Stellt euch darauf ein, dass es länger dauern wird. Ich fühle mich total ausgepowert und ausgebrannt. Die Therapeutin spricht von einem Burnout.«

»Klar«, antwortete er. »Wir warten auf dich, bis du wieder fit bist. Du hast die letzten Jahre auch für zwei gearbeitet.«

Burnout. Das war aufgrund der hohen Arbeitsbelastung sogar plausibel. Tatsächlich hatte die Therapeutin längst die Diagnose *Wesensveränderung nach Extrembelastung* gestellt. Heute lautet die Diagnose *komplexe posttraumatische Belastungsstörung (kPTBS)*.

»Sie kommen um einen stationären Aufenthalt nicht mehr herum«, erklärte die Psychologin am nächsten Tag. »Ich schlage Ihnen drei, vier Kliniken vor, die ich für geeignet halte. Schauen Sie sich die Therapiekonzepte an und entscheiden Sie, was für Sie das Richtige ist.« Sie schrieb die Websites der Einrichtungen auf, reichte mir den Zettel und

sah mich eine Weile an. In Ihren Augen erkannte ich Mitgefühl, Sorge, aber auch eine gewisse Strenge. »Werden Sie
das tun?«

»Ja, sicher«, bestätigte ich. »Ich schaue es mir nachher
direkt an und werde mich spätestens morgen darum kümmern.«

»Und Sie rufen mich bitte sofort an, sobald Sie sich entschieden haben.«

»Natürlich.« Plötzlich musste ich sogar lachen, obwohl mir
beileibe nicht danach zumute war. »Wissen Sie, was mein
damaliger Therapeut ganz am Anfang zu mir gesagt hat?«
Sie sah mich abwartend an. »Sie müssen an Ihre Kindheit
und Ihre Emotionen ran. Und ich habe geantwortet, dass
meine Kindheit lange her ist und ihn meine Emotionen
nichts angehen.« Sie sah mich noch immer ernst an und ich
senkte den Blick. »Jahre später werde ich in eine Klinik
gehen, um meine Kindheit aufzuarbeiten und den Zugang
zu meinen Gefühlen suchen.«

»Das ist in Ordnung«, erwiderte sie. »Alles braucht seine
Zeit.«

Mittwoch, 20. Juli 2011

Ich entschied mich für eine Klinik in der Nähe von Fulda. Das Therapiekonzept sagte mir zu, auch wenn mir die eine oder andere Therapie suspekt erschien und sogar Angst machte. Dennoch nahm ich mir fest vor, mich auf alles einzulassen, was angeboten wurde, selbst wenn ich die Sinnhaftigkeit nicht verstehen sollte.

Gegen Mittag traf ich dort ein und lernte beim Essen die Gruppenmitglieder kennen. Nach dem Mittagessen verbrachte ich etwas Zeit im Kurpark, der wunderschön angelegt war und zu ausgedehnten Spaziergängen einlud. Mein Zimmer war gemütlich eingerichtet und bot mir von meinem Balkon einen herrlichen Blick über den Park und die dahinterliegende hügelige Landschaft. Am Nachmittag fand eine ärztliche Untersuchung und ein erstes Gespräch mit dem Aufnahmetherapeuten statt. Vor ihm lag ein Anamnesebogen, den ich ihm im Vorfeld zugeschickt hatte und den er nun eingehend studierte. Nach einer Weile sah er mich an.

»Von Ihrer Krankenkasse haben wir eine Kostenzusage für zunächst drei Wochen«, erklärte er. »Wie sieht denn Ihr Plan aus? Wie lange, glauben Sie, werden Sie bleiben?«

»Keine Ahnung«, antwortete ich. »Ich denke, nach drei Wochen, vielleicht einer Verlängerung von einer Woche, sollte es gut sein.«

Er sah mich eine Weile erst fragend, dann schmunzelnd an. Dreizehn Wochen später verstand ich, warum ...

21. Juli 2011 bis 18. Oktober 2011

Wie ich es mir vorgenommen hatte, ließ ich mich während des Klinikaufenthaltes auf alles ein, erschien es mir auch noch so skurril oder sogar widersinnig. Ich probierte alles aus, forderte weitere Therapien, noch mehr und immer mehr, doch die Therapeutinnen und Therapeuten bremsten mich permanent aus.

»Gehen Sie kleine Schritte«, erklärten sie. »Gönnen Sie sich die Zeit, die Sie brauchen.«

Auf den Einwand »Wie viel Zeit denn noch?« reagierten sie meistens mit einem milden Lächeln.

Am häufigsten wurde ich neben den Ängsten mit meinem Helfersyndrom konfrontiert. So viele bedürftige Menschen auf einen Haufen, wie sie eine psychosomatische Klinik anbietet, ließen mich zur Höchstform auflaufen. Es dauerte nicht lange, und ich war unter den Patienten bekannt wie ein bunter Hund, und immer mehr kamen auf mich zu und wollten meinen Rat. Es sollte viele Wochen dauern, bis selbst ich erkannte, dass der Wunsch, für andere da zu sein, weit über normale Hilfsbereitschaft hinausging.

»Ich muss aufhören, jedes Mütterchen über die Straße schieben zu wollen«, erklärte ich einer Mitpatientin bei einem Spaziergang im Kurpark. »Ich kann nicht alle Prinzessinnen retten.«

»Und viele wollen es auch gar nicht«, erwiderte sie. »Einige haben schon Wetten abgeschlossen, wann du mit dem Laptop im Speisesaal auftauchst und deine Sprechstunde abhältst.«

Diese Vorstellung amüsierte mich. »Zum Glück habe ich keinen Laptop. Ansonsten könnte ich für nichts garantieren.«

***

Zehn Wochen war ich in der Klinik und ich fühlte mich weicher, offener, aber noch immer ohne Zugang zu meinen eigenen Gefühlen. Letztlich waren es zwei Ereignisse bzw. Therapien, die mir halfen.

Eine Therapie war das *Holotrope Atmen*, ein Verfahren zur Selbsterfahrung. Durch tiefes und schnelles atmen, ähnlich dem Hyperventilieren, gelangt viel mehr Sauerstoff in Blut und Gehirn, als benötigt wird. Bemerkbar macht sich dies unter anderem durch Kribbeln in Händen und Füßen. Mithilfe dieser Atemtechnik mit unterstützender, zumeist lauter Musik, kann in tiefe Bewusstseinsschichten eingedrungen werden. So können vergrabene Emotionen gelöst werden. Meine Bezugstherapeutin weigerte sich zunächst, mich für diese Therapieform einzuschreiben.

»Das ist eine aufdeckende Arbeit«, erklärte sie. »Sie sind Traumapatient und diese Therapie kann sämtliche Gefühle auslösen, die sich tief in Ihrem Unterbewusstsein verstecken, auch Panikattacken.«

»Wenn schon ein Herzinfarkt«, entgegnete ich, »dann doch am besten in der Kardiologie, oder? Ich bin in einer Klinik. Es sind genug Therapeuten da, die mich auffangen können. Wenn also nicht hier, wo dann?«

Ich hatte Angst vor dem Atmen, wie wir es nannten, aber ich wollte nicht ergebnislos nach Hause fahren. Letztlich willigte die Therapeutin ein.

Dreimal ging ich zum *Holotropen Atmen*, ohne dass sich irgendetwas getan hätte. Erst beim vierten Mal spürte ich eine tiefsitzende Traurigkeit, konnte aber auch Gefühle von Sicherheit, Vertrauen und Schutz wahrnehmen. Ich konnte sie lösen, zulassen und erstmals seit meiner Kindheit war ich in der Lage zu weinen, was sich wie eine Befreiung anfühlte.

Traurigkeit? Ist es das also? War es das, was ich die ganze Zeit verdrängt hatte? Hat mich das am Leben erhalten? Oder bin ich doch depressiv? Ich hatte Wut erwartet, ja sogar befürchtet.

»Das hat nichts mit Depression zu tun«, wurde mir erklärt. »Oftmals sitzt die Wut hinter der Traurigkeit.«

***

Einige Tage später wurden wir in einer Gruppe aufgefordert, negative Leitsätze aufzuschreiben, die wir von unseren Eltern bekommen hatten, und zwar alle, die uns einfielen. Dann sollten wir nach und nach die für uns weniger Wichtigen streichen, bis einer übrig blieb. *Ich bin schuld*, stand am Ende auf meinem Zettel.

Wir rollten große Matten zusammen, sodass ein riesiges Kissen vor uns lag, und wurden dann in Dreiergruppen eingeteilt. Ich bekam zwei Mitpatientinnen zugewiesen. Nun sollten wir uns die Leitsätze ansehen, die vor uns lagen, mit den Fäusten auf die Matte schlagen und, wenn uns danach war, schreien und toben. Alles war erlaubt. Hauptsache, wir kamen in die Wut, mit dem Ziel, durch die Energie einen neuen, eigenen und vor allen Dingen positiven Leitsatz zu bilden. Unterstützt wurden wir durch laute, hämmernde

Musik. Die anderen beiden Mitglieder sollten die- oder denjenigen lautstark anfeuern.

Ich ließ den Patientinnen den Vortritt, feuerte sie an und versuchte, sie aus der Reserve zu locken. Doch sie ließen es nicht zu und schlugen fast zaghaft auf die Matte. Sie zeigten mir in diesem Moment, wie schwierig es ist, sich aus der eigenen Komfortzone heraus zu bewegen.

»Du hast die Messlatte für dich aber ganz schön hoch gelegt«, sagten sie, als ich an der Reihe war. »Jetzt lass mal sehen, was du drauf hast.«

Ach du Scheiße, schoss es mir durch den Kopf. *Ich und in den Ausdruck gehen ...*

Ich kniete vor der aufgerollten Matte und legte den Zettel mit dem Leitsatz *Du bist schuld* so vor mich, sodass ich ihn jederzeit im Blick hatte.

Als die Musik begann, schlug ich ebenso zaghaft auf die Matte wie zuvor meine Begleiterinnen. Dann noch einmal. *Das geht so nicht,* stellte ich fest. Schließlich holte ich aus und versuchte, mit aller Kraft auf die Matte zu schlagen. *Da geht noch was.*

Ich musste mehr tun, denn immerhin habe ich die beiden Damen beim Puschen richtig provoziert. Also riss ich mich zusammen und schlug mit den Fäusten – links - rechts – schneller und immer schneller auf die Matte. Mit jedem negativen Leitsatz und Schimpftiraden meiner Begleiterinnen spürte ich, wie sich mehr und mehr Wut in mir entwickelte, fühlte das Blut durch meine Schläfen schießen, vergaß nach und nach, dass ich nicht alleine im Raum war.

Ich bin nicht schuld, brüllte ich innerlich und *Du (Maria) hast mich in den Müll geworfen. Du (Inge) sadistische Schlampe.*

Immer kräftiger trommelte ich auf die Matte ein, brachte jedoch kein Wort über die Lippen, so sehr ich es auch wollte. Aber meine Seele, sie tobte. Die Begleiterinnen und die Musik nahm ich nicht mehr wahr.

Meine Mutter ... hat mich verlassen; meine Pflegemutter ... hat mich misshandelt und gequält, schrie meine Seele.

Immer heftiger malträtierte ich die Matte, Schweiß rann mir über das Gesicht. Ich hämmerte weiter und weiter, wie in einem Rausch, sog Luft in die Lungen, presste sie wieder aus, noch einmal, schneller ... Und dann brüllte ich den ganzen Frust, alle Erniedrigungen, die mir einfielen, aus der Seele. Ich prügelte, schrie, ließ sämtliche animalischen Töne zu.

Irgendwann spürte ich eine Hand sanft auf meinen Rücken. Eine Therapeutin sah mich mitfühlend an. Ich war müde und erschöpft, gönnte mir etwas Ruhe und lehnte mich schwer atmend auf die aufgerollte Matte.

Da ist noch mehr, jagte es durch meinen Schädel. *Viel mehr.* »ICH BIN NOCH NICHT FERTIG!!!«, schrie ich und prügelte erneut drauflos, erhöhte Kraft und Tempo. Ich hatte noch lange nicht genug. Und ich schlug und schlug. Blut jagte brodelnd durch meinen Körper und meinem Gehirn, Schweiß tropfte auf die Matte.

»ICH WILL FREI SEIN VON DIR!!!«, brüllte ich wie von Sinnen. »ICH WILL ENDLICH FREI SEIN!!! VERSCHWINDE AUS MEINEM LEBEN UND FAHR ZUR HÖLLE, WO DU HINGEHÖRST!!! DU WIRST NIEMALS DEN HIMMEL SEHEN!!!« Noch einmal holte ich tief Luft und stieß einen letzten Schrei aus meinen brennenden Lungen:

»ICH BIN NICHT SCHULD!!!«

Leise Musik plätscherte durch den Raum. Ich beugte mich müde, erschöpft und völlig durchgeschwitzt über die auf-

gerollte Matte, deren Bezug klatschnass war. Die Therapeutin schrieb meinen neuen Leitsatz auf die Rückseite des
Zettels und legte ihn auf den Boden, sodass ich ihn sehen
konnte:

Ich bin frei!

Mittwoch, 19. Oktober 2011

Ich hatte die Sachen in meinem Auto verstaut, einen berührenden Abschied von den anderen Patientinnen und Patienten erlebt und fuhr nachdenklich auf die Autobahn in Richtung Köln.

Nach der Wutübung, wie ich sie nannte, hatte ich ein langes Gespräch mit einem Therapeuten. Ich hatte wegen meiner Wut, die ich zügellos laufen ließ, ein schlechtes Gewissen. Schließlich hatte ich sie über all die Jahre nicht ohne Grund unterdrückt. Wut ist böse. Und ich hatte Angst davor. »Sie haben jede Menge Wut in sich«, hallten seine Erklärungen nach. »Aber Wut ist nichts Negatives und schon gar nicht böse. Es geht nicht um die Wut, die gegen andere Menschen gerichtet wird. Es geht um Ihre eigene Energie, Kraft und Stärke. Freuen Sie sich über das, was Sie hier erfahren und erleben durften. Erinnern Sie sich immer wieder daran und zehren Sie davon.«

Ich wusste, dass meine Reise noch lange nicht zu Ende war, sondern gerade erst begonnen hatte. Mir war klar, dass ich die traumatischen Erlebnisse aufarbeiten musste und wollte. Ich wusste, dass ich viele Muster bediente, die während meiner Kindheit entstanden und gewachsen waren, die mir nun nicht mehr dienlich, sondern sogar hinderlich waren. Jetzt spürte ich Veränderungen in mir, die ich erfahren durfte, nahm Gefühle wahr, die ich die meiste Zeit meines Lebens verdrängt und unterdrückt hatte. Ich hatte keine Ahnung, wie ich damit umgehen sollte. Alles war neu und fremd für mich. Und doch war aus meiner Angst Neugier geworden und ich freute mich auf das, was kommen sollte.

Heute betrachte ich den 19.10.2011 als den Tag meiner Wiedergeburt. Der Tag, an dem ich ins Leben zurückkehren durfte, um es immer wieder neu zu erfahren, um teilweise zu verbrennen, damit etwas Neues entstehen kann. Manchmal fühlt es sich an wie die Geburt des Phönix.

Nachwort des Autors

Liebe Leserin, lieber Leser,

vielleicht fragen Sie sich, warum ich meine Geschichte erzähle. Immerhin hat es sehr lange gedauert, bis ich in der Lage war, Menschen in meine Vergangenheit einzuweihen. Ein Grund war, dass ich glaubte, dass Misshandlungen durch eine Frau so gut wie gar nicht vorkommen und meine Geschichte deshalb nicht von Relevanz sei. Ein Irrtum, wie ich heute weiß.

Anfang des Jahres 2022 bin ich auf die Seite der *Unabhängigen Kommission zur Aufarbeitung sexuellen Kindesmissbrauchs* gestoßen. Diese Kommission wurde 2015 von der Bundesregierung eingerichtet und hat Anfang 2016 ihre Arbeit aufgenommen. Von ihr wurde ich auf ein Forschungsprojekt des Universitätsklinikums Hamburg-Eppendorf aufmerksam. Das Ergebnis der Studie liegt seit November 2021 vor. Die Forschenden haben herausgefunden, dass rund 20 Prozent aller minderjährigen Opfer von Frauen sexuell missbraucht werden. Oder anders ausgedrückt: Jeder fünfte Täter ist eine Frau. Und das gilt nur für sexualisierte Gewalt. Bei körperlicher und psychischer Gewalt sind die Anteile sogar noch höher.

Sexualisierter Kindesmissbrauch durch Frauen ist in der öffentlichen Wahrnehmung noch immer ein Tabuthema: Frauen tun so etwas nicht.

In den Medien war zu lesen, dass die Zahlen von Kindesmissbrauch in den Zeiten der Pandemie durch Homeoffice,

Lockdown, Homeschooling in den Kriminalstatistiken in schwindelerregende Höhe geschossen sind. So wurden im Jahr 2021 laut *Polizeilicher Kriminalstatistik* (PKS) Tag für Tag 49 Kinder Opfer sexualisierter Gewalt. Und dies betrifft nur die registrierten, also zur Anzeige gebrachten Fälle. Die Dunkelziffer liegt um ein Vielfaches höher.

Ich möchte mit diesem Buch betroffenen Menschen Mut machen, sich zu zeigen und sich die Hilfe zu holen, die sie benötigen und die ihnen zusteht. Niemand muss Erlebtes mit sich allein ausmachen. Auf der anderen Seite ist jeder aufgerufen, hinzusehen. Kinder sind Schutzbefohlene und wie solche zu behandeln. Sie können sich nicht selber schützen. Das gilt nicht nur für sexualisierte, sondern für alle Formen von Gewalt.

Dies ist eine sehr gute Gelegenheit, mich bei allen Menschen zu bedanken, die mich bis heute auf meinem Weg begleitet haben. Vielen wird es vermutlich gar nicht bewusst sein, welche wichtige Rolle sie in meinem Leben gespielt haben. Gerade dann nicht, wenn sie mich nur ein sehr kurzes Stück begleitet haben. Manchmal sind es aber gerade diese Begegnungen, die einem Leben die entscheidenden Impulse geben können. Das gilt insbesondere für die junge Frau, die ich Jasmin genannte habe. Wie dankbar ich ihr noch heute für die Kopfwäsche in der U-Bahn bin und wie richtungsweisend dies für mich gewesen ist, soll dadurch ausgedrückt werden, dass sie als Patin in diesem Roman für die Frauen steht, denen ich in meinem Leben begegnet bin.

Und abschließend danke ich von ganzen Herzen meinen leiblichen Eltern. Ich habe viele Jahre gebraucht, um ihr eigenes Leid und ihre Beweggründe zu verstehen und zu erkennen, wie tief ihre Liebe gerade in den ersten sechs Monaten meines Lebens gewesen sein muss. Meine Mutter hat mich nicht verstoßen, als sie mich weggegeben hatte. Sie hat mir das Leben gerettet und dafür selbst auf ihre Weise gelitten. Heute fühle ich mich mit ihnen verbunden und trage sie tief in meinem Herzen.

Es grüßt Sie herzlichst
Ihr Frank Bergmann.

Über den Autor

Frank Bergmann wurde 1960 in Hamburg geboren und lebt heute in Köln. In seiner Freizeit hat er Gedichte, kurze Texte und Impressionen geschrieben, diese aber nie veröffentlicht. Eine Auswahl davon ist auf der Homepage www.frank-d-bergmann.de zu finden.

Erste Publikationen erfolgten 2015 unter dem Titel **Stärke und Mut**, 2017 **Freiheit und Mut** sowie 2018 mit dem Fantasymärchen **Im Kreis des Drachen**. Allerdings sind diese Werke nicht mehr auf dem Markt erhältlich.

Im Januar 2019 veröffentlichte Frank Bergmann mit der Beziehungskomödie **Männer-Dilemma** seinen ersten Roman als Selfpublisher. Ihm folgten im Januar 2020 der Thriller **Im Antlitz Gottes** sowie im März 2022 das Krimidrama **Vater vergib mir!**, die ersten beiden Bände der Thomas-Büchner-Trilogie. Band 3 ist in Arbeit, weitere Werke sind in Planung.

Weitere Werke

von Frank Bergmann

Als Taschenbuch in allen Buchhandlungen erhältlich und
E-Book bei Amazon.
Taschenbuch 384 Seiten, erschienen bei BoD am 18.01.2019.

ISBN-10: 3748173407

ISBN-13: 978-3748173403

Beziehungsprobleme sind doch eher Frauensache, oder?

Für die vier Freunde Andy, Dirk, Chris und Eddy scheint die Welt nach außen hin in Ordnung, doch die Wahrheit ist: Auch Männer stecken nur allzu oft in einem Dilemma. Ebenso wie auch sie zum Spielball ihrer Gefühle werden können. Ja, auch der männliche Homo sapiens besitzt so etwas. Das ist kein realitätsfremder Mythos.

Wie? Das glauben Sie nicht? Nun, vielleicht kann Ihnen Männer-Dilemma diesbezüglich ein wenig auf die Sprünge helfen.

Als Taschenbuch in allen Buchhandlungen erhältlich und
E-Book bei Amazon.

Taschenbuch 414 Seiten, erschienen bei BoD am 27.07.2020.

ISBN-10: 3751967001

ISBN-13: 978-3751967006

»Ich habe viele Menschen getötet. Und ich werde weiter töten.«

Köln wird von einer grausamen Mordserie mit augenscheinlich religiösem Hintergrund erschüttert. Der psychisch labile Ermittler Thomas Büchner ahnt noch nicht, dass er seinem bis dahin schwierigsten Fall gegenübersteht.

Zur gleichen Zeit stellt die Beichte eines mysteriösen Fremden nicht nur Pater Hierholzers Leben auf den Kopf, sondern auch das Beichtgeheimnis infrage.

Und was hat mit alledem die Entführung von Ruth Tillmann zu tun?

Als Taschenbuch in allen Buchhandlungen erhältlich und
E-Book bei Amazon.
Taschenbuch 372 Seiten, erschienen bei BoD am 04.04.2022.

ISBN-10: 3754359886

ISBN-13: 978-3754359884

Wer ist die Tote im See? Und weshalb wurde sie derart verstümmelt?

Die Ermittlungen in dem mysteriösen Mordfall bringen mehr Fragen als Antworten. Ein neuer Fall für Thomas Büchner.

Nachdem der Torso einer jungen Frau gefunden wurde, steht das Ermittlerteam der Kripo Köln vor einem Rätsel. Die Identifizierung der Leiche gestaltet sich schwierig und auch die Suche in der Vermisstendatenbank scheint nicht erfolgversprechend zu sein.

Bei ihren Ermittlungen tauchen sie in eine kulturelle Welt ein, die seit Jahrzehnten um sie herum existiert und ihnen dennoch im Wesentlichen fremd ist.

Als dann noch ein alter Bekannter auftaucht, dem Büchner am liebsten nie wieder begegnet wäre, sieht er sich einmal mehr mit seiner Vergangenheit konfrontiert.